Y Ferch ar y Cei

Ffuglen yw'r gwaith hwn.

Dymuna'r awdur nodi mai ffrwyth dychymyg ydy holl gymeriadau a golygfeydd y nofel.

Y Ferch
ar y Cei

Y nofel gyntaf yng nghyfres Bethan Morgan

CATRIN GERALLT

Argraffiad cyntaf: 2024

Hawlfraint testun: Catrin Gerallt, 2024

ISBN clawr meddal: 978-1-84527-815-1

ISBN elyfr: 978-1-84524-611-2

CYNGOR LLYFRAU CYMRU

Cyhoeddwyd gyda chymorth Cyngor Llyfrau Cymru

Cynllun clawr: Eleri Owen

Cyhoeddwyd gan Wasg Carreg Gwalch,
12 Iard yr Orsaf, Llanrwst, Dyffryn Conwy, Cymru LL26 0EH.
Ffôn: 01492 642031
e-bost: llyfrau@carreg-gwalch.cymru
lle ar y we: www.carreg-gwalch.cymru

I MATHEW, HANNAH A BECA

Diolch i Mathew, Hannah a Beca am eu sylwadau a'r gefnogaeth ddiflino.

Diolch hefyd i Mike Jeffs am ei gyngor ar gyfraith cynllunio, i Illtud ab Alwyn am rannu ei wybodaeth am sgandalau corfforaethol, ac i Huw Parry am ei arbenigedd ar dechnoleg ffilmio cudd. Diolch hefyd i Jon Gower ac i Gwen Davies am eu sylwadau calonogol ar ddrafft cynnar o'r nofel.

Mawr yw fy niolch i Myrddin ap Dafydd a staff Gwasg Carreg Gwalch am eu diddordeb a'u gwaith manwl yn y cefndir, i Mei Mac am ei sgets hyfryd o dafarn y Cei ac i Eleri Owen am gynllun y clawr.

Yn olaf, diolch o galon i'm golygydd craff Owain ap Myrddin, am ei frwdfrydedd a'i greadigrwydd wrth lywio taith fy nofel gynta.

1

Taflodd Bethan olwg sydyn yn nrych y car. Yn y cefn, roedd Anwen yn brysur yn tecstio, gwên ar ei gwefusau a'i gwallt yn llen felen dros ei hysgwydd. Dim arwydd o broblem.

Trodd 'nôl i wylio'r traffig, a'r rhesi o oleuadau coch yn ymlwybro o'i blaen, fel sarff faleisus yn chwydu mwg i darth y bore. Metaffor perffaith. Gwasgodd Bethan y ffrwyn. Dyma lle roedd hi hefyd, yn sownd ynghanol y mwg tocsig, dafnau glaw yn llifo fel dagrau dros y ffenest flaen. Ond o leia roedd Anwen yn ddedwydd. Yn ei byd bach ei hun, fel arfer.

Yr eiliad honno, daeth sgrech o'r cefn.

"Mam!" Chwifiodd Anwen ei ffôn yn ddramatig. "Naw o'r gloch – mae Miss Williams yn mynd i ladd fi!"

"Blydi hel!" Syllodd Bethan ar y dashfwrdd yn anghrediniol. Saith munud i ddeg – ond roedd hi wedi anghofio troi'r cloc 'mlaen. Cofiodd fod y cloc yn araf beth bynnag.

"Y'n ni bron yna," meddai'n awdurdodol. "Paid poeni – esbonia wrth Miss Williams bo' ni'n sownd yn y traffig."

"God, Mam – eith hi'n mental. 'Miss Whiplash' ma' pawb yn 'i galw hi ..."

"Ddylet ti ddim ..." Roedd y traffig yn symud a doedd dim amser i bregethu. Trawodd Bethan y sbardun a sgrialodd rownd y gornel at y stryd gul o flaen yr ysgol, cyn parcio'n anniben ar y pafin.

"Rheda! Nawr!"

Stwffiodd y bag ysgol glas i ddwylo Anwen a'i gwylio'n sgathru ar draws yr iard wrth i'r gloch seinio o grombil yr ysgol. Dechrau gwael i'r dydd. Ond dim byd o'i gymharu â phenwythnos diwetha. Cerddodd yn araf yn ôl at y car gan chwarae gyda'r allweddi. Gyda lwc, fe gâi awr o lonydd yn y swyddfa cyn i bawb arall gyrraedd. Cyfle i gyfarwyddo â'r sioc.

Taniodd yr injan a gwthiodd i ganol y traffig, gan bendroni dros ddigwyddiadau'r penwythnos. Beth yn y byd sbardunodd y ffrwydriad niwclear rhyngddi hi a Gareth – wedi iddyn nhw drafod ac addo bod yn waraidd o flaen y plant? Trodd ei stumog wrth iddi gofio'r awyrgylch affwysol yn y tŷ. Fore Sadwrn roedd y distawrwydd yn llethol. Neb yn siarad. Pawb yn eu stafelloedd. Dechreuodd pethau ddadfeilio pan aeth lan llofft a gweld Gareth wrth ymyl y gwely yn gosod bwndeli o ddillad yn y cês mawr du. Aeth ei choesau'n wan.

"Ti ishe help?" gofynnodd.

Cymylodd wyneb Gareth.

"Bach yn hwyr i whare'r Samariad Trugarog nawr. Dy syniad di o'dd hwn – ti sy'n mynnu cico fi mas o 'nhŷ'n hunan ..."

Gafaelodd ei gŵr mewn llyfr o erchwyn y gwely a'i daflu ar y domen o ddillad.

"Cico ti mas?" Syllodd Bethan arno.

"Be ti'n ddisgwyl, Gareth, ar ôl yr holl gelwydd – heb sôn am y ... y blydi fenyw 'na ... Hei!"

Sylwodd ar glawr y llyfr yn y cês.

"*Americana* – fi bia hwnna – 'wy newydd brynu fe ar Amazon ..."

Caeodd Gareth y cês a thynnu'r sip. Y sŵn fel llif drydan.

"Plis, Bethan, paid â gweiddi ac ypseto'r plant."

"Ypseto'r plant ...?" Cododd Bethan ei llais. Camodd tuag ato ond gwthiodd Gareth heibio iddi gan lusgo'r cês trwm y tu ôl iddo. Clywodd yr olwynion yn taro yn erbyn y grisiau.

"Gareth! Plis! Paid mynd fel'na!"

Daeth distawrwydd o waelod y staer. Crynodd y tŷ wrth i'r drws ffrynt gau'n glep.

"*Piss off*, 'te," gwaeddodd.

"*Piss off*, a phaid dod 'nôl."

Daeth cyfres o gordiau gitâr o stafell Tomos, a sylweddolodd fod ei mab wedi clywed pob gair. Dechreuodd deimlo'n benysgafn, a phwysodd ar y canllaw gan syllu i'r cyntedd gwag. Pam ei bod hi wedi sgrechen? Doedd hi ddim am i Gareth fynd. Aros. Newid ei feddwl. Dyna oedd hi eisiau. Roedd ei thrwyn yn rhedeg a chwiliodd yn ei llawes am hances.

* * *

Roedd y goleuadau'n goch. Sylweddolodd Bethan ei bod yn crio. Dagrau tew yn powlio lawr ei boch. Doedd ganddi ddim syniad sut gyrhaeddodd hi'r ffordd ddeuol. Pwysodd y ffrwyn gan sylwi ar ddwy ffrwd o fasgara dan ei llygaid. Drato ... Damo! Roedd wedi treulio oes o flaen y drych beth cynta, yn patsho'r cylchoedd du.

Anadlodd yn ddwfn, ac estynnodd am fotwm y radio. Dim trafodaethau newyddion diflas. Rhywbeth i godi'i hysbryd – y Rolling Stones, Bwncath, Hogia'r Wyddfa hyd yn oed.

Cododd nodau 'Anfonaf Angel' o'r uchelseinydd wrth i Bethan daro'r sbardun a rhuo ar hyd strydoedd Abertaf ar y ffordd i'r Bae, gan obeithio na fyddai'n crio eto cyn cyrraedd y swyddfa.

Roedd y plant yn iawn, ymresymodd. Anwen wedi rhedeg drwy gât yr ysgol, gan boeni mwy am dymer Miss Whiplash nag am ddiflaniad ei thad. Ac unig ymateb Tomos wedi'r ffarwél llai na hoff rhyngddi hi a Gareth oedd bod eu ffrae yn peryglu ei ganlyniadau TGAU. Nid bod llawer o ôl gwaith yn ei stafell, oedd yn gorlifo gyda chaniau lager a hen bowliau brecwast.

Ac o ran Elin, doedd dim angen poeni. Roedd hi fel glöyn byw prysur, yn byw ar fodca a phrydau Deliveroo yn ei fflat yn Cathays, ac yn chwyrlïo o bartïon gwyllt i glybiau nos y ddinas gyda'r myfyrwyr eraill. Yn ddigon pell o faes y frwydr ym Mro Dawel, diolch byth.

Dylyfodd gên yn araf. Symud 'mlaen, dyna oedd yn bwysig iddi. Un dydd ar y tro. Cadw'r ddesgl yn wastad, y blaidd rhag y drws. Ac ati. Roedd y traffig wedi arafu eto ac edrychodd o gwmpas yn gysglyd. Tasai'n gallu ffeindio stori dda – rhywbeth i gynnau tân yn ei bol, byddai'n help i anghofio'r diflastod domestig. Yn anffodus, roedd Selwyn yn benderfynol o wneud rhaglen am ffatri gacennau yn nyffryn Teifi oedd wedi gweld ei helw'n plymio wedi i'r caffis lleol droi at *croissants* a bara surdoes. Ond wedi wythnosau o ymchwil, roedd hi'n amlwg nad oedd stori'r cacs yn stacio. Ac yn anffodus, roedd cwmnïau dros Gymru'n wynebu problemau llawer gwaeth.

Arafodd y traffig eto, a chrwydrodd ei llygaid dros stryd fawr Abertaf. Edrychai'n ddi-raen, yn llawn siopau elusen a siopau punt – nifer o siopau wedi cau ac wedi'u byrddio.

Sylwodd ar gyfres o bosteri oren dros y byrddau pren, ac arafodd i'w darllen. *Aelwydydd Nid Eiddo, Tegwch i Abertaf.* Roedd y stryd yn frith o'r posteri oren, llachar – yn ffenestri'r siopau ac ar y waliau – a'r cynllun i adfywio'r ardal yn amlwg yn codi nyth cacwn. Cofiodd fod Rhys yn y swyddfa, wedi ymchwilio i'r sïon bod y Cyngor yn bwriadu chwalu'r fflatiau cymdeithasol ar lannau Taf, a chreu blociau moethus, drud, yn eu lle. Roedd pethau wedi mynd yn dawel yn ddiweddar a'r tenantiaid yn gobeithio bod y cynllun wedi'i ollwng.

Ond roedd rhywbeth yn cynhyrfu'r dyfroedd.

Teimlodd y cyffro cyfarwydd o ffeindio stori dda – cyfle i daflu goleuni ar broblem – rhoi llais i bobl. Cododd ei hysbryd a thaniodd yr injan unwaith eto dan ganu,

"Un dydd ar y trooooo, fy Iesuuu
Yfory all fod yn rhy hwyr ...
Dysg i mi ... laaa ... la lalala laa ... Wwwww!"

Roedd dyn yn y car gyferbyn yn syllu arni. Gwgodd a throi bwlyn y radio nes bod cân roc swnllyd yn bloeddio dros y stryd.

"Fel 'ma 'dan ni a fel hyn 'dan ni fod!" gwaeddodd gyda Bwncath, cyn ei heglu hi lawr y ffordd ddeuol at swyddfa'r 'Byd a'r Betws' yn adeilad Wales Cymru Productions – neu W.C. Prods i'r staff – enw addas ar gyfer adeilad hen siop Sanitary Ware yn y Bae.

2

Gwthiodd drwy'r drysau trymion, gan weld bod y swyddfa'n wag. Cyneuodd y golau a chlywodd glec isel wrth i'r stripiau llachar grynu'n effro. Gyda lwc, câi hanner awr i fwynhau ei choffi cyn i'r newyddiadurwyr eraill darfu ar yr heddwch. Tynnodd ei chot a gosod y cwpan cardfwrdd ar y ddesg cyn pwyso i gynnau'r cyfrifiadur.

Llifodd cyfres o lythrennau a ffigyrau dros y sgrin wrth i Bethan rythu arno'n gysglyd. A oedd modd perswadio Selwyn i ollwng stori Teisennau Teifi a throi ei sylw at brotest Abertaf?

Roedd Rhys wedi ymchwilio i'r cynllun datblygu ddechrau'r flwyddyn ac wedi cysylltu â rhai o'r tenantiaid. Os oedd protest ar y gweill, fyddai'r stori ganwaith cryfach na'r cacs – yn tarfu ar fywydau cannoedd, os nad miloedd o drigolion yr ardal. Ond roedd Selwyn mor styfnig â mul, wedi iddo gael siars i godi nifer y gwylwyr yng ngorllewin Cymru.

Cymerodd lymaid o'r coffi gan feddwl yn galed. Poeni am ei adroddiad blynyddol oedd ei bòs. Gwingodd wrth gofio'r straeon oedd wedi eu comisiynu wrth ymdrechu'n aflwyddiannus i ehangu cynulleidfa 'Y Byd a'r Betws'.

Roedd Gwyn Griffiths, druan, wedi gorfod mentro i dŷ swingers ger Llanfyrnach, i ffilmio'n gudd yn ystod un noson nwydwyllt – er, cyn belled ag y gwelai, roedd y rhan fwyaf o'r cyplau yn loitran yn y lolfa, yn yfed G&Ts yn ddigon sidêt, cyn diflannu lan llofft. Yn anffodus, fe gododd y rhaglen nyth cacwn yn lleol, a bu'n rhaid i berchennog y tŷ adael yn yr oriau mân dan warchodaeth yr heddlu er nad oedd, mewn gwirionedd, wedi gwneud unrhyw beth o'i le.

Yna, ddechrau'r flwyddyn, mynnodd Selwyn ei bod hi'n gyrru i fynyddoedd y Cambria ar drywydd panther dychmygol oedd, yn amlwg, yn ffrwyth dychymyg ffarmwr a oedd wedi bod ar y llaeth mwnci. Yr unig dystiolaeth gan Dai Penparc oedd llun niwlog ar ei ffôn, o greadur oedd yn debycach i gath nag unrhyw beth arall, ac roedd Bethan yn amau bod Dai yn treulio gormod o amser ar ei ben ei hun – neu, yn hytrach, yng nghwmni'r Jack Daniel's. Ar gwaetha'i phrotestiadau, bu'n crynu am dair noson ar ben mynydd yn ei thermals, ac wedi'r holl drafferth, wedi dal dim byd mwy nag annwyd.

Cymerodd ddracht o goffi, gan duchan dan ei anadl. Roedd ffigyrau gwylio 'Y Byd a'r Betws' wedi plymio fel carreg, a hwyliau Selwyn wedi mynd o ddrwg i waeth. Fe fyddai'n rhaid ei ddarbwyllo bod stori Abertaf yn mynd i hawlio mwy o benawdau na Phencampwriaeth y Chwe Gwlad, os oedd yn mynd i gytuno.

Clywodd wich y tu ôl iddi a gafaelodd yn ei beiro, gan syllu'n ddwys ar y sgrin. Gwthiodd Brenda, Cynorthwy-ydd Personol Selwyn, drwy'r drws fel corwynt, yn llusgo troli gorlawn ar ei hôl.

"Sori!" pwffiodd yn ddramatig. "O'dd traffig ofnadw ar y *link road*. Fi 'di bod yn styc ers hanner awr!"

Pwysodd ar ei chadair i gael ei gwynt 'nôl.

"Paid â becso, Brenda, dim ond fi sy' 'ma ..."

Edrychodd Bethan yn syn ar y domen o ffeiliau yn gorlifo o'r troli plastig.

"O'dd rhaid i ti weithio ar rheina dros y penwythnos?"

Rholiodd Brenda ei llygaid.

"Ma' Selwyn yn gweithio ar y Rota," meddai. "Mae fel trefnu'r Normandy Landings ..."

Ffurfiodd delwedd ym mhen Bethan o Selwyn yn annerch y lluoedd fel Churchill, a thagodd yn swnllyd ar ei choffi.

"O, diar!" meddai'n wan. "Mae'n swnio fel 'sen ni ynghanol y Blitz ..."

Taflodd Brenda olwg ddrwgdybus ati, cyn plygu dros y troli.

"'Co nhw!" Trawodd ddau becyn o fisgedi ar y ddesg. "O'n nhw ar BOGOF yn Tesco."

Cleciodd y drws wrth i Rhys gyrraedd, â golwg fregus arno, mewn pâr o sbectol haul mawr, a sgarff.

"Beth sda ti'n fan'na, Brenda?" gofynnodd. "O'n ni'n meddwl bo' ti'n neud Weight Watchers?"

Cymylodd wyneb Brenda.

"Slimming World, actiwali," meddai. "Ond fi 'di cael penwthnos y diawl – ma' pawb yn haeddu trît, nag ŷn nhw?"

Eisteddodd wrth ei desg, gan glicio'r llygoden yn ffyrnig.

"Sori – sdim amser 'da fi i siarad. Mae Selwyn ar y ffordd lawr a sa i 'di gorffen *spreadsheet* symudiadau'r staff."

Tynnodd Rhys ei sbectol, a chodi'i aeliau.

"*Cool head*, Brenda," meddai. "Dyw e ddim yn dod mewn tan amser cino – fi newydd ga'l tecst wrtho fe."

"Wel – *thanks for telling me!*" Trodd Brenda yn ei chadair. "Os nag yw e ar hast, 'na i goffi bach i ddihuno."

Cerddodd at y tegell gan duchan dan ei hanadl.

"Druan â hi!" medd Rhys yn ddistaw. "Mae hi mewn cariad ag e! Ti'n meddwl bod *Stockholm Syndrome* arni?"

Teimlodd Bethan bwl o drueni dros Brenda – oedd yn rhedeg o gwmpas ar fympwy Selwyn heb gael gair o ddiolch. Roedd ei chalon yn y lle iawn, ar waetha'i hobsesiwn gyda'i bòs. Agorodd ei he-bost gan feddwl sut i eirio ei neges at Selwyn.

"Hei, Rhys," gofynnodd dros dop ei sgrin. "Wnest ti edrych ar gynllun datblygu Abertaf, on'd do fe? Mae llwyth o bosteri lan 'na heddi ..."

Daeth ping o'r cyfrifiadur i dynnu'i sylw. "Blydi hel!" meddai gan weld neges frys gan ei bòs. "Ma' Selwyn lan yn gynnar."

Darllenodd y frawddeg gyntaf.

"O na!" meddai'n uchel. "Mae e eisie briff ar Teisennau Teifi – rhywbeth sy'n mynd i daro'r penawdau."

Teimlodd wayw yn ei stumog. Prin fod ganddi ddigon i lenwi hanner awr, heb sôn am feddiannu'r penawdau.

"Beth am y toriade fan hyn?" gofynnodd Rhys yn goeglyd. "'Na ti stori ..."

Ymddangosodd Brenda y tu ôl iddo, yn cofleidio cwpan ag arno'r geiriau *Keep Calm and Carry On*.

"Ymdrech a lwydda," meddai'n surbwch, gan osod y mỳg ar ei desg. Aeth Rhys 'nôl at ei sgrin gan fwmian dan ei anadl.

"Teisennau Teifi – sgŵp arall i'r 'Byd a'r Betws' ..."

"Sdim dewis 'da fi," mwmiodd Bethan yn bryderus. "Oni bai bo' fi'n gallu stacio stori Abertaf – a sdim amser i neud yr ymchwil ..."

Trodd ei stumog wrth feddwl am y mynydd o waith o'i blaen.

"Cer am y cacs," medd Rhys. "Falle gei di gwpwl o bice am ddim ..."

Agorodd Bethan ffeil Teisennau Teifi. Doedd y stori ddim yn stacio – faint bynnag o bice ar y maen roedden nhw'n eu cynnig.

Rhythodd ar y sgrin. Roedd cwmwl du wedi dychwelyd i bwyso arni. Yng nghefn ei meddwl fflachiai cyfres o ddelweddau annymunol. Gareth yn cyrraedd y swyddfa gydag Alison. Oedden nhw wedi teithio gyda'i gilydd? Bosib bod y berthynas yn swyddogol erbyn hyn, ond doedd hi ddim eisiau meddwl amdano. Roedd e'n hen fastard blin, ond am ryw reswm, roedd hi'n dal i'w garu. Yn angerddol, a dweud y gwir. Llifai'r atgofion melys i'w phoenydio – y gwyliau haf yn Llydaw pan oedd Elin yn fach, yn bwyta cregyn gleision oddi ar blât ei thad. A'r Nadolig ddwy flynedd yn ôl, pan ddaeth Gareth adre gydag anrhegion roedd wedi bod yn eu cuddio o dan y ddesg ers misoedd ...

Tu allan, yn y maes parcio, roedd y glaw wedi peidio. Llygedyn o olau yn pefrio ar ffenestri'r ceir, yn adlewyrchu brigau'r coed moel. Pam ei bod hi'n gwastraffu amser ar deisennau pan mae ei bywyd yn deilchion? Roedd hi fel cymeriad o ddrama absŵrd yn rwdlan am ei het, tra'i bod hi'n gaeth mewn tywod.

Darllenodd e-bost Selwyn unwaith eto, gan restru nifer o ddadleuon yn ei phen yn erbyn stori'r popty. Fe fyddai'n rhaid iddi fod yn fyr ac yn fachog. Roedd Selwyn wedi treulio blynyddoedd fel Cynhyrchydd Adloniant Ysgafn, gyda'r rhaglen *Hogan Handi* yn binacl ar ei yrfa. Erbyn hyn, roedd y rhaglen yn destun tipyn o embaras, ac fe symudwyd Selwyn i'r adran ddogfen, ar waetha'i brotestiadau. Roedd ei ddiffyg manylder yn enwog, ac os oedd hi am newid ei feddwl, fyddai'n rhaid iddi fod yn glir ac yn bendant – a defnyddio llwyth o sebon.

"Stori â photensial gwych," teipiodd yn ffuantus. "Ond does dim tystiolaeth o gwbl bod y cwmni'n ymddwyn yn amheus. Bydd yn rhaid stacio rhywbeth arall a.s.a.p. – dyddiad darlledu mewn tair wythnos!!"

Teipiodd ebychnod arall, gan obeithio nad oedd awgrym o feirniadaeth i bechu ego Selwyn. A ddylai ychwanegu brawddeg am ddatblygiad Abertaf, falle? Penderfynodd beidio. Camgymeriad fyddai gorlwytho ffeithiau ar Selwyn – fe fyddai eisoes yn gandryll am fethiant y cacs. Cliciodd ar y llygoden a chlywed chwiban electronig wrth i'w neges hedfan drwy'r ether at gartre Selwyn ym Mhorthcawl. Y pwdryn – roedd e siŵr o fod ar y cwrs golff, tra bod pawb arall yn tynnu'r gwallt o'u pennau yn crafu am straeon. Roedd Dolly'n iawn am y *nine to five* – digon i'ch hala chi'n honco.

Mwmiodd y gân yn dawel nes bod Brenda yn troi a gwgu arni. Edrychodd Bethan at gornel y sgrin. Pum munud wedi deg. Roedd hi wedi bod yma ers awr yn barod a heb gyflawni dim. A doedd dim pwynt dechrau ar stori Abertaf nes bod Selwyn yn cytuno. Gafaelodd yn ei ffôn symudol a chamodd i'r stafell wylio, gan gau'r drws yn dynn ar ei hôl. Roedd angen sgwrs gall arni, y tu hwnt i fyd ffals a ffuantus y cyfryngau. Sgroliodd at enw ei merch hynaf a'i bwyso, gan obeithio na fyddai'n dal i fod mewn trwmgwsg wedi'r noson gynt.

3

ELIN

"SHIIIT ..."

Cododd Elin ei phen o'r gwely gan rythu ar ei ffôn.

Un ar ddeg! Rhegodd dan ei hanadl. Dim siawns o gyrraedd y Cei mewn hanner awr. Shit! Taflodd y dŵfe oddi arni gan grynu yn naws rewllyd y stafell. Rhaid ei bod wedi mynd 'nôl i gysgu wedi'r alwad carbwl gan ei mam, ben bore. Typical bod ei mam yn malu cachu am bob peth dan yr haul, pan fod y teulu'n datgymalu a phawb wedi'u llorio gan y newyddion ffrwydrol bod ei thad yn symud mas.

Crwydrodd ei golwg at y domen o ddillad ar y llawr. Doedd ganddi ddim syniad pryd ddaeth hi adre. Cofiai neidio i'r tacsi gyda Mati a Parisa tu allan i Revs, a hitio'r Zubrówka yn y stafell ffrynt. Pump falle? Roedd ei phen yn taranu a'r ymdrech i feddwl yn ormod. A nawr, wedi iddi ddiodde cwynion diddiwedd ei mam, hi, Elin oedd yn y cach. Yn hwyr i'w shifft. Yn wynebu bolocing gan Mr Irish Eyes, y landlord, a hynny o flaen y barman newydd, Kamal, roedd hi wedi bod yn ei lygadu ers pythefnos.

Edrychodd eto ar ei ffôn a gwingodd. Pum munud wedi. Dim amser i loitran. Cawod, gwisgo, a shifftio'i thin lawr i'r Cei yn syth, er ei bod hi'n dal i deimlo'n chwil. Gosododd ei thraed yn ofalus ar y llawr oer. Fyddai'n rhaid iddi ddiffodd ei ffôn am yr awr nesa. Jyst rhag ofn.

Camodd yn drwsgwl i lawr y landing gan ddylyfu gên. Roedd ei mam yn amlwg dan straen, ond roedd angen ffiniau. Wedi'r cyfan, doedd rhieni ei ffrindiau ddim yn eu poeni nhw ddydd a nos gyda'u problemau personol. Dylai bod menyw hanner cant yn ddigon aeddfed i ddelio â phroblemau ei hun. Ac roedd pawb yn gwybod bod pobl ifanc dan y don y dyddie 'ma. Diolch i genhedlaeth ei mam – y *Baby Boomers* – doedd neb yn gallu fforddio tŷ – a bydden nhw'n gweithio nes eu bod nhw'n gwegian – heb bensiwn, heb wasanaeth iechyd na tho uwch eu pennau.

Ochneidiodd wrth estyn am fwlyn y drws a'i gau'n ofalus y tu ôl iddi. Roedd y stafell molchi moel yn iasol. Trodd y gawod ymlaen a chamu dan y dŵr gan ymlacio wrth i'r ffrwd gynnes lifo dros ei chorff.

Byth eto, meddai'n uchel. Fe fyddai'n pwyllo cyn ateb galwad gan ei mam – neu'i thad – yn y dyfodol. Estynnodd am yr hylif sebon gan ddiawlio'i rhieni. Cofiodd ddal y ffôn lled braich tra bod ei mam yn mwydro am ryw lyfr oedd Dad wedi'i fachu – *allegedly* – a'r oglau rhyfedd oedd yn dod o stafell Tom. Rhwbiodd ei chefn yn galed. Byddai hithau ar y mwg drwg petai hi ynghanol y Rhyfel Cartre ym Mro Dawel. Enw anffodus, os buodd un erioed. Roedd y dŵr yn ferwedig ac agorodd y tap oer.

Dylai bod ei mam yn cofleidio'r cyfle i fod yn fenyw sengl wedi'r holl flynyddoedd o fagu plant. Ond yn lle herio'r drefn – yn fenyw gref, annibynnol – roedd hi fel llygoden betrus. Beth wnelo Beyoncé, Mam?

Gwyliodd Elin y dŵr sebonllyd yn chwyrlïo o gwmpas ei thraed. Roedd ei mam ar fin cracio ac roedd Anwen, druan, yn tyfu lan mewn twlc mochyn, gyda'r gegin yn morio mewn briwsion a ffwng du yn y gawod. A thra bod ei rhieni'n brysur yn brwydro, roedd Tomos yn dianc drwy smocio wîd yn ei stafell.

Rhoddodd ei phen dan y gawod a chau ei llygaid. Dylai fod

wedi mynd bant i'r coleg – i Lundain neu Gaeredin, falle. Unrhyw le oedd yn ddigon pell i osgoi allyriadau tocsig y teulu.

Ond roedd hi'n caru Caerdydd, lle roedd pawb mor gyfeillgar. A ffrindiau arbennig ganddi o dros y byd – yn ogystal â ffrindie ysgol fel Mati a Parisa. Roedd ei gwaith yn y Cei yn briliant – a Declan yn iawn, hefyd, fel arfer. Ond doedd hi ddim am wthio'i lwc. Wythnos ddiwetha fe gyrhaeddodd yn hwyr, ei gwallt yn das blêr ar ei phen, i ddarganfod ei bod ar shifft gyda'r barman newydd, Kamal, bachgen ffit oedd hi'n ei gofio o Ysgol Plasdŵr. Cymerodd Kam un olwg arni a chwerthin yn ei hwyneb. *No way* bod hynny'n mynd i ddigwydd eto.

Cafodd gip o'i hadlewyrchiad yn y drych. Sombi marwaidd. Ffycit! Plygodd 'nôl, fel bod ei phen dan y dŵr. Roedd hi'n hwyr, beth bynnag. Man a man golchi'i gwallt a phlastro slap ar ei hwyneb. Wedi'r cyfan, does neb eisiau gweld epil Satan yn cynnig peint iddyn nhw dros ginio ...

4

BETHAN

Roedd y glaw'n dal i ddisgyn a chwrlid drwchus o niwl dros y maes parcio. Gwyliodd Bethan y dafnau'n diferu lawr y ffenest. Dyma oedd o'i blaen – blynyddoedd o syllu drwy'r gwydr ar y tarmac du a'r waliau concrit o'i gwmpas fel muriau carchar, cyn mynd adre i grafu tatws. Roedd hi'n dwlu ar y plant, ond wedi pum munud o sgwrs, roedden nhw'n diflannu i'w stafelloedd, i fwrlwm Instagram, eu ffrindau a'u trefniadau, tra'i bod hi ar ei phen ei hun yn y stafell fyw, yr unigrwydd yn pwyso arni fel carreg. Roedd ei mam, mewn ymgais i godi'i chalon, wedi dweud y dylai ymuno â chôr, ond ar hyn o bryd, roedd y syniad o dreulio nosweithiau mewn neuadd rewllyd, gyda chriw o bobl hwyliog yn morio 'Y Greadigaeth', yn gwneud iddi deimlo'n sâl.

"Popeth yn iawn?"

Cododd Brenda ei haeliau a sylweddolodd Bethan ei bod wedi bod yn syllu i'r gwagle ers sawl munud.

"Hmmm ..." Cliriodd ei gwddwg. "Sori, Brenda – ma'r stori cacs 'ma yn hala fi'n ddwl ..."

Trodd 'nôl at y sgrin, gan ddiawlio Brenda yn dawel. Fe fyddai'n rhaid iddi godi'r ffôn i wneud ymholiadau. Wedi oriau o astudio cyfrifon Teisennau Teifi, doedd hi ddim callach. Yn y diwedd, ffoniodd Gwyn Griffiths, gohebydd y gorllewin, i holi a oedd 'na sïon ar lawr gwlad am y trafferthion. Ond yn ôl Gwyn, doedd methiant y cwmni ddim yn syndod, gan fod Teisennau Teifi heb symud gyda'r oes, eu teisennau lap seimllyd a'u pasteiod trwm yn aros ar y silffoedd tra bod y cwsmeriaid yn ffafrio *brownies* siocled a chacennau almwn blasus gan Becws Betsi yn Llandysul.

Edrychodd eto ar y cyfrifon gan geisio gwneud synnwyr o'r daenlen gymhleth.

"Mewnlif arian net, gwariant cyfalaf a buddsoddiad ariannol ..."

Man a man bod y penawdau mewn Mandarin. Wrth y ddesg nesaf, roedd Brenda ynghanol sgwrs ffôn gyda'i ffrind o'r adran gytundebau.

"Ma'r *oatmeal* yn lyfli – ond 'wy'n credu af fi am y *fudge*," meddai, gan glicio drwy'r siart Dulux.

Doedd dim posib canolbwyntio tra bod Brenda'n trafod ei bathrwm newydd. Anadlodd yn ddwfn, cyn deialu rhif Meirion Mainwaring unwaith eto.

Canodd y ffôn sawl gwaith cyn i Meirion ateb "Helô?" mewn llais bach nerfus, er nad oedd neb yn clustfeinio yn ei fyngalo yn Aberbanc.

"Helô 'na, Meirion," meddai'n ffug-hwyliog. "Bethan Morgan sy' 'ma o'r 'Byd a'r Betws'. Jyst holi a oes mwy o wybodaeth 'da chi erbyn hyn?"

Daeth ochenaid hir o ochr draw'r llinell.

"Sdim mwy 'da fi weud 'tho chi. Ma' popeth gyda chi nawr, Bethan. Ma' nhw'n rhedeg y cwmni lawr. *Definitely. Asset stripping* – 'na beth ma' nhw'n neud."

"Ocê ..." atebodd Bethan yn araf. "Mae'n bosib bo' chi'n iawn, Meirion. Ond mae eisie prawf arnon ni, chi'n gweld – achos ma' hwnna'n honiad difrifol ..."

Pwyllodd, i roi cyfle i Meirion i esbonio.

"Oes unrhyw fath o dystiolaeth gyda chi? Dogfennau, e-byst – unrhyw beth i brofi bod y perchnogion yn rhedeg y cwmni lawr ...?"

"Ma' nhw'n cyfro'u tracs ..." Gostyngodd Meirion ei lais. "Siarades i â Brian Howells wthnos dwetha – y *deputy manager* ... Mae e'n dweud eu bod nhw 'di cael gwared ar ddou gompiwter yn barod ..."

"Hmmm ..." Sgrifennodd Bethan nodyn yn ei llyfr. "'Wy'n gwybod bod hyn yn rhwystredig iawn, Meirion. Y drafferth yw, mae'n rhaid i ni brofi pethau ar lefel gyfreithiol – ond heb unrhyw beth concrit, allen nhw ddadle bo' nhw'n adnewyddu'r cyfrifiaduron neu rywbeth ..."

Tanlinellodd y gair 'cyfrifiaduron' gan feddwl yn galed.

"Yn ôl y cyfreithwyr, fydde'n rhaid i chi a dau aelod arall o'r staff i ddweud bod gyda chi amheuon ..."

"Yffach – alla i ddim neud cyfweliad 'da chi – fydda i mas o job ..."

Lluniodd Bethan dri marc cwestiwn yn ei llyfr nodiadau. Dim e-byst, dim cyfweliadau, dim prawf. Roedd stori'r cacs mor fflat â phancosen. Ac er tegwch, fe ddylai fod yn onest.

"Mae'n ddrwg 'da fi, Meirion," meddai'n ddiplomyddol. "Ond dwi ddim yn credu y gallwn ni redeg y stori. 'Wy'n teimlo drostoch chi fel gweithwyr – ond yn anffodus, mae'n rhaid i fi dderbyn cyngor y cyfreithwyr ..."

"Beth?" gofynnodd Meirion yn flin. "Wedodd Selwyn wrtha i bo' chi *up and running* 'da hwn ..."

Cnodd Bethan ei thafod.

"Tase unrhyw dystiolaeth, fydden ni'n sicr yn ystyried y stori ond ..." Crafodd am rywbeth cadarnhaol i'w ddweud – y peth diwetha oedd hi ei angen oedd cwyn ei bod wedi camarwain un o wylwyr ffyddlon W.C.

"Chi byth yn gwybod, Meirion – falle ddaw rywbeth. Cadwch mewn cysylltiad," meddai'n weniaethus. "A ... er codwch y ffôn os ffeindiwch chi rywbeth ..."

"'Na chi," meddai Meirion yn gymodlon. "Ga i air 'da Dilys James yn y swyddfa. Falle bydd hi'n gwybod ble a'th y *computers* ..."

"Grêt ..." atebodd Bethan yn wan, ond roedd y llinell wedi mynd yn fud.

Trawsgrifiodd Bethan ddiweddglo'r sgwrs yn ei llyfr nodiadau, gan ychwanegu'r dyddiad a'r amser. Record o'r diffyg tystiolaeth – a rhywbeth y gallai ddangos i Selwyn pan fyddai'r diarhebol yn hitio'r ffan. Cymerodd lwnc arall o'r coffi oer a thaflu'r cwpan i'r bin. Roedd angen stori arni – ar frys.

Ochneidiodd yn uchel, cyn edrych drwy'r ffenest unwaith eto am ryw fath o ysbrydoliaeth. Dan heulwen wan y gaea', gwelodd ddyn camera yn pwyso yn erbyn ei fan, yn siarad gyda merch dal mewn cot goch a het *beanie*. Sut oedd hi'n mynd i stacio stori, ei ffilmio a'i golygu mewn pythefnos? Trodd ei stumog wrth iddi boeni sut y byddai'n ymdopi – gyda holl drefniadau'r plant – a'r blydi rhaglen. Edrychodd ar y pâr ifanc tu allan yn yfed coffi ac yn chwerthin dan yr awyr las. Y gwaith oedd ei hachubiaeth. Duw a ŵyr beth wnâi heb y *craic* yn y swyddfa, a'r hwyl allan ar y ffordd gyda'r criwiau ffilmio.

Wrth y ddesg gyferbyn, diffoddodd Rhys ei ffôn. Bachodd Bethan ar ei chyfle.

"O's munud 'da ti?" gofynnodd. "O'n i eisie pigo dy frêns am Abertaf – mae stori'r teisennau wedi cwmpo'n fflat – ac os yw'r tenantiaid yn trefnu protest, fydde fe'n peg grêt i'r stori ..."

"Siŵr! Gad i fi ffeindio'r ffeil ..." Cliciodd Rhys y llygoden, ei lygaid yn sganio'r sgrin.

"'Nes i lwyth o alwade – do'dd dim byd pendant ... ond fi'n siŵr bod y stori 'di symud 'mlaen erbyn hyn."

Craffodd ar ei nodiadau.

"Ocê – Ruth Sayed. Dylet ti'n bendant siarad â hi – mae'n gweithio gyda merched y stryd yn Abertaf – *outreach*. O'dd hi'n gwbod lot am y stori – ac o'dd hi'n becso bod yr heddlu'n dechre symud y menywod o'r ardal – i gl'au'r lle lan ... Ma' Selwyn moyn i fi weithio ar y stori ail gartrefi 'ma yng Nghaerfyrddin, so sa i 'di dilyn y stori'n ddiweddar ..."

Daeth ping uchel o gyfrifiadur Bethan.

"'Na ti rif Ruth – ma' hi'n uffernol o *helpful* – a fydd hi'n gwbod y diweddara ..."

"Ffab – diolch! 'Wy'n nabod yr enw ..."

"Cofia fi ati." Trodd Rhys 'nôl at ei sgrin. "A rho wybod os ti ishe i fi neud mwy o alwadau."

Gafaelodd Bethan yn ei llyfr nodiadau, ac aeth at swyddfa Selwyn i wneud yr alwad.

Ymhen munudau, roedd pwysau'r byd wedi codi oddi ar ei hysgwyddau.

Roedd Ruth wedi bod yn arbennig o gyfeillgar, ac roedd hi'n rhydd i gyfarfod ar ôl cinio.

Dychwelodd at ei desg i roi'r llyfr a beiro newydd yn ei bag, ynghyd â'i ffôn symudol. Roedd y glaw wedi peidio a'r awyr yn las uwchben y brigau moel y tu allan. Gyda lwc, fe gâi berswâd ar rai o'r gweithwyr rhyw i siarad. Fyddai eu tystiolaeth, ar ben gofid y tenantiaid, yn rhoi pwysau ar y Cyngor i ddatgelu eu cynlluniau. Ac fel bonws bach haeddiannol, fe allai gael hoe fach a choffi yn y dre cyn casglu Anwen.

Wrth iddi gasglu ei chot o'r bachyn, bu bron iddi gael ei tharo gan Brenda, yn rhuthro fel corwynt drwy'r drysau pren, gan gario paned o goffi a brechdanau mewn cwdyn papur.

"W, sori!" gwichiodd. "O'n i'n *distracted*. Ma' Selwyn ar y ffordd – a sa i 'di ca'l cinio iddo fe."

Cafodd Bethan ei themtio i atgoffa Brenda bod gwasanaethu'r patriarchiaeth yn wastraff amser ac egni, ond cymerodd drueni drosti.

"Jiw! Paid poeni, Bren – 'neith les iddo gerdded i'r caffi," meddai.

Siglodd Brenda ei phen, gan syllu ar y pecyn brechdanau.

"Mae cyfarfodydd 'da fe drwy'r prynhawn ... Alle fe gael hwn – ond smo fe'n lico *chicken tikka*."

"O diar." Stwffiodd Bethan ei braich i lawes ei chot. "Elli di ddweud 'tho fe bo' fi mas prynhawn 'ma? 'Wy wedi hala e-bost ond falle bod e heb ei weld ..."

"Ti'n mynd mas ... heb ganiatâd?"

Edrychodd Brenda arni fel petai ar fin gwagio cyfrif y cwmni a hedfan i Rio, yn hytrach na thorri'i bol i gael stori.

"Sori, 'wy'n hwyr ... 'wy'n ffilmio wythnos nesa a ma' rhaid i fi weld y contact 'ma ..."

Cleciodd y drysau pren yn erbyn y pared wrth iddi hyrddio drwyddyn nhw a cherdded ar hyd y coridor tywyll at y dderbynfa, lle roedd haul isel Ionawr yn pefrio'n braf drwy'r ffenestri gwydr.

5

Eisteddai Bethan ar gadair blastig yn anwesu paned o goffi parod, yn gwenu'n gyfeillgar ar Ruth Sayed, wrth iddi esbonio ei swyddogaeth gyda'r gweithwyr rhyw.

Roedd hi'n iau nag roedd Bethan wedi'i dychmygu, ei gwallt mewn plethau a modrwy arian yn ei thrwyn, a'r silffoedd y tu cefn iddi yn gorlifo gyda dogfennau a ffeiliau.

"Sori am y llanast," meddai, gan wasgu ei chorff tu ôl i'r ddesg.

"Dwi mas o'r swyddfa bob dydd a ma' 'na gymaint o waith papur."

Cododd ei breichiau mewn anobaith cyn symud ffeil o'r ffordd ac eistedd i wynebu Bethan.

"Reit," meddai'n siriol. "O'ch chi'n sôn bo' chi am siarad â rhai o'r menywod?"

"Fydde hynny'n grêt – os oes 'na rywun yn fodlon siarad ..."

Cliriodd Bethan ei gwddwg cyn ceisio esbonio beth oedd ganddi mewn golwg.

"Fe sonioch chi fod yr heddlu'n symud y merched o'r ardal – a bo' chi'n poeni am eu diogelwch ..?"

Cymerodd lymaid o'r coffi gwan.

"Oes 'na unrhyw un o'r merched fyddai'n fodlon siarad â ni ... i gadarnhau beth sy'n digwydd?"

"Ma'r heddlu wedi dechrau targedu'r *kerb-crawlers* yn Abertaf – 'wy'n siŵr fydd rhywun fan'na'n fodlon sôn am yr ymgyrch ..." Trodd Ruth at y cyfrifiadur, ei llygaid yn sganio'r sgrin. "... O ran y menywod, dwi'n siŵr y bydde rhywun yn fodlon siarad â chi. Mae un neu ddwy yn siarad Cymraeg – nid bo' nhw'n defnyddio iaith William Morgan ..."

Gwenodd yn llydan a dechreuodd Bethan ymlacio. Roedd Ruth yn ferch ddi-lol ac yn barod i helpu. Cymerodd lymaid arall o'r coffi, gan fentro gofyn mwy.

"Nawr 'wy'n dechre edrych ar y stori," meddai'n araf. "Dwi ddim yn gwybod llawer ond o'dd posteri lan yn Abertaf bore 'ma yn dweud bod cynllun i chwalu'r fflatiau wrth yr afon ..." Cododd Ruth ei haeliau'n awgrymog a synhwyrodd Bethan fod mwy yn digwydd dan yr wyneb. "Mae'n edrych fel 'sen nhw'n trefnu rhyw fath o brotest ..?"

Gadawodd y frawddeg ar ei hanner wrth i Ruth syllu i'r stryd yn feddylgar. Oedodd am eiliad cyn ateb.

"Ma' hwn *off the record*, ocê? 'Wy'n ca'l 'y nhalu gan y Cyngor a fydden i ddim eisie cael fy nyfynnu ..."

Nodiodd Bethan, wrth i Ruth ostwng ei llais.

"Does dim byd yn swyddogol ... ond mae sôn bod y Cyngor yn mynd i fwrw'r fflatiau i lawr – y bloc 'na wrth yr afon – a chodi *apartments* smart fel wnaethon nhw yn y Bae. Mae'r tenantiaid yn poeni'n ofnadwy – ma' lot ohonyn nhw wedi'u geni a'u magu 'na."

Gwnaeth Bethan nodyn brysiog yn ei llyfr, ei meddwl ar garlam.

"A dyna pham mae'r heddlu'n symud y gweithwyr rhyw o'r ardal." meddai, wrth i'r darnau ddod ynghyd yn ei meddwl.

Anadlodd Ruth yn ddwfn.

"Ma'r merched 'di clywed sïon ... Mae lot o gleientiaid gyda nhw yn Abertaf a ma'n nhw'n eitha agos at eu pethe. Mae'n neud synnwyr, on'd yw e?"

Edrychodd i fyw llygaid Bethan. "Mae tai cymdeithasol 'di bod 'na ers blynydde, ond mae'r safle'n werth ffortiwn i'r datblygwyr ... Ar ddiwedd y dydd, dy'n nhw ddim yn poeni am y tenantiaid."

Gwrandawodd Bethan yn dawel. Roedd mwy i stori Abertaf nag roedd wedi'i dybio. Siglodd Ruth ei phen yn flin.

"Mae'r gweithwyr rhyw yn ca'l eu symud mas yn barod ... a 'wy mor flin, achos 'wy 'di neud gymaint o waith gyda nhw a maen nhw'n 'y nhrystio fi."

Cymylodd ei hwyneb.

"Dwi'n poeni os eith y broblem dan ddaear, gewn ni lawer mwy o broblemau iechyd – a byddan nhw lot llai saff ... Es i weld rywun ar y Cyngor i drio cael mwy o wybodaeth – ond 'wy'n dal i aros am gyfarfod."

"Os allech chi gael mwy o wybodaeth – a rhoi sylw i'r broblem – fydden ni'n falch ..."

Gwnaeth Bethan gyfres o nodiadau yn ei llyfr. Sut oedd dechrau taclo'r nyth cacwn o sïon a sibrydion heb unrhyw fanylion pendant? Trawodd y beiro ar y ddesg cyn edrych i fyny.

"O'n i'n meddwl bod rhaid i'r Cyngor gynnig cartrefi eraill i denantiaid ... mewn datblygiad newydd?"

Rholiodd Ruth ei llygaid.

"Wel – maen nhw'n dweud bod ymgynghoriad i fod – ond mae'n edrych fel 'se'r peth yn *stitch up*. Mae un o'n contacts ni ar y Cyngor yn dweud bod nhw'n mynd i godi cartrefi newydd yn Roath Moors – ar safle'r hen waith dur – ond sdim siope 'na, nag unrhyw gyfleusterau. Ma' lot o'r tenantiaid wedi cael eu magu yn Abertaf – maen nhw'n ypsét ofnadwy ..."

"Roath Moors?"

Crychodd Bethan ei thalcen. Doedd dim syndod bod y tenantiaid yn gandryll. Roedd yr ardal yn ddiffaith – hen safle ôl-ddiwydiannol a dim byd yno ond cwpwl o hen geffylau, a ffatri prosesu gwastraff oedd yn chwydu allyrion tocsig ac a fu'n ffocws i brotestiadau ffyrnig yn y nawdegau.

"Ma' hynny'n ofnadwy," meddai'n uchel. "Sdim byd yna – heblaw am yr *incinerator* ..."

Nodiodd Ruth gan godi'i haeliau.

"'Wy'n gwbod ... ond ma' sïon dros y lle. Mae'r safle 'na yn Abertaf werth miliynau – allech chi ddeall bydde'r Cyngor yn falch o gael yr arian ..."

Roedd ei llygaid yn llawn pryder. Gafaelodd Bethan yn ei beiro unwaith eto a gwneud nodyn o'r holl amheuon.

"Ma' lot yn mynd 'mlaen," meddai'n feddylgar. "Fydde modd i chi gysylltu ag un o'r gweithwyr rhyw ar ein rhan ni?"

"Siŵr," amneidiodd Ruth. "Alla i feddwl am un neu ddwy – mae'r un sy'n siarad Cymraeg yn eitha cymeriad!"

Gwenodd Bethan.

"Grêt, diolch," atebodd. "Ma' hynny'n help mawr – dwi wir yn gobeithio gallwn ni neud rhywbeth ..."

Estynnodd Ruth am y llygoden i adfywio'i chyfrifiadur. Darllenodd yn ofalus, y sgrin yn goleuo ei llygaid gwyrdd.

"Fe gysyllta i 'da'r menywod nawr," meddai. "A fydden ni'n falch o unrhyw gyhoedduswydd. Mae pawb yn poeni, ac os na 'newn ni rhywbeth yn glou – bydd hi'n rhy hwyr ..."

Roedd hi'n tywallt y glaw pan gamodd Bethan o swyddfa Ruth i'r stryd siopa brysur. Roedd sefyllfa Abertaf yn fregus – ond roedd ei hysbryd wedi codi. Gwthiodd drwy'r siopwyr, ei meddwl yn carlamu wrth iddi sylweddoli bod 'na stori fawr ar ei stepen drws. Tasai un o'r merched yn fodlon siarad, fe allai ddysgu mwy am gynlluniau'r Cyngor. Ac roedd Rhys yn un da am dyrchu yn y byd gwleidyddol.

Yn ôl y cloc ar dŵr y Castell roedd hi'n gwarter i bump. Doedd hi ddim ymhell o dafarn newydd y Cei, lle roedd Elin yn gweithio ers dechrau'r tymor. Fe allai alw cyn i bobl gyrraedd o'u gwaith ac fe fyddai'n dda cael sgwrs a gweld y lle. Croesodd y ffordd wrth y goleuadau a brasgamodd drwy'r glaw trwm at yr afon.

Wedi troi'r gornel, safodd o flaen hen dafarn y Cei. Roedd y trawsnewidiad yn anhygoel, y teils Fictoraidd o amgylch y ffenestri yn sgleinio ac enw'r Cei wedi'i ddylunio mewn siarcol ar arwydd dros y portsh. Agorodd y drysau trymion, gan obeithio y byddai Elin wedi cyrraedd, a syrthiodd yn drwm dros y gris uchaf.

Rhegodd wrth lanio'n drwsgwl ar y llawr a rhwbiodd ei ffêr.

"Iasu! Ma' rhywun ar frys ..."

Camodd ffigwr o'r cysgodion, a gafael yn ei braich.

"Chi'n iawn?"

Cododd Bethan ei phen, gan deimlo fel ffŵl.

"Ydw, ydw – iawn," meddai, er bod ei phigwrn dde yn gwingo.

"Go dda," meddai'r dyn. "Y'n ni'n trio peidio niweidio'r cwsmeriaid."

Wrth i'w llygaid addasu i'r golau, sylwodd Bethan ei fod yn lledwenu. Roedd ei hymweliad cynta â'r Cei wedi dechrau'n ddramatig. Sythodd, gan geisio adfer ei hunan-barch.

"Sori," meddai'n ffurfiol, "Bethan dwi – mam Elin ... O'dd cyfarfod gyda fi'n y dre – o'n i'n meddwl falle fydde hi 'ma ..."

Cododd y barman ei aeliau'n awgrymog.

"Wel, mae hi fod 'ma," meddai. "Mae gwarter awr yn hwyr – ac y'ch chi wedi tynnu'n sylw at y ffaith ..."

Syllodd Bethan arno. Ai jôc oedd hyn? Doedd hi ddim yn gyfrifol am amseru gwael ei merch. Sylwodd fod y barman yn hŷn nag Elin a'i wallt yn dechrau britho. Y rheolwr, falle? Roedd e'n gwenu, beth bynnag. Gobeithiai nad oedd Elin mewn trwbwl.

"Dewch mewn – fydd hi ddim yn hir ... Croeso i'r Cei Newydd."

Trodd at y bar gyda Bethan yn ei ddilyn, yn gweddïo y byddai Elin yn cyrraedd ymhen munud neu ddwy.

"Declan dwi – y landlord," meddai'r dyn, gan dywys Bethan

at stôl uchel wrth y cownter. Camodd tu ôl i'r bar a gafael mewn mỳg lliwgar.

"Dwi'n sticio at baneidie yn y prynhawn," meddai. "Ond croeso i chi gael gwydraid o win ... glasiad o Guinness falle?"

Sylwodd Bethan ar y pympiau sgleiniog wrth y bar. Roedd hi'n amau fod 'na dinc o acen Wyddelig ganddo.

"Diolch," meddai, "ond well i fi sticio at y dŵr. Mae'n rhaid i fi yrru 'nôl mewn munud ..."

Dringodd i stôl uchel, gan edrych o gwmpas. Roedd y trawsnewidiad yn chwaethus, y bar pren tywyll yn sgleinio a hen luniau o ddociau Caerdydd wedi'u fframio ar wal o friciau moel. Yng nghornel bella'r stafell, roedd dwy soffa fawr o flaen tân agored, yn llosgi'n braf.

"Waw," meddai, "'wy'n lico'r décor. Y tro dwetha ddes i 'ma roedd y lle'n farwaidd – dim ond dau hen foi a wipet oedd yma!"

"Falch bo' ti'n lico fe," meddai'r barman. "Roedd lot o waith i neud pan gethon ni'r lle – ond o'dd e'n barod erbyn Nadolig – ac ers hynny y'n ni 'di bod fflat owt ... *Slainte*!"

Estynnodd wydr tal iddi, yn llawn ciwbiau rhew.

"*Slainte*!" meddai Bethan 'nôl, gan lyncu'r dŵr pefriog.

"Declan ..." meddai'n fyfyriol. "O Iwerddon y'ch chi'n wreiddiol?"

Yfodd Declan yn araf, cyn gosod ei fỳg ar y bar.

"Stori hir," meddai. "Roedd Taid o Cork, ond dwi'n *Kardiff born and bred* ... o'dd y teulu'n rhedeg tafarn yn Sblot."

"Swnio'n hwyl," medd Bethan, gan sipian y dŵr oer. "Felly – ddysgoch chi Gymraeg yn yr ysgol?"

"Tipyn bach," meddai. "Ond cyn dod i'r Cei o'dd tafarn gyda fi yn Canton. Llawn Taffia – ges i lot o gyfle i ymarfer." Gwenodd yn ddireidus. "Pan o'n i'n ifanc es i mas 'da merch o'r gorllewin – o Gaerfyrddin. O'dd rhaid i fi siarad Cymraeg i gael unrhyw sens wrthi ..." Pwysodd ar y bar. "Beth amdanat ti? Wedi bod yn gweithio, wedest ti?"

"Mmm." Annoeth iawn fyddai trafod Abertaf. Duw a ŵyr pwy oedd yn yfed yn y dafarn ac roedd fflatiau'r Cyngor ryw hanner milltir i ffwrdd dros yr afon.

"Dwi'n gweithio i gwmni teledu," meddai'n ofalus. "Rhaglenni dogfen – o'dd cyfarfod 'da fi yn y dre."

Cododd Declan ei aeliau.

"*Tough at the top*," meddai.

"Wel, mae'n waeth ar y gwaelod," medd Bethan gan gofio teils *polystyrene* y swyddfa a charpedi di-raen y coridorau.

Cyn iddi ddweud mwy, agorodd y drws yn glep a chlywodd sŵn traed yn clecian lawr y grisiau metel.

"Sori, Declan," galwodd Elin, "mae fel blydi monsŵn mas 'na ..."

Ymddangosodd o'r cysgodion, ei gwallt yn diferu a'i chot yn drwm gan law.

"Mam!" sgrechodd, gan edrych arni'n syn. "Be ti'n neud 'ma?"

"Roedd dy fam yn holi amdanat ti," atebodd Declan. "Ac oedd rhaid i fi weud wrthi bod dim dal pryd fyddet ti'n troi lan ..."

"Cheek." Tynnodd Elin ei chot gan dasgu dŵr dros y llawr. "Mae'n blydi arllwys mas 'na ... Dyle bo' fi'n cael *danger money* i ddod mewn ..."

"C'mon, *drama queen*," medd Declan. "Dere i siarad gyda dy fam cyn i'r pynters gyrraedd ... Mae 'di cael digon o siarad â fi nawr."

"Ddim o gwbl," medd Bethan, gan gynhesu ato. Roedd yn foi ffraeth, ar waetha'i amheuon ar y dechrau. "Diolch yn fawr am y diod."

"Croeso!" Gwnaeth Declan ei ffordd at ddrws cul yng nghefn y bar. "Galwch eto ... unrhyw bryd."

Aeth Elin a'i chot at fachyn yn y cefn, cyn cerdded 'nôl at y bar.

"Sut wyt ti, Mam? Ti'n edrych yn neis …"

Rhedodd ei bysedd drwy'i gwallt gwlyb.

"Sori bo' fi'n methu siarad ar y ffôn ddoe – o'n i newydd ddihuno. Ti'n ocê? O't ti'n swnio bach yn fflat …"

Craffodd ar Bethan, ei llygaid gwyrddlas yn bryderus.

Roedd Bethan heb ystyried bod Elin yn poeni amdani. Falle fod hynny'n esbonio ei hymateb.

"Dwi'n iawn," meddai, gan ymdrechu i swnio'n gryf. "Sut ma'r cwrs yn mynd?"

"Iawn, grêt …" Plygodd Elin i estyn gwydrau o'r peiriant golchi. "Ges i farc da am y traethawd ar Camus – diolch byth! Wnes i gopïo'r rhan fwya o'r we …"

"O …" Dechreuodd Bethan boeni. "Ddylet ti fod yn ofalus – allet ti fynd i drwbwl."

"Paid streso, Mam. Sa i'n stiwpid – dwi ddim yn copïo pob gair …"

"Falch i glywed." Calla dawo, meddyliodd.

"Mae'r lle 'ma'n ffab." Penderfynodd newid y pwnc. "Do'n i ddim yn meddwl fydde fe mor smart â hyn."

"Neis on'd yw e?" Sychodd Elin y bar gyda chlwtyn mawr melyn. Gwyliodd Bethan yn syn wrth iddi rwbio a sychu'n gydwybodol.

"Mae'n lle grêt i weithio," meddai dros ei hysgwydd. "A ma' Declan yn iawn pan dyw e ddim yn *schmoozio*'r cwsmeriaid …"

Ceisiodd Bethan gofio'i sgwrs. Doedd y barman heb ei tharo hi fel person ffals. Ond roedd 'na ddireidi yn y llygaid glas 'na – a gallai ddychmygu y byddai rhai menywod yn cael eu swyno.

"O'dd e i weld yn ddigon neis," meddai.

"God Mam! So ti'n mynd i gwmpo am y *Blarney bullshit* 'na, wyt ti?"

Gwenodd Bethan arni. "'Wy'n ddigon hen i edrych ar ôl 'yn hunan, paid ti becso!"

"Famous last words!" atebodd Elin.

"Ddes i 'ma i weud 'tho ti am y sgŵp 'wy 'di ca'l," meddai, gan sugno'i diod drwy'r blociau rhew. "Alle hwn fod yn masif. Ac os galla i stacio fe, fydd dim rhaid i fi dynnu 'ngwallt mas gyda Teisennau Teifi."

"Haa!" Rhedodd Elin y clwtyn dros y pympiau cwrw.

"Go Mam! Mae'r stori cacs 'na'n swnio'n rybish. 'Neith les i ti gael rhywbeth teidi i weithio arno ... 'Nai edrych ar ôl Anwen os ti'n ffilmio ..."

Fflachiodd wên ar ei mam.

"Diolch, Miss!" Roedd Bethan yn gwerthfawrogi'r cynnig, er iddi wybod na fyddai dwy funud sbâr gan Elin dros yr wythnosau nesa.

"So ... beth yw'r sgŵp, Mam?" gofynnodd Elin.

Trodd Bethan at yr olygfa dros yr afon.

"Cadwa fe dan dy het ..." meddai, "ond ma' datblygiade mawr i fod yn Abertaf. Ges i gyfarfod gyda gweithiwr cymdeithasol sy'n dweud bod yr heddlu'n symud gweithwyr rhyw o'r ardal yn barod." Gostyngodd ei llais. "Ma' sôn bod y Cyngor yn mynd i gnocio'r fflatiau cymdeithasol lawr a symud y tenantiaid – a bod y datblygwyr yn codi bloc o apartments drud yn eu lle."

Sylwodd fod Elin yn rhoi'r gorau i sychu'r cownter.

"Mae hwnna'n ofnadw!" Crychodd Elin ei thalcen. "O's hawl 'da'r Cyngor i neud 'ny? Allan nhw ddim jyst cicio'r tenantiaid mas, allan nhw?"

Rholiodd Bethan ei llygaid. "Wel, sdim byd yn swyddogol eto – ond alla i ddeall bod y safle 'na werth miliyne erbyn hyn ... Y stori yw bod y Cyngor yn mynd i godi fflatiau i'r tenantiaid draw yn Roath Moors. Ond mae'n dwll o le – yn bell o bob man ... a sdim byd 'na ond yr *incinerator* ..."

"Mae'n warthus ... Ma' gormod o fflats yn y Bae fel mae – a ma' Abertaf yn llawn cymeriad ..." Pwysodd Elin ar y bar, gan edrych draw i gyfeiriad yr afon. "Dylet ti *definitely* neud y stori, Mam – dwed wrth Selwyn lle i stwffio'r teisennau."

"*I wish*..." gorffennodd Bethan ei diod. "'Wy wir eisie neud adroddiad – ond cadwa pethau'n dawel ... Sa i eisie'r datblygwyr i wbod bo' fi'n potshan 'da'r stori ..."

"Siŵr." Gwnaeth Elin ystum sip dros ei gwefusau. "Cadwa i fe dan fy *toupée* ... ti ishe fi holi?"

Nodiodd Bethan arni. "Fydde hynna'n grêt – diolch ... Jyst troedia'n ofalus – os yw'r Cyngor yn ffindo mas bo' fi ar ôl y stori alle'r holl beth chwythu lan yn fy wyneb ..."

Daeth sŵn traed o gefn y stafell, a cherddodd dau ddyn busnes lawr y grisiau i'r bar, eu cotiau'n wlyb diferol.

"Well fi fynd!" Estynnodd am ei bag. "'Wy fod i gasglu Anwen cyn chwech ..."

Cododd Elin y cownter a daeth i'w chofleidio. "Lyfli i weld ti Mam," meddai. "Ffonia i ti ar y penwythnos ... Cer mas i enjoio dy hunan, ocê? Ti'n edrych yn grêt ..."

"Diolch, El." Gafaelodd Bethan ynddi'n dynn. Wrth droi i fynd, gwelodd fod Declan 'nôl wrth y bar.

"Hwyl, Bethan," galwodd, gan godi ei law.

"Hwyl," atebodd, "a diolch am y diod."

Camodd tuag ati ac estynnodd ei law.

"Croeso – unrhyw bryd," meddai gan wenu. Gwenodd Bethan 'nôl arno, gan weld bod Elin yn iawn am ei bòs. Roedd y llygaid glas 'na'n pefrio. Sylweddolodd fod Declan yn dweud rhywbeth.

"Dere draw am ginio rhywbryd – pan ma' Elin yn gweithio. Mae'r cinio dydd Sul 'ma'n dda, os ti'n rhydd ..."

Cododd Elin ei haeliau mewn rhybudd.

"Y ... Diolch – gawn ni weld sut mae'n mynd ..." atebodd Bethan yn ddryslyd.

Roedd Elin yn dal i rythu arni, wrth iddi godi'r cwfl dros ei gwallt gwlyb a chamu unwaith eto i'r glaw.

6

ELIN

Gafaelodd Elin mewn plât pren yn llawn olewydd, ham coch a darnau o gaws wedi'u hanner bwyta. Gwthiodd trwy'r dorf tuag at y gegin gan wirio'r cloc uwchben y bar. Hanner awr i fynd, diolch byth, ac fe fydd hi oddi yno.

"Sut mae'n mynd, lyfli *girl*?"

Roedd Jo, y cogydd o Cork, yn ei siaced wen, yn smocio wrth y drws cefn, yn chwythu mwg i'r lôn gul tu allan.

"Rybish!" meddai Elin gan daro'r hambwrdd lawr ar y cownter. "Pawb yn pisd. Criw o tosyrs ar ford pedwar – maen nhw'n cwyno am y caws – rhy feddal, *would you believe*?"

Taflodd Jo stwmpyn y ffag i'r ali, a chau'r drws.

"Blydi *cheek*!" poerodd. "Perl Las yw hwnna."

"*Pearls before swine!*" Gafaelodd Elin mewn cyllell i dorri tolc o'r caws glas, a'i lyncu'n gyfan.

"Mmm," mwmiodd, "... ma' hwn yn lyfli." Crafodd y gweddillion i'r bin. "Oes ryw crap *sliced* 'da ti? Maen nhw mor hamyrd, allet ti roi *cheese strings* iddyn nhw ..."

"Idiots! Poera yn eu bwyd!"

"Ha!" meddai Elin. Roedd Jo wastad yn codi'i chalon. "Rhoia i bopeth 'nôl ar blât glân gyda bach o tshytni. Fyddan nhw ddim callach."

"Gwd plan!" Agorodd Jo ddrws yr oergell a chwilio yn y gwaelod.

"'Na ti," meddai, gan dorri sleisien o gosyn anferth a'i osod ar soser. "Dwi off! Ti'n mynd 'mlaen i rhywle?"

"O, ydw!" Gafaelodd Elin yn y soser. "Os alla i ddianc o'r *Last Chance Saloon!*"

Chwarddodd Jo, gan wisgo'i siaced beicar. "*Duracell bunny!* Ble ti'n cael yr egni, dwed?"

"Fodca shots ac agwedd bositif, Jo!" Gwenodd Elin, gan ddwyn sleisen arall o gaws. "'Nôl â fi i sortio'r dyn blin! *Buenas noches*, Jo!"

Aeth â'r plât 'nôl at fwrdd pedwar gyda gwên ar ei hwyneb a brysiodd at y bar lle roedd Kam yn gosod gwydrau yn y peiriant golchi.

"Nyts 'ma heno, on'd yw e?" Roedd ei freichiau'n frown dan lawes y crys gwyn. Ceisiodd Elin beidio syllu, a gafaelodd yn y gwydrau brwnt ar y cownter.

"Hanner awr arall a fydda i ar y *raz* ... *Cannee weet!*"

Gwgodd Kam arni.

"Beth o'dd hwnna? Cymraeg neu Rab C. Nesbitt?"

"Sori!" Cnodd Elin ei gwefusau. "Di-chwaeth, 'wy'n gwbod – ond 'wy ffaelu aros. Ma'r twats 'na ar ford pedwar yn gneud 'y mhen i ..."

Cododd Kam o'i gwrcwd. "Cymraeg gloyw, Elin!" meddai'n goeglyd.

"I fod yn deg," meddai Elin, "'nes i daflu treiglad trwynol mewn 'na rywle ..."

"Swnio'n rybish i fi," meddai Kam. "Beth ti fod i weud, eniwe?"

Meddyliodd Elin am eiliad. "Maen nhw'n dân ar fy nghroen? Ddim cystal, tho' ..."

Syllodd Kam arni.

"Tân ar y croen? *Seriously*? Beth yw hwnna – math o rash?"

Cododd Elin ei hysgwyddau. "Dim clem. Rhywbeth ych a fi. Es ti i Plasdŵr ... pam ti'n gofyn i fi?"

"Ail iaith, *innit*?" meddai. "Teulu Dad o'r Punjab – whare teg!"

Estynnodd Kam am liain a dechreuodd sychu'r gwydrau yn y sinc.

"Fi'n cofio ti yn y Chweched – ti'n iau na fi on'd wyt ti?"

"Un deg naw," medd Elin. "Fi'n cofio ti hefyd. O't ti'n un o'r bechgyn drwg ... *As I remember* ..."

"Haaa! Cofio ti hefyd – swot! Do'n i ddim yn rili ddrwg – bywiog! O'n i'n casáu ysgol – wedi setlo nawr, ondife. Nawr bo' fi 'di cyrraedd y *twenties*!"

"Idiot," medd Elin, gan wthio heibio iddo.

"Reit! 'Wy'n mynd i roi'r *final warning* i'r *toxics* 'na ar ford pedwar. 'Wy'n mynd draw i'r Havana Bar wedyn, os ti ffansi? Ma' cwpwl o'n ni'n mynd ..."

"Hmm, sa i'n siŵr." Cymylodd wyneb Kam.

"Dim probs!" Syllodd Elin arno. Nid dêt oedd hi'n ei gynnig.

"Na ... na," atebodd Kam yn gyflym. "'Na i ddod – unwaith y'n ni 'di cico'r Pontypwl Ffrynt Row mas. Trwbwl yw, alla i ddim aros – fi 'di addo galw heibio Mam bore fory. Ma' 'mrawd i'n chwarae lan, *big time* – wedes i fydden i'n mynd draw i sortio fe ..."

Meddalodd Elin.

"Swnio'n *heavy*! Beth sy'n bod ar fechgyn dyddie 'ma? Ma' 'mrawd i'n blydi hunlle hefyd. 'Na i gyd mae'n neud yw lolian ar y gwely'n smocio wîd ..."

"Bastards bach," ochneidiodd Kam. "Ma' Jay 'di cael ei sysbendio o'r ysgol ..."

"Shit! O Plasdŵr?"

"Ie – jyst am un diwrnod. Ond ma' Mam yn tynnu'i gwallt mas ... a mae e'n cymryd y pis." Ochneidiodd, cyn troi ati. "Wna i ddod am un. Ti'n mynd yn syth o'r dafarn?"

"Iep – unwaith 'wy 'di clirio.

Gwenodd Kam arni.

"'Na'n siŵr bo' ti'n ca'l tip teidi wrth y *rowdies* ..."

Edrychodd Elin i ben pella'r bar lle roedd dyn boliog yn straffaglu i godi o'i sedd.

"Siŵr!" meddai. "Fydda i'n wên i gyd, nes bo' nhw'n talu ... wedyn – eff off!"

Gwnaeth ystum ffiaidd i gyfeiriad y ford.

"Hei, swoti – ti'n gallu bod yn sgeri pan ti'n trio!" Edrychodd Kam arni'n llawn edmygedd.

7

Parciodd Bethan wrth y tŷ teras a diffoddodd yr injan. Doedd dim golwg o neb, ac roedd y blwch llythyrau'n llawn pamffledi. Rhoddodd ei ffôn ym mhoced allanol ei bag, gan weddïo na fyddai ganddi reswm i alw rhywun ar frys, a chamodd at y drws.

Cnociodd yn galed, a chamodd 'nôl, gan amau bod rhywun wedi symud y cyrten dros y ffenest.

Wrth iddi boeni bod y ferch wedi newid ei meddwl, clywodd sŵn traed ar y grisiau, a bollt trwm yn cael ei dynnu. Daeth merch ifanc, welw, i'r golwg, yn dal cardigan lwyd dros ei hysgwyddau.

"Sam?" Gwnaeth Bethan ymdrech i fod yn gyfeillgar. "Bethan – o gwmni Wales/Cymru. Y'ch chi dal yn hapus i siarad?"

Gwenodd Sam, gan ddangos rhes o ddannedd anwastad.

"Siŵr! Dewch i mewn. Sori ... ma' cwpwl o *weirdos* rownd fan hyn – fi'n gorfod bod yn ofalus."

Camodd Bethan dros domen o lythyron wrth y drws ffrynt.

"Esgusodwch y mès!" Gwnaeth Sam ei ffordd lan y grisiau. "Ma' Wayne a Waynetta Slob yn byw lawr llawr. Fi 'di dweud wrthyn nhw am glirio'r rybish – ond ma' nhw off eu pennau rhan fwyaf o'r amser."

Dilynodd Bethan y ferch lan y staer ddigarped, gan obeithio na fyddai Wayne a Waynetta yn deffro a chreu helynt.

Ar y llawr cynta, gwthiodd Sam y drws a chamodd i stafell

foel, gyda soffa ledr yn erbyn y wal yn wynebu teledu anferth. Aeth at sinc yn y gornel bellaf ac agorodd y tap.

"Paned?" gofynnodd, wrth lenwi'r tegell.

"Lyfli," atebodd Bethan, ei llygaid yn crwydro at y ffenest a'r iard dywyll tu allan yn llawn bagiau du.

Eisteddodd ar y soffa, gan droi at y ferch ifanc.

"Diolch am gytuno i siarad," meddai. "O'n i'n meddwl falle fydde'n well i fi drafod pethe gyda ti gynta ..."

"Dim probs," atebodd Sam yn hwyliog, gan dynnu cyllell fara o'r drôr dan y sinc. Carlamodd calon Bethan, ond dechreuodd Sam lifio'r tâp gludiog dros barsel Amazon ar y cownter.

"Mae'n olréit," meddai. "Fi'n hapus i siarad. Wedi gneud ail iaith yn ysgol – *long as you pays me, innit*?"

"Wrth gwrs." Cadwodd Bethan ei llais yn niwtral. Allai hi ddim addo ffortiwn, o nabod sefyllfa ariannol 'Y Byd a'r Betws'.

"Alla i roi tua cant i ti am y cyfweliad – cash. Mwy os wnewn ni fwy na diwrnod." Cliriodd ei gwddwg. "Bydd rhaid i fi roi e fel treuliau ... *expenses* – achos, yn ôl y rheolau – dy'n ni ddim fod i dalu neb am dorri'r gyfraith."

Pwyllodd gan obeithio nad oedd Sam yn gweld yn chwith. Ond roedd ei hwyneb yn ddifynegiant.

"*Whatevs* ..." meddai'n gymodlon. "Ond paid cymryd siots o gwyneb fi – ocê? Ma' pobl doji o gwmpas – dwi ddim eisie neb i nabod fi."

"Siŵr!" Roedd Bethan yn gwybod beth i'w ddisgwyl. "'Newn ni siots o bell – a dangos dy ddwylo, cefn dy ben – y peth dwetha dwi ishe yw bod ti'n mynd i drwbwl ..."

Estynnodd Sam fŷg mawr ati.

"Ie, gwd. *Cheers!*"

Roedd y stafell yn oer. Yfodd Bethan lymaid o'r te cynnes. Er syndod iddi, roedd yn gryf ac yn llawn blas. Ymlaciodd gan droi ei golwg at Sam.

"Fyddai'n iawn i fi ofyn cwpwl o bethau i ti nawr cyn

ffilmio? ... Jyst i wybod sut ddechreuest ti yn dy waith a pham bo' ti'n dal i neud e ...?"

"Ie, *fine*." Nodiodd Sam ei phen. "*Fire away* ...!"

Fflachiodd wên lydan ar Bethan, gan ddangos bod dant blaen wedi torri.

Edrychai'n bert wrth wenu, meddyliodd Bethan. Allai ddim fod llawer hŷn nag Elin.

"So ..." gafaelodd yn ei beiro gan dynnu'r llyfr nodiadau o'r bag.

"Sut ddechreuest ti weithio ar y strydoedd, Sam – o't ti bownd o fod yn ifanc?"

Trodd Sam i syllu drwy'r ffenest cyn ateb.

"O'n i'n un deg pump," meddai, gan afael yn ei chwpan. "O'n i ar drygs ac o'n i'n anhapus adre. O'dd stepdad newydd 'da fi – o'n i'n casáu e ... a wel ... o'dd ffrind 'da fi o'dd yn gweithio'r strydoedd ..."

Edrychodd i'r pellter, fel petai'n trio cofio rhywbeth.

"Es i mas gyda hi – a'r noson gynta, 'nes i ddau gan punt. Lot o arian. Os ti'n meddwl amdano fe – ti'n gallu neud un G yr wythnos."

Doedd dim arlliw o hunandosturi wrth iddi adrodd ei hanes.

"Pymtheg oed o't ti," dechreuodd Bethan, ond aeth Sam yn ei blaen yn ddi-lol.

"Fi 'di trio gweithio mewn bar – ond mae'r arian yn rybish. Fi angen yr arian – ma' *regulars* 'da fi nawr – fi'n gwbod be fi'n neud. Fi'n gallu fforddio holides, bwyta mas ..."

Sgrifennodd Bethan yn ei llyfr cyn troi 'nôl ati.

"Dyw e ddim yn poeni ti – neidio mewn i geir gyda dynion dierth?"

Ochneidiodd Sam.

"Fi'n iwsd iddo fe nawr ... Fi'n gwbod sut i edrych ar ôl fy hunan."

Estynnodd am becyn o sigaréts o'r bwrdd isel o'i blaen.

"Ti'n meindio? Fi'n gaspio ..."

Agorodd y ffenest a thaniodd sigarét gan chwythu'r mwg allan i'r glaw.

"Ie ... fel o'n i'n gweud ... Ma' *regulars* 'da fi nawr – fi'n nabod nhw. A ... os 'wy ddim yn lico golwg rywun, 'wy'n gweud na ..."

Anadlodd y mwg yn ddwfn i'w hysgyfaint.

"Fi 'di ca'l cwpwl o *close shaves* – 'nath pynter drio stranglo fi unwaith. Ond fi'n gwbod sut i edrych ar ôl 'yn hunan – a ma' ffrind 'da fi sy'n watsho mas drosta i, os ti'n deall ..."

Gafaelodd Bethan yn ei phaned a llyncodd yn galed. Roedd Sam i'w gweld yn ddigon hapus ei byd, er bod ei phryd gwelw a'i dannedd cam yn awgrymu nad oedd bywyd yn fêl i gyd. Roedd y 'ffrind', ar y llaw arall, yn swnio'n fwy amheus. Gobeithiai nad oedd yn loitran tu fas.

Gosododd ei mỳg ar y bwrdd gan bendroni faint roedd Sam yn ei wybod am ddatblygiad Abertaf. Ac a fyddai'n fodlon rhannu unrhyw sïon?

"Waw!" meddai'n dawel. "Mae'n dda bo' ti'n gallu edrych ar ôl dy hunan, Sam ..."

Edrychodd i fyw ei llygaid.

"O'dd Ruth yn sôn bod datblygiadau mawr yn Abertaf ... a taw dyna pam mae'r heddlu'n eich symud chi o'r ardal ...?

Cymylodd wyneb Sam. Ysgydwodd ei phen, fel tasai'r cynllun y tu hwnt i eiriau.

"Mae'n disgysting beth ma' nhw'n neud – cico pawb mas o'r fflats ... Ma' rai pobl wedi byw 'na trwy eu bywyd – a nawr ma' nhw ishe symud nhw i'r Roath Moors – *of all places* ..."

Taflodd stwmpyn ei sigarét drwy'r ffenest a'i gau'n glep, er mawr ryddhad i Bethan, oedd yn dechrau crynu yn y gwynt oer.

"Mae'r ymchwilydd yn ein swyddfa ni wedi siarad â'r Cyngor – ond maen nhw'n dal i weud bod dim byd yn bendant ... a mae'n anodd gwybod ble i ddechrau ..."

Pwffiodd Sam gan rolio'i llygaid. "Dy'n nhw ddim yn fodlon dweud – ond mae pawb yn gwybod be sy'n digwydd. Ma'r contractors 'di bod lawr 'na ers wythnose'n tsheco'r seit ..." Siglodd ei phen yn flin.

"*Luxury flats* – 'na beth maen nhw eisie. Bydd y lle'n llawn o *yuppies* a bydd neb o Abertaf yn gallu fforddio nhw. 'Na pam ma' nhw'n symud ni mas. Dim eisie'r pris tai fynd lawr achos y *prostitutes* ... As iff bod dim pynters yn y sybyrbs ... 'Sen i'n rhoi list i chi, bydde lot o bobl pwysig mewn trwbwl!"

Cododd Bethan ei haeliau ond tawodd Sam yn sydyn, ei gwedd yn awgrymu'n gryf nad oedd am fwy o gwestiynau.

"Ocê," medd Bethan, gan benderfynu peidio â holi mwy am y tro. "Mae hwnna'n help mawr. A paid â phoeni – 'na i ddim sôn wrth neb o ble 'wy 'di cael yr wybodaeth."

Agorodd y calendr ar ei ffôn. Fyddai'n well iddi gael cyfweliad Sam yn y can o fewn y dyddiau nesa, rhag ofn iddi newid ei meddwl neu ddiflannu'n llwyr.

"Allen ni ddechrau ffilmio wythnos nesa, os wyt ti ar gael? ... Ti o gwmpas dydd Mawrth – dim rhy hwyr, ond ma' eisie iddi fod yn dywyll. Tua chwech?"

Nodiodd Sam gan ddangos ei dannedd cam. "Ma' hwnna'n *fine* – bydd cwpwl o pynters o gwmpas am chwech ..."

"Ie – grêt ..."

Daeth sŵn trydar o'i ffôn a gwelodd Bethan fod Brenda wedi danfon tecst.

"Well i fi fynd," meddai, gan godi ar ei thraed. "Mae'r bòs yn dechrau holi lle rydw i ..."

"Dwed 'tho fe lle i fynd," meddai Sam yn swrth. "Ti'n neud dy job, on'd wyt ti?"

Chwarddodd Bethan yn iach.

Taflodd Sam olwg ddirmygus i gyfeiriad y ffôn.

"Blydi dynion," meddai. "Sa i'n trystio un ohonyn nhw. 'Wy ishe dweud 'thyn nhw lle i fynd – ond dwi angen y blydi arian!"

Chwarddodd Bethan yn uchel.

"Deall yn iawn," meddai'n ddiplomyddol, gan wisgo'i chot.

"Edrych 'mlaen i weld ti dydd Mawrth – mae'n rhif i gyda ti, os oes problem ..."

"Bydd e'n iawn, Beth ... Neis cwrdd â ti." Roedd llygaid Sam wedi meddalu.

"Actiwali," meddai, "Kayley yw'n enw i – fi'n iwso Sam i'r gwaith."

"Wel, neis cwrdd â ti hefyd, Kayley."

Siglodd Bethan ei llaw. Agorodd Sam y drws a'i ddal ar agor wrth iddi gamu allan i'r landin ac i lawr y grisiau i'r stryd.

8

"Wedest ti bod y cacs yn *goer*!"

Craffodd Selwyn arni dros ei sbectol.

"O'n i'n meddwl fod e'n *goer* ..."

Daeth ei llais allan fel sgrech a phwyllodd er mwyn llonyddu.

"Mae Meirion Mainwaring wedi addo hala dogfennau ata i – ond pob tro dwi'n gofyn amdanyn nhw, mae rhyw broblem ... Ma' rhaid i fi neud penderfyniad ... ma'r rhaglen yn mynd mas mewn tair wythnos ..."

Ceisiodd wenu'n enillgar ar Selwyn o'i safle ar y soffa isel, ond doedd ei bòs ddim mewn hwyliau i gymodi.

"Ti'n mynd off heb ganiatâd a ti 'di taro dêl gyda ryw *low life*," poerodd, gan dynnu losin o'r pecyn ar ei ddesg a'i grensian yn flin.

"Sut wyt ti'n gwybod bod y ferch 'ma ddim yn mynd i ddiflannu munud ola a gadael ti yn y cach eto?"

Cymerodd Bethan anadl ddofn.

Low life, wir! Doedd swyddfa'r 'Byd a'r Betws' ddim tamaid mwy moesol, yn ei danfon yn gyson i seboni gwleidyddion llwgr ac i boeni teuluoedd mewn trafferth. Syllodd yn fud ar Selwyn gan deimlo'r gwrid yn codi ar ei gwddf.

Gwnaeth ymdrech arwrol i wenu.

"Ocê," meddai, gan feddwl yn gyflym. "Dwi'n deall bo' ti'n poeni, ond ges i sgwrs hir gyda Sam a dwi'n siŵr 'neith hi siarad.

Ma' hi'n agored iawn am ei chefndir a sut ddechreuodd hi yn y gwaith ... mae'r swyddog maes yn poeni am y sefyllfa a mae hi 'di cytuno i siarad ar gamera."

Roedd golwg Selwyn wedi crwydro allan i'r maes parcio lle roedd merch ddeniadol yn sgwrsio gydag un o'r dynion camera. Penderfynodd balu 'mlaen, yn y gobaith y byddai rhywfaint o'r ddadl yn treiddio i'w isymwybod.

"Ma'r heddlu 'di cadarnhau eu bod nhw'n trio symud y *kerb-crawlers* o Abertaf ..."

Arhosodd nes bod Selwyn yn troi 'nôl ati.

"Alla i ga'l hwn yn y can wythnos nesa," meddai'n daer, "yn lle gwastraffu amser yn aros am ryw waith papur sy' ddim yn mynd i droi lan ..."

"Ocê!" Llyncodd Selwyn y losin yn ei geg, fel bod ei dagell yn crynu. "Dwi eisie briff erbyn fory – un paragraff – dim traethawd. A 'wy ishe *top line* cryf."

Gwgodd arni eto.

"Bydd rhaid fi werthu hwn i Rhiannon – a cred ti fi, mae hi'n dechre colli amynedd gyda'r holl newidiadau ..."

"Iawn ... iawn," cytunodd Bethan, gan deimlo'i hysgwyddau'n llacio.

"Dwi'n meddwl bod 'na stori dda 'na – a ma' mwy i ddod. Mae sïon bod y Cyngor yn mynd i daflu'r tenantiaid o'r fflatie – os alla i brofi'r peth ..."

"Beth?" Roedd llygaid Selwyn yn bolio. "Stop ... stopia fan'na, Bethan – am y tro ola ... dwyt ti ddim yn mynd i newid y stori eto. Ti 'di hala deg munud yn gwerthu'r stori newydd 'ma i fi a dwi wedi cytuno. Puteiniaid, heddlu – *fine* – os yw'r ferch yn fodlon siarad. Ond paid â dechre edrych i bob cyfeiriad neu byddi di dros y lle i gyd eto." Cododd o'i gadair gan edrych arni'n flin.

"Mae dy slot di mewn cwpwl o wythnosau a gelli di ddim disgwyl i Brenda i newid y Rota bob tro ti'n newid dy feddwl ..."

"Beth?"

Daliodd Selwyn ei law i fyny fel heddwas yn atal y traffig.

"Dyna ddigon, Bethan. Mae adroddiad Gwyn ar gynnyrch llaeth yn gorfod cyd-fynd â Gŵyl Odro Cymru mewn tair wythnos – a gelli di ddim disgwyl i bawb yn yr adran newid eu trefniadau achos bo' ti'n cael ryw chwilen yn dy ben ..."

Gwthiodd ei gadair yn ôl a gafaelodd yn ei fag mawr lledr.

"*Prostitutes*, *glitz*, llunie secsi – mae eisie gwylwyr arno ni, Bethan. A dyw *planning dispute* diflas ddim yn mynd i ddenu'r crowds. Capish?"

"Ocê, Don Corleone," meddai llais bach ym mhen Bethan, cyn iddi ateb "Iawn" yn bendant. O leia roedd y sinach blin wedi cytuno iddi ffilmio gyda Sam. Fe allai gadw llygad allan am unrhyw ddatblygiadau gyda'r stori, a symud 'mlaen cam wrth gam. Cerddodd 'nôl at ei desg, gan glywed geiriau Selwyn yn ei meddwl – Gŵyl Odro Cymru, yn wir!

"Paragraff, Bethan – erbyn fory," taranodd Selwyn y tu cefn iddi.

Eisteddodd Bethan yn araf a thanio'r cyfrifiadur.

Roedd perswadio Selwyn fel chwarae plant, pan oedd ar frys i ddychwelyd at y cwrs golff. Ond roedd Rhiannon Rowlands yn fater arall. Gyda'i huchelgais noeth, a'i hawydd i blesio cyfarwyddwyr y cwmni, fe fyddai hi o'i cho' petai'r stori'n cwympo'n ddarnau. Ac fe allech chi fentro nad gwaed Selwyn fyddai'n difwyno carped *polystyrene* W.C. Prods pan fyddai'r ffrwydrad yn digwydd.

Synhwyrodd symudiad o'r swyddfa gefn, a chamodd Selwyn o'i swyddfa, â'i fag yn ei law.

"Reit – dwi'n mynd. Fydda i ar y *mobile* os oes angen – a Bethan ..." Taflodd olwg amheus dros ei sbectol. "Briff llawn, a.s.a.p."

Cododd Rhys ei ben wrth iddo ddiflannu drwy'r drysau dwbwl.

"Ffyc sêc ... odyw e'n mynd? O'n i eisie trafod y stori 'ma 'da fe ..."

Cymylodd gwedd Brenda.

"Ma' lot o waith admin 'da Selwyn – ar ben y gwaith arferol ..."

"Wel, dyw trefnu trips Côr Meibion Trelales ddim yn waith, odyw e?"

Pwysodd Rhys 'nôl yn ei gadair, gan siglo'i ben.

"Dwi 'di neud llwyth o alwadau ar stori Caerfyrddin – ac alla i ddim symud 'mlaen nes bo' fi 'di siarad ag e ..."

Gafaelodd yn ei ffôn, gan decstio'n brysur. Dechreuodd Bethan ofidio.

"Gobeithio bod e'n mynd i baco fi ar y stori 'ma," meddai'n daer. "'Wy'm yn credu bod e 'di deall yn iawn ..."

"Blydi rybish." Trawodd Rhys ei ffôn ar y ddesg. "*Seagull School of Management*. Ma' nhw'n diflannu rywle cyn dod 'nôl i ddomi drostoch chi ..."

Ochneidiodd Brenda.

"Wel wir!" meddai, gan godi ar ei thraed. "Alla i ddim gweithio mewn awyrgylch mor negyddol. 'Wy'n mynd dros y ffordd i moyn coffi."

Gafaelodd yn ei chot a chlodd ei chyfrifiadur, gan wneud Bethan yn fwy pryderus fyth. Pa wybodaeth gyfrinachol oedd ar y ffeiliau?

Arhosodd nes bod sŵn traed Brenda yn diflannu cyn dal llygad Rhys a chwerthin yn uchel.

"Shit!" meddai Rhys. "Mae mewn cariad 'da fe."

Pwysodd Bethan 'mlaen gan sibrwd, "Watsha be ti'n weud, Rhys – 'wy'n credu bod hi'n cadw tabs arnon ni ..."

Amneidiodd at gyfrifiadur Brenda.

"Beth?" rhythodd Rhys arni. "Ma' hynny'n *sneaky*. Shit! Dwi'n *fucked* ..."

"Dwi'n meddwl bo' ni i gyd yn y cach ..."

Dychwelodd Bethan at y sgrin gan grafu'i phen am bennawd trawiadol.

"*Targedu'r towts? Pwyso ar y pynters?*"

Go brin y byddai'r un ohonyn nhw'n ennill gwobr goffa Kate Roberts, ond roedd Selwyn yn hoff o frawddegau bachog. Tybiai nad oedd e'n darllen y gweddill. Dylyfodd gên yn ddiog cyn agor y Rota i weld pa ddyn camera oedd ar gael yr wythnos ganlynol.

Ond wrth iddi astudio'r daenlen, clywodd Brenda'n agosáu, yn dal paned o de a *croissant* anferth mewn bag papur.

"Ti'n gwbod pwy sy'n ffilmio 'da fi wythnos nesa?" gofynnodd Bethan, wrth i Brenda dynnu'r gacen o'r cwdyn a dechrau cnoi.

Llyncodd Brenda yn sydyn.

"Ffilmio! Anghofies i ... Fi 'di bod lan hyd 'y nghlustie 'da parti Selwyn ..."

Daeth pesychiad o ddesg Rhys.

"Paid becso..." Trawodd Brenda y *croissant* ar blât papur a dechreuodd deipio'n ffyrnig.

"*Don't panic, don't panic* ... 'wy *on the case* ... Criws – ble ma'n nhw, nawr ...?"

Agorodd daenlen anferth a sganiodd y sgrin â'i llygaid.

Trodd stumog Bethan wrth feddwl am yr oblygiadau. Fe fyddai'r dynion camera gorau i gyd yn brysur. A doedd hi ddim am feddwl am ymateb Selwyn o glywed bod problem arall gyda'r rhaglen.

Pan drodd at Brenda, roedd golwg ddychrynllyd arni, ei bochau'n fflamgoch a'i llygaid yn llawn panic.

"Paid poeni," meddai, "wna i drio helpu ..."

Doedd dim byd i'w wneud ond gweithio'n hwyr. Camodd at swyddfa Selwyn a chododd y ffôn i alw Gareth.

"Helô?" meddai'n swta.

"Fi sy' 'ma. Sori i boeni ti ond ma'n rhaglen i'n cwmpo'n

ddarnau. Oes unrhyw siawns gelli di gasglu Anwen am chwech?"

Daeth dim ateb o'r pen draw. Syllodd Bethan ar ei ffôn, y pryder yn corddi yn ei bol.

"Bethan!" Roedd llais Gareth yn oeraidd. "Mae'n hanner awr wedi tri. Alla i ddim gadael popeth ar fyr rybudd ..."

"Sori – fydden i ddim yn gofyn oni bai bo' fi'n desbret ..."

Daeth ochenaid hir o ben draw'r llinell.

"Wel, sori – ond dwi'n brysur hefyd, Bethan ... dwi 'di addo gwarchod Anwen dros y penwythnos. Mae rhaid i ti sortio dy broblemau dy hun o hyn ymlaen ..."

"Gwarchod!" sgrechiodd Bethan yn ddiamynedd. "Ti yw ei thad hi ...!"

"Bethan." Roedd llais Gareth yn ffug-resymol. "Os wyt ti'n mynd i weiddi, bydd rhaid i ni ddod â'r sgwrs i ben ..."

"O, ffyc off." Roedd hi wedi colli pob rheolaeth. "Anghofia amdano fe – bydd rhaid i fi adael popeth a dod 'nôl nes 'mlaen ..."

Aeth y llinell yn dawel, a theimlodd Bethan y dagrau'n cronni. Y bastard hunanol, meddyliodd, gan sylweddoli bod pob gair i'w glywed yn y stafell nesa.

"Hasls?" gofynnodd Brenda wrth iddi ddychwelyd at ei desg.

"Na, mae'n iawn." Gwnaeth Bethan ymgais aflwyddiannus i wenu.

"Weeel." Gosododd Brenda nodyn bach melyn o'i blaen. "Ma' newyddion da 'da fi! 'Wy 'di ffeindio dyn camera i ti ..."

Daliodd Bethan ei hanadl.

"Waw!" meddai'n syn. "Grêt! Pwy yw e?"

Roedd Brenda yn wên o glust i glust.

"Declan Dawson," meddai. "Ma' fe'n ffantastig! Newydd ga'l *cancellation* a ma' fe'n rhydd."

"Declan?" Dechreuodd Bethan amau fod y dadlau wedi'i drysu. Os gofiai'n iawn, Declan oedd enw landlord y Cei.

"Gwyddel yw e?"

"Sa i'n siŵr." Crychodd Brenda ei thalcen. "'Wy'n credu bod e o Ystradgynlais. *Highly recommended*. Ma' cwmni'i hunan 'da fe – ni'n lwcus bod e ar ga'l ..."

Cododd ysbryd Bethan. Chwarae teg i Brenda, roedd wedi torri ei bol i achub ei rhaglen.

"Grêt! Diolch! Arna i ddrinc mawr i ti!"

Gwenodd Brenda, gan basio nodyn ati gyda rhif y dyn camera wedi'i sgrifennu arno.

Darllenodd Bethan y nodyn yn frysiog. Rhyfedd ei bod wedi taro ar draws dau Declan o fewn dyddiau. Ond doedd dim amser i bendroni.

Dechreuodd ddeialu'r rhif pan deimlodd ergyd ar ei hysgwydd.

"Wow ... wow – stop!"

Pwysodd Brenda drosti gan ddileu'r enw ar y nodyn melyn.

"Darren yw e – ddim Declan. 'Wy 'di ffwndro!"

Gosododd Bethan y ffôn ar y ddesg, a darllenodd y nodyn eto. Wedi ffwndro, wir! Gobeithio i'r nefoedd nad oedd Brenda wedi drysu am allu'r dyn camera. Gyda Selwyn am ei gwaed, byddai'n rhaid i Darren, Declan, neu bwy bynnag oedd e feddu ar ddoniau Spielberg os oedd hi am gadw'i phen uwchben y dŵr.

9

ELIN

Daeth chwa o wynt wrth i Elin ddilyn llwybr yr afon a chododd haid o wylanod swnllyd i grawcian uwch ei phen. Tynnodd y gwallt o'i llygaid, gan obeithio na fyddai'n chwythu'n wyllt cyn iddi gyrraedd y dafarn. Buodd tipyn o sbarc rhyngddi hi a Kam echnos, ac roedd hi wedi cymryd amser dros ei cholur. Cofiodd ei ymateb pan wrthododd dynnu peint i gwsmer oedd wedi bod yn ei phoeni drwy'r nos.

"Owtsh!" meddai. "Ti'n sgeri pan ti'n grac!"

Trodd Elin o'r bar, i osgoi'r meddwyn.

"Pam ddylen i gymryd y shit 'na!" meddai. "Mae'n dweud pethe mwya' afiach – a mae'n disgwyl i fi wenu arno'n neis ..."

Edrychodd Kam arni o ddifri.

"Ddylet ti ddweud wrth Declan os oedd e'n dy boeni di ..." meddai'n dawel.

"Weda i wrtho fe nes 'mlaen," meddai. "Jyst paid gofyn i fi syrfio fe ..."

Gadawodd y meddwyn lonydd iddi ar ôl hynny. Ond roedd hi'n falch bod Kam yno yn gofalu amdani. Heblaw am ambell gwsmer anodd, roedd gweithio yn y Cei yn sbort. A doedd dim amheuaeth taw Kam oedd y prif atyniad. Camodd drwy borth y Castell a chroesodd bont y dref, gan ystyried ei sefyllfa. Roedd

Declan yn fòs teg. Roedd hi'n ei hoffi – pan nad oedd e'n targedu ei mam fel ryw Mr Darcy eilradd.

Clywodd gloc y Castell yn taro chwarter i bump. Roedd hi'n gynnar am unwaith. Gyda lwc, fyddai Declan a Kam wrth y bar, a byddai siawns am bach o *craic* cyn i'r pynters gyrraedd.

Wrth iddi frasgamu at y dafarn, canodd ei ffôn.

"Elin? Fi sy' 'ma!"

"Mam?"

Arafodd Elin wrth y drws.

"Dwi jyst yn cyrraedd y Cei ... 'di popeth yn iawn?"

"Ydy, ydy ..." Roedd ei mam yn crwydro a'r signal yn wan. "O'n i'n meddwl bo' ti'n dechre'n hwyrach ... O'n i jyst eisie gwbod be ti'n neud fory ...?"

Ar ba blaned oedd hi'n byw? Rholiodd Elin ei llygaid ar Kam wrth gamu at y bar.

"Mam! Mae Cymru'n chwarae'r Alban! 'Wy'n gweithio drwy'r dydd ... o't ti 'di anghofio?"

"Paid poeni." Roedd llais ei mam yn fflat, a theimlodd Elin bwl o euogrwydd.

"Y peth yw, ma' Dad yn edrych ar ôl Anwen a dwi ar ben 'yn hunan ... allen i alw mewn ... i gael bach o awyrgylch y gêm ..."

"Beth?" Trodd yr euogrwydd yn banic. Cododd Elin ei llais.

"Mae'n mynd i fod yn *rammed* 'ma fory! Bydd pawb yn pisd ... Dyw e ddim yn amser da ..."

Aeth Kam i wagio'r peiriant golchi llestri tra bod ei mam yn dal i rwdlan am ddod i'r dre yn ei *beanie* coch.

"Sa i'n poeni ... 'wy'n hoffi Caerdydd ar ddiwrnod gêm – a wedodd Declan wrtha i am alw unrhyw bryd ..."

Ffrwydrodd Elin.

"Bydd Declan yn meddwl bo' ti'n nyts ... Gelli di ddim hongian o gwmpas y dafarn pan mae pawb yn fisi – fyddi di'n edrych yn desbret."

Straffagliodd i dynnu ei chot, gan ddal y ffôn hyd braich.

"Ffonia dy ffrindie, Mam!" meddai'n dawel. "Ffonia Sian a cer allan am ddrinc ... Gei di lot mwy o sbort – fydd dim amser 'da fi i siarad fan hyn ..."

"Ocê iawn ... ffonia i Sian nes 'mlaen, 'wy'n siŵr fydd hi am noson allan."

"Grêt." Anadlodd Elin yn ddwfn. "Sori, Mam, ond mae'n rhaid i fi fynd."

"Iawn, paid poeni. Ond o'n i eisie tsheco os o't ti 'di clywed rhywbeth am Abertaf ...?"

Taflodd Elin olwg i gyfeiriad Kam. Roedd wedi anghofio am raglen ei mam wrth iddi ganolbwyntio ar ei gwisg a'i repartî.

"Edrych, Mam – mae Kam 'ma nawr ... mae e'n byw yn Abertaf. Wna i ofyn iddo fe ... ffonia i ti'n ôl ar ôl siarad ag e, ocê?"

"Diolch – ti'n seren!"

Meddalodd Elin. Fe fyddai'n rhaid iddi gadw at ei gair.

"Cymer ofal, Mam – ffonia dy ffrindie, iawn? A gwna rhywbeth neis fory – mae ishe i ti gael hwyl a joio dy hunan."

"Ha!" meddai ei mam. "'Na i drio 'ngorau! A phaid ti â gweithio'n rhy galed!"

Stwffiodd Elin y ffôn 'nôl yn ei phoced, a gwthiodd heibio Kam i roi ei chot ar y bachyn yn y cefn.

"Hasls?" gofynnodd Kam.

"Ti'm ishe gwbod," meddai. "Mae fel *Eastenders* heb yr hiwmor."

"If it's not one thing, it's your mother!"

Trodd Kam ati, ei wallt tywyll wedi'i dynnu'n ôl mewn byn ffasiynol.

"Hei, Mistar Barista!" meddai. "Ble ti'n meddwl wyt ti? Costa Coffee?"

"Bitsh!" Gwthiodd Kam heibio iddi yn dal twr o wydrau glân. Wrth i'w fraich anelu am y silff dros y bar, sylwodd ar stribyn o groen tywyll dan y crys gwyn. Gwnaeth ymdrech i beidio syllu.

"Ydy dy fam yn iawn?" gofynnodd dros ei ysgwydd.

"Sort of."

Cofiodd Elin fod brawd Kam mewn trwbwl, a'i fam yn tynnu'r gwallt o'i phen. Fyddai'n well peidio â gwneud môr a mynydd o fân drafferthion ei theulu dosbarth canol. Oedodd wrth i Kam afael mewn clwtyn a dechrau dileu'r hen fwydlen oddi ar y bwrdd du.

"Mae dy fam di'n byw yn Abertaf, on'd yw hi?" gofynnodd, gan astudio ei ymateb.

"Iep ..." Pwyntiodd Kam at y ffenest yn wynebu'r stryd. Y tu hwnt i'r ffordd brysur a'r llif o fysus oren, roedd tai teras Abertaf i'w gweld ar ochr draw'r afon. "Mae'n byw yn y fflatiau 'na jyst wrth yr aber ..."

Dilynodd Elin ei olwg. Roedd bloc llwyd y fflatiau cymdeithasol i'w gweld yn glir ar y lan bellaf.

"Alla i ddeall bod pobl eisie adnewyddu'r lle," syllodd Kam i gyfeiriad y fflatiau. "Ond mae'n lle grêt i fyw – a mae pawb yn nabod ei gilydd 'na."

Dewisodd Elin ei geiriau'n ofalus. "Mae Mam yn newyddiadurwr," meddai, "a mae 'di clywed bod pobl yn poeni'n ofnadwy yn yr ardal. Oedd hi ishe gwybod a o'n i wedi clywed rhywbeth?"

Rhoddodd Kam sychiad arall i'r bwrdd du cyn dod 'nôl at y bar.

"Ma' pawb yn poeni," meddai. Mae'r Cyngor eisie tynnu'r bloc lawr – a ma' nhw'n addo fflatie newydd i'r tenantiaid ..." Siglodd ei ben yn flin.

"Drafferth yw, maen nhw'n gwrthod dweud ble – a mae pawb yn meddwl bod y peth yn *stitch-up*. Ac 'yn ni 'di clywed nawr bod y fflatie newydd yn mynd i fod ar Roath Moors – reit ar bwys y lle prosesu gwastraff. Ma' Mam yn stresd off ei phen, i fod yn onest."

Trodd Elin ato'n syn.

"Ond ... allan nhw ddim jyst cicio pobl mas, fel'na?"

Trawodd Kam olwg arall i gyfeiriad y ffenest.

"Sa i'n siŵr. Maen nhw'n dweud bod y fflatiau'n hen – a byddai'n costio gormod i'w trwsio nhw ... Ond ma' rhywun yn mynd i neud ei ffortiwn ..."

Cnodd Elin ei gwefus. Roedd problemau Kam yn swnio'n ddifrifol.

"'Wy'n siŵr fydde Mam am helpu," meddai. "Fydde dy fam di'n fodlon cael gair, ti'n credu?"

Cododd Kam ei aeliau.

"Mae'n eitha swil – ond mae'r holl beth 'ma'n pwyso arni ... Dwi'n siŵr fydd hi'n falch bod rhywun yn cymryd diddordeb ..."

Roedd y glaw'n tasgu yn erbyn y ffenest eto a'r bysus oren yn rhuo drwy'r dŵr. Gafaelodd Kam mewn darn o sialc ac aeth 'nôl at y bwrdd du.

"'Wy'n gwybod pwy ddylai dy fam siarad ag e," meddai, gan droi ati. "Ti'n nabod Dai Kopec?"

Ysgydwodd Elin ei phen. "Na – pam?"

"Cyn-dditectif yw e – mae'n byw yn Abertaf a mae'n nabod pawb. O'n i'n yr ysgol gynradd gydag e ... Mae'n bach o *maverick* – ga'th e gic mas o'r heddlu achos bod e 'di plygu'r rheolau – ond mae'n foi grêt, wir. Dyle dy fam siarad ag e. Danfona i'r rhif i ti."

Gwenodd Elin arno.

"Ti'n seren – diolch!" meddai, gan sylwi ar ddrws yn agor yng nghefn y stafell. Camodd Declan i'r bar, a dyn byr yn ei ddilyn.

"Popeth yn iawn?" Edrychodd Declan o gwmpas y bar.

"Ie – dim probs," meddai Kam. "Sneb yma eto ..."

"Y tawelwch cyn y storm!"

Fflachiodd Declan wên ffals at y dyn oedd yn dal bag mawr lledr.

"Diolch, Declan," meddai gan siglo'i law. "Gawn ni sgwrs rhywbryd eto."

Oedodd wrth weld Elin y tu ôl i'r bar, a chraffodd arni'n ddigywilydd.

"Pwy sda ni fan hyn, 'te?"

"Ma'r top tîm 'ma heddiw," atebodd Declan yn slic. "Maen nhw'n ifanc, ond maen nhw'n cadw'r lle 'ma i fynd – ma' Kam newydd ddechrau gyda ni – a ma' Elin yn fyfyriwr sy'n helpu mas gyda'r nos."

Pwysodd y dyn ymlaen, gan redeg ei lygaid dros gorff Elin.

"Myfyriwr, ife? Merch glyfar, 'te," meddai. "Ond wedyn mae'ch bòs yn glyfar on'd yw e ..."

"Sori?" gofynnodd Elin yn ddryslyd.

"Wel, mae rhywbeth i bawb fan hyn," meddai'r dyn. "Merched tywyll, merched Asiaidd, blonds."

Syllodd Elin arno, y dicter yn codi yn ei gwddf. Ond cyn iddi ymateb, trodd y dyn at Declan.

"Ti'n ddyn busnes arbennig, whare teg," meddai. "Ti'n gwybod sut i ddenu'r cwsmeriaid!"

Gyda slap gyfeillgar ar ysgwydd Declan, anelodd am y drws.

"Pwy ddiawl oedd hwnna?" gofynnodd Elin wrth i'w gefn ddiflannu i fyny'r grisiau.

"Rhyw gynghorydd pwysig." Cymerodd Declan anadl ddofn.

"Sori, Elin, ond mae'n rhaid i fi gadw pobl fel'na'n hapus. Paid â sylwi arno fe ..."

"Paid â sylwi?" atseiniodd Elin yn anghrediniol. "Pwy mae'n feddwl y'n ni? Bwffe iddo fe gael pigo a dewis fel mae moyn?"

Trodd ei chefn arno a llenwodd un o'r gwydrau glân â dŵr o'r tap, gan yfed yn awchus.

Roedd y cynghorydd wedi'i chynhyrfu. Oedd pobl yn dal i fihafio fel'na yn yr unfed ganrif ar hugain? Taflodd gip ar y drws i wneud yn siŵr ei fod wedi mynd. Tasai ffrindie Declan i gyd fel Mr Pwysig, fyddai hi'n cael ei themtio i adael y Cei. Ond roedd Declan yn foi iawn, pan nad oedd yn gwneud llygaid llo ar ei mam – ac roedd gweithio yn y Cei fel bod mewn parti parhaol – ar wahân i ambell gwsmer diflas. Roedd Kam yn dipyn o atyniad hefyd. Roedd hi'n dechrau cwympo amdano – a tasai'n gadael y dafarn, fyddai hi ddim yn ei weld. A doedd hynny ddim yn rhan o'r cynllun.

10

Deffrodd Bethan gan glywed y glaw yn tasgu yn erbyn y ffenest. Pan agorodd ei llygaid, roedd y stafell yn dywyll. Cododd ei phen. Roedd hi wedi bod yn edrych ymlaen at y penwythnos, ond nawr ei fod wedi cyrraedd, teimlai'n unig ac yn bryderus. Roedd swyddfa'r 'Byd a'r Betws', gyda'i holl drafferthion, yn fwy o hwyl na hyn.

Clywodd drên yn y pellter, ar ei ffordd i'r dre. Byddai'r trenau a'r bysys yn orlawn heddiw, gyda chefnogwyr yn gwneud eu ffordd i gêm Cymru a'r Alban – un o uchafbwyntiau'r gaeaf iddi hi a Gareth. Ceisiodd beidio â meddwl gormod am y dathliadau ar hyd Heol y Gadeirlan, a'r nosweithiau hwyliog yn nhafarn y Conway ac estynnodd am y radio i godi'i chalon. Yn anffodus, roedd cyflwynwyr Radio Cymru yn llawn bwrlwm a'r cyfranwyr i gyd yn edrych 'mlaen at y gêm. Am y tro cynta erioed iddi gofio, doedd ganddi ddim cynlluniau i fynd allan gyda'i ffrindiau. Syllodd drwy'r ffenest yn ddiflas cyn dod ati'i hun a gwneud penderfyniad i wisgo'i jîns a sgarff goch a mynd i'r dre i ymuno yn yr hwyl.

Man a man codi, meddyliodd, ond pan gamodd i'r landin roedd gwynt llosgi yn codi o'r grisiau. Rhyw darth melys, rhyfedd. Gobeithiai nad oedd Tomos wedi bod yn smocio yn y tŷ. Doedd hi ddim eisiau dadl arall, ond allai hi ddim osgoi'r broblem. Ynghanol ei myfyrdod, clywodd sgrech uchel.

"Maaaam!"

Rhuthrodd i'r gegin i weld Anwen yn ei phyjamas, yn chwifio lliain llestri fel baner dros gwmwl o fwg du a lifai o'r meicrodon.

"Blydi hel, Anwen – beth ti 'di neud?" sgrechiodd, gan gau drws y popty'n glep a rhedeg i agor y drws cefn.

"Sori, sori," llefodd Anwen, "dries i goginio banana."

"Twymo banana?" Teimlodd Bethan ei choesau'n gwegian wrth iddi dywys Anwen o'r gegin fyglyd. "Gallet ti 'di rhoi'r tŷ ar dân!"

"Sori!" beichiodd Anwen. "Dim 'y mai i o'dd e – do'dd dim Weetabix ar ôl ..."

Meddalodd Bethan. Dylai ei bod hi wedi codi ynghynt yn lle lolian yn y gwely.

"Paid poeni," meddai. "Ond tro nesa, gofynna i fi cyn rhoi unrhyw beth yn y popty ping – galle'r holl beth 'di ffrwydro."

"Sori, Mam! Do'n i ddim yn gwybod."

Roedd hi'n amlwg wedi cael siglad a brysiodd Bethan i'w thawelu.

"Sdim ots," meddai, "sdim byd mawr wedi digwydd. Cer i wylio'r teledu yn y stafell fyw – a wna i dost i ti cyn bod Dad yn cyrraedd."

"Diolch," atebodd Anwen mewn llais crynedig.

Mentrodd Bethan 'nôl i'r gegin lle roedd mwg du yn dal i lifo o ddrws y cefn i'r ardd. Ar lawr y meicrodon roedd olion y banana llosg yn mudferwi fel lafa ac roedd yr elfen drydanol ar dop y ffwrn wedi ffrwydro a thoddi'r plastig gwyn ar y tu mewn. Fe fyddai angen ffwrn newydd arni. Damiodd Gareth am ei gadael i ddelio â'r holl broblemau domestig ar ben ei gwaith. Dim syndod ei bod wedi dihuno'n hwyr. Wedi dweud hynny, roedd wedi addo casglu Anwen ymhen hanner awr. Ddylai fanteisio ar ei rhyddid – a'r cyfleoedd newydd fel menyw sengl. Ar ôl iddi sgrwbio'r gegin ...

"Mae popeth yn berffaith," adroddodd mantra ei

hathrawes yoga, er nad oedd hi wir yn ei chredu. Roedd hi'n cael trafferth i beidio â chwerthin pan fyddai'r athrawes yn rwdlan am gopa'r Wyddfa a thraeth Llangrannog yn y sesiynau myfyrio. Efallai y dylai fod wedi canolbwyntio.

Erbyn i Gareth gyrraedd, roedd Bethan ymhell o fod yn ddedwydd. Roedd y ffrwydrad banana wedi tasgu dros yr unedau a'u gorchuddio gyda thaffi gludog. Erbyn iddi sgrwbio'r cownteri â gwahanol gemegau, roedd yn chwys diferol ac wedi ymlâdd. Atebodd y drws i'w gŵr gan deimlo fel hen gant.

"Haia," meddai, fel petai'n cyfarch dieithryn.

Camodd Gareth i'r cyntedd a safodd yno'n anghyfforddus.

"Crys neis!" meddai.

"Beth? Hwn?" Edrychodd Bethan dros y crys T a gweld bod staen oren arno. Gafaelodd yn y defnydd gan obeithio nad oedd Gareth wedi sylwi.

"Ti ar dy ffordd allan?" gofynnodd.

"Dim eto," meddai, ei meddwl yn chwyrlïo.

"Falle af i i'r dre nes 'mlaen gyda chriw'r gwaith – mae Tom yn aros y nos gyda'i ffrind ..."

Cyn iddi orffen, agorodd drws y stafell fyw a rhedodd Anwen i'r cyntedd.

"Dad!"

Gafaelodd Gareth ynddi a'i chofleidio.

"Hai, Anwen!"

Edrychodd arni'n bryderus.

"Ma'r gêm 'mlaen prynhawn 'ma – ti'n meindio os wyliai fe? Allwn ni fynd mas nes 'mlaen i gael pizza!"

"Ie, grêt! Dwi'm yn meindio gweld y gêm ..."

Gwenodd Gareth arni.

"Dwi 'di trefnu bwrdd yn y Bae – 'wy'n siŵr bydd y dre'n brysur."

"Whatevs!" Oedodd Anwen cyn gofyn, "Ti'n cofio bo' fi ond yn hoffi *margherita*?"

Gafaelodd Gareth yn ei bag a'i thywys at y drws.

"Beth bynnag, cariad. Well i ni fynd, mae'r traffig yn wael ..."

Trodd Anwen at ei mam a'i chofleidio'n dynn.

"Ta-ra Mam! Wela i di fory!"

Gafaelodd Bethan yn ei merch, gan deimlo ei stumog yn tynhau.

"Ta-ra, Anwen – mwynha dy hun," meddai, mewn llais siriol.

"Os oes unrhyw broblem, ffonia fi, iawn? Os wyt ti am i fi ddod â rhywbeth i ti, neu os wyt ti ishe dod adre i gysgu, galwa, iawn?"

"Mam!" Edrychodd Anwen arni mewn difri. "Fydda i'n iawn. Dim ond un noson yw e. Wela i di fory!"

Dilynodd ei thad at y gât ac allan i'r car, heb edrych 'nôl. Gwyliodd Bethan y ddau yn cerdded law yn llaw, Gareth â'i ysgwyddau sgwâr, llydan, Anwen yn dilyn yn ei het wlân yr un lliw â'r awyr. Dan haul gwan y gaeaf, edrychai eu cysgodion fel cymeriadau o gartŵn Winnie the Pooh gyda'r mochyn bach main yn dilyn ei ffrind anwesol i'r goedwig ar ryw antur fawr. Ceisiodd Bethan gadw rheolaeth ar ei theimladau cyn cau'r drws a beichio crio ar ei phen ei hunan yn y cyntedd.

* * *

"Dim ond calon lân all ganu ... Canu'r dydd a chanu'r nos ..."

Roedd Rhys a'i ffrindiau yn ei morio hi, tra bod yr Albanwyr yn y gornel bella yn cystadlu gyda *'Flower of Scotland'*. Prin bod Bethan yn gallu clywed y sgwrs wrth iddo basio'r gwydr iddi dros bennau'r dorf.

"Ges i beint i ti – fyddet ti'n ciwio drwy'r nos am hanner arall!"

Gafaelodd Bethan yn dynn yn y gwydr wrth iddi gael ei gwthio i bob cyfeiriad gan gefnogwyr caib.

"Grêt," gwaeddodd 'nôl. "Iechyd Da!"

"Iechyd Da!" Cododd Rhys ei wydr. "Man a man sinco cwpwl o beints – ar ôl y perfformiad 'na!"

Gwenodd Bethan arno mewn cydymdeimlad. Roedd Cymru wedi colli'n wael – a'r chwarae'n llawn camgymeriadau, yn ôl y sôn. Roedd hi wedi ceisio dilyn y sylwebaeth ar y teledu – heb ddeall y manylion technegol am ddiffyg creadigrwydd a diffyg menter. Ond roedd hi'n falch nawr ei bod wedi canolbwyntio – roedd yr awyrgylch yn y Ceffyl Du yn wych, ar waetha'r siom – a buodd hi fawr o dro yn ffeindio'i ffrindiau.

"Ymlaen mae Canaan!" meddai gan lyncu'r lager oer. "Ar waetha pawb a phopeth, ma'r awyrgylch 'ma'n grêt!"

"Mae wastad criw o Gymry fan hyn," medd Rhys, "ond os wyt ti ar ben dy hunan – tecstia fi tro nesa!"

"Siŵr o neud!"

Roedd Bethan yn gwerthfawrogi'r cynnig, ond roedd Rhys a'i ffrindiau flynyddoedd yn iau na hi, ac mewn gwirionedd, doedd hi ddim am eu dilyn o gwmpas fel grwpi.

Wrth i Rhys ddadlau gyda'i ffrindiau am ffaeleddau'r amddiffyniad, edrychodd o gwmpas am rywun roedd yn ei adnabod. Gwelodd criw o dadau o ysgol Anwen wrth y bar – ond roedden nhw mewn grŵp yn trafod yn frwd a doedd hi ddim am daro'i phig i mewn, a tharfu arnyn nhw.

Yn y pellter, roedd rhywun yn codi llaw arni. Gwenodd Bethan, heb ei hadnabod.

"Wel, helô *stranger*!"

Camodd menyw ganol oed tuag ati, yn edrych fel petai hi wedi dod yn syth o gyfarfod mewn siaced swed, trowsus smart a bŵts.

"Cath!" galwodd dros y dorf. "Sut wyt ti?"

Taflodd olwg ar Cath. Edrychai'n orffurfiol yn y môr o grysau cochion, ei gwallt gwinau sgleiniog yn dangos dim arwydd o effaith y gwynt a'r glaw tu allan.

Gwthiodd Bethan ei gwallt ei hun o'i hwyneb. Bu Cath yn

gweithio am gyfnod i'r 'Byd a'r Betws', ond erbyn hyn, roedd yn bennaeth cysylltiadau cyhoeddus i gwmni celfyddydol mawr. Roedd ei hyder a'i brwdfrydedd diddiwedd yn gwneud i Bethan deimlo fel merch ysgol, ond doedd dim modd dianc. Roedd Cath yn sefyll wrth ei hochr.

Trawodd ysgwydd Rhys yn ysgafn.

"Dwi'n mynd i weud helô," meddai, gan amneidio ati. Rholiodd Rhys ei lygaid.

"Lwc dda!" meddai. "Y'n ni'n meddwl symud 'mlaen, a dweud y gwir. I'r Cei, falle? Ti'n nabod y lle? Mae reit gyferbyn â'r Stadiwm ...? Dere draw nes mla'n os ti moyn ..."

Oedodd Bethan. Gallai ddychmygu ymateb Elin tasai'n troi lan yn y dafarn wedi'i siars i gadw draw.

"Hmmm – sa i'n siŵr. Mae Elin yn gweithio 'na – sa i'n meddwl ei bod hi am i fi droi lan tra bod hi'n gweithio ... Ga i weld ..."

Doedd dim amser i orffen y frawddeg gan fod Cath yn ei chofleidio.

"Beth! Ti'n edrych yn amesing," meddai gan daro golwg drosti o'i phen i'w sodlau.

Gwenodd Bethan arni.

"Dim hanner mor smart â ti, Cath," meddai.

"O, paid siarad dwli. O'n i'n flin i glywed bo' ti 'di gwahanu wrth ... wrth ..."

"Gareth!" ychwanegodd Bethan.

"Ie ... Gareth!" Gostyngodd ei llais. "O'ch chi wedi bod yn briod ers oes ..."

"Hmm – pum mlynedd ar hugain. Dychmyga'r holl fframie arian bydden ni 'di cael 'sen i 'di sticio fe mas tan yr haf," ymdrechodd Bethan i ysgafnhau'r sgwrs.

Y peth diwetha oedd hi am wneud oedd codi'r grachen.

"Sut mae pethe gyda ti, Cath? Ti'n edrych yn dda ..."

"Ydw!" Gwenodd Cath o glust i glust. "'Wy'n grêt. Y peth

gore wnes i oedd gadael y swyddfa 'na ... Pob parch!"
ychwanegodd. "A'r cyfarwyddwr ofnadwy 'na – beth oedd ei
enw fe?"

"Selwyn!"

Teimlai Bethan fel cynorthwy-ydd personol, yn porthi Cath
gyda'r ffeithiau.

"Ie – fe!" meddai Cath yn ddirmygus. "Mae swyddfa'r
Cyngor Creu cymaint mwy cefnogol. Dwi'n cwrdd ag awduron,
artistiaid ... Dweud y gwir, dwi newydd gynnal derbyniad lan
llofft. Ddylet ti ddod lan – mae'n llawn dynion canol oed! Pobl
arti – cyfryngis. Jyst dy sort di!"

Suddodd calon Bethan. Roedd Cath a'i derbyniad yn
swnio'n erchyll. Pob parch, meddyliodd yn dawel. Symudodd o
un droed i'r llall yn anesmwyth, gan feddwl y byddai cwmni
landlord y Cei dipyn yn fwy difyr na noson yng nghwmni
cyfryngis meddw. Cliriodd ei gwddwg.

"Sori, Cath," meddai, "ond dwi gyda chriw o ffrindie gwaith
– maen nhw'n symud 'mlaen ... well i fi fynd neu bydda i'n eu
colli nhw."

"Rhywbryd arall, 'te ..." meddai Cath yn ddidaro. "Tecstia
fi – rhaid ni gael *catch-up*."

Plannodd sws arall ar foch Bethan.

"A dwi eisie clywed popeth am dy *love-life*," meddai, cyn
troi i fynd.

Syllodd Bethan yn gegrwth wrth iddi ddiflannu i'r dorf.

"Ffycit," meddai dan ei hanadl. Roedd hi wedi cael llond
bol ar siarad mân. Gafaelodd yn ei bag ac anelodd am y drws.
Roedd cwmni ei ffrindiau'n fwy difyr na chyfarfod y Cyngor
Creu ac roedd Rhys yn iawn, fyddai Elin yn rhy brysur i sylwi
arni. Beth bynnag, doedd hi ddim yn loitran o gwmpas ar ei
phen ei hun – fyddai gyda chriw y gwaith. Cerddodd at ddrws y
Ceffyl Du, gan wneud penderfyniad, yr awyr iach yn ei hadfywio
wrth iddi gamu i'r stryd.

Y tu allan i'r Cei, roedd criw o gefnogwyr yn smocio ac yn dal gwydrau gwag dan olau'r stryd. Gwyliodd Bethan y mwg yn chwyrlïo i'r awyr a theimlodd bwl o bryder. A ddylai droi 'nôl? Doedd hi ddim eisiau taflu ei hun at Declan fel merch ysgol. Wrth iddi bendroni, dechreuodd fwrw'n drwm ac heb feddwl mwy, rhedodd at y drws.

"Sori Miss – *we're full*."

Roedd dyn cyhyrog yn gwarchod y fynedfa.

Cliriodd Bethan ei gwddf.

"Ma' 'ngŵr i tu fewn," plediodd. "Wnes i golli fe yn y dorf ..."

Roedd hi wedi defnyddio'r esgus o'r blaen.

"Dim probs!" Symudodd y dyn i'r ochr. Lwcus ei bod yn dal i wisgo'i modrwy briodas.

Wrth gamu i'r dafarn, dechreuodd deimlo'n nerfus. Roedd y lle'n orlawn a doedd dim arwydd o'i ffrindiau. Anadlodd yn ddwfn cyn gwthio trwy'r cyrff chwyslyd a chwilio am ben tywyll Rhys yn y dorf.

Roedd y rhan fwyaf o bobl yn gwbl gaib, rhai'n hanner cysgu dros eu peintiau, eraill yn mwmian emynau'n dawel yn y gornel.

Erbyn iddi gyrraedd pendraw'r stafell, doedd dim golwg o'i ffrindiau a phenderfynodd roi'r gorau iddi. Ond wrth iddi anelu am y fynedfa, agorodd ddrws y tu cefn iddi a chamodd Declan i'r dorf. Trodd ei phen yn gyflym ond chwifiodd ati dros y môr o grysau coch.

"Wel, helô! Beth ma' menyw soffistigedig fel ti yn gneud mewn tafarn ar noson gêm?"

"Sori," meddai, "do'n i ddim eisie tarfu – dwi 'di colli'n ffrindie gwaith. Fe wedon nhw y bydden nhw'n dod 'ma – ond sdim golwg ohonyn nhw. Do'n i ddim eisie poeni Elin – dwi ar 'yn ffordd adre ..."

Ochneidiodd Declan.

"'Na'r math o noson yw hi," meddai. "Sdim dal beth sy'n mynd i ddigwydd."

Trodd ati.

"Does dim rhaid i ti fynd yn syth, oes e? Mae'n rhaid i fi sortio'r bar mas – ond os gelli di ffeindio sedd yn y cefn, ddo i â diod i ti ..."

"Ti'n siŵr?" Roedd Bethan mewn dau feddwl.

"Wrth gwrs," atebodd. "Beth ti eisie?"

"Hanner lager, plis ... dim byd cryf."

Cofiodd ei bod yn gyrru. A doedd hi ddim am golli ei phwyll, dan yr amgylchiadau.

Aeth Declan i'r bar gan adael Bethan i bendroni a oedd hi'n gwneud peth call. Ond roedd Declan i'w weld yn berson difyr – ac roedd hi'n fenyw sengl! Man a man iddi fwynhau'r sylw.

O fewn pum munud, daeth Declan 'nôl ati, yn cario dau wydriad o lager pefriog.

"*Slainte!*" meddai, gan eistedd wrth ei hymyl.

"Bydd Elin draw mewn munud – wedi iddi sortio'r criw wrth y bar."

"Www!" Crychodd Bethan ei thalcen. "'Wy'm yn siŵr a fydd hi'n hapus i 'ngweld i 'ma!"

"Dyw hi ddim am i ti gael bywyd cymdeithasol?"

"Na, na ..." meddai'n gyflym. Doedd hi ddim am roi'r argraff bod y landlord wedi bod yn destun trafodaeth. "O'dd Elin yn meddwl bydde'r lle'n orlawn – do'n i ddim eisie 'i phoeni hi ..."

Chwarddodd Declan. "Mae pobl ifanc mor feirniadol o'i rhieni," meddai. "Ond mae hawl 'da ni fynd allan i joio, on'd o's e? ..."

Edrychodd arni'n feddylgar.

"Falle bod hi'n poeni amdanat ti ..." meddai'n dawel. "Fe wedodd hi wrtha i eich bod wedi gwahanu – ddrwg gen i glywed ..."

"O ... mae'n iawn." Synnodd Bethan fod y sgwrs wedi mynd mor bersonol. Llyncodd y lager cyn ateb. "Ma' pethe wedi bod yn wael ers sbel ... A bod yn onest, mae'n rhyddhad – o leia mae pawb yn gwybod nawr ...”

Doedd hi ddim am ddweud mwy, ond roedd Declan yn nodio'i ben.

“Deall yn iawn,” meddai. “Pan wnaethon ni wahanu, roedd e'n anodd – ond y'n ni'n ffrindie da erbyn hyn.”

Fflachiodd wên ati.

“Un dydd ar y tro,” meddai. “Daw haul ar fryn – dyna'r dywediad, yndê?”

Gwenodd Bethan 'nôl arno. Roedd landlord y Cei i weld yn ddigon hoffus. Gorffennodd Declan ei ddiod a throi ati.

“Gwaith yn galw!” meddai. “Ma' hi fel sgrym wrth y bar ... Af i'n ôl i helpu, a gall Elin ddod i siarad â ti ...!”

“Diolch!” Er syndod iddi, roedd Bethan wedi mwynhau ei gwmni.

“Plis – paid poeni Elin os yw hi'n fisi ...”

Cododd Declan ar ei draed.

“Mae'n haeddu brêc, chwarae teg,” meddai. “Neis dy weld di, Bethan. Os wyt ti'n rhydd – galwa pan mae'n llai prysur. Fydd Elin yma dydd Sadwrn nesa – croeso i ti ddod draw amser cinio os wyt ti'n rhydd?”

“Ym ....” Rhewodd Bethan, cyn cael rheolaeth ar ei theimladau. Doedd hi ddim yn siŵr ai dêt oedd hyn yntai *perk* o fod yn fam i Elin. Ond doedd ganddi ddim trefniadau eraill dros yr wythnosau nesa.

“Diolch – dwi'n meddwl bo' fi'n rhydd!” mwmiodd.

“Edrych 'mlaen.” Fflachiodd Declan wên arall arni, cyn diflannu i'r dorf.

“Mam?”

Safai Elin o'i blaen, ei gwallt wedi'i dynnu'n ôl mewn byn a haen o chwys ar ei thalcen.

“Beth sy'n mynd 'mlaen? Rhyngddo ti â Declan? O'ch chi'n

siarad am oesoedd – gobeithio bo' ti ddim yn mynd i gwmpo am y Blarni 'na ..."

"Wrth gwrs bo' fi ddim," atebodd Bethan yn gyflym.

"Do'n i ddim wedi bwriadu dod 'ma, ond ddwedodd Rhys ei fod ar y ffordd draw ..."

"Sdim ots am hynna." Eisteddodd Elin wrth ei hymyl. "Jyst bydd yn ofalus gyda Declan – mae'n hitio ar bob menyw sengl sy'n camu drwy'r drws ... lot o'r rhai priod hefyd!"

Chwarddodd Bethan.

"Sdim eisie i ti boeni," meddai. "Dwi'n gallu edrych ar ôl 'yn hunan ..."

Dewisodd ei geiriau'n ofalus.

"A bod yn onest, wnes i fwynhau siarad ag e ... A mae e newydd ofyn i fi ddod draw amser cinio dydd Sadwrn – am fwyd."

Pwyllodd. Roedd wyneb Elin yn bictiwr.

"Fyddi di 'ma'n gweithio," meddai'n frysiog. "Dwi'm yn meddwl ei fod e'n golygu unrhyw beth ... difrifol!"

Cododd Elin ei haeliau.

"Na, na!" meddai'n sinicaidd. "Ond paid dweud bo' fi heb rybuddio ti. Mae e'n *operator*, Mam – a ti'n eitha naïf!"

"Iawn, iawn – ocê." Penderfynodd Bethan anwybyddu'r rhybudd.

"Dwi jyst yn meddwl y bydde fe'n hwyl – ond diolch am y tip!"

Taflodd Elin olwg at y bar gorlawn.

"Well i fi fynd," cofleidiodd ei mam yn dynn. "'Wy'n falch bo' ti'n mynd mas i gwrdd â phobl – ond elli di neud yn well na Dodgy Decs!"

"Message received," meddai Bethan, cyn codi i gasglu ei bag a'i chot. Wrth iddi ymlwybro drwy'r yfwyr meddw, gwelodd rhywun arall yn codi llaw arni. Declan – yn gwenu'n braf o gefn y bar.

Am y tro cynta ers blynyddoedd, roedd dyn yn edrych arni'n edmygus. Sylwodd fod ei chalon yn carlamu wrth iddi gamu i fyny grisiau'r Cei at y stryd.

11

Roedd Elin wedi ymlâdd. Roedd hi'n diferu o chwys ac roedd 'na batshys tywyll dan ei cheseiliau. Pasiodd Kam ar ei ffordd i'r gegin, a gweld bod ei dalcen yn sgleinio yn nhamprwydd afiach y bar.

"Ti'n ocê?" gofynnodd wrthi.

"Jyst â bod," meddai Elin. "Mae fel y Somme mas 'na. Ma' rhai o'r dynion 'na'n edrych fel 'sen nhw ar y ffordd mas."

Chwarddodd Kam.

"Ma'n nhw'n joio'u hunain!"

Daliodd y drws ar agor iddi wrth iddi droedio'n ofalus i'r gegin â thwr o wydrau yn ei llaw.

"Ti fel acrobat," meddai.

"Llwyth dyn diog," atebodd Elin gan osod y gwydrau'n ofalus ar y cownter metel.

"Alla i ddim aros tan amser cau."

"Ti'n mynd 'mlaen i rhywle wedyn? Fydda i angen sesiwn ar ôl hyn."

Gafaelodd Elin mewn dau wydr a'u gosod yn y peiriant. Doedd hi ddim am ruthro pethau.

"Ie – falle," meddai. "Rhywle sy' ddim yn llawn hen ddynion mewn *bobble hats* coch."

Cododd yn araf. Roedd ei llais yn fwy blin nag roedd wedi'i fwriadu. Ond doedd Kam heb sylwi.

"Mae'n ffrind i'n neud sesiwn DJ yn y Blue Moon," meddai,

wrth droi i fynd. "Mae'n arfer bod yn dda ... allen ni fynd draw fan'na, os ti ffansi?"

Estynnodd Kam am hambwrdd oddi ar y silff. Roedd ei grys T yn glynu ato, a'r cyhyrau yn ei freichiau yn amlwg dan y llewys byr.

"Swnio'n dda," meddai. "Os allwn ni glirio'r *coco brigade* o 'ma ... Wela i di nes 'mlaen ..."

Gwthiodd drwy ddrysau'r gegin a chamu 'nôl at anrhefn y bar, lle roedd Jurgita yn gwylio'r dorf â golwg flin ar ei hwyneb.

"Mad!" meddai gan wgu. "Dyw'r bobl yma ddim yn gallu sefyll – a maen nhw'n dal i yfed." Taflodd olwg ddilornus i gyfeiriad y criw bach o gefnogwyr a oedd yn gorweddian ar y soffas yng nghefn y bar.

"Wnei di sortio nhw," meddai Elin. "Dim ond hanner awr i fynd – diolch byth."

Pwysodd Jurgita yn erbyn y bar a thynnu'i thraed o'i sgidie. Doedd dim syniad gan Elin sut roedd hi wedi llwyddo i sefyll cyhyd yn y sodlau uchel.

"Dy fam di oedd yn siarad â Declan?" Esmwythodd ei thraed ar y llawr pren.

Pwffiodd Elin yn uchel.

"Wel, mae fy rhieni newydd wahanu – dwi'n meddwl bod Mam yn desbret am gwmni!"

Suddodd ei stumog wrth feddwl y byddai ei mam yma eto, ymhen wythnos, yn ymddwyn fel plentyn ysgol wrth swyno Decs. O leia roedd Jurgita'n dangos rhywfaint o gydymdeimlad ati.

"Mae dy fam yn fenyw ddeniadol," meddai'n feddylgar.

Edrychodd Elin arni'n syn. Roedd Jurgita yn arbennig o ddeniadol, gyda'i bochau uchel, slafaidd, a'i llygaid cul. Ond roedd hi'n amhosib darllen ei meddwl.

"Wel, o'dd hi'n troi pennau pan o'dd hi'n ifanc," meddai'n ofalus. "Aparentli!"

Craffodd Elin ar yr wyneb llonydd. Roedd Jurgita'n gwybod mwy nag roedd yn ei ddangos, roedd hi'n siŵr o hynny.

"'Wy'n credu bod Declan yn trio bod yn garedig, a gweud y gwir." Gafaelodd mewn gwydr brwnt gan osgoi llygaid Jurgita. "'Wy'n credu bod cariad gyda fe, nag oes e?"

"Hmmm." Cododd Jurgita ei haeliau.

"O'dd e'n gweld rhywun ... un o lawer." Siglodd ei phen yn araf.

"Yn dy le di – fydden i'n dweud wrth dy fam i droedio'n ofalus gyda'r dyn yna."

"Wir?" Dechreuodd Elin boeni. "O'n i'n meddwl bod Declan yn iawn ... rhan fwyaf o'r amser. Ond ma' lot o'i ffrindie fe'n doji ...?" Cofiodd y dyn afiach oedd wedi'i hypsetio'r wythnos ddiwetha.

"Ti'n nabod y cynghorydd 'na? Y dyn 'na wedodd fod barmêd yma ar gyfer pob chwaeth? O'n i'n ffaelu credu bod e 'di dweud shwt beth."

Aeth ias drwyddi wrth gofio'r olwg chwantus ar ei wyneb.

"Hmm." Roedd wyneb Jurgita yn awgrymu ei bod yn nabod y dyn yn iawn.

"Dweud dim – dyna'r peth callaf." Tynnodd wep ddirmygus. "Mae'r bobl yma'n denu cwsmeriaid i'r dafarn – lot o bobl." Daeth golwg feddylgar drosti. "Ma' nhw'n cael partïon yn y bar gwaelod – cash, *no questions*. Ma'n dda i'r busnes ... a ma' Declan eisie cadw nhw'n hapus."

Cododd ei hysgwyddau.

"So ..." Tynnodd ei bys ar draws ei cheg.

"Lot o cash – lot o tips! Gwell peidio gofyn."

Winciodd ar Elin, cyn gosod ei thraed 'nôl yn ei sgidiau, gafael mewn hambwrdd a chamu'n bwrpasol tuag at y meddwon yng nghefn y bar.

Rhythodd Elin arni wrth iddi gamu at y byrddau a siarsio'r cwsmeriaid i orffen eu diodydd. Beth oedd yn ei awgrymu?

Fflachiodd cyfres o esboniadau amheus drwy'i meddwl cyn iddi ddod i'r casgliad bod Jurgita yn iawn. Allai Declan ddim fforddio digio'r dynion busnes lleol. Daeth 'nôl at ei choed a sylweddoli ei fod yn amser galw'r *last orders*. Roedd un cwsmer yn sefyll yn amyneddgar wrth y bar.

"Sori!" meddai'n ddifeddwl cyn edrych eto a sgrechen.

"Dad! Beth ti'n neud 'ma?"

"Aros am ddiod!" atebodd ei thad mewn llais joli. "O'n i'n meddwl bod tafarnau Gwyddelig yn enwog am eu croeso!"

"Sori! Rhoiest ti sioc i fi!"

Penderfynodd Elin beidio â sôn bod ei mam wedi bod yma yn fflyrtio gyda Declan, llai na hanner awr yn ôl.

"Odw i'n rhy hwyr i gael drinc, 'te?" gofynnodd ei thad, â gwen hanner pan ar ei wyneb. Roedd e'n dechrau meddwi, ond teimlai'n flin drosto. Doedd dim syniad ganddo bod ei gyn-wraig wedi bod yn gwneud llygaid llo ar y landlord, ar waetha'r ffaith iddi wylo fel gweddw Groegaidd pan adawodd Dad, lai nag wythnos yn ôl.

"Sori," meddai. "Be ti ishe?"

"Peint o Guinness plis," meddai ei thad yn siriol, cyn troi at fenyw ganol oed wrth y bwrdd tu cefn iddo.

"Beth gymri di, Al?"

Syllodd Elin ar y flonden ganol oed mewn crys coch, sgleiniog.

"'Wy'n iawn diolch, Gareth," meddai gyda gwên.

Tynnodd Elin y pwmp yn galed fel bod Guinness yn llifo dros y gwydr.

Gwgodd i gyfeiriad y fenyw. Dyma'r person oedd wedi chwalu eu teulu, wedi gwneud i'w mam wylo fel ellyll wrth fwrdd y gegin a gadael Anwen yn blentyn amddifad. Roedd wyneb ganddi – yn troi lan fan hyn ynghanol dathliadau'r rygbi, fel tasai popeth yn berffaith a phawb eisoes wedi anghofio am eu trawma.

12

Roedd y gegin yn dawel, heblaw am fwmian electronig yr oergell yn y gornel. Baglodd Elin dros y bag a adawodd ar waelod y staer neithiwr, a cherddodd yn araf i'r gegin. Roedd hi'n hanner effro, ei phen yn taranu a'i cheg yn sych – ond teimlai'n fodlon. Wrth daro switsh y tegell, cofiodd rythmau bywiog y clwb nos a Kam yn troi fel chwyrligwgan i gyfeiliant Northern Soul.

"Hei, Mister Motown," gwaeddodd arno. "Ble ma' dy drowsus tartan di?"

Chwarddodd, ei lygaid yn fflachio dan y goleuadau disgo.

Cofiodd deimlad ei fraich ar ei chefn, wrth iddyn nhw adael y clwb. Roedd hi'n pigo bwrw wrth iddyn nhw gamu i'r tywyllwch, a thaenodd Kam ei siaced ledr dros ei phen cyn ei thynnu ato.

Daeth sŵn rhuo o'r tegell a sylweddolodd ei bod yn ei byd bach ei hunan, 'nôl yn y Cuba Libre gyda Kam yn ei chusanu, cyn gafael ynddi'n dynn ac aros gyda hi am y tacsi. Roedd hi'n ysu amdano. Bron iddi gynnig iddo ddod adre gyda hi – ond roedd rhywbeth yn ei dal yn ôl. 'Ara deg mae aredig' fel y byddai Miss Puw Cymraeg yn ei ddweud – er nad oedd hi am ddilyn *dating tips* gan honna. Dros hyrddiadau'r tegell, clywodd sŵn curo ar y drws. Pecyn Amazon arall i Mati, siŵr o fod – roedd hi'n cadw'r dyn delifyris mewn gwaith.

Ymbalfalodd ar hyd y pared i agor y drws.

"Tom!" Syllodd arno'n gysglyd. "Beth ti'n neud 'ma? Ody popeth yn iawn?"

"Be ti'n meddwl?"

Safai Tom o'i blaen mewn Parka drwchus, y cwfl yn cuddio'i wyneb. Snwffiodd yn uchel. "Alla i ddod mewn? Fi'n rhewi."

Arweiniodd Elin y ffordd i'r gegin, wedi drysu. Doedd ei brawd byth yn galw. Dim ond unwaith o'r blaen roedd e wedi bod yn y tŷ – i fenthyg ugain punt. Doedd e heb ei thalu 'nôl, chwaith. Roedd rhywbeth yn bod, deffo.

"O'n i jyst yn neud coffi – ti eisie paned?" meddai'n uchel.

"Ta – grêt."

Ychwanegodd lwyaid arall i'r potyn, cyn tywallt dŵr berw ar ei ben. Tynnodd Tom ei got cyn eistedd yn drwsgwl ar gadair bren, a gosod bag Waterstones ar y bwrdd.

Gosododd Elin y jwg coffi a dau fŷg o'i flaen, a thynnodd lyfr o'r bag.

"*Great Expectations*?" gofynnodd, gan droi at ei brawd. "Nawr ti'n darllen e ...?"

"Rybish, on'd yw e? Fi'n gorfod neud gwaith cwrs mewn wythnos ac o'n i ffaelu ffeindio'r llyfr ..."

"Tom!" Bodiodd Elin y tudalennau'n gyflym. "Ti byth yn mynd i ddarllen hwn a neud traethawd mewn wythnos ..."

Ochneidiodd. Gobeithiai nad oedd Tom eisiau iddi wneud y gwaith drosto ...

"Wnes i *Great Expectations* ar gyfer TGAU," meddai. "'Nai chwilio am y traethawd, os wyt ti moyn?"

Goleuodd wyneb Tom. "*Nice one!*" meddai. "Ma' lot 'da fi neud ar y foment."

Gwenodd. "Fi'n credu bo' fi'n ocê, tho. 'Nes i cilo'r prawf llafar wthnos dwetha. Wedes i bo' fi 'di darllen llyfr Gareth Bale a siarades i am ddeg munud ambwti'r gôl yn erbyn Belg." Nodiodd ei ben yn foddhaus. "Wedodd y dyn bod e'n ddiddorol iawn!"

"God, Tom – ma' *cheek* 'da ti!" Cododd Elin ei haeliau, gan gofio pa mor galed roedd hi wedi gweithio. Cymerodd ddracht o goffi. "A ddylet ti ddim gweud 'cilo' – 'nei di fethu Cymraeg os ti'n siarad fel'na."

Trawodd Tom ei fŷg ar y bwrdd. "Shyr-yp!" meddai. "*Who cares*, eniwe? Mae'r byd yn ffycd – mae pawb mynd i fod mas o waith pan fydd AI yn cymryd drosodd, so beth yw'r pwynt?"

Falle'i fod e'n iawn. Yfodd Elin y coffi gan deimlo'i hunan yn dadebru.

"So ..." meddai, wrth i'r niwl glirio. "Ti ddim 'di dod i drafod TGAU, wyt ti?"

Edrychodd i fyw llygaid ei brawd. "Oes rhywbeth yn bod?"

Crwydrodd golwg Tom at y llawr.

"Gweud y gwir, ges i bach o drafferth 'da'r moch wythnos dwetha."

"Y moch? Yr heddlu, ti'n meddwl? Be ti 'di neud?"

Teimlodd ei stumog yn troi. Doedd bosib bod storm arall ar y gorwel?

"O'dd y bastards yn haslo fi," mwmiodd Tom dan ei anadl, gan sythu ei goesau hir dan y bwrdd.

"*Basically*," meddai, "... o'dd Dan a fi yn y Stesion yn aros am y trên ... o'n ni jyst yn smoco cwpwl o *joints* pan welon ni Dumb and Dumber. *Transport Police* o'n nhw – ond o'n nhw'n bihafio fel ffycin Interpol ..."

"So ... ti mewn trwbwl?"

Crychodd Elin ei thalcen. Doedd smocio bach o wîd ddim yn swnio'n mor wael â hynny.

"Dim rili – wnaethon ni daflu'r spliffs ar y rheilffordd, so o'dd dim *evidence*, ond ma' nhw 'di cymryd *details* ni – falle bydd rhaid i fi fynd lawr i gael ryw fath o *warning*." Cododd ei ben. "Os yw hynny'n digwydd, 'nei di ddod gyda fi?"

Ar waetha'i agwedd ddifater, am eiliad, edrychai Tom fel bachgen ifanc, pryderus.

Anadlodd Elin yn ddwfn. "Wrth gwrs wna i, Tom. Ond paid

becso, sa i'n meddwl wnân nhw unrhyw beth tro 'ma. Jyst, bydd yn ofalus – a phaid smocio yn yr Orsaf eto, rhag ofn ..."

"Mmm," edrychodd Tom yn fud ar y cwpan coffi. "Bastards," meddai. "'Sech chi'n meddwl bod pethau gwell 'da nhw neud – gyda'r holl *murderers* a *psychos* ambyti'r lle. O'n nhw'n bihafio fel rhywbeth mas o Narcos ..."

Daeth gwich o gyfeiriad y drws a chamodd Mati i'r stafell yn droednoeth, mewn gŵn gwisgo cotwm, tenau.

"Haia Tom!" meddai'n hwyliog. "Ti'n iawn?"

"Ie gwd!" Goleuodd wyneb Tom a sylwodd Elin ei fod yn gallu bod yn serchog, pan fod angen.

"Ti ishe coffi, Mat?" gofynnodd Elin gan estyn mỳg arall o'r cownter.

"God ydw – 'wy'n desbret."

Tynnodd Mati daniwr a phecyn plastig o fowlen ar y bwrdd, a thaniodd sbliff.

"Ishe peth?" gofynnodd.

Goleuodd wyneb Tom.

"Ie siŵr ..."

"Tom!" Edrychodd Elin arno'n flin, cyn estyn paned i Mati. "Ma' Tom mewn trwbwl 'da'r ffilth," meddai, gan eistedd wrth ochr ei ffrind. "'Di cael ei ddal yn smocio wîd ..."

"Wnaethon nhw ddim actiwali dala ni," mwmiodd Tom gan fenthyg taniwr Mati.

"Whaat?" Edrychodd Mati arno'n syn.

"Bach yn hallt! 'Sech chi'n meddwl bydden nhw'n anghofio am damed bach o wîd."

"I know!" Sugnodd Tom y mwg yn ddwfn i'w ysgyfaint. "Trwbwl yw ma' nhw 'di cymryd cyfeiriad fi – os yw Mam yn ffeindio mas, eith hi'n mental ..."

Crychodd Mati ei thalcen.

"Naa – 'wy'n siŵr 'neith hi ddim, Tom – mae dy fam yn eitha *laid-back* ... cŵl – on'd yw hi?"

Rholiodd Tom ei lygaid. "Dyw hi *definitely* ddim yn cŵl ... Ers i Dad symud mas ma' hi 'di colli'r plot. A'th hi'n gwbwl mental diwrnod o'r blaen pan o'n i hanner awr yn hwyr yn dod 'nôl o rygbi ..."

"Tom!" Rhybuddiodd Elin, "... ti'n hamro'r waci baci ar hyn o bryd – ma' hi siŵr o fod yn poeni ..."

Cymylodd wyneb Tom. Falle ddylai hi fod yn cŵl, hefyd.

"I fod yn deg, ma' Mam wedi mynd bach yn hyper yn ddiweddar." Trodd at Mati.

"Ddaeth hi mewn i'r dafarn neithiwr mewn top isel a jîns a chwerthin fel hyena ar jôcs Declan ..."

Llyncodd ddracht o goffi, gan gofio'r embaras o weld ei mam yn fflachio'i llygaid tywyll ar Declan, tra'i fod e'n chwarae rhan y Gwyddel gwyllt, er bod pawb yn gwybod ei fod wedi'i eni a'i fagu yn Adamsdown.

"Ac wedyn ..." Llyncodd, wrth ail-fyw'r noson ryfedd, "... deg munud wedi i Mam fynd, cerddodd Dad mewn gyda rhyw fenyw ddierth. O'dd e fel pennod o ... *Last Tango in Halifax.*"

"Neitmêr!" Tynnodd Mati wep. "Y fenyw 'na o'r gwaith o'dd hi?"

Nodiodd Elin. "Ie – 'wy'n meddwl. Sa i ishe meddwl amdano fe, a bod yn onest ..." Taflodd gip ar ei brawd. Doedd dim arwydd o ofid arno.

"'Wy'n poeni am Mam – dyw hi ddim wedi bod mas gyda lot o bobl a ma' hi'n eitha naïf ..." Corddodd ei stumog wrth gofio ymddygiad Declan dros y misoedd diwetha – y ffordd roedd yn gwenu'n ffals ar bob menyw ddeniadol oedd yn mentro i ffau'r llewod ...

"*Basically*, ma' hi 'di taflu ei hunan at Declan – a nawr mae'n egseited bod hi'n mynd i gael cinio gyda fe dydd Sadwrn. Trodd at Mati. "Yn y Cei. Mae'n gymaint o *operator* – sda hi ddim syniad, wir!"

Edrychodd Mati'n feddylgar cyn ateb.

"Sdim ishe i ti boeni – mae dy fam yn fenyw smart. 'Neith hi weithio pethe mas yn ddigon clou ..."

"Hmm." Doedd Elin ddim mor siŵr. "Ond dwi ddim ishe iddi gael ei brifo. Mae'n 'itha *flaky* ar hyn o bryd ... a wedodd Jurgita wrtha i neithiwr bod Declan yn chwarae o gwmpas 'da llwyth o fenywod – y bastard!"

Cododd Mati ei haeliau.

"Wel – sdim pwynt i ti ypsetio dy hun – mae dy fam yn oedolyn ..."

Trodd at Tom.

"Falle bod hi eisie bach o antur ar ôl bod yn briod am hir ..."

"Ych!" Tagodd Tom ar ei goffi.

Meddyliodd Elin 'nôl dros ei sgwrs â Jurgita.

"Wedodd Jurgita rywbeth arall wrtha i hefyd ..." meddai gan geisio cofio'r manylion.

"Mae cwpwl o ffrindie doji 'da Declan – fel y cynghorydd uffernol 'na ddaeth mewn wythnos dwetha ... O'dd Jurgita'n dweud bo' nhw'n ca'l partïon preifat yn y bar lawr llawr – popeth mewn cash, *no questions.*"

Chwythodd Tom ruban o fwg melys at y ffenest.

"Mae'n siŵr o fod yn gweithio i dryg cartel ..."

"Haaa! Y Tijuana mob yn Nhreganna ..." Chwarddodd Mati gan anadlu mwg i'w hysgyfaint cyn parhau.

"Dyw e ddim yn syndod, bo' nhw eisie cash, odyw e? Mae pawb yn cymryd cash os allan nhw – bildars, plymers – os ti'n rhedeg tafarn, busnes cash yw e i gyd ..."

Cododd Tom ei aeliau. "Ti 'di gweld *Ozark*, Mati? Os oes ffrindie doji 'da fe – falle bo' nhw'n golchi arian yn y dafarn. *Simples.*"

Gwenodd Elin. Roedd yn braf gweld Tom yn dangos bach o sbarc o'r diwedd.

"Mae'n talu cash i fi," meddai. "A sa i'n cwyno."

Trodd at ei brawd. "Gadwa i lygad mas beth bynnag – jyst

rhag ofn bod Mam yn cael ei llusgo bant i Ciudad de Juarez ..."

Rholiodd Tom ei lygaid.

"Nabod 'yn lwc i, eith hi ddim pellach na Ciudad de Sblot."

13

Roedd y dafarn Fictoraidd yn y Bae yn dawel, heblaw am ddau hen ddyn yn eistedd o flaen eu gwydrau gwag. Torrwyd ar draws yr heddwch gan gerddoriaeth wichlyd a fflachiadau o'r peiriant chwaraeon, ond sylwodd neb arno. Doedd Bethan heb fod yma ers y saithdegau pan oedd y dociau'n fwrlwm o glybiau egsotic a thafarnau swnllyd – lle'n llawn cyffro a pheryg pan oedd hi'n fyfyrwraig yn y coleg.

Roedd yr hen Tiger Bay wedi diflannu wedi datblygiad Bae Caerdydd, a'r ardal nawr yn frith o fwytai tshaen ac arwyddion plastig. Crwydrodd golwg Bethan at y papur wal carpiog a'r lluniau du a gwyn yn dangos y llongau yn cael eu llwytho ar y cei. Dyma'r unig dafarn oedd heb ei newid, a hanes yr hen ddociau wedi'i gladdu bellach dan dyrrau uchel y fflatiau wrth y dŵr. O ble ddaeth yr enw Mermaid Quay, tybed? Doedd Cei'r Fôr-forwyn fawr gwell. Sylwodd ar y ffenestri gwydr lliw a phren tywyll y bar yn sgleinio, fel cofeb i fwrlwm y dociau. Dyna roedd y datblygwyr am wneud yn Abertaf. Chwalu'r gymdeithas leol, codi blociau newydd digymeriad, gyda'r unig nod o wneud arian, cyn symud 'mlaen at y prosiect nesa.

Edrychodd eto i gyfeiriad y drws, gan obeithio na fyddai'r dyn camera yn hwyr. Roedd angen penderfynu ar y siots a'r cefndir cyn i Sam gyrraedd – fe allai trafod yr holl agweddau technegol godi ofn arni. Wrth iddi afael yn ei ffôn, daeth fflach o gyfeiriad y drws a gwelodd gysgod tal yn nesáu, treipod ar ei ysgwydd a chamera yn ei law.

"Sori bo' fi'n hwyr!" Gwenodd yn braf arni. "Ffaeles i ffeindio unman i barcio – do'n i ddim am adael y fan yn rhy bell gyda'r holl offer ..."

Gosododd y camera ar y llawr cyn estyn ei law.

"Darren," meddai. "Neis i gwrdd â ti ..." Crychodd ei dalcen am eiliad. "Odyn ni 'di gweitho 'da'n gilydd o'r blaen?"

"Sa i'n siŵr ..." Edrychodd Bethan arno. "Ti'n edrych yn gyfarwydd. Wnest ti weithio i *Newyddion* o gwbwl?"

"Yffach! Bethan!" meddai gan estyn ei law. "Sa i 'di gweld ti ers yr wythdegau! Ti 'di newid lliw dy wallt ..."

"Sawl gwaith!"

Gafaelodd Bethan yn ei bag. "Be ti ishe? Mae ugain munud gyda ni cyn cwrdd â Sam ..."

"Coffi plis," meddai. "Gwyn, dim siwgr. Well i fi gadw 'yn feddwl i'n glir ar gyfer hwn."

Teimlodd Bethan eu hysgwyddau'n llacio wrth gyrraedd y bar. Os oedd hi'n cofio'n iawn, roedd Darren yn ddyn camera arbennig. Daeth teimlad o gyffro drosti a chofiodd pa mor braf oedd gadael y swyddfa a mentro i'r byd ar drywydd stori.

Cariodd ddau goffi 'nôl at y bwrdd a chanfod Darren yn addasu lens y camera.

"Wedest ti bod hi ddim am ddangos ei hwyneb, on'd do fe?" gofynnodd gan estyn am y cwpan.

"Mae'n hapus i ni ffilmio," meddai. "Mae'n berson digon rhwydd, a dweud y gwir. Ond dyw hi ddim eisie lluniau o'i hwyneb – nac unrhyw beth sy'n dangos pwy yw hi."

Crychodd ei thalcen, gan feddwl.

"Elli di ddeall 'ny, on' gelli di? Galle hi fod mewn trwbwl, os base rhywun yn ei nabod hi ..."

Cododd Darren o'i gwrcwd ac eisteddodd ar y fainc denau gan estyn ei goesau dan y bwrdd.

"Gallwn ni neud *long shots* ... lluniau dros yr ysgwydd, cefn ei phen ..." meddai.

"Bydd rhaid i ni fod yn eitha pell o'r pitsh beth bynnag – so ni moyn i'r pynters sylwi arnon ni."

Rhoddodd y lens yn dynn ar y camera.

"Dwi 'di rhoi ffilm ar ffenestri'r fan – gallwn ni edrych mas ond fydd neb yn gweld i mewn ... Arhoswn ni'n eitha pell – welwn ni bopeth ar y lens hir."

"Ffab!" Gwenodd Bethan arno. "Beth am y goleuo? Mae'n dywyll erbyn hyn ..."

Cymerodd Darren ddracht hir o goffi.

"Bydd angen i fi sortio'r goleuo pan gyrhaeddwn ni. Gweld shwt ma' pethe'n edrych ... Tase hi'n sefyll o flaen un o'r *street lamps*, bydd y golau tu ôl iddi ... a 'wy 'di rhoi ffilter goch ar y lens i roi lliw cochlyd ar y llun – fydd e'n eitha mwdi, os yw hynny'n iawn?"

"Grêt." Gwelodd Bethan y darlun yn ei meddwl.

"Ma' lot mwy i ddod mas am y stori 'ma ... Mae hwn *off the record*, achos does dim byd yn swyddogol eto ..."

Astudiodd wyneb Darren, gan benderfynu ei drystio.

"Mae'r gweithwyr rhyw yn cael eu gwthio allan a sneb yn poeni amdanyn nhw – ond mae lot mwy i'r stori, 'wy'n siŵr."

Syllodd drwy wydr lliw'r ffenest i gyfeiriad y Bae, gan feddwl yn galed.

"Pam mae'r merched yn cael eu symud nawr? 'Na beth dwi'n methu deall. Mae llwyth o straeon bod Abertaf yn cael ei ddatblygu – a bod rhywun yn mynd i neud arian mawr."

Trodd 'nôl at Darren.

"Mae rhyw shenanigans yn mynd 'mlaen – ond ma' rhaid i fi roi darnau'r jig-so at ei gilydd."

Llyncodd Darren ei goffi a rhoi'r cwpan 'nôl ar y bwrdd.

"Dere 'mlaen 'te, Erin Brockovich," meddai. "Os wyt ti'n mynd i enwi'r dynion drwg – well i ni ddechrau arni."

* * *

Awr yn ddiweddarach, roedd Bethan yn gorwedd yn sedd y gyrrwr, yn gwylio sgrin fach y monitor tra bod Darren yn ffilmio yng nghefn y fan. Cododd ei phen i weld y stryd tu allan. Y peth diwetha oedd hi ei angen oedd plismon yn cnocio'r ffenest i ofyn pam ei bod hi ar ei chefn mewn fan dywyll, ynghanol ardal y gweithwyr rhyw.

Hyd yma, roedd pethau wedi mynd yn dda. Roedd Sam wedi siarad yn naturiol ar gamera, yn esbonio'n ddi-lol am y ffordd y cafodd ei denu i'r gwaith yn ifanc, yr arian sylweddol roedd hi'n ei ennill a'r peryglon roedd wedi'u hwynebu.

Craffodd ar y monitor, lle gwelai Sam mewn du a gwyn, yn sefyll yn unig o flaen drws hen warws, ei gwallt yn domen o gyrls gwyllt dan lamp y stryd. Aeth ias drwy Bethan. Dros yr hanner awr ddiwetha, roedd dau gar wedi arafu wrth y pafin – Ford Focus di-nod a BMW tywyll, crand. Diflannai Sam am ryw ddeng munud ar y tro, tra bod Bethan yn gwylio'r monitor ac yn cyfri'r munudau nes ei bod yn dychwelyd.

Nawr, edrychai Sam yn fregus yn ei ffrog fer, y glaw mân yn chwyrlïo o gwmpas ei hysgwyddau. Yna, yn ddirybudd, llithrodd fan wen i'r golwg. Diffoddodd y goleuadau a gwyliodd Bethan y sgrin yn ofalus. Gwelodd gysgod Sam yn neidio i mewn, cyn i'r fan ddiflannu rownd y gornel i hen stad ddiwydiannol.

Teimlodd Bethan bwl o nerfusrwydd. Roedd Sam yn ddigon diffwdan am ei gwaith, ond roedd ei gwylio'n neidio i fan ddierth yn troi ei stumog. Os na fydd Sam 'nôl ymhen cwarter awr, beth ddylai wneud? Taflodd olwg ar gloc y dashfwrdd. Chwarter i wyth. Doedd dim pwynt poeni eto. Os na fyddai hi'n ôl erbyn wyth, fe allen nhw yrru draw i'r stad. Rhag ofn.

"Yffach, mae'n sordid," meddai Darren o'r cefn.

Sythodd, gan ymestyn ei gefn cymaint ag y gallai yn y fan dywyll.

"Dwi'n gwybod," meddai Bethan yn ofidus. "Mae'n dod 'nôl pob deg munud – dwi'm yn siŵr pam bod y dynion yn boddran ..."

Cymerodd gip arall ar y sgrin. Dim byd ond glaw mân yn disgyn o flaen y warws tywyll.

"'Wy yn poeni amdani." Trodd i wynebu Darren. "Ti'n meddwl ddylen ni yrru draw 'na i weld os yw hi'n iawn?"

Rholiodd Darren ei lygaid.

"Sa i'n credu gelet ti lot o ddiolch ..."

"Hmm," cofiodd Bethan ei sgwrs gyda Sam. "Mae'n bendant bod hi'n gallu edrych ar ôl ei hunan – a ma' rhyw ddyn yn cadw golwg arni ..."

Syllodd drwy'r ffenest i'r stryd. A oedd cyfaill Sam yn llechu yn y cysgodion?

Fflachiodd cyfres o oleuadau drosti wrth i res o geir wneud eu ffordd i'r Bae. Roedd hi wedi teithio droeon ar hyd y ffordd hon, heb sylwi ar y fasnach gudd oedd yn digwydd dan ei thrwyn.

Daeth sŵn fel taran o gefn y fan, a churodd calon Bethan fel gordd.

"Dyma hi!" medd Darren, gan neidio o'r cefn.

Pwysodd Bethan fotwm y ffenest i weld Sam yn rhythu arni.

"Orait?" meddai'n sionc. "Chi wedi cael digon o luniau? Sa i'n gwybod amdanoch chi ond dwi'n nacyrd ..."

Chwarddodd Bethan yn uchel.

"O't ti'n briliant, Sam," meddai. "Mae'r llunie'n grêt – a sdim siots o dy wyneb ... Bydd neb yn nabod ti, 'wy'n addo."

Clywodd glec wrth i Darren neidio o gefn y fan a chamu at Sam.

"Wnes i dynnu'r ffocws fel bod dy wyneb yn blyrd i gyd. Gelli di tsheco fe, os ti ishe?"

"Na, mae'n iawn," meddai. "Fi'n trystio chi, ocê?"

Gwenodd gan ddangos ei dannedd anwastad.

"O'n i'n dechre poeni." Sylwodd Bethan ar ysgwyddau noeth Sam, y cysgodion dan ei llygaid. "Ti'm yn ofnus, yn mynd off gyda dynion dierth fel'na?"

Cododd Sam ei hysgwyddau esgyrnog.

"Dim eisie i ti boeni amdano fi," meddai'n ddifater. "'Wy'n gallu edrych ar ôl 'yn hunan."

Gafaelodd yn y bag ar ei hysgwydd.

"Ma' cyllell 'da fi fan hyn a ..." crwydrodd ei llygaid i ochr draw'r Bae. "Mae pobl yn edrych ar ôl fi. Ma' nhw'n solid ... ma' CS gas 'da nhw ... *all sorts.*"

Llyncodd Bethan yn galed ... Nwy tocsig? Arfau, falle? Fflachiodd cyfres o ddelweddau tywyll drwy'i phen. Roedd 'na dipyn o bethau oedd heb eu nodi ar y ffurflen Iechyd a Diogelwch.

Teimlodd y fan yn crynu wrth i Darren osod y camera yn y cefn a chodi'r seddi.

"Mewn â ti, Sam," galwodd. "Ti'n haeddu rest ... Os wyt ti 'di gorffen, allwn ni roi lifft 'nôl i ti i Abertaf."

"*Nice one!*" Neidiodd Sam i'r cefn gan dynnu'r drws ar ei hôl.

Taniodd Darren yr injan a throi'r fan mewn cylch cyn gyrru 'nôl am Abertaf. Disgleiriai'r goleuadau dros lyn y Bae wrth iddyn nhw ruo dros y bont i ganol y dref.

"Mae'n syndod be sy'n mynd 'mlaen dan dy drwyn, on'd yw e?" medd Darren, gan dynnu i'r ffrwd dde. "'Wy 'di dreifo ffor' hyn sawl gwaith, ond sa i erioed 'di sylwi ar y holl *kerb-crawlers* 'na'n tynnu lan."

Hwffiodd Sam o'r cefn.

"Ni'n ofalus," meddai. "Ond bydd rhaid i fi gael pitsh

newydd cyn bo hir ... Ma'r moch yn pigo ni lan pob munud nawr – symud ni 'mlaen ... A ma' rhain i gyd yn dod lawr," meddai, wrth i'r fan wibio heibio'r tai teras.

"Cwpwl o bobl yn mynd i neud arian mawr ..."

Taflodd Bethan olwg arni yn y drych. Faint oedd Sam yn ei wybod?

"Go iawn?" gofynnodd.

"Hmmm." Nodiodd Sam ei phen. "Ma' lot o *dodgy deals* yn mynd 'mlaen – ddylet ti siarad â'r tenants ..."

"Mae unrhyw beth ti'n ddweud wrtha i'n gyfrinachol, ti'n gwybod ..." mentrodd Bethan.

Pwysodd Sam ymlaen, a'i llygadu yn y drych.

"My lips are sealed," meddai'n fflat.

Trodd Bethan i'w gweld hi'n tynnu ei bys ar draws ei gwddf yn ddramatig.

Yn ôl ei golwg, doedd hi ddim yn gwamalu.

14

Roedd Heol y Gadeirlan yn brysur wrth i Elin gamu o'r bws. Rhuthrodd i fyny'r stryd gan daro'i throed ar wreiddyn ar y palmant.

"Shit!" rhegodd. Pam ei bod hi 'di cytuno i'r syniad? Roedd hi'n torri'i bol i weld ei thad, tra bod pawb arall yn hitio'r jin a rhythmau'r Rwmba yn y Cuba Libre. Daro, daro, drato! Cyn y penwythnos, teimlai'n flin dros ei thad. Yn meddwl ei fod yn unig tra bod ei mam yn joio'i hunan yn y Cei gyda Declan. Bron iddi lewygu pan gamodd i'r bar gyda'r Barbie blond ar ei fraich.

"Y bastard!" meddai'n uchel, cyn iddi sylwi ar ferch mewn twtw pinc yn rhythu arni.

Sobrodd wrth weld mam y ferch yn gafael yn ei llaw a'i harwain at y groesfan. Cerddodd yn gyflym tua'r caeau, a lawr y ffordd gul at Dreganna.

"Helô cariad, neis dy weld di!"

Safodd Elin yn gegrwth yn y drws. Roedd ei thad, a oedd wedi gwisgo siwt lwyd a chrys gwyn i'w waith ers blynyddoedd, wedi gwasgu ei fol canol oed i jîns tynn a chrys lliain nefi. Wedi edrych eto, gwelodd fod awgrym o *highlights* yn ei wallt.

Heb ddweud gair, dilynodd ei thad lan y grisiau i gegin fach gul, hen ffasiwn.

"Es i Marks and Spencer ar y ffordd adre." Tynnodd ei thad becyn o *lasagne* parod o'r cownter. "Dwi'n credu alla i weithio'r meicrodon."

Anadlodd Elin yn ddwfn.

"Sooo," meddai o'r diwedd. "Beth yw'r *rockstar makeover* 'ma, Dad? Sa i erioed 'di gweld ti mewn pâr o jîns?"

Cododd ei thad ei ben o'r *lasagne* parod.

"Wel," meddai, wedi saib. "Jyst achos bo' fi'n hanner cant, sdim rhaid i fi wisgo fel deiacon ... O'n i'n meddwl fyset ti'n lico fe ..."

Cododd Elin ei haeliau.

"A bod yn onest Dad, ti'n edrych fel 'set ti 'di mygio plentyn ysgol. Ti ddim yn gwisgo fel'na i'r gwaith, wyt ti?"

"Wel, wrth gwrs ddim," tuchodd ei thad. "Mae'n rhaid i fi wisgo siwt i weld cleientiaid. Ond sdim rhaid i fi edrych fel cyfreithiwr canol oed pob munud o'r dydd."

Gosododd y ddesgl blastig yn y meicrodon a chau'r drws.

"Pedair munud," meddai, cyn troi ati. "'Wy'n meddwl mynd i'r sinema nes 'mlaen – mae ffilm Ffrengig mla'n yn Chapter sy' fod yn dda."

Gwyliodd Elin y *lasagne* yn berwi ac yn troi yn y ffwrn. Doedd dim angen poeni am ei thad. Roedd yn bell o fod yn unig – yn wir, edrychai fel petai wedi cael ail wynt o rywle – ond doedd dim rhaid iddo fihafio fel *weirdo*, chwaith. Man a man bod 'creisis canol oed' yn datŵ ar ei dalcen.

Crwydrodd ei llygaid dros y pamffledi ar y cownter blêr, cyn rhewi.

Ar ben y domen o lythyrau a biliau, roedd sgarff shiffon – un binc â phatrwm arian arni. No wê fyddai Mam yn gwisgo rhywbeth tebyg.

"Beth yw hwn?" gofynnodd, gan godi'r sgarff a'i chwifio dan drwyn ei thad.

"Beth yw beth?"

Roedd wrthi'n tynnu'r pryd parod o'r ffwrn, yn dal y plastig berwedig yn ofalus gyda chornel y lliain llestri.

"Y blydi sgarff 'ma!" meddai'n siarp. "Ti ddim wedi

dechrau gwisgo pethau fel hyn, wyt ti?"

Chwarddodd ei thad.

"Haa! Sgarff Alison yw e – o'r swyddfa. O'dd tocyn sbâr gyda fi i'r rygbi a ddaeth hi gyda fi ... gwrddest ti â hi nos Sadwrn, ti'n cofio ...?"

Corddodd bol Elin. Felly, roedd Alison wedi mynd adre gyda'i thad. Roedd ei mam yn iawn am yr ysgrifenyddes ysglyfaethus.

Roedd ei phen yn chwyrlïo. Y peth diwetha oedd hi eisiau ei wneud oedd bwyta platiad o *lasagne* trwm. Teimlai fel ffoi o'r fflat fyglyd, ac o'r nytar oedd wedi cymryd lle ei thad. Ond roedd wrthi'n codi'r slwtch i'w phlât. Trodd i edrych arni, â golwg euog arno.

"Ffrindie y'n ni – dim byd mwy," meddai, gan arwain y ffordd i'r lolfa gyda'r platiau gorlawn.

Doedd Elin ddim yn siŵr. Dilynodd ei thad, gan obeithio ei fod yn dweud y gwir. Ers iddi gofio, roedd ei rhieni wedi byw dan yr un to fel cwpwl normal, boring – nawr, wedi chwarter canrif o briodas, o'n nhw'n taflu eu hunain at bartneriaid newydd, fel *swingers*.

Aeth ei thad i lolfa hen ffasiwn â charped trwchus ar y llawr. Eisteddodd Elin gyferbyn ag e wrth y bwrdd pîn.

"Gymri di bach o win?" gofynnodd, gan arllwys Merlot i'w gwydr.

"Diolch," meddai, mewn ymdrech i dorri'r garw. Llyncodd y cynnwys yn gyflym, a dechreuodd ymlacio.

"Sut mae pawb, 'te?" gofynnodd ei thad yn hwyliog trwy lond ceg o fwyd.

"Gwd – ie, grêt," meddai. "Pawb yn iawn ... Anwen yw'r unig un synhwyrol, fel arfer ... Mam yn brysur – a ma' Tom jyst yn – aros yn ei stafell ..." Arafodd. Doedd hi ddim am rannu obsesiwn ei mam â Declan. Saffach cadw at ei gwaith.

"Ddaeth Mam i'r dafarn wythnos dwetha," meddai, gan

bigo ar ei bwyd. "Mae'n gweithio ar stori newydd ..."

Goleuodd wyneb ei thad. "Da iawn – ie, wedodd hi bod hi'n fisi ..."

"Mae'n swnio'n ddiddorol, actiwali," meddai'n frwd. "Rhywbeth am weithwyr rhyw yn Abertaf yn cael eu symud – a ma' pobl 'na'n cael eu hala o'u cartrefi ..." Stopiodd, gan gofio'i haddewid i'w mam. "Paid dweud wrth neb, wnei di? 'Wy fod i gadw fe'n gyfrinachol ..."

Gwgodd ei thad. "Gobeithio bod hi ddim yn mynd i botshan heb tsheco'r ffeithiau ..."

"Be ti'n feddwl? Wrth gwrs bod hi'n mynd i tsheco pethe ..."

Edrychodd ei thad yn feddylgar.

"Mae pob math o sïon, ond i weud y gwir, ma' angen y buddsoddiad 'na ar Abertaf – mae'r lle ar ei liniau a mae'r Cyngor yn buddsoddi miliynau i wella'r ardal." Cymerodd lond ceg, gan gnoi'n araf. "Mae'n cwmni ni'n gweithio i nifer o gwsmeriaid sy' am symud i'r ardal ..." meddai. "Allai fod yn ddatblygiad diddorol ..."

Rhythodd Elin ar ei thad. A oedd unrhyw syniad ganddo sut roedd pobl normal yn byw?

"Ydy Mam yn gwybod?" gofynnodd yn siarp. "Mae'n trio helpu'r tenantiaid ... mae pobl yn mynd i golli'u cartrefi yna!"

Rhoddodd ei chyllell a'i fforc ar y plât a llygadodd ei thad.

"A dwi ddim eisie i ti sôn wrth neb – do'n i ddim fod i ddweud ..."

Cododd ei thad ei aeliau.

"Dyw pethe ddim mor syml â 'ny. Mae'r Cyngor yn gorfod cynnig cartrefi newydd i'r tenantiaid – a bydd swyddi newydd yn cael eu creu ..."

Roedd Elin wedi cael llond bol ar y bwyd a'r sgwrs.

"Beth sy'n bod arnat ti, Dad? Ti'n meddwl am neb ond ti dy hunan. Mae'r tenantiaid yn desbret – maen nhw'n cael eu symud i dwll o le wrth *insinerator* Roath Moors ..."

"Paid ypsetio dy hunan ... y peth diwetha dwi eishe neud yw i gwympo mas 'da ti."

Cododd, gan gasglu'r platiau brwnt.

"Dwi'm yn mynd i drafod y peth rhagor," meddai. "Ond mae croeso i dy fam gysylltu, os yw hi am wybod mwy. Reit! Treiffl!" Anelodd am y drws cyn iddi fedru ymateb.

Gwyliodd Elin ei thad wrth iddo ddiflannu i'r gegin. Doedd dim chwant bwyd arni, heb sôn am fwyta treiffl. Prin ei bod yn cyffwrdd â carbs – ac roedd yn amlwg bod ei thad wedi drysu rhyngddi hi ac Anwen, yn dal i feddwl ei bod yn yr ysgol gynradd. Syllodd i'r stryd dywyll gan gofio bod ei ffrindiau yn joio mewn clwb ynghanol y ddinas.

Ochneidiodd. O hyn ymlaen, fyddai'n fwy gofalus. Cadw'n dawel am Abertaf – ei pherthynas â Kam a'r tenantiaid. Gwenodd wrth iddi gofio'r noson ddiwetha yn y Cuba Libre. Roedd hi'n dechrau cwympo am y gitarydd o Dre-biwt.

O hyn ymlaen, roedd y rhyfel cartre ym Mro Dawel yn broblem i'w rhieni. Ond a ddylai sôn wrth ei mam bod ei thad yn gweithio i'r cyfalafwyr – rhag ofn ei bod am bigo'i frêns? Cofiodd hefyd fod angen iddi gysylltu â ffrind Kam – yr *ex cop* ag enw rhyfedd – Dai Kopec. Roedd e'n tyrchu am faw, yn ôl y sôn. Mewn undod mae nerth, meddyliodd, wrth i'w thad ddychwelyd i'r stafell, yn cario bowlen blastig o jeli coch dan gwmwl o hufen.

15

"Syniadau?" Daeth llais Selwyn fel cyfarthiad o'r uchelseinydd wrth i Bethan daflu golwg ar ei ffôn. Hanner awr wedi blydi pedwar, a hithau, Rhys a Brenda wedi bod yn swyddfa Selwyn ers hanner awr, yn eistedd o gwmpas y ffôn fel ysbiwyr o'r Ail Ryfel Byd, tra bod Selwyn yn pregethu o'i lolfa ym Mhen-y-bont. Yr unig ddifyrrwch oedd cyfarthiadau ci Gwyn Griffiths o'r ffermdy ym Meidrim.

Ar adegau fel hyn, roedd hi'n anodd credu bod W.C. yn gwmni cyfryngau uchel ei barch.

"Dewch 'mlaen!" arthiodd Selwyn o'r peiriant. "Mae Rhiannon Rowlands moyn moderneiddio'r rhaglen – a mae angen syniadau erbyn dydd Llun."

"Beth wyt ti'n awgrymu, Selwyn?" gofynnodd Rhys yn goeglyd.

"Beth?"

Boddwyd llais Selwyn gan gyfarthiad uchel o'r teclyn.

"Sori!" ymddiheurodd Gwyn. "Mae dyn y post wedi cyrraedd ... Ca dy ben, wnei di! Ddim ti, Selwyn ... Siani!"

Aeth ias drwy'r tri yn y swyddfa.

Cliriodd Selwyn ei wddf yn uchel. Roedd e wedi colli pob rheolaeth ar y cyfarfod – a doedd hynny ddim yn syndod gan ei fod yn mynnu 'gweithio o adref' ar brynhawn Gwener, gan orfodi'r staff i annerch yr hen beiriant gwichlyd mewn cynhadledd rithwir.

"Mae'n trefnu trip y côr i Stuttgart," sibrydodd Rhys yn ei chlust.

Ochneidiodd Bethan. Doedd dim byd wedi'i benderfynu, a doedd hi heb gyflawni dim heblaw am fraslun o dwr Eiffel yn ei llyfr nodiadau.

Roedd hyd yn oed Brenda, oedd wedi sgrifennu SYNIADAU mewn llythrennau bras ar ddarn o bapur, yn llunio rhestr siopa. 'Winwns, prŵns, moron' nododd dan y pennawd, cyn edrych i fyny'n bryderus. Gwyliodd Bethan y cloc yn tician. Fe fyddai'n rhaid iddi awgrymu rhywbeth, os oedd am ddianc.

"Ocê," meddai wrth yr uchelseinydd. "Mae'n rhaid i ni feddwl mwy am y gynulleidfa. Beth sy'n berthnasol iddyn nhw ... Ma' cymaint o gystadleuaeth erbyn hyn ..."

"Cytuno!" porthodd Rhys. "Y'n ni fod i neud straeon caled, dynamic ..."

Sgrifennodd Brenda 'dynamig' dan 'prŵns' a 'moron'.

"Diolch byth," meddyliodd Bethan wrth i fys y cloc daro pump.

Daeth pesychiad o'r teclyn.

"Dwi ddim yn anghytuno," meddai Selwyn. "Ond o ble mae'r straeon yn mynd i ddod? Oes rhywun wedi darllen y *Cambrian Journal* yr wythnos hon?"

Edrychodd Bethan ar y domen o bapurau lleol ar y silff. Roedd y straeon i gyd ar y we erbyn hyn, ond doedd hi ddim am wylltio ei bòs. Pwysodd ymlaen.

"Mae llwyth o sïon am Abertaf," meddai. "Dwi'n meddwl bod 'na stori fawr 'na ... dechreuais i edrych ar sefyllfa'r gweithwyr rhyw, ond ma' lot o bethe eraill yn digwydd. Mae'r tenantiaid yn cael eu taflu o'u cartrefi – a mae'r datblygwyr yn mynd i neud ffortiwn. Mae lot o brotestio'n mynd i fod, fydd yn grêt o ran llunie ..."

Daeth cyfres o wichiadau o'r peiriant.

"Bethan! Gadewch i fi siarad!" mynnodd Selwyn.

"Ddwedest ti wrtha i bo' ti'n neud stori am *kerb-crawling* – puteiniaid!"

"Wel – honna oedd y stori, i ddechrau," meddai'n rhesymol. "Ond wedi i fi ddechrau holi, mae llawer mwy iddi ..."

Taranodd Selwyn, gan greu gwich fyddarol ar yr uchelseinydd.

"Dechreuest ti ar Deisennau Teifi, wedyn wnest ti berswadio fi bod y stori *prostitutes* 'ma'n well na *Sex and the City* – a nawr ti off ar rywbeth arall. Mae'r rhaglen yn mynd mas mewn pythefnos, Bethan – does dim amser am y *scattergun approach* 'ma ... a sda fi yffach o ddim diddordeb mewn stori *planning* ddiflas ..."

Dechreuodd Rhys ddynwared David Brent tu ôl i gefn Brenda.

"Ond yr un stori yw hi ..." dechreuodd Bethan. "Mae popeth yn clymu at ei gilydd."

"Dyna ddigon!" taranodd Selwyn.

Teimlai Bethan wrid yn lledu dros ei gwddf a'i hwyneb, wrth i Brenda edrych arni mewn braw. Cnodd ei thafod, wrth i Selwyn ei siarsio o'r peiriant.

"Mae Brenda wedi hala dyddie'n gweitho ar y Rota a dwi ddim yn mynd i newid e eto. 'Wy eisie *update* ar dy stori cyn i ti fynd heno – *prostitutes*, pimps – a dim gair am blydi *planning* ... Ydy hynny'n glir?"

Roedd hi'n dechrau tywyllu pan gyrhaeddodd Bethan ei chartre, ei chot ar led a bagiau siopa ar bob braich. Gollyngodd y llwyth ar stepen y drws cyn chwilio yn ei phoced am yr allwedd. Roedd eisiau gras. Wedi awr o rwdlan, roedd cyfarfod Selwyn wedi troi mewn cylchoedd. Doedd dim modd symud 'mlaen gyda'r rhaglen, ac ar ben hynny, roedd ei threfniadau ar gyfer y penwythnos yn ffradach. Wedi rhuthro i'r siopau amser cinio, roedd wedi bwriadu cael cawod a gosod tàn ffug ar ei chroen, fel ei bod yn disgleirio fel seren Hollywood-aidd dros ginio gyda Declan.

Fe fyddai'n rhaid iddi fodloni ar fod yn wraig tŷ ddi-liw. Gwta awr oedd ganddi cyn casglu Anwen – a chyn hynny, roedd rhaid cael allwedd i Hannah Stokes – y ferch oedd yn ei gwarchod fory.

Cariodd y bagiau i'r gegin wrth i fys y cloc mawr gyrraedd chwech. Fe fyddai'n rhaid iddi ei siapio hi os oedd y lliw haul yn mynd i sychu mewn pryd. A oedd yr holl baratoadau werth y drafferth?

Taflodd gip arall ar y cloc. Roedd ugain munud ganddi.

Ymdrech a lwydda, penderfynodd, gan gydio yn y tiwb gwyn a bolltio i'r stafell molchi.

Chwarter awr yn ddiweddarach, safai Bethan o flaen y drych, yn gwgu ar ei chorff noeth. Ymhell o fod yn seren euraidd, roedd hi'n debycach i noethlymunwr oedrannus o'r Almaen, ei gwallt yn flêr a'i sbectol yn gam ar ei phen. Roedd y past brown wedi oeri ac yn gwynto fel ffowlyn Tandŵri.

Yn ei brys, doedd hi heb ddarllen y cyfarwyddiadau'n iawn ac roedd yr hylif yn dal heb sychu. Fyddai'n rhaid iddi wisgo ymhen pum munud gan fod Hannah yn gadael am saith ar gyfer ei shifft yn y Pizzeria lleol. Beth yn y byd allai wisgo i osgoi marcio'r lliw drudfawr?

Am gwarter i saith, camodd Bethan o'r stafell wely mewn gŵn nos blodeuog a bandana melyn dros ei gwallt. Tynnodd hen got law Gareth o'r cwtsh dan staer a chamodd yn ofalus i bar o fflip-fflops gwyn. Taflodd gip yn y drych, gwnâi'r tro – er bod y fflip-fflops yn edrych yn od ym mis Chwefror.

Cerddodd yn ofalus ar hyd y stryd, ond erbyn iddi gyrraedd, roedd tŷ Hannah yn dywyll. Rhaid ei bod wedi gadael yn barod. Pwysodd ar y gloch a chraffu ar y ffenestri uchaf. Byddai'n rhaid gadael yr allweddi mewn man diogel. Penderfynodd eu gwthio i'r portsh gwydr ar flaen y tŷ – yn ddigon pell o gyrraedd unrhyw berson amheus. Aeth ar ei chwrcwd ac estynnodd ei llaw drwy'r blwch llythyron, ond wrth iddi wthio'r allweddi mor bell ag y gallai, fflachiodd pelydryn o olau dros ei hwyneb.

Cododd ei golwg.

O'i blaen, roedd pâr o draed mawr a choesau blewog ar y teils coch. Wrth iddi godi, daeth wyneb yn wyneb â dyn canol oed mewn gŵn gwisgo, oedd yn syllu arni'n gyhuddgar. Roedd Clive, tad Hannah, yn blismon, ac roedd yn amlwg newydd ddeffro wedi shifft gynnar.

Sythodd, wrth i Clive agor drws y portsh, â golwg flin arno.

"Sori ..." meddai. Ond cyn iddi orffen, gafaelodd yn ei braich,

"Reit!" meddai. "Pam ma'ch llaw chi trwy 'nrws ffrynt i? Gobeithio bod esboniad 'da chi!"

"Clive! Plis!" crefodd Bethan, wrth i Clive droi ei braich y tu ôl i'w chefn. "O'n i'n gadael allwedd i ..."

"Beth?" gofynnodd Clive yn fygythiol. "Shwt y'ch chi'n gwybod 'yn enw i?"

"Er mwyn popeth!" Gwylltiodd Bethan. Lledai'r boen o'i phenelin i'w hysgwydd, ac yn y sgarmes, roedd ei gŵn nos wedi codi. Gan nad oedd yn gwisgo dim oddi tano, ofnai ei bod yn fflachio at nifer o'r cymdogion.

"Bethan ydw i – o rif deuddeg! Mae Hannah yn gwarchod i fi fory – o'dd hi moyn i fi adael allwedd ..."

Agorodd ei llaw i ddangos yr allwedd yn y cledr.

Llaciodd Clive ei afael.

"Ymddiheuriadau," meddai, gan glirio'i wddf. "Ond a bod yn deg, o'ch chi yn bihafio'n amheus ..."

Tynnodd Bethan ei gwisg dros ei phengliniau.

"Wel, wir! Allwch chi ddim mynd o gwmpas yn trin pawb fel troseddwyr, Clive. Allen i 'di cael harten!"

"Ocê, sori!" atebodd Clive yn fwy rhesymol. "Ond ma'

rhaid fi gyfadde – o'ch chi'n edrych yn od iawn gyda'ch traed brwnt a'r hen got 'na. O'n i'n meddwl bo' chi 'di diengid o'r hospital lawr y ffordd ..."

Traed brwnt? Roedd y colur wedi costio ugain punt iddi! Cymerodd Bethan anadl ddofn. Doedd dim pwynt trafod gyda'r dyn dwl. Diolch bod Hannah yn ferch hyfryd ar waetha'i thad.

"Ocê," meddai'n araf. "'Wy ddim eisie dadle 'da chi. Os allech chi roi'r allwedd i Hannah, fydden i'n ddiolchgar."

Sythodd, gan geisio adfer ei hunan-barch, cyn hercio i lawr y llwybr at y gât. Roedd gormod ar ei phlât ac, fel arfer, roedd ei bywyd yn datgymalu. Unwaith eto, penderfynodd y byddai wedi bod yn gallach i ohirio'r dêt gyda Declan a chael noson dawel yng nghwmni ffilm ramantaidd a gwydriad mawr o win.

16

Llifai heulwen gwan drwy'r coed a thros y crocws cynnar, wrth i Bethan groesi'r parc i ganol y dref. Beth yn y byd allai drafod gyda Declan heb sôn am ei phlant na'i gwaith? Go brin fod ganddo ddiddordeb manwl mewn ceisiadau cynllunio, a doedd prawf sillafu Anwen ddim yn debygol o danio unrhyw fflamau rhamantaidd.

Ochneidiodd, gan sylwi ar ddyn mewn cot garpiog yn codi pecyn o sglodion o fin wrth y llwybr. Gwenodd arno'n gymodlon ond taflodd y dyn olwg amheus arni cyn prysuro i gysgod coeden fawr ar y borfa.

Pan gyrhaeddodd y dafarn, roedd Declan yn sefyll y tu ôl i'r bar mewn crys cotwm gwyn a phâr o jîns. Sylwodd ei fod wedi torri'i wallt. Edrychai'n iau heddiw, yng ngolau dydd.

Camodd ati'n groesawgar.

"Hi!" meddai, gan blannu cusan ar ei boch. "Wyt ti'n edrych yn ffantastig. Dere mewn!"

"Diolch!" Teimlodd ei chalon yn curo wrth ddilyn Declan at fwrdd yng nghefn y stafell, wedi'i osod â chyllyll a ffyrc arian a gwydrau gwin.

Tynnodd Declan gadair iddi gael eistedd.

"Gewn ni lonydd fan hyn, gobeithio. Mae'n *hopeless* cael sgwrs gall wrth y bar!"

"O!" Daeth pwl o swildod dros Bethan. Methodd yn llwyr â meddwl am ateb ffraeth. Anadlodd yn araf, a gafaelodd yn y fwydlen ar y bwrdd, i hel ei meddyliau.

"Mae hyn yn grêt," meddai, gan graffu ar y fwydlen heb ei sbectol. Taflodd gip at y bar. Doedd dim golwg o Elin eto, diolch byth. Doedd hi ddim am iddi weld y landlord yn ei llygadu dros y *Moules Marinières*.

Amneidiodd Declan at ferch dal mewn crys du.

"Pa fath o win ti'n hoffi?" gofynnodd. Cododd Bethan ei hysgwyddau'n fud, wedi drysu gormod i wneud penderfyniad.

"Rhywbeth ... beth bynnag," meddai. "Un gwydriad dwi moyn, neu fydda i'n rwdlan am y gŵr a'r seicos yn y swyddfa."

"Ww!" Cododd Declan ei aeliau. "Swnio'n ddiddorol ... Beth am win gwyn y tŷ, 'te?" Trodd at y ferch dal.

"Potel o Albariño plis, Jurgita," meddai.

Gwyliodd Bethan y ferch yn cerdded at y bar, ei choesau hir yn osgeiddig mewn trowsus du, tynn. Sythodd gan dynnu ei gwallt o'i llygaid, ond roedd Declan yn dechrau ei holi.

"Sut mae pethe 'te, Bethan?" gofynnodd, gan bwyso 'nôl yn ei gadair. "Sut ma' bywyd yn dy drin di?"

"O ..." Chwaraeodd Bethan gyda'i fforc. "Iawn, ti'n gwybod. 'Dwi 'di bod mas lot ..." Ceisiodd feddwl am enghraifft o fywyd cymdeithasol, gwyllt. "A ... dwi'n gweithio ar stori newydd ..." meddai o'r diwedd.

"Hmm ...?" Pwysodd Declan 'nôl yn ei gadair. "Unrhyw beth y gelli di rannu? Neu ydyw e'n gyfrinachol?"

"O – na!" Gwenodd Bethan arno, gan bendroni faint y dylai ddatgelu. Roedd Declan yn foi cyfeillgar, ond roedd Abertaf o fewn dau gan llath, ar ochr draw'r afon. Doedd hi ddim eisiau unrhyw sïon i ledu o'r dafarn.

"Ti'm eisie gwybod," meddai'n ysgafn. "Dechreuais i edrych ar stori ffatri Welsh Cakes yn Aberbanc, a nawr dwi'n edrych ar ryw gynllun datblygu yn y ddinas – mae e mor boring, fyddet ti'n cwympo i gysgu 'sen i'n trio esbonio ..."

Chwarddodd Declan yn uchel. "Ocê – deall yn iawn," meddai.

"Beth amdanat ti?" Cofiodd y dylai ddangos diddordeb yn ei dêt. "Oes lot 'mlaen 'da ti yn y dafarn ...?"

Ochneidiodd Declan. "Ie llwyth – paid â sôn ..." Tynnodd wep ddiflas. "Ac ar ben popeth ma' stwff ... teuluol, ti'n gwbod. Mae'r ex a'r plant wedi symud 'nôl i Iwerddon. Buon ni'n byw 'na am ychydig pan o'dd y plant yn fach ... so nawr 'wy'n gorfod teithio 'nôl a 'mlaen i'w gweld nhw." Pwysodd ymlaen. "Ti'n gwybod fel mae ... Mae'r mab yn bymtheg a mae 'di dechre chwarae lan – so pan dwi yna, 'wy fel tacsi ..."

"Beth sy'n bod ar fechgyn yr oed 'na?" Dechreuodd Bethan fwynhau'i hun. "Mae 'mab i 'run peth ... 'Na gyd mae'n neud yw aros yn ei stafell yn smocio wîd ..." Daeth i stop sydyn, gan synhwyro ei bod yn swnio fel aelod o fudiad dirwest. "Beth bynnag," meddai, gan astudio'r fwydlen, "so ni moyn difetha'r cinio 'ma drwy ail-fyw'r noson rieni!"

Gwenodd Declan arni.

"Ma' pawb eisie anghofio rheiny."

Daeth Jurgita 'nôl gyda photel o win oer, a napcyn gwyn o'i gwmpas. Rhythodd Bethan ar y fwydlen er mwyn dewis rhywbeth allai fwyta heb dagu neu boeri esgyrn. Fyddai'r pysgod yn rhy drafferthus, ac er bod y cregyn gleision yn swnio'n hyfryd, fyddai'n methu eu bwyta heb sarnu saws dros ei blows. Dewisodd Declan y pei pysgod, ac fe wnaeth yr un peth gan gymryd llymaid o'r gwin blasus a dechrau ymlacio.

"*Slainte!*" Cododd Declan ei wydr yn uchel. "Hyfryd dy weld ti, Bethan."

"*Slainte!*" Cymerodd Bethan lymaid hir, gan deimlo'i hwyneb yn gwrido.

"So ..." Edrychodd Declan i fyw ei llygaid. "Be sy' 'mlaen gyda ti ar ôl hyn? Unrhyw gynlluniau?"

Bron i Bethan dagu. Dyma uchafbwynt y penwythnos iddi, heb sôn am yr oriau roedd wedi eu treulio yn paratoi. Doedd dim byd arall i'w wneud ond mynd adre i gysgu.

"Ym ... wel ... lot o bethe i sortio – domestics, ailgylchu, llwytho'r peiriant golchi ... Beth amdanat ti?"

Rholiodd Declan ei lygaid. "Digon i neud ... ma' cyfarfod 'da fi nes 'mlaen am y busnes datblygu 'ma yn Abertaf." Cymerodd lymaid hir o win. "Diolch byth, mae'r boi yn dod yma i'r dafarn – sdim rhaid i fi fynd allan."

"Datblygiad Abertaf?" Rhoddodd Bethan ei gwydr ar y bwrdd. "Mae lot o sôn amdano fe – ond mae'n anodd gwybod beth yn union sy'n digwydd ..." Doedd hi ddim am i bobl wybod ei bod hi'n busnesu, a dewisodd ei geiriau'n ofalus.

"Dechreuodd ein hymchwilydd ni edrych ar y stori," meddai, gan amau y gallai Declan fod wedi clywed sïon yn y dafarn. "Ond does dim byd yn swyddogol eto ... dwi'm yn meddwl allwn ni dwtsho fe ..."

Edrychodd i fyny'n ddisgwylgar tra bod Declan yn estyn am ei win.

"Hmm," meddai, ar ôl dipyn. "Ma'r cynllunie 'ma'n eitha sych, on'd ŷn nhw – pobl leol yn codi nyth cacwn, ac wedi'r peth ddigwydd, mae pawb yn setlo lawr."

Cymerodd ddracht hir o win.

"Ma'r stwff swyddogol mor ddiflas ... Sda fi ddim clem am y cynllun, a dweud y gwir – ond ma'r peth yn digwydd ochr draw i'r afon, so gytunes i gwrdd â'r boi prynhawn 'ma, i gael gwell syniad. Reit," trodd at y fwydlen, "'wy'n siŵr bo' ti ddim am hala amser cinio'n trafod cynllunie'r Cyngor. Well i ni archebu!"

Dros yr awr nesa, dechreuodd Bethan fwynhau. Roedd Declan yn gymeriad. Wedi dau wydriad o win, roedd hi wedi ymlacio digon i rannu helyntion ei bywyd fel myfyrwraig yng Nghaerdydd – ei chusan gyntaf ar gwrs Ffrangeg yn Nice, a'r gwyliau yng nghartre Mafioso ym Marseille.

Roedd bywyd Declan yn swnio llawer mwy cyffrous na'i magwraeth draddodiadol hi yn y gorllewin. Rhieni o dras Wyddelig, a'r teulu wedi cyrraedd dociau Caerdydd adeg y newyn, roedd eu tafarn ar gyrion Sblot yn gyrchfan i'r gymuned Wyddelig ar droad y ganrif, ac wedyn i weithwyr dur East Moors, y sesiynau cerdd bywiog yn denu ffidlwyr o dros Brydain a'r Ynys Werdd, a'r Guinness yn llifo y tu ôl i ddrysau caeedig ymhell i'r oriau mân.

Gwenodd wrth iddo ddisgrifio ei fam yn ei lusgo i'r offeren ar fore Sul, ac yn defnyddio'r Rosari i weddïo'n daer yn ystod ei lefel A.

"God love her," meddai gan siglo'i ben. "Doedd gweddi ddim iws o gwbl yn 'yn achos i ..."

Chwarddodd Bethan yn uchel. Roedd yn gwmni hawdd iawn o ystyried ei bod prin yn ei adnabod.

"Felly ..." pwysodd Declan 'mlaen i astudio'r fwydlen. "Be nesa? Pwdin? Caws?"

"O na, dim diolch." Roedd un saig wedi bod yn ddigon i'w lyncu, wrth iddi straffaglu i siarad a bwyta ar yr un pryd.

Edrychodd Declan i fyw ei llygaid, gan syllu arni am gyfnod o eiliadau. Roedd yr olwg yn un amlwg, rhywiol, ond doedd gan Bethan ddim syniad sut i ymateb. Rhythodd ar y fwydlen, gan deimlo gwrid yn lledu o'i gwddf i fyny at ei bochau a'i chlustiau. Damo, damo. Beth oedd hi fod i'w wneud? Roedd hi'n ymateb fel lleian, ond roedd hi'n rhy swil i syllu 'nôl, ac roedd y syniad i fynd 'nôl gyda Declan i'w gartre wedi un cyfarfod yn ei harswydo.

Symudodd Declan 'mlaen yn llyfn, fel petai dim wedi digwydd.

"Felly, Bethan – sut mae bywyd sengl yn dy siwtio? Ti 'di bod allan ar y teils ... ar ddêts ...?"

Cododd Bethan ei phen.

"Maen nhw'n ciwio wrth y gât, Declan," meddai'n goeglyd.

"Wel, 'te." Cododd Declan ei wydr. "Neis siarad â ti, Bethan! Bydd rhaid i ni neud hyn 'to!"

"Grêt!" Teimlai Bethan yn benysgafn ond cododd ei gwydr.

"Diolch i ti am y cinio – o'dd e'n hyfryd."

O gornel ei llygad, gwelodd Elin yn camu y tu ôl i'r bar. Roedd yn demtasiwn i aros, a siarad mwy ond gwell rhoi'r argraff bod digon o bethau eraill i'w difyrru.

"Well i fi fynd," meddai, "ma' cwpwl o bethau 'da fi sortio ..."

"Grand," meddai. "Grêt siarad â ti – os wyt ti'n rhydd penwythnos nesa, allen i fynd am ginio gyda'r nos, falle?"

Rhewodd Bethan. Roedd pethau'n symud ynghynt nag roedd wedi'i ddisgwyl.

"Dwi'm yn meddwl bod 'da fi unrhyw gynllunie pendant," meddai'n araf.

"Rho dy rif i fi," meddai Declan. "Wna i decstio ti ddiwedd yr wythnos ... 'Wy off wythnos hon – pethau teuluol 'da fi sortio yn Nulyn ond wna i gysylltu cyn y penwythnos, ocê?"

Rhoddodd fanylion ei ffôn personol iddo ac wedi iddo gadw'r rhif yn ofalus, cododd gan estyn am ei chot.

"Mae 'di bod yn bleser," meddai'n ddistaw. "Wela i di wythnos nesa."

Gyda'i law yn ysgafn ar ei hysgwydd, cerddodd gyda hi at y drws, gan wasgu ei braich cyn troi 'nôl i'r dafarn, ei goesau hir yn camu dros y grisiau.

Trodd Bethan i godi'i llaw ar Elin cyn camu allan i'r pafin. Roedd yr haul isel yn ei dallu. Safodd i gyfarwyddo â'r golau ac ymbalfalodd yn ei bag. Roedd dêt ganddi, am y tro cynta ers chwarter canrif, a hithau ar fin troi'n hanner cant. Gwisgodd ei sbectol haul, cyn camu i'r prynhawn disglair.

17

O gornel ei llygad, gwyliodd Elin Declan yn hebrwng ei mam at y drws. Teimlodd ei thymer yn codi, ond cyn i'w mam adael, trodd i godi ei llaw. Chwifiodd Elin 'nôl dros bennau'r cwsmeriaid, gan weld bod ei mam yn smart mewn siaced ledr, a'i gwallt newydd ei dorri ac yn sgleinio. Tynnodd y pwmp lager yn galed. Roedd hi'n bendant yn haeddu gwell.

"Popeth yn iawn?"

Roedd Declan 'nôl wrth y cownter. Yn gwenu arni fel tasai dim o'i le.

"*Fine*. Iawn. Dim amser i grafu 'nhin," meddai gan roi'r peint ar y bar.

"A dim amser i gael *chat* gyda dy fam?" Siglodd Declan ei ben. "Y bòs creulon yn gwrthod rhoi brêc i ti, ie? Fydden i'n helpu mas, ond ma' cyfarfod 'da fi am dri!"

"O ie!" atebodd Elin yn goeglyd ond winciodd Declan arni, cyn cerdded at ei swyddfa a chau'r drws.

Wrth i Declan ddiflannu, daeth Jurgita o'r gegin ar frys.

"Diolch byth bo' ti wedi cyrraedd. Lle mae Kam?"

Taflodd Elin olwg i gefn y stafell.

"Dim syniad, sori!" meddai. Doedd hi ddim yn gyfrifol am brydlondeb Kam, ond roedd Jurgita mewn hwyliau drwg.

"Bydd e 'ma mewn munud. Oes 'na gêm 'mlaen yn y Stadiwm?"

Craffodd Jurgita ar y rhestr archebion.

"Y'n ni'n llawn heno – allwn ni ddim neud hebddo fe ..." Trodd at Elin. "Y'ch chi'n ffrindie – elli di ffonio fe? Mae e awr yn hwyr!"

Ochneidiodd Elin. Nid ei gwaith hi oedd gweithredu fel y Brif Ferch, ond doedd Jurgita ddim mewn hwyliau i ddadlau.

"Ocê!" meddai, o'r diwedd. "Os elli di syrfio'r bobl 'ma, âi i'r gegin i ffonio."

Gwthiodd trwy ddrws y gegin a safodd yn y gornel i wneud yr alwad.

Roedd rhywbeth o'i le. Doedd Kam byth yn hwyr – a doedd e ddim y teip i beidio troi lan heb esbonio. Daliodd y ffôn wrth ei chlust wrth iddo ganu, ac ar ôl sawl eiliad, gadawodd neges. Cymerodd anadl ddofn cyn mynd 'nôl i dorri'r newyddion i Jurgita.

Awr yn ddiweddarach, roedd ar ei gliniau. Ble oedd Kam? Cofiodd ei fraich yn dynn amdani wrth iddyn nhw redeg drwy'r glaw o'r clwb i'r tacsi. Roedd wedi bod mor annwyl, ei lygaid yn pefrio wrth iddyn nhw gusanu ar ddiwedd y noson ... Dechreuodd amau fod rhywbeth wedi digwydd iddo a gwnaeth ymdrech i ganolbwyntio ar ei gwaith, ond rhwng poeni am Kam, a'r sioc o weld Declan yn fflyrtio gyda'i mam, teimlai'r dagrau'n cronni yn ei llygaid. Trodd ei phen a chwythu'i thrwyn yn galed, cyn symud at y cwsmer nesa.

Wedi pedwar, roedd y bar yn tawelu. Camodd o'r bar i gasglu gwydrau gwag o'r byrddau pan welodd Declan yn dod allan o'i swyddfa gyda dyn byr mewn cot law. Y cynghorydd afiach oedd e – y dyn fu'n trafod y barmêds fel danteithion mewn bwffe. Trodd ei phen i'w osgoi.

"Hwyl i ti, Sid," galwodd Declan ar ei ôl.

Gwyliodd Elin y drws yn cau ar ei ôl. Doedd dal dim golwg o Kam.

"Popeth yn iawn?" Roedd Declan wrth ei hochr. Cymerodd

yr hambwrdd trwm oddi wrthi a gosododd ei law yn ysgafn ar ei hysgwydd.

"Ymm ..." Am ryw reswm, roedd y geiriau'n sownd yn ei gwddf.

Syllodd Declan arni'n ofidus, a chyn iddi sylweddoli beth oedd yn digwydd, dechreuodd feichio crio.

Gafaelodd Declan yn ei braich. "Be sy'n bod? Ti'n iawn?"

"Ydw, ydw ..." mynnodd Elin, gan feichio crio a phwyso ei phen ar ysgwydd Declan.

"Sori ..." mwmialodd, gan godi ei phen. Sylwodd fod ei dagrau wedi gadael patshyn tywyll ar ei grys.

Beth yn y byd oedd yn bod arni? Ond cyn iddi gael cyfle i esbonio, gafaelodd Declan yn ei braich a'i hebrwng i'r swyddfa.

"Dere ..."

Agorodd y drws iddi a'i thywys at gadair wrth ei ddesg.

"Dere nawr," meddai'n garedig. "Dwed wrtha i be sy'n bod."

"Sdim byd yn bod." Ymbalfalodd Elin yn ei phoced am hances bapur. Chwythodd ei thrwyn gan sylweddoli ei bod wedi blino'n lân. Cafodd bwl o euogrwydd o gofio ei bod wedi bod allan tan bump y bore, a taw blinder, mwy na thebyg oedd wedi achosi'r meltdown yn y bar.

Roedd Declan yn ei gwylio'n feddylgar. "Mae'n anodd pan mae dy rieni'n gwahanu," meddai. "Dwi'n gwybod bod Meg a Colm wedi bod drwyddi. Paid â bod yn rhy galed ar dy hunan ..."

"Wel," mwmialodd Elin, "ges i bach o sioc pan weles i Mam ond ... ond – dwi ddim yn gwybod be sy' 'di digwydd i Kam – a dechreues i boeni ei fod e 'di cael damwain."

Gwenodd Declan.

"Gwranda," meddai. "Mae Kam yn byw dros y bont yn Abertaf – bum munud i ffwrdd. Dwi'n siŵr y bydden ni 'di clywed tasai rhywbeth wedi digwydd ... Falle bod rhyw broblem wedi codi gyda'r teulu."

Cododd o'i gadair ac anelodd at y drws.

"Eistedda fan'na am funud – af i 'nôl coffi i ti. Allen i neud y tro â rhywbeth i'n neffro fi hefyd ..."

"Diolch – ond 'wy'n iawn, wir!"

Roedd Elin ganwaith gwell yn barod a dechreuodd deimlo'n euog.

Estynnodd ei choesau dan y ddesg, gan edrych o gwmpas y swyddfa a'r tomenni o ffeiliau anniben ar y silffoedd. Wrth iddi symud ei chadair, teimlodd rhywbeth caled yn erbyn ei throed.

Plygodd i edrych, a gweld bag chwaraeon du dan y ddesg. Falle bod Declan yn bwriadu mynd i'r gampfa ddiwedd y prynhawn. Ond roedd rhywbeth yn od am bwysau'r bag, a'r teimlad yn erbyn ei throed. Gyda chip cyflym ar y drws, ac heb wybod yn union pam, estynnodd ei llaw dan y ddesg a thynnodd y sip yn gyflym gan dybio y byddai'n llawn o offer chwaraeon. Ond prin ei bod wedi agor y bag pan welodd ei fod yn llawn arian. Nodiadau ugain punt – mewn bwndeli. Carlamodd ei chalon. Oedd Declan ynghanol ryw sgam ariannol? Gan wrando'n ofalus am sŵn traed yn y coridor, tynnodd ei ffôn o'i bag a chymerodd lun cyflym o'r arian cyn cau'r sip a sythu yn ei chadair.

Taflodd olwg arall at y drws cyn sobri. Roedd *conspiracy theories* Tom wedi tanio ei dychymyg. Arian ar gyfer y til oedd e, siŵr o fod, a chofiodd fod Jurgita wedi sôn am y partïon yn y bar gwaelod a'r cwsmeriaid yn talu cash. *Tax dodge* yn hytrach na'r Tequila mob, meddyliodd, wrth i Declan agor y drws, gyda hambwrdd yn dal dwy baned o goffi a phlât o fisgedi.

"Reit," meddai, gan osod y cyfan ar ben y papurau ar y ddesg. "Yfa hwnna – a byddi di'n teimlo'n well."

Chwythodd Elin ei thrwyn yn ei hances, i gael amser i feddwl.

"A ma' newyddion da 'da fi," ychwanegodd Declan. "Mae Kam 'nôl wrth y bar!"

Trodd pryder Elin yn ddicter.

"*Whaaat?*" gofynnodd yn flin. "Pam ddiawl na wnaeth e ffonio?"

Cododd Declan ei aeliau.

"Bai fi," meddai. "O'dd e wedi gadael neges – ond o'dd 'yn ffôn i bant ..."

Gafaelodd Elin mewn dwy fisgïen siocled.

"Ffiwff!" meddai. "Do'n i ddim yn gwybod beth i feddwl."

Yfodd Declan ei goffi.

"O leia wyt ti 'di gwella dy hwyl ..." meddai.

Cnodd Elin yn galed. Roedd hi'n iawn. A dweud y gwir, teimlai'n euog.

"Diolch, Declan," meddai'n ddiffuant. "'Wy'n iawn nawr!"

Cododd Declan ei aeliau. "Felly, fyddi di'n hapus i weithio'n hwyr heno?"

"Blydi *cheek*!" Gafaelodd Elin mewn bisgïen arall. "Bydd eisie hwn arna i os 'wy'n mynd i fod ar 'y nhraed drwy'r nos!"

"Dim problem!" Edrychodd Declan i fyw ei llygaid. "A chofia, os wyt ti'n poeni am rywbeth, dwi yma."

Caeodd Elin y drws ar ei hôl, gan feddwl yn galed. Roedd hi'n gwerthfawrogi'r cynnig, ond doedd hi ddim yn mynd i rannu rhagor o opera sebon y teulu gyda fe. Tra'i fod e'n llygadu'i mam, fe fyddai'n troedio'n ofalus.

* * *

'Nôl wrth y bar, roedd Kam yn brysur, ei wallt tywyll dros ei wyneb wrth iddo dynnu'r pwmp Guinness.

"Haia!" Cododd ei ben wrth iddi nesáu.

Edrychodd arno, heb wybod beth i'w ddweud. "Lle ti 'di

bod? O'n i'n meddwl bo' ti 'di cwympo off dy feic?"

Ochneidiodd Kam. "Ffycin hunllef, weda i wrthot ti nes 'mlaen. Ma' 'mrawd i 'di bod yn chwarae lan ... o'dd rhaid i fi fynd draw i sortio pethe ..."

"Shit!" Pwysodd Elin ei llaw ar ei ysgwydd "Sori!"

Tynnodd Kam y pwmp eto a phasiodd dau beint o Guinness at ddyn mewn crys patrymog cyn troi 'nôl ati.

"A ble o't *ti*?" gofynnodd. "Mae'n nyts fan hyn ..."

Amneidiodd Elin at y cwsmer nesa.

"Dwi 'di bod yn yfed coffi gyda Decs," meddai gan rolio'i llygaid. "Byrsties i mas i lefen dros y lle, ac a'th e â fi i'r swyddfa! Ges i fiscits hefyd – edrych!" Tynnodd y fisgïen o'i phoced.

"Ca dy ben!" chwibanodd Kam yn isel.

"Lot 'da fi weud 'tho ti!" meddai Elin, gan gofio'r bag arian dan y ddesg. Well iddi gadw'i hamheuon yn dawel, tra bod cwsmeriaid o gwmpas.

Taflodd winc gyfrinachol ato cyn troi at y bar.

Awr yn ddiweddarach, roedd y bar wedi tawelu, a phenderfynodd Jurgita roi brêc iddyn nhw cyn i bethau waethygu. Aeth Elin i'r gegin i 'nôl platiau o *lasagne* sbâr a'u cario at fwrdd yng nghefn y bar, tra bod Kam yn tynnu dau hanner o lager.

"Dwi angen hwn ar ôl bore 'ma," medd Kam, gan gymryd dracht hir. "O'n i bron â thagu 'mrawd i!" Syllodd i'r pellter, yn bryderus.

"Be ddigwyddodd?" Estynnodd Elin am ei fraich.

Pwyllodd Kam cyn ateb.

"Ma' Jay yn iawn – ond mae e mor ... *temperamental*! Mae 'di ca'l diagnosis ADHD ond dwi'n meddwl bo' fe'n defnyddio fe i chwarae lan."

"O na!" Edrychodd Elin arno'n dosturiol.

"Ie! Ga'th e'i ddanfon o'r ysgol ddydd Gwener, ac roedd Mam mor flin, wnaeth hi gymryd ei PlayStation wrtho fe a dweud wrtho am wneud ei waith cartre – ond aeth e'n nyts a thrasho'i stafell wely hi."

"Druan â dy fam!" Roedd digon ar ei phlât yn barod, meddyliodd Elin.

"'Wy'n gwybod! Ffoniodd hi fi amser cinio ... o'dd hi jyst yn crio."

Cymylodd ei wyneb, a chymerodd ddracht hir o lager.

"O'dd rhaid i fi fynd draw. Wedes i wrth Jay am sortio'r llanast – a 'nath e glirio fe lan, i fod yn deg – ond dwi wir yn poeni am Mam."

"'Wy mor flin ..."

Teimlai Elin yn ofnadwy. Doedd dim byd hanner cynddrwg yn digwydd i'w theulu hi, er ei bod newydd wylo fel ellyll dros grys Declan.

"'Wy'n teimlo'n wael," meddai. "Ges i meltdown llwyr ar ôl i Mam ddod 'ma i gael cinio 'da Declan – ond sdim byd fel'na wedi digwydd, diolch byth!"

Anghofiodd sôn taw'r gofid pennaf oedd bod Kam wedi gadael y dafarn, heb ddweud wrthi.

"Wel, o't ti dan bwysau, on'd o't ti?" Gwenodd Kam wrth gymryd cegiad o'r *lasagne*.

"Mae hwn yn ffab – ti 'di trio fe?"

"Mmm!" Bwytodd Elin yn gyflym. "Mae pwdins neis yn y cefn hefyd ... Wedodd Jo y gallen ni gael bach o'r fflan!"

Goleuodd wyneb Kam a gafaelodd yn ei llaw.

"Sori bo' fi 'di creu hasls i ti. Wnes i decstio Declan – ond ga'th e ddim y neges am orie – o'dd e mewn cyfarfod, aparentli ..."

"O ie!"

Fflachiodd delwedd o wyneb gwridog y cynghorydd drwy'i meddwl.

"Anghofies i ddweud 'tho ti."

Llyncodd lond ceg o'r *lasagne*.

"Daeth y cynghorydd 'na i weld e ar ôl i Mam fynd – Sid ..."

Nodiodd Kam ei ben.

"Ddaeth e mas gyda Declan – a ... ar ôl iddo fynd, ges i wobler ac es i i'r swyddfa ..." Pwyllodd i gofio'r digwyddiad.

"Aeth Declan mas i 'nôl y coffi, a gicies i rywbeth dan y ddesg – bag mawr du." Taflodd gip dros ei hysgwydd gan ostwng ei llais. "Pan edryches i ... o'dd e'n llawn arian!"

Gwgodd Kam.

"Ocê, Miss Marple ... So ... pam o't ti'n busnesa yn swyddfa Declan? Falle fod e ar y ffordd i'r banc – ma' cannoedd o bunnau yn y tils 'ma ..."

Roedd amheuon Tom wedi'i gwneud yn ddrwgdybus. Ystyriodd yn hir cyn ateb.

"Ond ... beth os yw e *yn* sgam? Ma' llwyth o ddynion busnes yn dod 'ma ..."

Roedd Kam yn dal i edrych arni'n amheus.

"Ocê, *drama queen*! Ond falle bo' ti'n gwylio gormod o Netflix!"

Cododd ei ysgwyddau. "Sdim rhaid i bopeth fod yn ddrama fawr. Mae'r dafarn yn fusnes cash. Alla i gredu bod Declan yn cuddio cash wrth y refeniw – ond dyw hynny ddim yn meddwl bod e'n rhan o ryw *Triad*. A'th ei blant i Blasdŵr on'd do fe? ..."

Chwarddodd Elin.

"Ocê, ocê ... Mae e bach o *player*, ond sa i'n credu fod e'n crim. Gweud y gwir, mae'n eitha neis pan ti'n dod i nabod e!"

Siglodd Kam ei ben mewn anobaith wrth iddi afael yn y platiau gwag a cherdded i'r gegin i nôl y pwdin.

18

Unwaith eto, Bethan oedd y cynta i gyrraedd y swyddfa. Roedd y stafell yn wag beth cynta fore Llun, ar wahân i fwmian isel y peiriannau, ac am y tro cynta ers i Gareth adael, teimlai fod golau ar y gorwel.

Agorodd ei he-bost gan ddylyfu gên. Wrth i'w llygaid grwydro dros yr hysbysebion a'r spam, gwelodd neges frys oddi wrth Selwyn. Beth oedd yn bod nawr? Roedd hi wedi danfon amserlen ffilmio ato cyn y penwythnos, ac wedi cymryd bod popeth yn iawn.

Twtiodd wrth glicio ar y neges. Rhywbeth bach am iechyd a diogelwch, mae'n siŵr, meddyliodd, cyn sylwi ar y llythrennau bras.

"PWYSIG. *Paid gwneud unrhyw alwad pellach re: puteiniaid. Angen trafod gyda ti A.S.A.P.*"

Ochneidiodd. Beth yffach? Roedd briff llawn ganddo ac roedd hi wedi trefnu i ffilmio gyda'r heddlu ymhen deuddydd, er mwyn cael ymateb swyddogol. Allai ddim dychmygu beth oedd y broblem. O nabod Selwyn, roedd yn gwneud môr a mynydd o bethau, a doedd dim pwynt poeni nes iddi drafod gydag e.

Darllenodd drwy'r amserlen yn ofidus. Roedd DS Khan o Heddlu De Cymru wedi cytuno i wneud cyfweliad am yr ymgyrch i dargedu'r *kerb-crawlers* yn hytrach na'r puteiniaid, a gallai neb honni bod cwyn y gweithwyr rhyw yn ddi-sail.

Gafaelodd yn ei llyfr nodiadau ac aeth i'r stafell wylio i logio'r lluniau.

Wedi cau'r drws a chael y lluniau ar y sgrin, dechreuodd ymlacio. Roedd Darren wedi gwneud gwaith da, y ffilter goch yn taflu gwawr gynnes dros y lluniau, a lampau'r stryd yn creu awyrgylch arbennig. Gadawodd y lluniau i lwytho i'r peiriant ac aeth 'nôl at y brif swyddfa. Fe ddylai ffonio Sam i weld a oedd rhywbeth wedi codi dros y penwythnos. Gwell rhagweld unrhyw broblem cyn y croesholi gan Selwyn.

Wrth iddi gamu i'r brif swyddfa, agorodd y drws, a chamodd Rhys i'r stafell yn gwisgo sbectol haul dywyll.

"O diar!" meddai. "Gest ti noson fawr?"

"Penwythnos mawr!" cwynodd Rhys, gan dynnu potel Lucozade o'i fag. Cymerodd ddracht hir cyn eistedd wrth ei ddesg.

"Daeth y bois 'nôl i'r tŷ ar ôl y dafarn a hitio'r Zubrówka – mistêc!"

Wrth iddo dynnu'i sbectol, sylwodd Bethan fod ei wyneb yn welw, a chwys yn diferu ar ei dalcen.

Ymbalfalodd yn ei desg ac estynnodd ddwy dabled iddo.

"Cymer gwpwl o rhain," meddai. "Fyddi di'n well mewn rhyw ddeg munud."

Tynnodd Rhys wep wrth lyncu'r moddion. "Ych!" meddai, "mae rhyw stwff yn y fodca 'na – *Bison grass* – mae 'di bwrw fi fel tryc!"

"Clefyd y paill, mae'n siŵr ..." atebodd Bethan yn goeglyd.

"Sori!" Dechreuodd Rhys adfywio. "Anghofies i ofyn sut aeth y ffilmio. Ti 'di gwylio'r ryshes eto?"

"Newydd ddechre llwytho ... mae llunie Darren yn ffantastig – a siaradodd Sam yn wych ond ... 'wy 'di cael neges ryfedd wrth Selwyn ..."

Darllenodd y neges eto.

"Mae'n dweud wrtha i am beidio neud mwy ar y stori nes bod e 'di cael gair!"

"Na!" Rhoddodd Rhys ei ben yn ei ddwylo. "Idiot!" meddai'n flin. "Sdim clem 'da fe. Ddyle fe sticio at arwain Côr Meibion Trelales."

"Sa i'n deall," poenodd Bethan. "Mae'r stori'n gryf – ac mae'r heddlu 'di cytuno i siarad. Alla i ddim gweld beth yw'r broblem ...?"

"Anwybydda fe." Tipiodd Rhys y botel Lucozade i'w geg. "'Nath e graco lan pan o'dd e'n neud *Hogan Handi* – mae yn y job anghywir ..."

Doedd Bethan ddim mor siŵr, ond doedd Rhys ddim i'w weld yn poeni.

"Hei – sôn am *Hogan Handi*," meddai, "sut aeth hi dydd Sadwrn?"

"Wel ..." Ymdrechodd i beidio mynd dros ben llestri. "Grêt – wir! Ges i fwyd lyfli ac o'dd e mor rhwydd i siarad ag e ... A mae 'di gofyn i fi fynd am ginio 'da fe nos Sadwrn! Dêt o'r diwedd!"

"Cer o 'ma!" Pwysodd Rhys ymlaen. "*Go for it*, Beth – os yw e bia'r lle 'na, mae bownd o fod yn *loaded*. Ond paid gor-wneud pethe, nawr? Chwarae fe'n cŵl, iawn?"

"*Cheek*!" atebodd Bethan. "'Wy'n fenyw aeddfed, diolch!"

"Sa i'n siŵr am 'ny!"

Agorodd y drws, a daeth Brenda i'r stafell yn ofalus, yn dal Tupperware anferth yn ei dwylo.

"Shit!" sibrydodd Rhys. "O'n i 'di anghofio am ben-blwydd Selwyn!"

Cododd Bethan ar ei thraed.

"Aros funud, Brenda," meddai, gan ddal y drws yn agored wrth iddi straffaglu dan bwysau'r blwch plastig cyn pwyso i'w osod ar ei desg.

"Darrah!" canodd, wrth godi'r caead.

Syllodd Rhys a Bethan ar y gacen liwgar. Roedd y top wedi'i addurno ag eisin glas yn dangos llun anferth o Selwyn mewn rhyw fath o barti, balŵns lliwgar yn disgleirio yn y cefndir.

Cnodd Bethan ei gwefus ...

"Waw!" meddai, gan osgoi edrych ar Rhys. "Mae'n ... wel, mae'n anhygoel!"

A bod yn deg, roedd hi wedi mynd i drafferth.

Camodd Brenda 'nôl i astudio wyneb siwgwrllyd Selwyn. Roedd lliw gwyrddlas rhyfedd ar ei groen.

"'Wy'n 'itha ples dag e," meddai. "Yn Asda ges i fe – iwses i'r snap 'na o'r parti Nadolig."

"Y parti lle triodd Gwyn 'i fwrw fe?" gofynnodd Rhys.

Taflodd Brenda olwg ffyrnig ato.

"Wel, mae'n edrych yn union fel Selwyn," meddai Bethan yn gyflym. "'Wy'n siŵr bydd e'n dwlu arno!"

"O'dd e'n lot o waith," atebodd Brenda yn biwis, "ond 'wy'n credu bod e werth y drafferth." Crwydrodd ei golwg o'r gacen i gornel bella'r stafell.

"Bydd rhaid i fi gadw fe'n rhywle tywyll ... Os roia i fe yn y cwpwrdd yn y stafell olygu, wnewch chi fod yn ofalus, plis? Sa i eisie fe i graco."

"Wrth gwrs!"

Dychmygodd Bethan y byddai'n anodd torri'r gacen, gyda Selwyn yn gwenu fel gât dros yr eisin, ond wrth ei hochr, gwnaeth Brenda sŵn fel codwr pwysau, cyn cludo'r bocs i'r stafell gefn.

"Mae off ei blydi phen!" sibrydodd Rhys, wrth i Brenda ddiflannu. "'Y'n ni'n mynd i fyta Selwyn! Mae rhywbeth Ffreudaidd yn mynd 'mlaen ..."

"Fel defod baganaidd," ychwanegodd Bethan. "Dychmyga cnoi un o'i lygaid!"

Hwffiodd Rhys yn ddiamynedd. "Paid! 'Wy'n teimlo'n sâl fel mae ..."

Trawodd ei allweddell yn brysur. "Eniwe, ma' gormod ar 'y mhlât i i boeni am barti Selwyn ..."

Trodd Bethan 'nôl at ei sgrin. Roedd angen iddi gael gair arall gyda Sam cyn bod Selwyn yn cyrraedd. Cododd y ffôn i ddeialu'r rhif, ond doedd dim ateb. Gadawodd neges frysiog, rhag ofn i rywun arall ei chlywed, ac aeth i'r stafell wylio i orffen logio.

Yn y stafell wylio, roedd y lluniau'n dal i chwarae, y stryd dawel lle safai Sam yn edrych fel golygfa o ffilm dditectif, gyda'r ferch ifanc yn edrych fel deryn bach tenau o flaen y warws tywyll.

Er bod y fan rhyw ddau gan llath o'r safle, roedd popeth yn siarp, a'r fan Ford wen yn glir yn y ffrâm, cyn iddi arafu wrth y pafin. Gwyliodd Bethan wrth i Sam neidio i sedd y teithiwr, cyn i'r fan ddiflannu rownd y gornel.

Gwasgodd y botwm i rewi'r llun. Roedd y lluniau'n gryf a chyfweliad Sam ar ddechrau'r tâp yn drawiadol. Pam fyddai Selwyn am atal y rhaglen?

"Bethan! Gair plis – yn fy swyddfa!"

Neidiodd yn ei chadair. Roedd Selwyn wedi camu i'r stafell a'i lais fel taran wedi'i siglo.

"O, helô," meddai gan droi, ond cerddodd Selwyn i ffwrdd heb ateb.

Gafaelodd yn ei llyfr nodiadau a'i ddilyn i'w swyddfa, gan eistedd wrth y ddesg tra bod Selwyn yn gwgu arni fel prifathro llym.

"Y'n ni 'di ca'l cwyn," meddai'n swrth. "Mae hwn wedi dod o'r top ... Mae Rhiannon Rowlands o'i cho' – a mae eisie gwbod beth sy'n mynd 'mlaen?"

Pam fod Selwyn yn siarad mewn damhegion?

"Sori, Selwyn," meddai. "Beth yn union yw'r gŵyn?"

"Dwi ar fin dweud wrthot ti ..."

Gafaelodd mewn darn o bapur o'r domen ar y ddesg.

"Ma' un o brif *honchos* y Cyngor yn bygwth *injunction* i rwystro'r rhaglen ... Mae'n dweud ..." Craffodd ar y papur, "...

bo' ni'n gwneud honiadau di-sail sy'n peryglu ... datblygiad
gwerth miliynau o bunnau ... rhan o Gynllun Adfywio'r Ddinas
... bla bla bla ... *projected return* can miliwn o bunnau a bwriad o
greu pum mil o swyddi ..."

Roedd ei wyneb yn goch. Chwifiodd y papur yn ei hwyneb.
"Be ddiawl sy'n mynd 'mlaen?"

Syllodd Bethan arno. Doedd ganddi ddim syniad o ble
roedd yr honiad wedi dod. Teimlai fel tasai rhywun wedi'i tharo,
ac anadlodd yn araf cyn ateb.

"Selwyn," meddai'n rhesymol. "Mae'r holl beth yn boncyrs
– mae'r cynghorydd 'di camddeall ... Dim ond un cyfweliad dwi
'di neud ... gyda gweithiwr rhyw o Abertaf, sy'n dweud eu bod
nhw'n cael eu symud 'mlaen. No wê, mae hynny'n peryglu'r
datblygiad."

"Dwi ddim eisie esgusodion!" arthiodd Selwyn, cyn iddi
orffen. "Mae rhaid i ni sortio hwn cyn bo' pethe'n mynd dros
ben llestri. Mae'r dyn yma'n un o'r *top guns* ... Cadeirydd y
Pwyllgor Cynllunio ... Os eith hwn i gyfraith allen ni wynebu
miliynau mewn costau – ac os nag yw'r stori'n *watertight*, bydd
gwaed ar y carped!"

Edrychodd arni'n flin.

"Ond dwi dal ddim yn deall natur y cyhuddiad ..."
mynnodd Bethan. "Mae'r heddlu wedi cadarnhau bod 'na
ymgyrch i glirio'r *kerb-crawlers* – a mae'r tenantiaid yn Abertaf
yn trefnu protest yn erbyn y datblygiad newydd. Mae pawb yn
gwybod beth sy'n digwydd – dwi jyst yn adrodd y stori."

"Abertaf?" Cadwodd Selwyn ei lais yn isel, ond roedd ei
lygaid yn gul. "'Wy 'di dweud 'tho ti am beidio â thwtsho'r stori
'na ..."

Edrychodd i fyw ei llygaid.

"Mae *pecking order* yn y lle 'ma. Sdim ots 'da fi beth ti'n
feddwl na beth mae criw o *prossies* wedi dweud 'tho ti. Tra ti'n
gweithio i Wales Cymru, ti'n gwrando arna i ..."

Roedd coesau Bethan yn crynu. Eisteddodd yn fud am sawl eiliad, cyn ateb yn gymodlon.

"Ocê, ocê," meddai. "'Wy'n addo i ti, Selwyn – adroddiad ar y gweithwyr rhyw dwi'n neud – sa i'n gwybod o ble mae'r boi 'ma 'di cael y stori ond mae'n gwbwl anghywir ..."

"Hmm." Taflodd Selwyn olwg sinicaidd ati. "Os wyt ti am gario 'mlaen – bydd rhaid i ti droedio'n ofalus. Wyt ti'n deall?"

Dechreuodd Bethan anadlu'n normal.

"Wrth gwrs!" meddai, mewn llais brwdfrydig. "Oes modd i fi gysylltu â'r cynghorydd 'ma? Falle 'neith e gwlo lawr os esbonia i wrtho fe ... Ac wrth gwrs, fe geith e hawl i ymateb ... a rhoi ei ochr e o'r stori."

Edrychodd yn ddisgwylgar ar Selwyn, oedd yn dal i wgu.

Crynodd ei dagell wrth iddo gymryd losin o'r pecyn ar ei ddesg a chnoi'n feddylgar.

"Ocê," meddai o'r diwedd. "Ond dwi eisie gweld pob e-bost a phob neges. Dim sôn am gynllun datblygu Abertaf, dim sôn am ryw sïon hanner call wyt ti 'di cael gan butain ar y stryd. A paid mynd off ar dy liwt dy hun. Deall? Mae Rhiannon o'i cho' bo' ti 'di creu'r holl drafferth 'ma i'r cwmni, a dyma dy rybudd ola' di. Unrhyw ddwli pellach a bydd 'na achos disgyblu ..."

"Beth?" Teimlai Bethan yn benwan. "Achos ...?" Teimlai'n rhy wan i ofyn mwy a chnodd ei gwefus. Doedd bosib ei bod am golli ei swydd ar ben popeth ...?

Cymerodd anadl ddofn cyn ateb.

"Beth yw enw'r cynghorydd yma?" Ceisiodd gadw'r cryndod o'i llais. "Alla i lunio e-bost ato fe prynhawn 'ma ..."

Gafaelodd Selwyn yn y llythyr. "Cynghorydd Sidney Jenkins, OBE," meddai. "Cadeirydd Pwyllgor Cynllunio'r Cyngor."

Pasiodd y llythyr ati.

"Dwi eisie gweld y neges cyn iddo fynd. Dyma'r rhybudd ola', Bethan – ti'n yfed yn y Last Chance Saloon."

Cododd o'i gadair a chydio yn y domen o bapur ar ei ddesg. Roedd y cyfarfod ar ben a doedd e'n amlwg ddim mewn hwyliau i sgwrsio ymhellach.

Cerddodd Bethan 'nôl at y brif swyddfa'n araf. Doedd hi ddim yn siŵr ai sioc ynteu tymer oedd yn gyfrifol. Roedd angen paned cryf o goffi arni a chyfle i asesu'r cyhuddiadau.

Eisteddodd wrth y cyfrifiadur, gan gyfansoddi nodyn i'r cynghorydd yn ei phen. Am fastard hunanbwysig. A'r drafferth oedd fod Selwyn a Rhiannon wedi cwympo fel dominos o weld ei gŵyn, heb ystyried pwy oedd yn iawn, heb feddwl ddwywaith am broblemau pobl Abertaf. Agorodd dudalen newydd a dechreuodd deipio. Os taw dyna oedden nhw ei eisiau, dyna beth gaen nhw. Doedd hi ddim yn mynd i beryglu ei chartre a'i theulu i lenwi coffrau W.C. Enw addas, os buodd un erioed, meddyliodd, wrth daro'r bysellfwrdd a theipio'r frawddeg gyntaf.

19

"Wow, Mam!" plediodd Elin. "Sa i'n deall gair ..."

Rhyw broblem yn y gwaith. *Planning*? Puteiniaid? Roedd Elin yn teimlo'n gryf am broblemau Abertaf, ond doedd stori gymhleth ei mam ddim yn gwneud unrhyw synnwyr iddi.

"Dwi 'di tshecho gyda'r heddlu a gyda'r gweithiwr cymdeithasol." Crychodd ei mam ei thalcen. "A nawr ma' Selwyn yn dweud bo' fi'n peryglu datblygiad Abertaf a gallen ni wynebu costau cyfreithiol ... miliynau o bunnau."

Roedd y gofid yn amlwg ar ei hwyneb wrth iddi chwarae gyda'i modrwy briodas. Sylwodd Elin ei bod wedi'i symud i'w llaw dde.

Yfodd Elin ddracht hir o'r botel Peroni. Roedd hi dal yn y niwl, ond roedd yn swnio fel tasai'r rheolwr wedi gorymateb.

"Ma' hwnna'n ridiciwlys," meddai. "Sut allet ti beryglu prosiect Abertaf pan wyt ti wedi gwneud un cyfweliad gyda Sam? Ti ddim yn datgelu unrhyw gyfrinachau mawr, wyt ti?"

"'Wy'n gwybod." Trodd ei mam i'w hwynebu. "Ond oedd Selwyn yn pallu gwrando. Mae pawb yn gwybod bod puteiniaid yn Abertaf – 'wy'n ffaelu deall bod e'n ddadleuol ..."

Roedd y straen yn amlwg ar ei hwyneb.

"Anghofia fe, Mam," meddai. "Mae Selwyn yn panicio ... mae 'di ca'l llythyr wrth y cynghorydd stropi 'na a mae'n cyfro'i din ..."

"Falle ..."

Doedd ei mam ddim yn siŵr ond o leia roedd awgrym o wên ar ei hwyneb.

"Jyst chwaraea'r gêm a paid ag ypsetio dy hunan," meddai. "Pwy yw'r wancyr 'ma, eniwe? Falle bod Kam yn nabod e. Alla i holi Kam nes 'mlaen yn y dafarn."

Tynnodd ei mam lythyr o'i bag a chraffu arno.

"Dyma ni ... Cynghorydd Sidney Jenkins – OBE, mae'n debyg."

"Beth?" Syllodd Elin arni. "Sid?"

Tynnodd ystum ddiflas wrth gofio'r dyn bach tew yn ei llygadu yn y bar.

"Mae'r dyn 'na'n ffiaidd ... 'Wy 'di gweld e yn y Cei – o'dd e'n real mochyn." Teimlodd ei natur yn codi. "O'dd e'n llygadu'r merched tu ôl y bar – a wedodd e wrth Declan bod merch 'na i siwtio pawb."

Gwnaeth ystum cyfoglyd wrth iddi gofio Sid yn ei lordio hi dros y staff yn y bar.

"O diar!" meddai ei mam yn amheus.

"O diar, wir! Fel tasen ni'n – ryw bwffe ar blât iddo fe gael pigo a dewis ..."

Chwarddodd ei mam yn uchel.

"Paid chwerthin," meddai'n siarp. "Mae'n disgysting ... synnen i ddim fod e'n pynter ei hunan ..."

"W!" Sychodd ei mam ei llygaid. "Alli di ddim mynd o gwmpas yn dweud pethau fel'na."

Yfodd ei the yn araf. "Diolch am y rhybudd, beth bynnag. 'Wy'n cwrdd â fe fory, i drio'i berswadio fe i beidio siwio'r cwmni." Ochneidiodd. "Bydd y rhaglen mor wan ... sdim hawl 'da fi ddweud dim am Abertaf na'r tenantiaid. Sôn am sensoriaeth ..."

Crwydrodd ei golwg i'r pellter. Teimlai Elin yn flin drosti, ond o leia roedd ei hwyliau'n well na phan gyrhaeddodd. Gafaelodd yn ei phwrs.

"Ti ishe drinc arall, Mam? Cymer lager neu rywbeth i godi dy galon ..."

Edrychodd Bethan ar y cloc mawr ar y wal.

"Wel, mae'n chwech ... Falle ga i hanner bach, i godi'n hwyliau!"

Trodd Elin at y bar. Roedd yn weddol dawel erbyn hyn ac roedd un o'r barmyn yn siarad gyda merch ifanc â phlethau hir yn ei gwallt. Cofiodd fod ei mam wedi gofyn iddi holi am Abertaf yn y Cei.

"O!" meddai, wrth godi o'i sedd. "Wnes i holi yn y bar am brosiect Abertaf – ond ti'n ffaelu neud dim arno fe nawr, wyt ti?"

Gosododd ei mam ei chwpan ar ei soser. "Na!" meddai. "No wê – fydden i'n colli'n swydd 'sen i'n dechrau holi am hynny. Pam?"

Estynnodd Elin am ei bag.

"Wel – o'dd Kam yn dweud bod un o'i ffrindie fe'n clywed lot o sïon. O'dd e'n arfer bod yn yr heddlu, aparentli – ond 'nath e dorri'r rheolau, a mae'n gweithio fel pennaeth *security* yn y ganolfan siopa ..." Pwyllodd. "Ond mae'n gwbod popeth am Abertaf ..."

Cododd Bethan ei haeliau.

"Mae'n swnio'n grêt. Dwlen i gael sgwrs 'da fe – ond fentra i ddim ..."

Roedd Elin wedi anghofio am y cyn-dditectif. Fe ddylai fod wedi sôn ynghynt, cyn i'w mam gael pryd o dafod gan y bòs tocsig.

"Allen i siarad â fe," meddai'n uchel. "Mae Kam yn nabod e'n dda ... man a man i ni drio ffeindio beth sy'n digwydd ..."

Crychodd Bethan ei thalcen. "Mmm ..." meddai. "Mae'n werth cael gair 'da fe. Ond paid sôn gair amdana i, er mwyn popeth."

Gwnaeth Elin ystum sip ar draws ei cheg.

"Capish ..." meddai'n ddramatig. "Gadwa i fe dan 'yn *toupée*, paid ti â becso."

Am y tro cynta'r noson honno, chwarddodd ei mam yn uchel.

"Diolch Madam!" meddai. "Ti 'di codi 'nghalon i!"

Taflodd Elin olwg sinicaidd ati. "A ti wedi mwydro 'mhen i! Reit – dau beint o lager – a sa i eisie clywed mwy am fosys tocsig, dêts 'da Declan, na *seedy* Sid!"

20

"Mae'r Cynghorydd Jenkins yn barod i'ch gweld chi."

Roedd merch ifanc â cherdyn adnabod o amgylch ei gwddf yn gwenu arni.

"O ... diolch!" Roedd Bethan wedi bod yn ei byd bach ei hun, yn gwylio pobl yn mynd a dod trwy ddrysau Neuadd y Ddinas, ac yn ymarfer y pitsh at Sid yn ei phen. Pwysodd i afael yn ei bag, cyn dilyn y ferch dros y carped trwchus at y gatiau diogelwch.

Dringodd y ferch at yr ail lawr a throi lawr coridor hir yn arwain at ddrws solet yn y pen pellaf. Cnociodd yn ysgafn, gan aros am eiliad cyn ei agor.

"Bethan Morgan i'ch gweld chi, Mr Jenkins."

Cymerodd Bethan anadl ddofn cyn camu i stafell fawr â golygfeydd gwych dros Fae Caerdydd.

"Steddwch, steddwch!"

Cododd Sid Jenkins o'i ddesg gan chwifio ei law at fwrdd mawr wrth y ffenest. Edrychodd Bethan allan ar y dŵr llonydd yn y Bae a'r fflatiau gyferbyn cyn eistedd a thynnu ei llyfr nodiadau o'i bag. Wrth droi 'nôl at Sid, tybiai y byddai wedi'i adnabod yn syth o ddisgrifiad Elin – dyn bach hunanbwysig, ei fochau'n goch dan y llygaid golau, dihiwmor.

"Hoffech chi baned o de neu goffi?"

Roedd y ferch yn dal i hofran yn y cefndir.

Gofynnodd Bethan am goffi, mewn ymgais i ysgafnhau'r

awyrgylch, a gwenodd yn gyfeillgar ar y cynghorydd.

"Diolch am gytuno i gwrdd â fi, Mr Jenkins," dechreuodd yn gwrtais, ond tychiodd Sid cyn iddi orffen.

"Dwi ddim yn hapus am hyn," meddai'n swrth. "Fel y'ch chi'n gwybod, dwi'n siŵr, y'n ni wedi bod mewn cysylltiad â Rhiannon Rowlands, a 'dan ni'n cymryd y mater yma o ddifri." Roedd ei wefus yn dynn. Pwysodd ymlaen, ei lygaid yn culhau.

"Fe fyddwn ni'n gwneud cais am orchymyn llys i rwystro'r rhaglen, oni bai eich bod chi'n gallu fy sicrhau na fydd yr adroddiad yn peryglu'r prosiect pwysig yma sy' 'di bod ar y gweill ers blynyddoedd ..."

"Iawn!" Ceisiodd Bethan ymddangos yn hyderus, er bod ei chalon wedi curo'n galed wrth glywed y geiriau *gorchymyn llys*. Cymerodd anadl ddofn, gan ddweud wrth ei hun nad oedd hi'n mynd i adael i dactegau ymosodol Sid i'w rhwystro.

"'Wy'n deall eich consŷrn," meddai'n araf. "A dyna pham dwi wedi dod i'ch gweld chi. Does dim rheswm o gwbl pam ddylai adroddiad ar erlyn gweithwyr rhyw yr ardal effeithio ar y datblygiad. Y'n ni'n mynd i ganolbwyntio ar ymgyrch yr heddlu i dargedu dynion mewn ceir – y *kerb-crawlers* – yn lle erlyn y puteiniaid ..."

Pwyllodd, i geisio bod mor onest â phosib. "Mewn gwirionedd, does dim byd yn gadarn o ran cynllun Abertaf, ac allen ni ddim gwneud rhaglen heb weld cynlluniau pendant."

Pwysodd 'nôl, gan ddisgwyl ymateb, ond syllodd Sid arni yn gwbl ddiemosiwn.

Er mawr ryddhad iddi, daeth y ferch yn ôl gyda dwy baned o goffi. Cymerodd Bethan eiliad i feddwl am ei thacteg nesa wrth iddi dywallt llaeth i'r hylif tywyll yn ei chwpan.

Roedd Sid yn dal i rythu arni.

"Dwi ddim yn gweld bod unrhyw beth i'w drafod," meddai o'r diwedd. Gafaelodd mewn llyfryn sgleiniog o'i flaen.

"Mae'r Cyngor yn buddsoddi miliynau o bunnau yn Abertaf

– mae'r adran gynllunio 'di bod wrthi ers misoedd. Mae pawb yn cytuno bod angen bŵst ar Abertaf – mae'r ardal gyda'r mwya difreintiedig yn y ddinas – a bydd y cynllun yma'n creu tai ... a miloedd o swyddi. Y'n ni 'di gweithio fel slecs ers dwy flynedd, a so ni'n mynd i eistedd ar ein tinau tra'ch bod chi'n gneud *knocking job* i rwystro'r datblygiad."

Cnodd Bethan ei thafod. Doedd e ddim yn gall. Rhwystro'r datblygiad? Un cyfweliad roedd hi wedi'i wneud, a hynny gyda Sam am ei phrofiad o weithio fel putain. Roedd Sid yn ymddwyn fel petai hi ar fin datgelu cyfrinachau milwrol. Astudiodd ei wyneb cyn ymateb. Roedd perffaith hawl ganddi i adrodd ar y datblygiad a lleisio gofid y tenantiaid. Ac roedd Sid yn siŵr o ddeall hynny. Ond wedi'r bolocing gan Selwyn, roedd ei dwylo wedi'u clymu.

"Deall yn iawn," meddai, gan gymryd llymaid o'r coffi chwerw i guddio'i theimladau. "Dwi'n nabod llawer o bobl yn Abertaf, a fydden i ddim am bechu neb yno. Mae pobl yr ardal yn dweud eu bod nhw'n falch bod yr heddlu'n targedu'r *kerb-crawlers* o'r diwedd, a 'wy'n gobeithio fydd yr adroddiad yn tawelu meddwl y trigolion ..."

Gosododd ei chwpan ar y soser, gan ymdrechu i fod mor ddidwyll â phosib. "Y peth gorau, o'ch safbwynt chi," meddai'n ofalus, "fyddai i chi wneud cyfweliad gyda ni – i esbonio holl fanteision y cynllun datblygu, a photensial yr ardal fel lle i fyw. Fe fyddai hynny'n sicrhau bod eich safbwynt chi'n cael ei gynrychioli, a bydd pobl yn deall pam fod yr heddlu wedi dechrau targedu'r ardal."

Gwenodd eto, er bod yr ymdrech i seboni Sid wedi'i blino'n lân.

Gwnaeth Sid nodyn ar y pad sgrifennu o'i flaen. Gwyliodd Bethan ei law yn symud dros y papur, gan synhwyro bod y cynghorydd yn mwynhau defnyddio ei bŵer.

"Hmm," meddai, wedi iddo roi'r sgrifbin ar y ddesg.

"Allwch chi warantu na fyddwch chi'n golygu'r cyfweliad? Dwi 'di cael profiadau gwael gyda chi, bobl teledu ..."

"Wel ..." Croesodd Bethan ei bysedd dan y ddesg. "Alla i ddim addo na fydd unrhyw beth yn cael ei dorri, achos y'n ni dan bwysau amser, fel arfer. Ond fe alla i roi 'ngair y byddwn ni'n adlewyrchu y pwyntiau y'ch chi yn eu gwneud yn gwbl deg ..."

O leia doedd e ddim wedi gwrthod yn bendant. Fflachiodd wên arall arno.

"Iawn," cytunodd o'r diwedd. "Rwy'n berson rhesymol, a dwi'n fodlon cydweithio, ond mae'n rhaid i fi'ch rhybuddio chi, Bethan – unrhyw driciau ac fe fyddwn ni'n troi at y gyfraith. Dwi wedi egluro hyn i Rhiannon, a mae hi wedi fy sicrhau eich bod chi'n mynd i weithredu oddi mewn i'r canllawiau ..."

Triciau? Beth oedd hynny'n ei olygu? Gobeithiai Bethan nad oedd ei hwyneb yn dangos ei theimladau. Oni bai ei bod yma ar ran ei gwaith, byddai wedi cerdded allan. Gwnaeth ymdrech arall i edrych yn serchog. Nid dyma'r amser i sarnu'r cytundeb bregus rhyngddi hi a'r cynghorydd cysetlyd.

"Diolch am eich cydweithrediad, Mr Jenkins," meddai, gan afael yn ei llyfr nodiadau.

"Fe ddanfona i neges at eich swyddfa i nodi'r prif feysydd trafod ac fe alla i gydlynu gyda'ch ysgrifenyddes ynglŷn â dyddiadau ffilmio."

Nodiodd Sid yn swrth. Roedd y cyfweliad drosodd. Estynnodd Bethan am ei dogfenfag a chododd o'r gadair.

"Bore da i chi, Mr Jenkins. Fe fyddwn ni mewn cysylltiad."

Teimlodd ei choesau'n gwegian wrth iddi gerdded 'nôl lawr y coridor at y grisiau carpedog.

Am ddyn bach hunanbwysig. Ond o leia roedd e wedi cytuno. Wrth iddi ymbellhau o ffau Sid, teimlodd bwl o flinder. Cofiodd ddisgrifiad Elin ohono'n llygadu'r merched yn y Cei. Berlusconi Jenkins, meddyliodd, gan gamu trwy ddrysau tro'r dderbynfa. Beth oedd Sam wedi'i ddweud am ei gwaith? *"Wy'n teimlo fel dweud wrthyn nhw lle i fynd, ond 'wy angen y blydi arian!"*

Camodd allan i heulwen y Bae, gan deimlo nad oedd ei gwaith hi mor wahanol â hynny i waith y gweithwyr rhyw wrth iddi werthu ei henaid, unwaith eto, er mwyn ennill crwst.

21

"O'r diwedd!"

Roedd llygaid Brenda yn pefrio – a'i bochau'n goch gan ymdrech. Amneidiodd at swyddfa Selwyn.

"Y'n ni 'di bod yn aros i gynnau'r canhwyllau!"

Safodd Bethan yn fud. Roedd yr addurniadau llachar wedi trawsnewid y swyddfa, gyda balŵns coch yn hofran dros y cyfrifiaduron a baner arian yn cyhoeddi 'Pen-blwydd Hapus' yn gorchuddio'r ffenest.

Ynghanol popeth, roedd y gacen enfawr ar ddesg Brenda yn arddangos llun Selwyn mewn eisin. Crwydrodd golwg Bethan at ei desg ei hun, oedd wedi'i gorchuddio â phlatiau papur a napcyns. Dim gobaith caneri o wneud unrhyw waith am weddill y prynhawn. Rhegodd dan ei hanadl, gan feddwl y gallai fod wedi galw yn y Cei ar y ffordd adre a chael hwyl go iawn yn y dafarn yn lle ffugio brwdfrydedd dros blatiad o gacen yn y swyddfa.

"'Wy 'di prynu potel o Prosecco." Pwyntiodd Brenda at y botel ar y silff ffenest. "'Wy'n siŵr bydd dim ots 'da Selwyn – mae'n ddydd Gwener on'd yw hi? *Bubbles your troubles away* fel maen nhw'n ddweud ..."

Gafaelodd mewn gwydr cymylog a'i rwbio â lliain llestri. "Ww – anghofies i – smo ti 'di seinio'r garden."

Trawodd amlen wen ar ben y napcyns ar ei desg.

"Paid gadael iddo weld – mae mewn fan'na gyda Rhiannon!"

"Iawn ... diolch," meddai Bethan yn ddryslyd, gan sylweddoli ei bod yn gaeth.

Agorodd y cerdyn a gweld neges Brenda mewn pin ffelt.

"Selwyn, ti'n seren! *Llongyfarchiadau gan bawb yn y BAB!*"

Beth yn y byd allai sgrifennu heb swnio'n ffals neu'n lyfwr tin? Ar waetha'r demtasiwn i ddymuno ymddeoliad hapus i'w bòs, sgrifennodd 'Pen-blwydd Hapus' yn frysiog, gan ychwanegu sws annidwyll ar ei ôl.

Gosododd y cerdyn yn ôl yn yr amlen gan feddwl yn hiraethus am dafarn y Cei. Ble roedd Declan? Roedd e wedi addo ffonio cyn diwedd yr wythnos, ond doedd dim sôn amdano. Blydi dynion, meddyliodd, wrth edrych o gwmpas ar y balŵns lliwgar. Doedd dim syniad ganddo y byddai'n rhaid iddi wneud trefniadau ar raddfa filwrol cyn iddi allu gadael y tŷ ar ddydd Sadwrn. Torrwyd ar draws ei myfyrdod gan lais contralto Brenda, oedd yn camu tuag at swyddfa Selwyn a'r gacen wenfflam o'i blaen.

"Pen-blwydd Hapus i ti ..."

"O mai fflipin gosh!" Cododd Rhys ei ben o'r cyfrifiadur.

"Mam y Fro yn cario'r Corn Hirlas!"

"Pen-blwydd Hapus i Selwyyyyn!" ciciodd Brenda ddrws Selwyn â'i throed, gan achosi i'r canhwyllau i siglo'n beryglus.

"Pen-blwydd Hapus i Tiii!"

"Yffach!" Roedd pen Rhys yn ei ddwylo.

Trawodd Selwyn ei ben drwy'r drws.

"Dwi mewn cyfarfod," meddai'n ddryslyd.

"Syrpréis!" canodd Brenda, gan godi'r fflamau at ei wyneb. "Y'n ni 'di trefnu parti bach i ddathlu!"

"Ym ... iawn," mwmialodd Selwyn. "Rho ddwy funud i fi gael 'yn siaced ..."

Camodd allan o'r swyddfa gyda Rhiannon yn ei ddilyn.

Cododd Bethan a Rhys ar eu traed, wrth i Brenda arwain corws arall o 'Pen-blwydd Hapus' ac annog Selwyn i chwythu'r canhwyllau. Llifodd cwmwl o fwg dros y llun siwgwrllyd fel offrwm i arweinydd cwlt.

"Ti'n fodlon mynd â chwpwl o sleisys draw i'r adran wleidyddol?" Roedd Brenda'n chwifio cyllell fara ati.

"Wrth gwrs," meddai, wrth i Brenda drywanu bochau gwyrddlas Selwyn.

Aeth Bethan â'r gacen i bendraw'r stafell, lle roedd pawb wrthi'n canolbwyntio ar raglen y penwythnos. Edrychodd un neu ddau lan yn flin wrth iddi osod platiau o gacen o'u blaenau. Ymddiheurodd am y sŵn a chrwydrodd 'nôl at ei desg, lle roedd Rhiannon yn dal gwydraid o Prosecco.

"Hoffech chi ddarn o gacen, Rhiannon?" cynigiodd.

"Darn bach falle," meddai â gwen dynn ar ei gwefus. Cymerodd y plât a'i ddal hyd braich o'i siaced olau. Roedd y defnydd a'r toriad yn edrych yn ddrud – Armani neu Prada, dybiai Bethan. Dim syndod nad oedd hi am sarnu marsipán arno.

"Popeth yn iawn gyda'r rhaglen?" Pigodd Rhiannon y tamaid lleia o gacen a'i osod yn ei cheg yn daclus.

"Ydy, dwi'n meddwl," atebodd Bethan, gan ddiolch bod cyfle o'r diwedd i egluro'r sefyllfa. "'Wy newydd weld Sid Jenkins – a mae'n hapus i neud cyfweliad. Dwi'n meddwl ein bod ni'n saff am y tro ..."

Sychodd Rhiannon ei bysedd â'i napcyn cyn troi ati.

"Ydy Selwyn yn gwybod?" gofynnodd.

Llyncodd Bethan yn galed.

"Heb gael cyfle eto ..." mwmialodd drwy lond ceg o gwrens.

Gosododd Rhiannon ei phlât papur ar y ddesg.

"Fedri di wneud yn siŵr bod Selwyn yn y ffrâm bob amser?" meddai'n oeraidd. "Mae'r sefyllfa'n hynod sensitif a ddylet ti ddim fod yn taro dêl gyda gwleidydd lleol, heb ganiatâd."

Bwldagodd Bethan gan beswch yn galed. Taro dêl? Beth ddiawl oedd hi'n feddwl? Roedd hi ond wedi trefnu gweld Sid wedi'r bregeth gan Selwyn – ac roedd hi wedi danfon briffs dirifedi ato yn y cyfamser.

"Dwi newydd ddod o ..." dechreuodd, ond roedd Rhiannon wedi symud draw at Selwyn, oedd yn chwerthin yn braf, wrth gynnig mwy o Prosecco iddi.

Eisteddodd wrth ei desg yn flin gan osgoi dal ei lygad. Y pwdryn – yn mynd off i chwarae golff tra'i bod hi'n delio ag unrhyw ffwdan ar ei phen ei hun. Trawodd y plât papur yn glep ar y ddesg, wedi blino ar y dathliadau. Roedd ei dwylo'n crynu wrth iddi afael yn ei gwydr.

"Ti bia hwnna?" Amneidiodd Rhys ati.

"'Wy 'di ca'l digon," meddai, gan wthio'r gacen ymhellach.

"Ddim y gacen – y ffôn," mynnodd Rhys.

Deallodd Bethan fod ei ffôn yn canu yn ei bag. Ymbalfalodd yn y gwaelodion a thynnodd hances bapur a cherdyn banc o'r rwbel cyn cael gafael ar y sgwaryn metel.

"Shit!" Syllodd ar y sgrin. Roedd Declan wedi'i galw tra'i bod yn siarad gyda Madam Mao.

Damo! Damo! Drato! Os oedd angen prawf bod diwylliant y swyddfa'n tocsig, dyma fe. Daeth ping o'r ffôn a syllodd eto. Roedd wedi gadael neges.

"*D trio ffonio ond dim ateb. Wedi bwcio ford ar gyfer nos fory. Ddoi draw erbyn 7 yn y car. Edrych mlaen, Dx*"

"OMB!" sibrydodd. Teimlai'n ben ysgafn a diflannodd ei gofidion am ei gwaith. Fe allai Rhiannon a Selwyn fynd i grafu. Wedi chwarter canrif o briodas, a hithau'n hanner cant oed, roedd ganddi hi, Bethan Morgan, ddêt. Ac roedd hi'n amau bod mwy ar gynnig gan y Gwyddel golygus na sgwrs a phaned.

22

Drwy lygaid caeedig synhwyrodd Elin belydryn o haul yn llifo drwy'r llenni. Trodd i estyn am ei ffôn, gan deimlo coes Kam yn dwym ar ei chlun. Deg o'r gloch. Doedd dim hast – âi 'nôl i gysgu am awr arall.

Suddodd 'nôl i nyth y dŵfe a chlosiodd at gorff Kam. Ochneidiodd wrth gofio'r noson yn y Cuba Libre, Kam a hithau'n symud fel un i'r rythmau bywiog. Wrth iddyn nhw gasglu eu cotiau, fe afaelodd ynddi a'i thynnu'n glos. Gwenodd wrth gofio Kam yn ei chusanu yng nghefn y clwb, yn gwasgu ei hun ati wrth iddi anghofio am bopeth arall – curiad y bas, y goleuadau llachar a'r holl bobl yn dawnsio'n egnïol i rythmau'r Rwmba.

Estynnodd ei choes a'i lapio o'i gwmpas.

"... Faint o'r gloch yw hi ..?" mwmialodd.

"Deg," meddai'n dawel. "Cer 'nôl i gysgu ..."

Siglodd y gwely wrth i Kam godi ar ei eistedd.

"Shit! Rhaid fi fynd mewn munud ..."

Trodd Elin ei phen.

"Pam? Ti'm yn dechrau gweithio tan ddau?"

Disgynnodd Kam yn swp ar y gwely gan roi ei fraich amdani.

"Fydde lot well 'da fi aros fan hyn ... ti'n gwbod 'ny. Ond 'wy 'di addo mynd i weld Mam ..."

"O?" Mwythodd Elin ei fraich. "Ydy pethau'n iawn?"

Twtiodd Kam. "Mmm ... ish. Ma' Jay'n chwarae lan o hyd," ochneidiodd. "Ond 'wy'n poeni mwy am Mam nawr."

Cymylodd ei wyneb.

"Kam – beth sy'n bod?"

Anadlodd yn ddwfn. "Dim byd mawr. Jyst, mae 'di bod yn hitio'r botel yn ddiweddar." Trodd i'w wynebu. "A'th hi drwy gyfnod gwael o'r blaen – pan adawodd Dad – o'n i'n meddwl ei bod hi'n alcoholic ..." Siglodd ei ben, ei feddwl ymhell i fwrdd.

Eisteddodd i fyny, gan gofleidio Elin. "Mae 'di bod yn grêt ers amser nawr – o'n i yn meddwl bod hi'n iawn ond mae hi'n dechrau mynd lawr eto ..."

Roedd ei lygaid tywyll yn llawn tristwch.

"Mae'n poeni am golli'r fflat – 'na sy' 'di hala hi dros y top, 'wy'n credu ..."

"Ma'r blydi cynllun 'na'n achosi gymaint o stres!"

Sythodd Elin gan symud y gobennydd yn uwch.

"Oes rhywbeth allwn ni neud?" Cnodd ei gwefus wrth gofio'r holl adegau buodd yn poeni Kam gyda'i phryderon am Declan a'i mam, tra bod ei deulu e'n datgymalu. Edrychodd arno'n bryderus. "Ma' dy fam di mewn lle gwael, on'd yw hi?"

Syllodd Kam drwy'r ffenest. "Wel, mae cyfarfod tenantiaid nos Lun – falle byddan nhw'n gwybod mwy bryd hynny ..."

Cofiodd Elin am hasls diweddaraf ei mam.

"O!" meddai, gan dorri ar ei draws. "Anghofies i ddweud, ti'n gwybod bod Mam yn gweithio ar raglen am y cynllun datblygu? Wel, dyw hi'm yn gallu twtsho fe! Ma' ryw gynghorydd *arsey* wedi cwyno – a ma'r bòs wedi baco lawr. Geith hi ddim sôn am Abertaf. Dim gair. *Niente. Nada.*"

"Beth?" Roedd Kam yn anghrediniol. "Allan nhw ddim neud hynny! Beth am y tenantiaid? Mae'n rhaid i bobl wybod beth sy'n mynd 'mlaen ..."

"Y peth yw ..." Ymdrechodd Elin i gofio drwy niwl yr hangofyr ... "Ga'th Mam bolocing ofnadwy wrth y bòs – os 'neith hi ddechrau holi cwestiynau fydd hi'n colli'i job!"

"Bastards!" meddai Kam yn ffyrnig.

"Ti'n iawn!" Closiodd Elin ato. "Beth am y ffrind 'na o'dd yn arfer bod yn yr heddlu? Yr un oedd yn mynd i helpu Mam ...?"

"Wel, ma' hwnna *off the cards*, on'd yw e? Ti'm eisie i dy fam golli'i gwaith ..."

Edrychodd Elin i fyw ei lygaid.

"Sdim rhaid i Mam weld e – allen *ni* siarad ag e ... ffeindio mas beth sy'n mynd 'mlaen." Carlamodd ei meddwl.

"Allen ni ddechre protest gyda'r myfyrwyr ... Mae lot yn byw yn Abertaf – a ma' Mati'n swyddog undeb. Mae 'di trefnu llwyth o brotestiade."

Gwenodd Kam. "Ocê, Comrade Elin! Gad i ni jyst siarad â Dai Kop gynta a wnewn ni gymryd pethau o fan'na ..."

"Dai Cop?" medd Elin yn goeglyd. "FFS!"

"Na – *serious*!" Pwniodd Kam ei braich yn ysgafn. "Dai Kopec yw ei enw fe. O'dd ei Dad o Gdansk neu rywle!"

"Briliant! Kojac Caerdydd!"

"Rhywbeth fel'na," meddai. "Ddylet ti ddod draw i weld Mam gyda fi hefyd – ar ôl y cyfarfod falle ... bydd mwy o *gen* gyda'i wedyn ..."

"Fydden i'n dwlu cwrdd â hi!" Taflodd Elin ei breichiau amdano. Roedd Kam o ddifri amdani. Ac fe fyddai wir yn hoffi cwrdd â Karen. Wrth feddwl am deulu Kam, trodd ei stumog.

"Sôn am famau," meddai, gan grychu ei thrwyn. "Mae Mam yn mynd ar y dêt gyda doji Decs heno. 'Wy'n gwybod taw *First World Problem* yw e – ond mae meddwl amdano fe'n neud fi deimlo'n sâl."

"Come on!" Rhwbiodd Kam ei braich. "Paid meddwl amdano fe. Ma' dy fam yn oedolyn ... gall hi edrych ar ôl ei hunan."

Rholiodd ar ei fol a dechrau mwytho ei bronnau.

"Falle ddylen i drio bach o *distraction* ..."

"Mmm ..." Caeodd Elin ei llygaid cyn suddo 'nôl i'r gwely.

"So ti'n gorfod mynd i sortio dy ddomestics?" mwmiodd.

"Mae hanner awr dda 'da ni," meddai, gan orwedd lawr a'i gorchuddio gyda'i gorff.

23

Roedd rhywun yn curo ar y drws.

"Maaam?"

Cododd Bethan ei phen o'r gawod gan adael i'r dŵr lifo dros ei llygaid.

"Be sy'n bod? Dwi yn y gawod!"

Gwaeddodd Anwen drwy'r drws. "Mam! 'Wy'n gorfod gneud roced dros y penwythnos – a ma' rhywun 'di symud y botel Fairy Liquid ...!"

Gafaelodd Bethan mewn tywel a chamodd i'r landin yn crynu drwyddi.

"Sori," meddai'n llawn euogrwydd. "O'n i'n meddwl taw sbwriel o'dd e ... 'Wy 'di roi e yn yr ailgylchu ...!"

Syllodd Anwen arni'n gyhuddgar.

"Beth 'wy fod i neud nawr?" cwynodd. "Ma' rhieni pawb arall yn helpu gyda'u gwaith cartre!"

Tynnodd Bethan y tywel o'i chwmpas ac aeth lawr i'r gegin i chwilio drwy'r bag gwyrdd wrth i Anwen ei gwylio'n ofidus.

"Reit! Dyma ti!" Diolch byth roedd yno dan y rwbel yn y bin.

"Ffiw!" ebychodd Anwen, gan afael yn dynn yn y botel blastig. "Diolch, Mam. O'n i wir yn poeni. Mae ar gyfer prosiect technoleg yn y brifysgol!"

Gwyliodd Bethan ei merch yn rhedeg lan y grisiau i'w stafell, gan ddiolch nad oedd y cyfan wedi cael ei lyncu gan y lori sbwriel. Roedd natur gydwybodol Anwen yn rhyfeddol. Yn enwedig o gymharu ag agwedd ei brawd. Fasech chi'n meddwl bod plant Blwyddyn 6 yn gwneud ymchwil i ganolfan Houston. Aeth 'nôl i'w stafell gan bendroni sut y gallai annog Tom i ddangos yr un diddordeb.

Wedi sychu ei gwallt a gwisgo'n gyflym, aeth lawr i wneud coffi. Er syndod iddi, roedd Gareth yn sefyll ar waelod y staer.

"O! Glywes i ddim y gloch!" meddai'n syn. "Pwy adawodd ti fewn?"

Rholiodd Gareth ei lygaid.

"Anwen," meddai. "Mae hi 'di mynd i nôl ei roced!"

"O na!" meddai Bethan, "'Set ti'n meddwl bod hi'n gweithio i NASA. Hen botel Fairy Liquid yw e – mae 'di bod yn poeni amdano fe drwy'r bore. Gobeithio bo' ti'n dda am wneud modeli Airfix!"

Chwarddodd Gareth.

"Well i ni fynd i brynu glud," meddai.

"A digon o bapur newydd dros y ford," awgrymodd Bethan. "Ti'm eisie creu llanast yn y tŷ rhent ..." Stopiodd gan sylweddoli beth roedd wedi'i ddweud, a syllodd y ddau ar ei gilydd yn fud.

Er rhyddhad iddi, rhedodd Anwen i'r cyntedd yn gwisgo ei chot. Roedd gwarfag anferth ar ei chefn a'r roced mewn bag siopa.

"Haia Dad!" meddai. "Mae popeth yn y bag! 'Wy'n ffaelu aros i gysgu dros nos yn y fflat newydd!"

Roedd ei llygaid yn pefrio wrth iddi droi at Bethan.

"Mae Dad wedi cael y Disney Channel!"

Gwnaeth Bethan ymdrech i wenu.

Cofleidiodd Anwen yn dynn.

"Mwynha dy hun," meddai, gan gusanu ei merch. "Edrych 'mlaen i glywed yr hanes i gyd fory!"

"Ta-ra, Mam!" Chwifiodd Anwen ei llaw wrth i Gareth agor y drws a chamu allan.

"Pob lwc gyda'r roced!" meddai Bethan, wrth gau'r drws ar eu hôl.

Pwysodd yn erbyn y drws gan edrych o gwmpas y cyntedd gwag. Beth allai wneud i lenwi'r oriau cyn y dêt hir-ddisgwyliedig? Roedd y tŷ'n wag – Anwen gyda'i thad a Tom i ffwrdd gyda'r tîm rygbi. Teimlai hiraeth am ei theulu bach clos, ac roedd y sgwrs gyda Gareth wedi dangos pa mor rhwydd oedd eu perthynas. Pawb yn nabod gwendidau'i gilydd, dim angen siarad mân. Cymerodd anadl ddofn. Roedd hi'n rhy hen i drio creu argraff a gwisgo dillad isa les, anghyfford
dus. Aeth at y gegin gan sylweddoli ei bod yn syrthio i drobwll o ofid, a llenwodd y tegell i wneud paned.

Taniodd y radio, a throi'r bwlyn o orsaf newyddion at Radio Cymru. Roedd rhaglen bore Sadwrn bob amser yn gwneud iddi chwerthin, a thrwy ryw wyrth, dechreuodd y sgwrs ffraeth wella ei hwyl.

Roedd dêt ganddi, ac yn lle suddo i hunandosturi, dylai edrych 'mlaen. Meddyliodd am y ffrog ddu roedd am ei gwisgo heno, un brynodd ar gyfer parti y llynedd, ac oedd yn gwneud iddi edrych yn deneuach. Ac fe allai wisgo'r clustdlysau arian brynodd Elin iddi'n anrheg Nadolig. Wrth iddi ddychmygu ei sgwrs gyda Declan, cofiodd i Elin sôn am ymweliad Sid Jenkins â'r Cei. Roedd Declan wedi'i gyfarfod, yn syth ar ôl eu cinio. Rhuodd y tegell a thywalltodd y dŵr berw dros y coffi yn y potyn. Tasai'n ofalus, fe allai bigo brêns Declan am y cynghorydd cysetlyd. Er, fe fyddai'n rhaid iddi droedio'n ofalus. Ar waetha'i chwilfrydedd, doedd hi ddim am adael i'r bastard diflas i sbwylio'i noson. Ond a fyddai'n werth taflu rhyw gwestiwn bach diniwed i ganol y repartî rhamantaidd, falle?

* * *

Am bum munud i saith, safai Bethan yn y gegin, y pryder yn

pwyso fel carreg yn ei stumog. Beth oedd Declan yn ei ddisgwyl? Roedd e'n amlwg yn brofiadol gyda menywod, tra'i bod hi wedi cael rhyw ddau gariad cyn cwrdd â Gareth – dau neu dri, falle, os gofiai'n iawn. Byddai'n rhaid iddi gyfleu rhyw fath o sbarc rhywiol – ond sut ddiawl allai wneud hynny heb edrych yn wirion, fel y ddynes ganol oed mewn cot llewpart ar 'Birds of a Feather'? Roedd meddwl am y peth yn ei gwneud yn sâl. Cymerodd sawl anadl ddofn a chwiliodd am Spotify ar ei ffôn, i lonyddu ei nerfau.

Dewisodd gerddoriaeth Afrobeat, a llifodd rythmau prysur Mali drwy'r gegin. Dawnsiodd i bît y drymiau gan deimlo'r tensiwn yn llifo o'i chorff. Wrth i'r gân ddirwyn i ben, sylwodd fod y cloc wedi pasio saith. Roedd Declan yn hwyr. Taflodd gip i gyfeiriad y drws a gweld cysgod tal yn y gwydr. Drato! Roedd 'Dydd Sul yn Bamako' wedi boddi sŵn y gloch.

"Haia!"

Roedd yn pwyso yn erbyn y wal, golwg ifanc arno yn ei jîns a'i grys tshec.

"Do'n i ddim yn siŵr a oedd y tŷ iawn 'da fi! 'Na i gyd allen i glywed oedd ffycin drwms!"

"Amadou a Mariam! Sori! Dere mewn ..."

Roedd hi'n rwdlan. Rhuthrodd i'r gegin i ddiffodd y gerddoriaeth, a mwytho'i gwallt yn gyflym cyn gwisgo'i chot.

Fflachiodd y goleuadau ar BMW glas tywyll wrth i Declan glicio'r botwm ac agor drws y teithiwr iddi.

"Wel – dyma neis!" meddai'n nerfus.

Taniodd Declan yr injan.

"Dwi 'di cael bwrdd yn yr Oyster Bar," meddai, wrth newid gêr. "Gobeithio bo' ti'n hoffi pysgod ..."

"Yr Oyster Bar?"

Daliodd Bethan ei hanadl. Un o fwytai drutaf y Bae â teras llydan tu fas, yn edrych dros y dŵr. Dim ond unwaith roedd hi wedi bod yno.

"Waw," meddai, "dwi'n dwlu ar bysgod."

Pwysodd Declan fotwm ar y llyw a llifodd jig fywiog drwy'r car.

"Mae hwn yn grêt." Tapiodd ei throed. "Miwsig Gwyddelig yw e?"

"Band o Quebec – Le Vent du Nord – ma' sŵn Gwyddelig iddo fe, on'd o's e?"

Suddodd Bethan 'nôl yn ei sedd, gan wylio'r goleuadau stryd yn troi'n rhubanau disglair wrth i'r car symud drwy strydoedd swbwrbia at ffordd gyswllt y Bae. Roedd cerddoriaeth y Vent du Nord wedi'i swyno. Penderfynodd ymlacio a dilyn y gwynt, ble bynnag fyddai'n ei thywys.

Wrth i Declan barcio, fflachiodd mellten yn y pellter a dechreuodd y glaw bistyllio. Agorodd ddrws y cefn i 'nôl ymbarél fawr, a'i hagor drosti wrth iddi gamu i'r storom.

"'Wy'n teimlo fel Mary Poppins," meddai, gan glosio ato, rhag sbwylio ei gwallt.

"Wel, paid dechrau unrhyw drics 'da'r ymbarél ..."

"Ocê – dria i fihafio – er, wedi meddwl, ti yn edrych bach fel Dick Van Dyke!"

Chwarddodd Declan yn braf gan ddal yr ymbarél drosti. Wrth iddi gamu'n ofalus dros y palmant gwlyb, daeth parti plu tuag atyn nhw. Criw o ferched hanner noeth mewn ffrogie cwta yn dal gwydrau o Prosecco ac yn sgrechen fel y gwylanod wrth faglu yn eu sodlau uchel. Gwenodd Bethan arnyn nhw wrth basio. Roedd hi 'nôl yn y gêm, yn partïo ar nos Sadwrn fel merch hanner ei hoedran. Diolch byth, meddyliodd, gan gadw'n agos at Declan wrth iddyn nhw ddringo'r grisiau at y bwyty.

Wedi iddyn nhw ddewis eu bwyd a chael potel o win, eisteddodd Bethan 'nôl i wylio'r gweinyddion yn mynd a dod gyda phlatiau o wystrys a gwydrau gwin. Roedd yr olygfa drwy'r ffenestri enfawr yn drawiadol – dŵr llonydd y Bae yn disgleirio dan lampau'r stryd, a chlogwyn Penarth yn gysgod yn y pellter.

Noson berffaith, meddyliodd, gan yfed dracht hir o'r gwin oer, Eidalaidd.

"Diolch!" Cododd ei gwydr yn uchel. "Mae hwn mor neis. Er, fydden i 'di bod yn hapus iawn i fyta yn y dafarn."

Rholiodd Declan ei lygaid.

"Jasus – fydden i ddim eisie hala nos Sadwrn yn y pyb," meddai gan dynnu ystum.

"Mae'r lle'n grêt – 'wy'n dwlu ar y Cei a'r *craic* 'na – ond 'wy angen brêc weithie ..."

Edrychodd Bethan allan dros y dŵr tywyll. Rhaid ei bod hi'n anodd i redeg tafarn a sgwrsio'n gwrtais gyda'r cwsmeriaid, beth bynnag oedd y problemau yn y cefndir. Roedd Declan wedi bod mor hwyliog wythnos ddiwetha, yn sgwrsio ac yn holi am ei sefyllfa, er bod cyfarfod gwaith gyda fe ymhen awr. Gyda'r bastard 'na, Sid, cofiodd, wrth lyncu dracht arall o win.

Cododd ei golwg ato.

"A dweud y gwir," meddai, "o'n i'n meddwl amdanat ti ddoe ..."

Cododd Declan ei aeliau.

"O, ie?"

Gwridodd Bethan yn goch fel betys.

"Mewn cyfarfod gwaith o'n i," meddai'n gyflym. "Gyda'r twlsyn 'na, Sid Jenkins ..." Arafodd, wrth sylwi ei bod yn siarad yn ei chyfer. "Ti'm yn nabod e'n dda, wyt ti?"

"Ddim yn bersonol." Roedd gwên fach ar geg Declan. "'Wy'n cymryd bo' ti ddim yn ffan ..."

"OMB!" ebychodd Bethan. "Un o'r bobl mwya *annoying* dwi 'di cwrdd ers amser ... sôn am pompys."

Dechreuodd Declan bwffian chwerthin.

"*Another day another dollar*," meddai. "Beth o't ti'n neud – ei grilio fe am waith y Cyngor?"

"Dim grilio," atebodd Bethan. "... Seboni, crefu, masâjio'r ego anferth ..." Anadlodd allan yn hir. "Ac o'dd e dal yn conan!"

Cymerodd Declan lymaid hir o win.

"'Wy'n siŵr bo' ti'n dda iawn am berswadio pobl, Bethan – gyda'r wên fawr 'na! Llwyddest ti i gael cyfweliad, 'te?"

Trawodd Bethan ei gwydr ar y bwrdd. Roedd y gwin Eidalaidd, beth bynnag oedd e, yn arbennig o flasus ond roedd e'n dechrau mynd i'w phen, a doedd hi ddim am rwdlan gormod am Sid.

"Do yn y diwedd", meddai. "Ond o'dd e'n gymaint o waith ..." Anadlodd yn ddwfn.

"'Nath e gwyno am 'yn rhaglen i heb unrhyw reswm ... a mae 'di creu cymaint o drafferth, sda ti ddim syniad."

Pam ddiawl roedd hi wedi llusgo *sodding* Sid i'r sgwrs, meddyliodd? Gafaelodd yn y gwydr a llyncodd ddracht arall.

"Sa i'n deall beth yw ei broblem e – mae pawb yn gwybod bod gweithwyr rhyw ar y strydoedd yn Abertaf – ond ma' Sid yn dweud bo' fi'n creu portread anffodus o'r ardal – whatefyr – a mae 'di bygwth *injunction* i stopio'r darllediad."

Roedd hi 'nôl yn y swyddfa gyda Selwyn a Brenda, yn ail-fyw'r dadleuon poenus. "Mae'r penaethiaid wedi disgyn fel dominos," meddai'n dawel. "So, ddoe, o'dd rhaid i fi drecio lawr i Neuadd y Sir, i berswadio'r bygyr dwl i siarad."

Pwyllodd, gan sylweddoli ei bod yn bytheirio. Roedd Declan yn dal i wenu arni.

"So – ti'n iawn nawr?" gofynnodd.

"Ydw ... ish," meddai. "Y drafferth yw, os yw e'n tynnu 'nôl, dwi'n styffd. 'Neith y bòs ddim rhedeg y rhaglen ..."

Roedd hi 'nôl yn ei byd bach ei hunan. "Ti'm yn nabod e'n dda, wyt ti?" gofynnodd.

Siglodd Declan ei ben.

"Na – ond mae ar y Pwyllgor Cynllunio. 'Wy'n gweld e weithie i drafod busnes – gwenu'n neis arno fe ..."

Llyncodd Bethan fwy o win, gan ddewis ei geiriau'n ofalus.

"O'dd Elin yn dweud bo' ti 'di cwrdd â fe dydd Sadwrn – ar ôl i fi fynd?"

"Ie … do!" Rholiodd Declan ei lygaid. "Fel wedes i – weithie mae rhaid i fi gadw fe *on side*. Mae e'n gyfrifol am y cynllun datblygu, dros yr afon yn Abertaf. O'dd e eisie trafod cwpwl o bethau – sda fi ddim diddordeb, i ddweud y gwir – ond mae'n help i wybod beth sy'n mynd 'mlaen …"

Cymylodd ei wyneb am eiliad a dechreuodd Bethan ddifaru ei bod wedi sôn am y cynllun dadleuol. Pam ei bod wedi llusgo Sid i ganol ei noson ramantaidd? Wrth iddi feddwl am newid y sgwrs, cyrhaeddodd merch ifanc gyda dau blât o bysgod ar wely o lysiau.

Cododd Declan ei aeliau wrth iddi osod platiau o datws a salad ar y bwrdd.

"Sa i'n gwybod amdanat ti," meddai, "ond dwi'n meddwl y dylen ni anghofio am waith – a pitsho mewn."

Rhoddodd Bethan ochenaid o ryddhad wrth i Declan dynnu'r botel o'r bwced rhew.

"Cytuno'n llwyr. Mae'r bwyd 'ma'n edrych yn lyfli," meddai.

"Mae'r bwyd yn wych, ond mae'r cwmni'n well."

Cododd Declan ei wydr, gan syllu i fyw ei llygaid.

24

Edrychodd Bethan ar ei phwdin yn fud. Doedd dim syniad ganddi beth i'w ddweud. Roedd y gwin wedi mynd i'w phen, y canhwyllau a goleuadau'r stryd yn toddi i'w gilydd ac yn dechrau dawnsio dros lyn y Bae.

Roedd Declan yn edrych arni'n feddylgar.

"Ti ddim yn rhy stresd, 'te – gyda'r gwaith ... a'r hasls gyda dy *ex* ...?"

"Gareth?" Cymerodd lwnc hir o ddŵr, i ddadebru. "Ymm ... na! Dim wir. Y'n ni'n dod 'mlaen yn iawn ond ... ma' lot o bethe 'di digwydd ..."

Beth arall allai ddweud? Pallodd ei llais, fel tasai'n rhedeg mas o stêm.

"Dyna beth 'wedodd Niamh," atebodd Declan yn dawel.

Roedd golwg ddifrifol arno, ei dalcen wedi'i grychu a golau'r gannwyll ar y bwrdd yn disgleirio yn y llygaid llwydlas. Cymerodd Bethan anadl ddofn a chraciodd top y *crème brûlée*, i drio sobri. Teimlai'n benysgafn, yn barod i orffwys ei phen ar ysgwydd Declan ac anghofio straen yr wythnosau diwetha. Cymerodd lwyaid o'r pwdin siwgwrllyd, cyn iddi golli rheolaeth.

Wrth iddi estyn am fwy o ddŵr, gwelodd fod Declan yn dal i edrych arni. Llwyddodd i wenu 'nôl arno, cyn edrych i ffwrdd yn anesmwyth.

"Wel," anwybyddodd Declan ei chwithdod.

"Mae 'di bod yn noson hyfryd, Bethan."

"O ydy – diolch i ti, dwi 'di mwynhau'n ofnadwy."

Rhoddodd ei llwy 'nôl ar y soser fach. Roedd hi'n swnio fel tasai'n cloi cyfarfod Merched y Wawr. Doedd dim arlliw o ffraethineb na sbarc yn perthyn iddi.

"Hmm." Taflodd Declan olwg ar ei wats.

"Mae wedi un ar ddeg. Well i fi fynd â ti adre cyn eu bod nhw'n taflu ni mas ..."

"O! Ni yw'r ola 'ma!"

Edrychodd Bethan o'i chwmpas, gan weld bod y criw ar y bwrdd nesa ar fin gadael a'r gweinwyr yn cario llestri 'nôl i'r gegin.

"Bydd dy BMW yn troi mewn i bwmpen!" meddai'n ysgafn, er bod ei chalon yn suddo wrth i Declan ofyn am y bil.

Roedd y teras tywyll yn wlyb ac wrth iddyn nhw fynd lawr y grisiau sylwodd Bethan ar ddyn diogelwch cyhyrog yn cysgodi rhag y glaw o dan y staer.

"*Evening!*" meddai, wrth godi'i law yn ffurfiol.

Edrychodd Bethan eto. Roedd hi'n ei nabod e o rywle. Fe oedd yr horwth oedd wedi'i rhwystro hi y tu fas i'r Cei ar noson y gêm.

"'Wy 'di gweld y dyn 'na o'r blaen," meddai. "O'dd e tu fas y dafarn ... noson Cymru a'r Alban ..."

"Chi'n iawn, Miss Marple!"

Brasgamodd Declan at y ffordd fawr.

"'Wy'n ca'l pobl mewn ar gyfer noson gêm," meddai. "Ma' *pool* o ddynion *security* ynghanol y ddinas." Gwenodd arni, "Cof da 'da ti!"

"Oes, mae e," meddai. "'Wy'n dda am gofio wynebau. 'Wy'n aml yn codi'n llaw ar bobl yn y dre – a sdim clem 'da nhw pwy ydw i!"

Closiodd Bethan ato dan yr ymbarél wrth iddi droedio'n ofalus dros y cobls llithrig. Doedd hi ddim eisiau disgyn fel sach o datws yn ei sodlau uchel. Daeth chwa o wynt o'r Bae, i siglo'r goleuadau a hyrddio'r cymylau dros y lleuad. Roedd hi mor agos at Declan fel y gallai ogleuo persawr ei *aftershave*. Teimlai fel gafael yn ei law, ond roedd wedi colli'i chyfle. Damiodd ei hun am beidio â dangos gwreichionyn o nwyd yn y bwyty. Wedi eu sgwrs gyfeillgar, roedd Declan fel dyn anrhydeddus yn ei hebrwng adre'n saff. "Shiiit," meddyliodd yn flin, wrth iddyn nhw gyrraedd y groesfan i'r maes parcio.

"Diolch yn fawr i ti," meddai, wrth nesáu at y car. "'Wy wir wedi mwynhau ..." Llyncodd yn galed. "Lwcus bod y plant allan heno, neu fydden i'n ca'l row am ymddwyn yn amhriodol ..."

Teimlodd wrid ar ei bochau. Sôn am fynd o un pegwn i'r llall. Roedd hi'n sianelu Dorien, o'r sitcom enwog. Yr unig beth oedd yn eisiau oedd pelmet o sgert a thop patrwm llewpart yn dangos ei bronnau. Ond er syndod iddi, chwarddodd Declan yn iach.

"Ymddygiad amhriodol? Beth yffach ti 'di bod yn neud?"

"O ... dim!" Brwydrodd Bethan i feddwl am enghraifft.

"Wnaeth ryw ffan meddw o'r Alban gynnig dêt i fi yn Sterling ar ôl y gêm!" cofiodd. "O'dd e bia garej Mercedes – a 'na i gyd wnes i o'dd craco jôcs gwirion am Big Ends ..." Cnodd ei gwefus. "Digwyddes i sôn amdano fe pan o'dd Elin yn y tŷ – a'th hi'n nyts a dweud bo' fi'n niweidio Anwen!"

Chwarddodd Declan. "Paid â becso! Mae dy ferch fenga'n swnio'n gallach na neb arall yn y teulu!"

Roedden nhw wrth y car. Agorodd Declan y drws iddi cyn llithro'i goesau hir i sedd y gyrrwr.

"Ma' Stirling yn bell ..." Syllodd arni. "Fydde un drinc arall ym Mae Caerdydd yn fwy derbyniol?"

Curodd calon Bethan fel gordd.

"Falle ..." meddai'n dawel.

Ond cyn iddi orffen, roedd Declan yn ei chusanu. Taflodd ei breichiau am ei wddf a'i dynnu ati, gan anghofio'r cyfan am y bobl yn y cefndir, y traffig yn rhuo tu allan, a'r glaw yn sgubo dros ffenest y car.

25

Roedd Bethan yn breuddwydio ei bod wedi mynd 'nôl i fflat Declan ym mae Caerdydd. Wrth iddi droi a throsi, dychmygodd stafell wely foethus a ffenestri mawr dros y Bae, Declan yn tynnu ei dillad, wrth i olau'r lleuad lifo drosti fel llafn arian.

Crynodd yn oerfel y bore a thynnodd y cynfasau dros ei hysgwydd cyn agor ei llygaid. Edrychodd o gwmpas y stafell, heb ddeall lle roedd hi. Disgleiriai heulwen gwan drwy'r ffenest, gan greu pyllau disglair ar y llawr. Sylwodd ar ei bra du yn stribedyn hir ar y trawstiau pren, a'i nicyrs yn gwlwm wrth ei hochr. Cododd ei phen, gan deimlo'n chwil, ond yn raddol, cliriodd ei meddwl. Nid breuddwyd oedd hi. Roedd hi wedi mynd 'nôl gyda Declan, ac roedd hi yma yn ei wely, yn gwbl noeth heblaw am y tshaen aur o amgylch ei gwddf, yn edrych dros donnau bach y Bae a'r cymylau'n hwylio dros y clogwyn gyferbyn. Rhedodd ton o bleser drwyddi wrth gofio Declan yn gafael ynddi, yn cusanu ei bronnau a'i bol cyn symud yn is ac yn is. Roedd drws y stafell ar agor, a phant cynnes yn y gwely lle buodd e'n gorwedd. Rhaid ei fod newydd ddeffro. Cuddiodd 'nôl dan y dillad. Y peth diwetha oedd hi eisiau oedd iddo'i gweld yn gwbl noeth yng ngolau dydd. Ymbalfalodd am ei ffrog pan glywodd sŵn traed ar y pared.

Cyffyrddodd ei llaw â swp o ddefnydd ar y llawr. Sythodd a thynnu'r ffrog dros ei phen yn gyflym.

"Haia!" Roedd Declan yn y drws, ei grys yn agored dros ei

jîns, a dau fŷg yn stemio yn ei ddwylo.

"'Wy 'di neud coffi i ti. Ti'n iawn?"

"Ydw – iawn." Esmwythodd Bethan y ffrog dros ei bronnau. "Grêt, a dweud y gwir!"

"Grand – gwd ..." Pasiodd Declan y mỳg ati a chusanu top ei phen.

Gorweddodd wrth ei hymyl, gan ymestyn ei goesau hir dros y dŵfe.

"Oes rhaid i ti fynd 'nôl bore 'ma?" gofynnodd, gan droi ati.

Llyncodd Bethan y coffi, gan deimlo'i hunan yn dadebru.

"Mmm. Ddylen i fod 'nôl erbyn amser cinio, siŵr o fod." Cymerodd lymaid arall, gan edrych dros y warysiau yn y pellter. Roedd ei chartre rhyw dair milltir i ffwrdd ond yma, roedd hi wedi dianc i Narnia, a'i chyfrifoldebau ymhell i ffwrdd.

"Paid poeni," medd Declan yn ysgafn. "Ddylen i alw yn y dafarn amser cinio – af i â ti adre ar y ffordd ..."

"Grand ..." atebodd Bethan mewn acen Wyddelig, ond trawodd Declan ei braich yn ysgafn.

"Ti'n trio dynwared 'yn acen i, Ms Morgan?" gofynnodd.

"*I am so*," atebodd Bethan. Doedd yr acen ddim byd tebyg i acen Caerdydd Declan, a siglodd yntau ei ben.

"Ti'n fenyw ddrwg," meddai, gan glosio ati. "Falle bydd rhaid i fi gosbi ti am hynna!"

Gorweddodd wrth ei hochr a dechrau mwytho ei hysgwydd. Gosododd Bethan ei mỳg ar y cwpwrdd gwely, wrth iddo estyn ei law dan y dillad.

"Jasus – wyt ti'n gwisgo rhwbeth dan y ffrog 'na?" gofynnodd yn gryglyd.

"Nadw!" Symudodd Bethan ei law rhwng ei choesau. "Sa i 'di gwisgo o gwbl ... ma'n nillad i dros y llawr ..."

Rholiodd Declan ar ei fol, fel ei fod yn gorwedd drosti cyn estyn am y cwpwrdd wrth ei hochr. "Gwylia'r myg!" meddai, gan droi ei ben, ond roedd Declan wedi agor drôr bach.

Dawnsiodd haid o bili palas yn ei bol wrth iddi sylweddoli beth oedd yn ei law.

"Beth am i ni gael bach o sbort." Agorodd ei ddwrn i ddangos rolyn o dâp coch.

Triodd Bethan gadw'r cryndod o'i llais.

"'Wy'n cymryd bo' ti ddim yn mynd i drwsio weiren?" gofynnodd.

Rholiodd Declan y tâp ar hyd ei braich yn araf gan edrych i fyw ei llygaid.

"Bondage tape," sibrydodd. "Fyddet ti'n hapus i fi dy glymu di i'r gwely?"

Rhedodd ias drwy ei bol a lawr ei choesau.

"Ym ... dwi ddim wir fewn i'r stwff yna ..." mwmiodd. Ble roedd hi 'di bod dros gwarter canrif o briodas, tybed?

Gafaelodd Declan yn ei braich, cyn sibrwd yn ei chlust.

"'Wy eisie dy glymu di i'r hedbord a chusanu pob rhan o dy gorff ... Ti'n fodlon i fi roi pleser i ti, on'd wyt ti ...?"

"Ydw ... ydw," mwmialodd wrth i Declan godi ei llaw yn ysgafn a'i osod ar ben y gwely. Suddodd Bethan i'r gobennydd gan deimlo'r tâp yn cael ei glymu'n dynn o gwmpas ei harddyrnau. Roedd hi yn Narnia, yn hwylio ymhell o fywyd bob dydd wrth ildio i fyd y synhwyrau.

26

"Ti'n bored, Anwen?" Torrodd Elin ar draws pregeth ei thad am wendidau tîm Cymru. Diawliodd Tom am beidio troi lan – o leia bydde fe'n deall y stwff am sgryms a ffaeleddau'r amddiffynwyr, ond roedd e wedi gwneud esgus am waith cwrs. As iff. Felly hi oedd nawr yn chwarae Happy Families gydag Anwen i ddathlu pen-blwydd ei thad. *Fair enough*, gan fod e'n hanner cant a chwbl, ond roedd y swn yn y parlwr pizza yn fyddarol a'i phen yn dyrnio ar ôl bod yn y Cuba Libre tan dri. Taflodd gip ar ei ffôn. Bron yn bump. Gyda lwc, fyddai o 'ma ymhen awr – yn fflat owt ar y soffa a phaned mawr o de o'i blaen.

Cododd Anwen ei phen o'r sgrin.

"Odyn ni'n mynd i ordro pwdin?"

"Wrth gwrs bo' ni!" atebodd ei thad. "Ma' rhaid 'ni ga'l pwdin ar 'y mhen-blwydd i!"

Trodd Elin i chwilio am weityr, ond roedd yr agosaf yn glanhau'r bwrdd nesa, lle roedd grŵp o blant yn binjo ar Coke a hufen iâ.

Trodd Anwen at ei thad.

"Dad!" meddai, mewn llais isel. "Dwed wrthyn nhw bo' ti'n ca'l dy ben-blwydd. Wnân nhw ddod â chacen i ti … am ddim!"

"Sdim digon o ganhwyllau gyda nhw i Dad." Estynnodd Elin am y botel win. Ro'dd y swn o'r ford nesa'n fyddarol.

"*Fifty is the new thirty!*" meddai ei thad, wrth afael yng ngweddillion pizza Anwen a'i lowcio mewn un. Daliodd Elin ei thafod. Beth oedd yn bod arno fe?

"Club 18–30 'di cau, Dad!" meddai.

"'Wy'n meddwl bod Dad yn edrych yn smart," mynnodd Anwen. "Am ei oedran! O'dd Miss Williams ffaelu credu bo' ti'n hanner cant!"

"O diar! Faint o bobl eraill sy'n gwybod 'yn oedran i, 'te?" meddai ei thad, yn goeglyd cyn edrych o gwmpas yn ddiamynedd.

"Reit! Ble ma'r weityr 'ma? 'Wy'n edrych 'mlaen at gael Affogato!"

"O, Dad!" ebychodd Anwen. "Ti'n obsessed!"

Rholiodd ei llygaid.

"'Na i gyd mae'n neud ers i ni gael peiriant coffi," esboniodd. "O'dd e'n cynnig *affogatos* i'n ffrindie pob tro o'n nhw'n dod draw – o'dd neb yn deall beth o'dd e."

Chwarddodd y tri ac o gil ei llygad, sylwodd Elin ar ei thad yn codi ei law.

Trodd, gan ddiolch bod weityr yn mynd i gymryd eu harcheb o'r diwedd. Ond pan drodd ei phen, nid gweinydd oedd ar y ffordd ond menyw ganol oed â gwallt golau. Y blydi blond ddaeth i'r Cei, noson y gêm.

"Wel, wel!" Gwenodd ei thad. "Mae yma! Braidd yn gynnar ... O'n i'n meddwl bydden ni 'di bennu erbyn hyn."

Cododd ar ei draed gan chwifio, wrth i Anwen droi i edrych.

"Dwi ddim eisie siarad â'r fenyw 'na," mwmiodd mewn llais tawel.

Gwelodd Elin fod ei hwyneb wedi gwelwi.

"Ti'n ocê?" gofynnodd.

Nodiodd Anwen heb ateb.

Cliciodd sodlau'r fenyw dros y teils wrth i'w thad estyn cadair iddi.

"Dyma Alison ... ffrind i fi o'r gwaith," meddai. Syllodd Anwen ar ei ffôn yn fud.

"Ti 'di cwrdd ag Elin o'r blaen, on'd do fe?"

"Hai Elin!" Roedd Alison yn wên i gyd. "A ti yw Anwen ife? 'Wy 'di clywed lot amdanat ti!"

Roedd bochau Anwen yn goch, ond ddywedodd ddim gair.

"Lyfli i gwrdd â chi!" Parhaodd Alison i drydar fel caneri wrth i Elin a'i chwaer syllu arni'n gegrwth.

"Grêt," meddai ei thad, i lenwi'r gwacter. "Y'n ni'n mynd mas am ddrinc nes 'mlaen – o'n ni'n meddwl fydde fe'n syniad i ni gwrdd."

Edrychodd o un i'r llall, a gan fod neb yn ateb, tywalltodd weddill y gwin i wydr Alison.

"Iechyd!" meddai'n joli.

Chwaraeodd Anwen â'i ffôn wrth i Alison rwdlan am y traffig yn Canton. Doedd hi ddim i weld yn ymwybodol o'r ffaith fod pawb arall mewn sioc.

"Gwaeddodd y dyn 'ma arna i," meddai. "On'd yw pobl yn ofnadwy dyddie 'ma? Ddath e reit lan i'r ffenest ond wedes i wrtho fe, '*I'm sorry, but I would appreciate it if you moderated your language.*'"

Cymerodd lymaid arall a sychodd ei gwefus â'i napcyn.

"Ond 'na fe, 'wy 'ma nawr," meddai. "'Na beth sy'n bwysig ..."

Ddywedodd neb air.

"Nawr 'te, Anwen," meddai ei thad, â gwên ffug. "Well i ni gael hufen iâ i ti ..."

"Dim diolch," atebodd Anwen. Roedd ei llygaid yn ddagreuol wrth iddi eistedd yn stiff yn ei chadair, yn syllu drwy'r ffenest enfawr. Edrychodd ei thad arni'n ofidus.

"Cymer rhywbeth," meddai. "Ma' rhaid i ti gael rhywbeth i ddathlu 'mhen-blwydd."

Arhosodd Anwen yn fud. Gallai Elin weld ei hwyneb wedi'i adlewyrchu yn y ffenest, ei llygaid yn dilyn yr heidiau o bobl yn pasio ar y Cei. Roedd miwsig sgrechlyd y pizzeria yn atseinio drwy'r stafell enfawr. Rhwbiodd Anwen ei llygaid.

"Mae 'mhen i'n teimlo'n od," meddai'n dawel.

Taflodd Elin olwg fileinig ar ei thad. Roedd wedi codi gobeithion Anwen, addo trît i'r tri ohonyn nhw, heb sôn bod y *wicked stepmother* yn dod i ddifetha'r parti. Craffodd drwy'r ffenestri ar y torfeydd ar Gei'r Fôr-forwyn yn cerdded tuag at y caffis, neu at y morglawdd. 'Na i gyd oedd angen nawr oedd i mam drotian rownd y gornel, law yn llaw â Declan ...

"Wyt ti'n iawn Anwen?"

Roedd Dad wedi deffro – o'r diwedd.

"'Wy'n teimlo'n sâl," wylodd Anwen. "Gallwn ni fynd adre?"

"Cymra bach o ddŵr ..."

Pwysodd Alison dros y bwrdd a thywallt dŵr o'r jwg i wydr Anwen. Gwyliodd Anwen y blociau iâ yn tasgu i'r tymbler, cyn dechrau beichio.

Neidiodd ei thad ar ei draed.

"Beth sy'n bod, bach?"

Y llais ffug-sentimental oedd ei diwedd hi. Teimlodd Elin don chwerw yn ei llwnc. "Ffyc sêcs, Dad! ... Be ti'n meddwl sy'n bod?" gwaeddodd, heb boeni pwy oedd yn gwrando.

"Ti newydd symud mas! O'dd Anwen yn edrych 'mlaen i dy barti – a ti'n cyflwyno ni i ..." rhwystrodd ei hun, "... i dy bartner newydd. Tyfa lan Dad – ti'n bump deg, ddim pymtheg!"

Cododd beichiadau Anwen fel seiren.

"'Wy eisie mynd adre ... 'wy eisie Mam!" sgrechodd.

Sylwodd Elin fod y bwyty'n ddistaw a phawb wedi troi i wylio'r ddrama. Ond roedd wedi llosgi'i phontydd. Neidiodd ar ei thraed a thynnu ei chot o gefn y gadair.

"Dere!" Estynnodd am fraich Anwen a'i stwffio i'w siaced Puffa wrth iddi snwffian a beichio fel asthmatig.

"Jyst meddylia am bobl eraill weithie!" gwaeddodd ar ei thad, gan anghofio am y dorf yn y bwyty, y staff yn rholio'u llygaid ac Alison yn agor ac yn cau ei cheg fel pysgodyn aur.

Atseiniodd y geiriau drwy'r stafell dawel. Ond roedd hi'n rhy hwyr i ymddiheuro. Gafaelodd yn llaw Anwen a'i chludo at y drws mawr gwydr, wrth i hanner cant o gwsmeriaid eu gwylio'n syn.

Camodd allan i'r prynhawn mwyn, y glaw mân yn oeri'i chroen ac yn tawelu ei thymer.

Sychodd Anwen ei thrwyn ar ei llawes.

"Sori!" meddai, gyda gwên fach grynedig. "'Wy'n teimlo'n well nawr."

"Paid becso." Trodd Elin ati. "Dim dy fai di yw e. O'n i'n ffaelu aros i adael y lle."

"'Wy'n gwbod." Crychodd Anwen ei thalcen. "O'dd e'n styffi on'd o'dd e?"

Gafaelodd Elin yn ei llaw, wrth i'r dafnau glaw ddisgyn dros ei hwyneb a'i gwallt. Cymerodd anadl ddofn a theimlodd ei hun yn llonyddu wrth gamu lawr y stryd dywyll ac ymbellhau oddi wrth ei thad. Wrth gerdded at safle'r bws, sylweddolodd y byddai'n rhaid iddi newid i fws arall i fynd adre. A doedd dim dal pryd fyddai'r blydi peth yn troi lan ar ddydd Sul.

"Ti'n iawn nawr?" gofynnodd.

Sgipiodd Anwen dros bwll o ddŵr ar y palmant.

"Ydw," meddai, gan droi ati. "Sa i'n credu bo' fi'n lico Alison. 'Wy'n credu bod hi bach yn *fake*!"

Chwarddodd Elin.

"'Wy'n gwbod," meddai.

Teimlai'n flin dros ei chwaer. Roedd hi'n mynd drwy brofiad mawr, ond roedd hi wastad mor siriol ac annwyl tra bod ei rhieni yn ymddwyn fel plant. Ond gallai weld fod Anwen, oedd fel arfer mor fywiog, wedi tawelu. Roedd hi a Dad wedi bod yn ffrindie mawr. Doedd hi heb sylweddoli bod ei chwaer yn hiraethu amdano, yn gorweddian gyda'i ffôn o flaen y teledu, tra bod Mam yn rwdlan am ei gwaith, neu'n mynd i banic am y dêt nesa.

Taflodd gip ar ei ffôn. Chwarter wedi pump – digon o amser am ddrinc ar y ffordd adre.

"Reit," meddai'n benderfynol. "Ti'n ffansio galw yn y bar lle dwi'n gweithio? 'Wy'n siŵr gei di lased o Coke 'da Kam ..."

"Cŵl!"

Gwenodd Anwen arni cyn neidio dros y llif yn y gwter a rhedeg at gysgod yr arhosfan.

27

Atseiniodd bŵts Elin ar y grisiau wrth iddi ddisgyn i dywyllwch y bar. Cododd ei llaw ar gwpwl o'r *regulars* ar y ffordd i mewn. Roedd Kam ar ei ben ei hun y tu ôl i'r bar, yn gwylio pêl-droed ar y sgrin yn y gornel. Trodd ei ben wrth iddyn nhw nesáu.

"Pam ti 'ma ar dy ddiwrnod off? *Beyond the call*, nag yw e?"

Taflodd Elin ei bag ar y llawr cyn dringo i'r stôl uchel.

"Paid!" meddai. "O'dd y diwrnod off yn disastyr ..."

Trawodd Anwen olwg bryderus ar ei chwaer wrth i Kam bwyso 'mlaen.

"Shit! Beth ddigwyddodd?"

"Neitmêr!" meddai, wrth i Anwen ddringo i stôl wrth ei hochr.

"Besicli, aethon ni i'r Bae i gael pizza gyda Dad – on'd do fe, Anwen? O'n ni jyst yn aros i gael pwdin pan drodd y ... y blydi fenyw 'ma lan. Ei 'ffrind' newydd ..."

Tynnodd Anwen ystum.

"Gwinedd piws!"

"Lily Savage!" ychwanegodd Elin.

"Hei!" Cododd Kam ei aeliau. "Yn parti dy Dad? Dyw hwnna ddim yn iawn...?"

"Neuthon ni jyst gadael ..." Cnodd Anwen ei gwefus yn bryderus. "'Neuthon ni ddim hyd yn oed gael pwdin ..."

Tynnodd Kam ddau wydr o'r silff a'u gosod ar y bar.

"'Wy'n credu bod eisie drinc arnoch chi'ch dwy ..."

Trawodd wydr tal dan y pwmp a gwyliodd Elin y lager ewynnog yn llenwi'r gwydr.

"Coke yn iawn i ti, Anwen?" gofynnodd Kam. "Sdim hufen iâ 'da ni – ond ma' digon o crisps. *Cheese and onion?*"

"Waw, diolch!" Gafaelodd Anwen yn y pecyn a'i rwygo ar agor yn syth.

"Ti newydd ga'l pizza!" cwynodd Elin, cyn sylwi bod dau ddyn ifanc yn dod drwy'r drws, eu cotiau'n diferu a'r dafnau glaw yn gwlychu'r llawr.

"Odyw e'n iawn i Anwen fod wrth y bar?" gofynnodd, gan amneidio at ei chwaer oedd yn sglaffio'r creision fel petai hi heb weld bwyd ers dyddiau.

"Dim probs ... Sdim lot o bobl 'ma. Rho funud i fi syrfo'r bois 'ma."

Trodd at y cwsmer gyda gwên.

"*Ryan! How you doin', mate?*"

Closiodd Elin at ei chwaer. Edrychai'n hapus ddigon – nid fel plentyn oedd newydd ddiodde trawma teuluol.

"Ti'n well nawr?"

Nodiodd Anwen wrth sugno'r Coke drwy giwbiau mawr o rew. Tynnodd y gwelltyn o'i cheg ac astudio Elin am eiliad.

"Sooo," meddai o'r diwedd. "Wyt ti jyst yn ffrindie 'da Kam neu ... odyw e'n rhywbeth mwy?" Cododd ei haeliau'n awgrymog.

"Ocê, Oprah Winfrey," meddai Elin. "Y'n ni yn gweld ein gilydd ... ody hynna'n iawn 'da ti?"

Nodiodd Anwen yn araf.

"Cŵl!" meddai. "'Wy'n meddwl bod e'n lysh! A mae'n ffit ..."

"Diolch am y *seal of approval*." Craffodd Elin ar ei chwaer. Fyddai'n rhaid iddi fod yn ofalus. Tu ôl i'r wyneb siriol, diniwed, roedd Anwen yn sylwi ar bopeth.

"*Cheers*, Kam!"

Gafaelodd y cwsmer ifanc mewn dau beint o Guinness a'u cludo at ei ffrind yng nghefn y stafell. Cododd Kam ei law ar y ddau cyn troi 'nôl at Elin.

"Ti'n gweld ffrind Ryan draw fan'na? Y boi 'na mewn *bomber jacket* ddu?"

Craffodd Elin ar y bwrdd yng nghysgod y gornel bella.

"Y boi pen moel?"

"Iep ... ti'n cofio fi'n siarad am Dai – yr *ex* ditectif?"

"Dai Kop?" Roedd yr enw wedi sticio yn ei chof.

"*Aye*. Ti dal ishe siarad gyda fe?"

Pendronodd Elin am eiliad. Roedd Dai'n brysur yn siarad â'i ffrind. Ac wedi holl gymhlethdodau'r prynhawn, doedd ganddi ddim amynedd am sgwrs drom am gynlluniau'r Cyngor.

"Ymm ..." meddai'n araf. "Sa i'n siŵr. Mae nhw 'di rhoi'r *frighteners* ar Mam, a mae hi 'di gorfod anghofio'r peth ... Allen ni ga'l gair 'da fe, *I suppose* ... gweld faint mae'n wybod."

"*Top man*, Dai," meddai Kam. "Mae'n nabod *loads* o bobl yn Abertaf ... a'r nobs ar y Cyngor hefyd."

Crwydrodd ei olwg at Dai oedd yn sgwrsio'n frwd â'i ffrind.

"Oi, Kop!" galwodd. "*Gorra minute?*"

Cododd Dai gan ddweud rhywbeth yng nghlust Ryan cyn gafael yn ei beint a cherdded atyn nhw.

"*How's it goin', Kam?*" gofynnodd gan droi at Elin.

"David Kopec," meddai, "Dai. Neis i gwrdd â ti."

Siglodd ei llaw, fel petai'n dal ar ddyletswydd, ond roedd y wên lydan yn awgrymu dipyn o hiwmor.

"Neis cwrdd â ti, hefyd!" atebodd.

"So ... Beth yw'r *craic*?" Trawodd Dai ei beint ar y bar gan edrych o un i'r llall. "Kam fan hyn wedi dweud bod mam ti'n neud report ar y *redevelopment*?"

"O'dd hi!" meddai Elin. "*Past tense.*"

Roedd Anwen yn ei gwylio'n dawel. Pwyllodd i feddwl sut i egluro trafferth ei mam heb greu gofid.

"Mae Mam yn gweithio i gwmni teledu," meddai, "a dechreuodd hi edrych ar y datblygiad yn Abertaf. 'Wy'n credu bod hi 'di neud cwpwl o *enquiries* – ond nawr ma' rhyw gynghorydd wedi cwyno ... mae 'di bygwth *injunction* neu rywbeth, so mae 'di gorfod dropio'r stori ..."

Roedd llygaid Dai yn gul.

"Ti'n gwbod pwy yw'r cownsilor 'ma?" gofynnodd.

Gwgodd Elin wrth gofio Sid yn ei bychanu yn y Cei.

"Sid Jenkins," meddai. "Ti'n nabod e?"

"Mmm," nodiodd Dai. "Nabod Sid yn iawn ..."

Amneidiodd Elin at Kam.

"Y peth yw – ma' teulu Kam yn byw yn y fflats ac y'n ni eisie helpu ... Nawr bod Mam 'di gorfod dropio'r stori – o's 'na rywbeth allwn ni neud ...?"

Edrychodd Dai yn feddylgar.

"'Wy 'di clywed cwpwl o bethau," meddai'n ofalus.

Torrodd Kam ar ei draws.

"Y'n ni'n desbret. Ma'r tenants yn trio trefnu protest ond sneb yn gwbod lle i ddechre ..."

Llyncodd Dai mwy o gwrw a sychodd yr ewyn gwyn o'i wefus.

"Bastards!" meddai. "Ma' contacts 'da fi ar y Cyngor a maen nhw'n *convinced* bod y peth yn *stitch-up*. Mae rhai o'r tenants 'di cael contracts ... ma' pwysau arnyn nhw i weud bo' nhw'n hapus i symud."

Trawodd ei fysedd ar y bar. Roedd golwg ddifrifol arno.

"Os nad ŷn nhw'n arwyddo, galle'r Cyngor ddweud bod dim angen tŷ cymdeithasol arnyn nhw – bo' nhw'n *intentionally homeless* ... so, *basically* ... sdim dewis 'da nhw."

Rhythodd Elin arno.

"Blacmel yw hwn'na – mae'n disgysting ...!"

"Arian," meddai Dai'n dawel. "'Na be sy' tu ôl iddo fe. Ma' potenshal i neud *shedloads* o arian os allan nhw godi bloc wrth yr afon ... ar bwys y Bae. Bydd y *developers* yn neud bom a ma'r dêls doji yn neud i Boris Johnson edrych fel Barbie. Ond mae'n anodd profi pethau ..."

Roedd Elin o'i cho'. "Allen ni ddim trefnu protest? Ma' llwyth o fyfyrwyr yn Abertaf – allen ni gael miloedd mas ar y stryd."

Nodiodd Dai'n gefnogol.

"Trwbwl yw, ma'r tenantiaid ofn colli'u cartrefi – ma' rhai 'di arwyddo'r contracts yn barod."

Trodd at Kam. "Ti 'di clywed rhywbeth gan dy fam?"

Siglodd Kam ei ben. "'Di bod yn y lle 'ma drwy'r wicend ..."

Taflodd Dai gip dros ei ysgwydd, cyn gostwng ei lais.

"Y ffordd gore i roi stop ar bethe yw i ni brofi'r shenanigans – y *deals* rhwng y *developers* a'r Cyngor – ond mae rhaid i ni fod yn uffernol o ofalus. Mae arian mawr yn y gêm. A ma' lot o bobl bwysig yn tynnu'r *strings*."

Craffodd ar Elin am eiliad.

"Gofyn i dy fam a alla i siarad â hi, *off the record*. Gweld allwn ni pwlio'r wybodaeth ... a hoelio'r bastards ..."

Roedd ei lygaid yn pefrio a phenderfynodd Elin y gallai ei drystio.

"Ocê," meddai. "Ond cadwa fe dan dy *toupée*. Ma'r rheolwyr 'di rhoi'r sgriws ar Mam. Alle hi golli'i job ..."

Roedd golwg ffyrnig ar Dai.

"Ffycers," meddai. "Mae'n saff 'da fi, 'wy'n addo."

"*Cheers*, Dai," meddai Kam yn dawel.

Anadlodd Elin yn ddwfn. Roedd pelydryn o olau ar y gorwel. Fe allai daclo'i mam fory, wyneb yn wyneb.

"Gwd!" Gorffennodd Dai ei beint. "Mae rhaid i fi ddilyn cwpwl o *leads* – ond os yw'r sïon yn iawn, bydd digon o faw ar Sid Jenkins i whythu'i sgams i ganol y Bristol Channel."

28

"O'dd e'n ffantastig!"

Roedd bar yr Oriel yn llawn o bobl ifanc yn fwrlwm o sgwrs a chwerthin dan boster yn hysbysebu drama arbrofol, nifer o'r merched mewn ffrogiau lliwgar, a sawl dyn yn gwisgo *man-bun* ffasiynol. Atseiniai'r lleisiau dros y waliau a sylwodd Bethan ei bod yn gweiddi dros y sŵn, ond palodd ymlaen er i wedd Elin awgrymu'n gryf nad oedd hi am glywed y manylion.

"Aethon ni i *restaurant* ffantastig!" meddai. "Yr Oyster Bar ar y Cei ... a wedyn aethon ni 'nôl i fflat Declan yn y Bae – o'dd yn hollol amesing!"

"Mam!" plediodd Elin. "Plis!"

Crychodd ei thalcen, ei llygaid yn rhybuddio ei mam.

"O ... dim byd fel'na!" meddai Bethan yn gyflym. "Es i jyst am ddrinc ... ar y ffordd adre ..."

"Ie – right!" atebodd Elin yn goeglyd.

Tawodd Bethan, gan gofio'r gwely tymhestlog, Declan yn pwyso drosti i glymu ei choesau. Fflachiodd gwrid poeth dros ei hwyneb. Roedd wedi colli'i lle, wedi anghofio beth oedd am ddweud. A doedd Elin ddim am wybod. Am eiliad, teimlai fel crio, ei hemosiynau'n gymysgedd o gyffro ac euogrwydd. O'r bar, daeth ton o chwerthin o gyfeiriad y bobl ifanc ac arhosodd am eiliad i'w gwylio.

"Wel..." Trodd 'nôl at Elin. "'Wy'n lico Declan. Mae'n gwmni grêt – a mae'n hawdd siarad ag e ... neuthon ni jyst clicio ..."

Cododd Elin ei haeliau.

"Mam," meddai'n garedig, "Ma' Declan *yn* gwmni da. Mae'n laff – ond dwi'm yn meddwl fod e'n chwilio am berthynas – a 'wy'n poeni byddi di'n ca'l dy frifo."

"Paid poeni amdana i," meddai Bethan, wrth i ddelwedd arall fflachio drwy'i meddwl o Declan yn clymu ei phigyrnau i'r gwely mawr pres, cyn gorwedd drosti.

Ochneidiodd yn ddwfn, gan deimlo gwres fel tân ar ei chroen. Menopòs neu nwyd? Doedd hi ddim yn siŵr. Gafaelodd mewn gwydr o ddŵr o'i blaen, ac anadlodd yn araf i geisio lleihau'r don grasboeth. Roedd angen iddi droi'r sgwrs at Elin. Tynnu'r sylw oddi arni'i hun. Er mawr ryddhad iddi, daeth cyhoeddiad dros yr uchelseinydd. Roedd y sioe arbrofol ar fin dechrau a'r criw ifanc yn tyrru fel haid liwgar o bili palas at y grisiau metel. Gafaelodd yn ei chwpan a gorffennodd y te mintys chwerw.

"Dwi'n siŵr 'neith pethau setlo lawr," meddai'n bendant.

"Sut ma' pethe 'da ti, beth bynnag?"

Roedd golwg dda ar Elin, er ei bod hi'n amlwg wedi dod allan ar frys, ei gwallt mewn cwlwm anniben ar ei phen a siwmper fawr ddi-siâp dros ei jîns. Ond roedd y llygaid tywyll yn pefrio, a gwên chwareus ar ei gwefusau.

"Dwi'n iawn diolch, Mam!" atebodd. "'Wy'n dechre gweld rhywun hefyd – er bo' fi ddim yn mynd 'mlaen amdano fe, fel rhai pobl ..."

"*Cheek!*" atebodd Bethan. "Pwy yw e, 'te?"

"Kam, ti'n gwbod – y barman yn y Cei ..."

"O – neis!"

Roedd hi wedi sylwi ar y bachgen llygad-ddu tu ôl i'r bar oedd bob amser mor serchog. Dim syndod bod Elin yn ei ffansïo.

"'Wy'n gwbod pwy yw e," meddai. "Mae'n gorjys – wastad yn gwenu ..."

"Mam! Be sy'n bod arnat ti?" Cododd Elin ei llais. "Mae e *yn* neis ... A mae'n gwbod lot am Abertaf hefyd – wedes i wrthot ti, on'd do fe? Mae'i fam yn byw yn y fflats ... a maen nhw'n becso'n ofnadwy am y datblygiad ..."

Ochneidiodd Bethan. "Bydden i 'di dwlu trafod y peth gyda fe, ond alla i ddim twtsho fe nawr ..."

"'Wy'n gwbod 'ny, Mam ... ond mae'r tenants yn desbret – a mae rhaid i ni neud rywbeth." Crwydrodd ei llygaid wrth i fachgen ifanc ruthro i'r theatr ar y llawr cynta, ei sgidiau'n curo yn erbyn y grisiau metel.

"Ma' ffrind 'da Kam," meddai o'r diwedd. "Mae'n byw yn Abertaf ac o'dd e'n arfer bod yn dditectif ... Mae contacts ffantastig 'da fe ..." Llygadodd ei mam yn ofalus. "Mae'r boi 'ma'n *convinced* bod Sid yn ca'l *backhanders* o'r contractwyr ... ond dyw e ddim yn gallu profi'r peth ..."

"Diddorol!" Synnodd Bethan faint roedd Elin wedi'i ddysgu mewn sgwrs yn y dafarn. Cymerodd eiliad i brosesu'r wybodaeth.

"Odi'r boi 'ma'n *kosher*?"

"Deffo ... ma' Kam yn nabod e ers blynydde – Dai Kopec yw ei enw fe, o'dd e'n dditectif am flynydde ond dyw e ddim yn gweithio i'r heddlu nawr. 'Wy'n credu bod e'n gweithio fel dyn seciwriti, ond mae'n byw yn Abertaf a mae rili ishe helpu'r tenantied ... No wê 'neith e landio ti mewn trwbwl."

Pwyllodd i astudio ymateb ei mam. "'Wy'n gwybod bo' ti ddim eisie hasls, ond mae wir eisie cwrdd â ti – *off the record* – a ma' 'di addo cadw popeth dan ei *toupée* ..."

Gwyliodd ei mam yn ddisgwylgar.

"Sa i'n gwybod ..."

Ochneidiodd Bethan. Roedd wedi gwthio pregeth Selwyn i gefn ei meddwl, ond nawr, roedd ei rybudd yn taranu yn ei chlustiau.

"Licen ni wbod be sy'n digwydd," meddai o'r diwedd. "Ond

bydd rhaid i fi fod yn ofalus ... mae'r Cyngor yn bygwth y gyfraith arna i ..."

Llyncodd y te oer, gan gofio wyneb Sid yn biws gan dymer wrth iddo saethu cyfres o rybuddion ati. Roedd y bastard wedi'i thrin fel baw tra'i bod hi'n eistedd yn dawel, yn gwenu arno'n neis. Cododd ton o gynddaredd yn ei llwnc. Pa hawl oedd gan Sid i'w gagio hi? A oedd hi'n mynd i adael i fwli hunanbwysig i ladd stori – a sathru dros bobl Abertaf?

"Ocê," meddai'n gadarn. "Ma' perffaith hawl 'da fi siarad â'r boi 'ma ... Dai, yn breifat. A licen i wybod beth sy'n mynd 'mlaen. Ond bydd rhaid iddo fe gadw 'yn enw fi mas o bethe ..."

Goleuodd wyneb Elin.

"Diolch, Mam! 'Wy'n addo 'neith e gadw popeth yn dawel. Rhoia i dy rif iddo fe ... a 'neith e gysylltu."

Cofleidiodd ei mam. "Ti'n seren."

"Sa i'n siŵr am hynny ..."

Roedd meddwl Bethan yn carlamu. Oedd hi ar fin darganfod beth oedd tu ôl i fygythiadau Sid? Cracio stori Abertaf? Gwyddai o brofiad y byddai'n dalcen caled, a ffordd bell o'i blaen. Ond roedd hi'n benderfynol o fynd amdani, cam wrth gam.

Danfonodd Elin y rhif ati a rhoi'r ffôn yn ôl yn ei phoced.

"Gobeithio allwn ni neud rywbeth – mae'r tenantiaid yn stresd off eu penne."

Oedodd Bethan cyn ateb.

"Edrych, Elin – wna i 'ngorau, a ma'r ditectif 'ma'n swnio'n addawol ... ond 'wy'n gwybod pa mor anodd yw profi rhywbeth fel hyn. Bydd rhaid i ni droedio'n ofalus – peidio sôn wrth neb am beth y'n ni'n neud ..."

"Hmm." Siglodd Elin ei phen. "Iawn, ocê – ond allen ni ddim jyst rhoi lan ..." Ochneidiodd, gan edrych heibio'i mam at strydoedd tywyll Treganna. "O'dd Kam yn hwyr i'r gwaith wythnos dwetha," meddai. "Do'n i ddim yn siŵr beth o'dd wedi digwydd, ond mae'i fam 'di dechrau hitio'r botel – o'dd hi 'di pasio mas yn y fflat. Mae'r straen yn neud pobl yn sâl ..."

Pwysodd ar y bwrdd, ei llygaid yn llawn gofid.

"Ma' pobl dan gymaint o straen. Maen nhw'n poeni am golli cartrefi – colli'r holl ffrindie sy' 'da nhw yn yr ardal ..."

Gafaelodd Bethan yn ei llaw wrth i'w phenderfyniad gryfhau.

"Wel, da iawn ti am drio helpu," meddai. "A dwi'n edrych 'mlaen i glywed mwy gan Dai." Crwydrodd ei golwg at y strydoedd tywyll tu allan, yn dawel erbyn hyn dan lampau'r stryd. Doedd dim arwydd o'r bygythiadau i'r gymuned gyfagos.

"Paid poeni," meddai. "Dwi ddim yn mynd i adael i Sid ein bwlio ni ... Bydd rhaid i fi gadw 'mhen lawr. Ond os yw stori Dai yn stacio, wna i gymaint ag y galla i i'w helpu fe – a'r tenantiaid ..."

"Da iawn, Mam! I'r Gad!"

Cododd Elin gan estyn am ei phwrs.

"Ti ishe drinc arall – i lawnsio'r ymgyrch?"

Syllodd Bethan ar y bag te gwyrdd, yn gorwedd yng ngwaelod y cwpan. "Ocê! Mae hwn yn edrych fel compost ... Ga i hanner o lager – i ddathlu'r dêt cynta ers ugain mlynedd!"

"Mam!" plediodd Elin. "Paid dechrau ... Cofia – ti'n fenyw annibynnol – *Bros before Hoes!*"

"Beth yffach yw hwnna? Gangsta slang?"

Gwgodd Elin arni.

"Mae'n golygu ... Paid troi cefn ar dy ffrindie er mwyn rhyw ddyn. Mewn geirie eraill – meddylia'n galed cyn taflu dy hun at Irish Eyes!"

29

Daliodd Bethan ei hanadl wrth i DS Naz Kumar daro'r sbardun a saethu o'r palmant fel bod y seiren yn wylo dros strydoedd Abertaf. Dyma'r job orau yn y byd, meddyliodd, gan ddal yn dynn yn nolen y drws. Trawodd y ditectif y brêc yn galed wrth gatiau haearn y parc ac o'r pafin, cododd Darren ei fawd. Roedd Naz wedi gyrru fel y gwynt, a byddai lluniau cyrch yr heddlu'n drawiadol, er bod pen Bethan yn dal i droi.

"Ti'n fodlon neud e 'to?" Pwysodd Darren at y ffenest. "I fi ga'l *close up* o'r teiars?"

Anadlodd Bethan yn ddwfn, gan deimlo'r pilipalas yn hedfan yn ei bol. Yn y drych, roedd llygaid Naz yn gwenu arni.

"Siŵr!" galwodd yr heddwas, gan refio'n galed a saethu fel roced o'r pafin unwaith eto. Caeodd Bethan ei llygaid am eiliad cyn ffocysu ar war y ditectif o'i blaen.

Wedi gwibio eto o gwmpas y parc gwag, arafodd Naz, a llwyddodd Bethan i ollwng ei gafael yn y cefn a chael ei gwynt ati.

"Hei," meddai gan bwyso 'mlaen. "'Nes i wir enjoio hwnna – 'wy wastad 'di bod eisie bod yn dditectif!"

Fflachiodd Naz olwg amheus arni.

"Paid credu taw *lights, camera, action* yw e i gyd!" meddai'n fflat. "Dylet ti weld St Mary Street ar nos Sadwrn, 'da'r merched yn piso ar y pafin ac idiots yn jwmpo i'r car pan ma' nhw ishe tacsi ..."

"A ma' hwnna ar dy *day off*!" meddai Jeff o du blaen y car.

Roedd Jeff yn hŷn na Naz, ei wyneb wedi crebachu fel hen grwban, a'r blynyddoedd o ddelio gydag isfyd y brifddinas wedi serio siniciaeth ar ei gymeriad.

Tynnodd Naz yr handbrec yn galed gan daflu Bethan 'nôl yn ei sedd.

"Gobeithio bod insiwrans 'da chi," meddai.

"Rhan o'r gwasanaeth ..."

Neidiodd y ditectif allan i agor y drws iddi.

"O's digon gyda chi nawr – neu y'ch chi am siarad gydag un o'r merched?" gofynnodd.

"Fydde hynny'n grêt ..."

Pwyllodd Bethan am eiliad. Roedd hi wedi gofyn i'r heddlu i wneud noson o ffilmio ac i gysylltu gyda rhai o fenywod y stryd, heb sôn fod cyfweliad Sam yn y can yn barod.

Roedd Naz yn foi iawn – roedd hi'n mwynhau ei gwmni – ond heddwas oedd e wedi'r cyfan, ac roedd hi wedi rhoi'i gair i Sam na fyddai'n rhoi ei henw i neb.

Amneidiodd Jeff at y rheilffordd yn y pellter.

"Bydd cwpwl lawr fan'na – dan y bont ... Ewn ni lawr 'na'n dawel – gofyn os o's rywun yn fodlon siarad ..."

"Y'ch chi ddim yn mynd i arestio nhw ...?" Y peth diwetha oedd hi am wneud oedd achosi trwbwl i'r gweithwyr rhyw.

"No way!" Roedd Naz yn bendant. "Mae'r Super wedi dweud bo' ni fod i'ch helpu chi – pwrpas ein ymgyrch ni yw targedu'r *kerb-crawlers* – ddim y menywod ..."

"Grêt ..." Sylwodd Bethan fod Darren wedi diflannu. Trodd ei phen i'w weld ar ei gwrcwd, ei lygad yn sownd wrth y camera wrth iddo ffilmio'r afon ac adeilad yr hen fragdy gyferbyn.

Penderfynodd adael llonydd iddo. Fyddai'n well iddi ganolbwyntio ar yr heddlu a pherswadio merch arall i siarad.

Trodd 'nôl at y ditectifs, ond roedd y ddau wedi dychwelyd at y car, ac wrthi'n tynnu gwisgoedd o'r cefn. Gwisgoedd cudd, meddyliodd, rhag ofn bod merched y stryd yn adnabod y ddau dditectif ac yn cilio i'r cysgodion. Roedd Naz wrthi'n stwffio'i freichiau i siaced beicar ledr a chapan pig. Crychodd ei thalcen. Fyddai'r het yn siŵr o ddenu sylw ar noson oer yn Chwefror – pwy fyddai'n mynd i chwarae golff yn y tywyllwch? Ac roedd top llwyd Jeff llawer rhy fach iddo, fel tasai wedi benthyg hwdi ei fab.

Cnodd ei thafod. Nhw oedd y ditectifs, â blynyddoedd o brofiad o blismona strydoedd Abertaf. Synhwyrodd eu bod nhw'n gwybod dipyn am yr ardal – llawer mwy nag oedden nhw'n ei ddatgelu. Wrth iddyn nhw orffen gwisgo, camodd atyn nhw gan ystyried sut i holi am y datblygiad.

"Diolch am eich help," meddai'n serchog. "Y'n ni 'di ca'l llunie ffantastig – a bydde fe'n grêt os fydde un o'r menywod yn fodlon siarad."

Oedodd, cyn parhau. "A bod yn onest, dwi 'di ca'l llwyth o hasls gyda'r rhaglen 'ma ... Ges i gŵyn swyddogol wythnos dwetha ... o'dd y bòs eisie dropio'r stori ..."

Roedd wyneb Naz yn ddiemosiwn.

"O, *aye*? Pwy sy' 'di cwyno, 'te?"

"Wel ..." dechreuodd Bethan yn ofalus. "Mae'r cynghorydd lleol, Sid Jenkins, wedi bygwth *injunction* os fydda i'n dangos unrhyw feirniadaeth o'r cynllun datblygu ... peidiwch gofyn pam ..."

Llifodd ei geiriau mewn fflyd wrth iddi anghofio am fod yn garcus.

"Mae Sid wedi dweud wrth y bosys bo' fi'n niweidio prosiect Abertaf ... prosiect sy' werth miliynau o bunne, miloedd o swyddi bla, bla, bla ... Alla i ddim credu sut all un adroddiad neud 'ny ..." Pwyllodd, er mwyn arafu. "'Wy jyst yn dangos pryderon pobl – bydd cyfle 'da'r Cyngor i ymateb ... ac esbonio sut ma'r datblygiad yn mynd i wella'r ardal ..."

Daeth i stop sydyn wrth gofio taw pysgota am wybodaeth

gan yr heddlu oedd hi'n trio'i wneud, yn lle arllwys ei bol am ei phroblemau.

Taflodd Naz olwg at Jeff cyn ateb.

"Hmm,' meddai, wedi saib. "Sa i'n synnu, dweud y gwir ... Ma'r *proverbial* yn dechrau hitio'r ffan yn Abertaf – a ma' bysedd Sid mewn sawl pei ..."

Gwyddai Bethan mai'r peth gorau fyddai dweud dim, a gadael i Naz i esbonio.

Wrth yr afon, roedd Darren yn ffilmio haid o elyrch ar y lan. Dilynodd Naz ei golwg, cyn edrych arni'n feddylgar.

"Ma' hwn *off the record*, reit?"

Nodiodd Bethan. "Wrth gwrs ... Addo."

Cliriodd Naz ei wddwg.

"Allen i weud cwpwl o bethau wrthoch chi am Sid ... lle ma' ledis of ddy nait yn y cwestiwn. Sdim byd ar y ffeils, ond rhynoch chi a fi, y'n ni 'di cael gair gyda fe sawl tro, lawr wrth y bont 'na."

"Beth?"

Fflachiodd cyfres o ddelweddau lliwgar trwy ddychymyg Bethan. "Ynglŷn â ...?"

Amneidiodd Naz at yr afon.

"Dwedwch hi fel hyn ... falle bod eich infestigeshons chi bach yn agos at y marc ..."

Anadlodd Bethan yn araf, ei golwg yn crwydro i gyfeiriad y dŵr glasddu yn llifo dan y bont. Roedd Sid yn un o'r cwsmeriaid ... dyna pham doedd e ddim am iddi hoelio'i sylw ar isfyd Abertaf.

"Waw!" meddai'n dawel. Roedd ei bol yn corddi o feddwl bod Sid wedi'i thaflu at y llewod, wedi'i beio am ddiffyg ymchwil, am ledaenu sïon heb brawf. Ac wedi bygwth y gallai golli ei swydd. Y bastard diegwyddor! Cnodd ei thafod, gan wneud ymdrech i ymddwyn yn broffesiynol.

"Nawr 'wy'n gweld beth sy'n digwydd ... Diolch Naz! Mae hynny'n esbonio lot ..."

"Dim fi sy' 'di dweud wrthot ti, ocê?" Taflodd Naz olwg awgrymog ati cyn pwyntio i'r pellter, at y twnnel o dan y rheilffordd.

"So ... ewn ni'n dau yn y car – *in disguise* – a gweld pwy sy' 'na. Os yw Liz o gwmpas, siaradith hi â chi ... fi'n siŵr."

"Digon o lap fan'na ..." cytunodd Jeff. Camodd i'r car, gan wingo yn ei siaced dynn.

"Ble ma' nhw'n mynd?" Roedd Darren wrth ei hochr, ei gamera dros ei ysgwydd a'r treipod yn ei law. "Maen nhw'n dishgwl fel Dumb and Dumber yn y gwisgoedd stiwpid 'na ..."

"Ma' nhw'n mynd i yrru lawr rownd y gornel i'r stryd wrth y cei," atebodd Bethan. "Falle bydd merched 'na sy'n fodlon siarad. Allen ni ddilyn i gael cwpwl mwy o lunie ... ond paid mynd rhy agos, ocê?"

Taflodd Darren yr allweddi ati a neidiodd i'w dal.

"Well i ti ddreifo – os ti am i fi ga'l *tracking shots* ..." Tychodd yn uchel. "'Neith y merched eu sbotio nhw'n syth yn yr hets dwl 'na ..."

Dringodd Bethan i fan Darren gan weld bod Naz tu ôl i'r llyw, yn refio'n galed.

"Naz!" gwaeddodd drwy'r ffenest. "Paid mynd rhy glou, wnei di? Y'n ni'n ffilmio ..."

Cododd Naz ei fawd cyn rhuo lawr y stryd, wrth i Bethan roi'r fan mewn gêr. Crynodd y cerbyd trwm wrth iddi daro rhwystr cyflymder ar y ffordd a rhegodd Darren yn ei chlust.

"Hei, Sterling," cwynodd. "'Wy'n trio cadw ffocys ..."

Gyrrodd Bethan yn araf drwy strydoedd Abertaf, ei chalon yn curo wrth iddi boeni am daro cerddwr neu feiciwr. Yr unig beth allai weld yn y drychau oedd ochr solet y fan.

Rasiodd Fiesta'r heddlu i waelod y ffordd cyn troi'n sydyn i'r chwith. Tybiodd Bethan iddi weld ffigwr yn cilio o dan y bont yn y pellter.

"Ife un o'r merched oedd hi ...?" gofynnodd.

"Dim clem." Roedd Darren yn amlwg yn cael trafferth ffocysu. "'Wy'n trio cadw'r Keystone Cops yn y ffrâm ..."

Roedd Fiesta'r heddlu wedi hen ddiflannu a doedd dim modd iddi ddal i fyny. Arafodd Bethan o fewn canllath i bont y rheilffordd a chododd yr handbrec.

"Ti'n gweld y bont o fan hyn?" gofynnodd. "Well i fi beidio mynd yn rhy agos ..."

"Iawn ..." Anelodd Darren y camera at y twnnel o dan y bont.

"Fydd Starsky and Hutch 'nôl mewn munud – man a man i ni aros 'ma ..."

Craffodd Bethan i ddüwch y twnnel – amhosib gweld a oedd 'na rywun yno.

"'Co ni!"

Craffodd Bethan wrth i ferch ymddangos o'r cysgodion. Cerddodd i gyfeiriad y golau, yn gwisgo crys tenau, pelmed o sgert a bŵts uchel. Edrychai'n dalach na Sam, ei gwallt golau wedi'i dynnu mewn cwt ceffyl uchel. Arhosodd dan un o lampau'r stryd, cyn edrych o gwmpas yn ofalus.

Roedd Darren yn dal i ffilmio.

"Ddylen ni ddim ei ffilmio hi heb ganiatâd," meddai'n dawel.

Cadwodd Darren ei lygaid ar y bont.

"Aros fan'na nes bod Naz yn dod 'nôl," meddai. "Os ei di draw nawr, fyddi di'n hala ofn arni ..."

"Ocê." Boddwyd ei llais gan sŵn byddarol trên nwyddau yn croesi'r bont.

Pan edrychodd eto, roedd y ferch wedi diflannu.

Rhuodd car yr heddlu i'r golwg a daliodd Bethan ei hanadl fel bod Darren yn cael lluniau clir o'r ddau dditectif yn camu o'r car, ac yn cerdded yn araf at y twnnel.

"'Wy'n mynd i weld beth sy'n digwydd," meddai, wedi iddo orffen. Gwthiodd ddrws y fan ar agor gyda'i throed a neidiodd i'r stryd. Cerddodd at y bont, ei sodlau'n clecian ar y palmant anwastad. Roedd Darren yn ei gwylio, ond rhedodd ias drwyddi wrth feddwl am y merched yn sefyll yn unig wrth yr afon fin nos.

Ymddangosodd Naz o'r fagddu dan y bont.

"Gethoch chi'r lluniau?"

"Do – o'dd y siots yn grêt!" meddai Bethan. "Fel pennod o 'Line of Duty'!"

"Mwy fel 'Casualty'," cwynodd Jeff wrth droedio'n boenus dros y pafin. "'Wy'n rhy hen i'r stynts 'ma … ma' mhenglinie i'n bygyrd."

Chwarddodd Bethan cyn synhwyro symudiad yn y cysgodion.

Camodd y ferch gwallt golau o'r twnnel gan graffu ar yr heddlu.

"Naz!" galwodd, "*Woss 'appenin?*"

Trodd Naz ati.

"Hyia Liz," meddai'n hamddenol. "Dim byd mawr – paid poeni. Dy'n ni ddim yma i haslo ti … Ma' rywun fan hyn eisie gair, os ti'n fodlon?"

Daeth y ferch yn nes. Roedd hi'n dalach na Sam, ei chroen yn olau a'r llygaid gwyrddlas yn drawiadol ynghanol y masgara tywyll. Roedd bra du yn amlwg dan ei chrys gwyn tenau, a stwmpyn sigarét yn ei llaw. Ffliciodd y llwch i'r gwter wrth gerdded atyn nhw.

"Ffrigin 'el, Liz," meddai Jeff. "Gwisga dy sgert, 'nei di?"

Tynnodd Liz ei sgert pelmed dros ei chluniau.

"*Cheek!*" meddai'n ddifater. "Dillad gwaith, *innit*? Ma'r pynters yn lyfo fe …"

"Digon teg," meddai Naz. "Edrych, Liz, ma'r bobl 'ma'n gweitho'r i'r teli. Ma'n nhw'n chwilo am bobl i siarad am dy … waith di. Fyddet ti'n fodlon neud *chat* byr 'da nhw?"

"*Chat* byr?" Cododd Jeff ei aeliau'n anghrediniol. "Ddat'l bî ddy dei …"

Camodd Liz yn nes, a gwgu arno. "*S'orait* … Fi'n fodlon

neud e … ond dim *close ups* – a dim *hassles* wrth y ffilth … orait?"

Camodd Bethan tuag ati a gwenodd yn gyfeillgar.

"Haia!" meddai. "Y'n ni'n neud adroddiad ar campên yr heddlu i dargedu'r *kerb-crawlers* … Fydde ti'n fodlon neud rhyw ddwy funud 'da ni? … Jyst cwpwl o atebion …? Wnewn ni ddim dangos dy wyneb, 'wy'n addo …"

Nodiodd y ferch.

"Orait," meddai'n ddi-lol. "Sdim ots 'da fi … nes i *runner* pan weles i'r moch mewn *baseball caps* …"

Taflodd Darren olwg awgrymog at Bethan.

Rholiodd Liz ei llygaid. "Fi'n nabod y cop car," meddai. "A 'nes i nabod ti streitaway, Naz!"

"Gwd one." Gwenodd Naz arni. "Falle ddylet ti fod yn dditectif, Liz …"

Rholiodd Liz ei llygaid.

"Allen i weud ddylet ti fod ar y gêm," meddai. "Ond sa i eisie cael 'yn arestio …"

"Synhwyrol iawn," meddai Naz. "Reit, Bethan – ti 'di ffeindio dy *interviewee*. Ydych chi 'di gorffen gyda ni, nawr?"

"Ydyn, siŵr – sdim angen i chi hongian o gwmpas …"
Byddai Liz yn siŵr o ddweud mwy os nad oedd yr heddlu yno'n gwrando. Estynnodd ei llaw at y ditectif.

"Y'n ni 'di cael stwff gwych, Naz. Diolch o galon – er bydd ishe jin cryf arna i ar ôl y trip 'na rownd y parc …"

"Pleser! Unrhyw bryd … Os ti eisie rhywbeth – rho waedd!"
Gwenodd Naz yn llydan.

"Falle wna i 'ny!"

Cododd Bethan ei llaw wrth i'r ddau dditectif gerdded 'nôl at y car. Wedi troedio'n ofalus i ddechrau, roedd hi'n weddol siŵr y gallai eu trystio. Tasai Sid yn dechrau ei driciau eto, fe fyddai'n gwybod lle i droi.

Trodd Naz i chwifio arni, cyn neidio i'r car a diflannu unwaith eto lawr y stryd dywyll.

30

"Chi ishe neud yr *interview* fan hyn?"

Roedd croen gŵydd ar gluniau Liz, ei choesau'n goch gan oerfel.

Crwydrodd golwg Bethan o'r afon at y rhesi o dai teras yn y pellter. Roedden nhw wedi treulio'r noson yn ffilmio ar strydoedd Abertaf, wedi cael lluniau o'r bont a glannau'r afon, ac wedi gwneud sgwrs gyda Naz o flaen y parc ynghanol y sgwâr. Roedd angen lluniau gwahanol arni ar gyfer cyfweliad Liz.

Sylwodd fod Darren ar ei ffordd draw. Pwysodd y treipod ar y llawr gan estyn ei law.

"Hiya," meddai'n serchog, "Darren dwi."

"Hi!" Siglodd Liz ei law. "Neis cwrdd â ti!"

Closiodd Bethan atyn nhw, gan obeithio y byddai Liz yn fodlon symud i leoliad gwahanol.

"'Wy 'di bod yn meddwl," meddai. "Bydde ots gyda ti neud y cyfweliad ochr arall yr afon? Jyst dros y bont? Y'n ni 'di ffilmio'r heddlu fan hyn – fydde fe'n grêt ca'l cefndir gwahanol, os nad o's gwahaniaeth 'da ti?"

Crwydrodd golwg Darren dros yr afon, at oleuadau llachar yr Orsaf a'r Sgwâr Canolog. "Ti'n iawn," meddai. "Fydd pawb 'di drysu os wnewn ni bopeth yn yr un lle. Allen ni fynd draw i'r Stesion ... jyst dros y bont yw e – ond bydd y lluniau'n wahanol iawn. Fydde hynny'n iawn 'da ti?"

"Ie ... dim probs," nodiodd Liz. "Dim ond bod wyneb fi'n *blurred*. Wedodd Sam allen i drysto chi ..."

Ceisiodd Bethan gadw'r syndod o'i llais.

"Ti'n nabod Sam?"

Pwyntiodd Liz at lôn gul y tu ôl i'r tai teras.

"O'dd y ddwy o'n ni lan fan'na pan ddaeth y moch rownd y gornel." Amneidiodd at yr ali. "Mae hi dal 'na ..." Syllodd Bethan i gyfeiriad y lôn. Oedd Sam wedi bod yn eu gwylio ar hyd yr adeg?

Cododd Liz ei ffôn o'i bag a thapio'r sgrin. "Ma' ffrindie ti 'ma," meddai'n uchel. "... Y *reporter* fenyw 'na."

Wrth i lygaid Bethan addasu, gwelodd ffigwr yn ymddangos o'r cysgodion. Menyw fach, denau, â mop o wallt cyrliog ar ei phen.

Wrth iddi nesáu, adnabyddodd Sam yn ei sgert hir a'i blows denau, ei hysgwyddau esgyrnog fel sgerbwd aderyn. Ar waetha'r oerfel, gwenodd arnyn nhw fel gât, gan ddangos ei dannedd anwastad.

"'Nes i weld ti, Bethan ... o'n i ddim eisie siarad â'r ffilth ..."

"Digon teg!" Rhythodd Bethan arni. Ers faint roedd Sam wedi bod yn eu gwylio? Cyn iddi ddweud rhagor, torrodd Liz ar ei thraws.

"'Ni'n mynd i ffilmio yn Kardiff Central," meddai. "Orait?"

Ystyriodd Bethan am eiliad. Doedd hi ddim wedi bwriadu gwneud sgwrs arall gyda Sam, ond byddai cael y ddwy gyda'i gilydd yn wahanol. A gorau po fwyaf o ddeunydd gawsai gan weithwyr y stryd.

"Grêt," meddai. "Ti'n hapus i groesi'r bont at y dre? Ffeindiwn ni gornel dawel i neud y cyfweliad, mas o'r ffordd ...?"

Cymerodd Sam sigarét gan ei ffrind a sugnodd y mwg i'w hysgyfaint.

"Dim ar y *main road*," meddai o'r diwedd. "Ma' CCTV dros y lle."

"Paid becso." Doedd Bethan ddim eisiau trafferth chwaith. "Ewn ni lawr un o'r strydoedd cul 'na tu cefn i'r clybie – fydd hi'n dawel fan'na."

Arweiniodd Darren y ffordd drwy'r twnnel, yn cario'i gamera ar ei ysgwydd, gyda Bethan a'r ddwy ferch yn ei ddilyn. Atseiniodd sŵn eu traed wrth iddyn nhw daro'r pafin dan y bont, sodlau uchel Liz yn atseinio yn y twnnel llaith. Wedi cyrraedd y pen pella, dringodd Bethan, Liz a Sam y grisiau carreg at y ffordd fawr.

"Diolch am ddod draw i'r Orsaf." Trodd Bethan at y merched. "Mae e bach o ffaff, ond bydd y lluniau lot yn well ..."

"*No worries*," meddai Liz yn hawddgar. "Sdim pynters ar ôl nawr eniwe ... ma'r moch wedi ffrîco nhw gyd gyda'r blydi seirens. Idiots – dim syndod bod gymaint o creims ar hyd y lle!"

Cafodd bwl o chwerthin. Prin bod y pelmed o sgert yn cuddio'i phen-ôl ac roedd ei choesau'n las gan oerfel. Ond roedd hi a Sam yn siarad yn ddi-baid, mwg o'u sigaréts yn codi mewn cymylau, a'u lleisiau'n cario dros y dŵr.

"Wna i jyst gofyn pethau syml am dy waith ... ers faint wyt ti 'di bod yn neud e." Doedd dim arwydd bod Liz yn poeni, ond penderfynodd Bethan esbonio rhywfaint iddi rhag ofn.

"Dechreuodd Liz 'run pryd â fi." Gafaelodd Sam ym mraich ei ffrind. "Wyth mlynedd nawr, *innit*?"

"Wyth mlynedd?" Edrychai Liz tua oedran Elin.

"Faint yw dy oed di, Liz?"

"Twenny five," meddai Liz. "Pedwar o blant, *innit*?"

Gwenodd Sam ar ei ffrind.

"Dylet ti weld y babi, Beth – mae'n biwtiffwl!"

"Waw!" Sylweddolodd Bethan cyn lleied roedd hi yn ei wybod am fywyd y merched yma.

"Mae babi 'da ti, Liz?"

"Ie – Rita ... ma' hi'n lysh. Wel, Margherita yw ei enw iawn hi – ar ôl y coctel!"

Chwarddodd y ddwy fel merched ysgol wrth i'w sodlau glecian dros y pafin ac at yr Orsaf, y mwg o'u sigaréts yn llifo i'r noson rewllyd.

Roedd y Sgwâr yn brysur a rhesi o draffig yn llifo heibio'r Stadiwm. Daeth Darren i stop o flaen bloc o swyddfeydd uchel a phwysodd ei freichiau ar y treipod gan edrych i gyfeiriad y clybiau ar Heol y Santes Fair.

"Be ti'n feddwl?" gofynnodd Bethan wrth gerdded ato. "Mae'n fisi ofnadwy fan hyn a ma'r bysus mor swnllyd ..."

Pwyntiodd Darren at hen dafarn Fictoraidd ar y gornel.

"Mae'n dawelach draw fan'na – ti'n gweld? Ma' gwli fach yn rhedeg tu ôl yr adeiladau 'na. Os sefwch chi dan y lamp 'na, mas o ffordd y ffordd fawr – arhosa i fan hyn yn ffilmio drwy'r traffig. Bydd Liz a Sam yn *defocused*, ac os elli di wynebu'r camera, bydd eu cefnau nhw tuag ata i."

Craffodd Bethan i'r pellter.

"Beth am y sain?"

Pwyntiodd Darren at ei siaced.

"Ma' dy radio meic 'di dal arnat ti – a galla i roi meics ar y merched."

Dilynodd Bethan ei olwg lawr at Stryd y Porth. Doedd fawr neb o gwmpas ar y gornel. Ymhellach lawr, tuag at y Stadiwm, roedd tafarn y Cei a nifer o lefydd bwyta.

"Darren," galwodd dros ei hysgwydd, "cadwa'r adeiladau'n *defocused* – paid dangos enwau'r bariau neu fyddwn ni mewn trwbwl, iawn?"

Cododd ei fys arni cyn dechrau gosod y treipod ar y pafin.

"Dim probs! Sortia i meics y merched a fyddan nhw gyda ti mewn dwy funud..."

Gwnaeth Bethan ei gorau i beidio â syllu wrth i Darren roi'r meic ar flows Liz. Doedd dim lot o le i ddal y clip, meddyliodd, wrth fynd dros y cwestiynau yn ei meddwl.

Ymhen dwy funud, croesodd hi, Liz a Sam y ffordd i'r ochr

bellaf. Daeth criw o fyfyrwyr tuag atyn nhw, y merched yn dangos eu cluniau yn eu ffrogiau cwta, ac yn hercian yn eu sodlau uchel. Sylwodd neb ar Bethan a'r gweithwyr rhyw wrth basio.

"Fyddwn ni'n iawn fan hyn," meddai, gan aros ar y gornel bellaf, yn wynebu Darren, oedd wedi gosod ei gamera ar ochr draw'r stryd. "Os daliwch chi edrych arna i ... fyddwn ni ddim yn gweld eich hwynebau, iawn?"

Gwnaeth Liz ddawns fach yn ei hunfan, i gadw'n gynnes.

"Ti'n meindio os ga i ffag?" Ymbalfalodd yn ei bag. "Sori ond 'wy'n *nobbling* yn y sgert 'ma."

"Siŵr!" Gwenodd Bethan arni. Fyddai'r rhuban o fwg yn codi o silwét Liz yn creu'r awyrgylch niwlog oedd hi ei hangen. O ochr draw'r stryd cododd Darren ei fawd, a chliriodd Bethan ei gwddf cyn dechrau.

"Felly ... dwed wrtha i – ers faint wyt ti di bod yn weithiwr rhyw?"

Chwythodd Liz ruban o fwg i'r noson dywyll.

"Wel," meddai'n araf. "Dechreues i pan o'n i'n un deg saith ... 'nes i adael adre achos do'n ni ddim yn dod ymlaen gyda mam fi ..."

Tynnodd ystum anobeithiol a nodiodd Bethan i'w chefnogi.

"Es i allan ar y stryd gyda ffrind ... 'nes i eitha lot o arian so ... *basically*, o'n i'n gallu bod yn *independent* ..."

Stopiodd yn sydyn a nodiodd Bethan arni'n gefnogol.

"A ti 'di bod yn neud hyn ers faint nawr?" Gwenodd i'w hannog, ond roedd Liz yn rhythu ar rywbeth yn y pellter.

"Sori!" sibrydodd.

Carlamodd meddwl Bethan. Oedd hi wedi dweud rhywbeth i'w digio?

Symudodd rhywbeth y tu ôl iddi.

"*You feckin' bitch! I told you before ...*"

Doedd dim amheuaeth am yr acen. Yn araf, a heb feiddio anadlu, trodd i weld Declan yn camu tuag atyn nhw, ei wyneb fel y galchen.

"Oi!" Crychodd Sam ei thalcen. Sythodd ei hysgwyddau gan wthio heibio Liz i lygadu Declan.

"Paid siarad â ffrind fi fel'na ..."

Edrychodd Bethan o un i'r llall. Teimlai'n benwan, fel tasai'n breuddwydio.

"All rywun ddweud wrtha i beth sy'n mynd 'mlaen?" gofynnodd.

Meddalodd gwedd Declan yn syth.

"Bethan! Sori!" meddai. "Wyt ti'n nabod ... y ferch 'ma?"

"*Scuse me ...*"

Gwgodd Sam arno'n herfeiddiol, fel petai ar fin poeri yn ei wyneb.

Edrychodd Bethan o un i'r llall.

"Oes 'na broblem?" gofynnodd mewn llais rhesymol. "Y'n ni'n ffilmio cyfweliad cyflym – dyw'r dafarn ddim yn y llun o gwbwl ..."

Fflachiodd Declan ei wên gyfarwydd arni.

"Jasus! Sori! Do'dd dim syniad 'da fi bo'ch chi'n ffilmio ..."

Pwyllodd gan edrych i'w llygaid. "O'n i jyst yn meddwl ... wel, y'n ni 'di ca'l probleme yn y lôn 'ma – tu ôl i'r dafarn ... y'n ni'n ca'l cwynion gan y cwsmeriaid ..."

Teimlodd Bethan y gwaed yn llifo 'nôl i'w breichiau a'i choesau.

"Paid poeni," meddai, "mae'n iawn ..."

Cyn iddi orffen, gafaelodd Liz yn ei braich a chamodd at Declan, gan sgwario ei hysgwyddau.

"Shurrup, 'nei di!" poerodd. "Ma'r *interview* yn ffycd achos ti, y bastard!"

Carlamodd calon Bethan.

"Na wir, mae'n iawn," mynnodd.

O gornel ei llygad, gwelodd Darren yn croesi pedair rhes o draffig, ei wallt yn llifo y tu cefn iddo, a'r treipod dros ei ysgwydd fel gwaywffon. Trodd at Declan yn ddryslyd.

"Camddealltwriaeth yw e," meddai, ond cyn iddi orffen, saethodd Darren fel bwled rownd y gornel gan wthio ei gorff rhwng Declan a'r merched.

"Reit, pal," meddai mewn llais rhesymol. "Beth sy'n mynd 'mlaen?"

"Does dim problem …" Teimlodd Bethan ei choesau'n gwegian. "Do'dd Declan fan hyn ddim yn sylweddoli bo' ni'n ffilmio …"

"Ie …" Llygadodd Sam y barman yn ffyrnig. "Y ffycyr stiwpid…"

Pwyllodd Darren am eiliad cyn troi at Declan. "Wel, os nag y'ch chi'n hapus, gallwn ni fynd i rywle arall yn rhwydd."

Roedd ei lais yn dawel ac yn ddiffwdan. Teimlai Bethan ei bod wedi colli rheolaeth ar y sefyllfa, ond am y tro, roedd hi'n hapus i ildio'r gyfrifoldeb.

"Sori, dwi'n teimlo'n rêl *eejit* …"

Siglodd Declan ei ben. "Ddrwg 'da fi," meddai. "Bai fi … y'n ni 'di ca'l cwpwl o gŵynion yn ddiweddar – a wnes i gamddeall. Alla i ddim dweud pa mor sori dwi …"

Arafodd calon Bethan a dechreuodd adfywio.

"Popeth yn iawn," meddai'n gyflym. "O'n ni jyst angen cwpwl o siots ond gallwn ni neud y cyfweliad yn rywle arall … mae'r ardal yma'n rhy brysur, a bod yn onest."

"Peidiwch symud … dim ond bod y pyb ddim yn y llun." Roedd Declan 'nôl i'w gymeriad serchog, naturiol. Edrychodd dros ben Sam at Bethan, ei lygaid yn llawn edifeirwch. "Golles i'r plot yn llwyr. Galwch mewn unrhyw bryd – arna i ddrinc mawr i chi a …" Trodd at Darren. "Gobeitho bo' fi ddim wedi sbwylio'ch ffilm chi …"

Fflachiodd wên arall ar Bethan cyn troi 'nôl am y dafarn,

ei goesau'n camu'n gyflym dros darmac anwastad yr ali. Doedd Bethan heb sylweddoli bod y gwli fach yn rhedeg yr holl ffordd at y Cei.

Syllodd Sam a Liz ar y ffigwr tal yn ymbellhau.

"Reit," meddai Bethan yn benderfynol. "Ewn ni 'nôl i Abertaf. 'Wy mor flin am yr holl drafferth..."

"Dim bai ti yw e," meddai Sam. "Y bastard 'na sy' 'di meso pethe lan." Craffodd ar Bethan, gan grychu ei thalcen. "Ti'n nabod e?" gofynnodd.

Fflachiodd cyfres o ddelweddau erotig drwy feddwl Bethan. Declan yn mwytho ei gwar, yn ei thynnu ato, yn agor botymau ei ffrog ...

"Ddim yn dda iawn ..." meddai'n araf.

"*Evil bastard!*" Poerodd Sam y geiriau o'i cheg. "Watsha di fe – *slippery sod, innit*, Liz?"

Trodd ar ei sawdl a cherddodd i gyfeiriad yr Orsaf, gan daflu golwg ffiaidd i gyfeiriad y ffigwr tal yn diflannu i gysgodion y nos.

31

"Hiya lyf, dere mewn ... sori am y mès, 'wy newydd ddod mewn o'r gwaith ..."

Safai mam Kam yn y drws. Gwenodd Elin arni gan ryfeddu pa mor fach oedd hi o'i chymharu â'i mab. Yr un wên a'r un llygaid crwn ond eu bod yn las. Safodd ar flaenau'i thraed i gofleidio Kam, ei siwmper lwyd yn codi i ddangos ei chefn wrth iddi estyn am ei ysgwyddau.

"Karen," cyfarchodd Elin, gan siglo'i llaw – y llygaid glas yn pefrio. Rhaid ei bod wedi bod yn brydferth pan oedd hi'n ifanc, ond roedd y cysgodion dan y llygaid yn awgrymu bywyd digon caled. Caeodd Kam y drws tu ôl iddo a dilynodd ei fam ar hyd y coridor cul.

Camodd Elin i'r lolfa, gan ryfeddu at y golygfeydd eang dros yr afon. Roedd y stafell ei hun yn fach – un soffa ledr yn erbyn y wal gefn, a chadair esmwyth ddi-raen yn ei hwynebu. Rhwng y ddau, roedd bwrdd coffi isel, wedi'i orchuddio â mygiau a phapurau, ond o'r ffenest, roedd y Bae i'w weld yn glir, yr haul uwchben y brigau moel, yn llifo dros lannau coediog a thraethau caregog yr aber.

"Waw!" meddai Elin gan fynd at y ffenest. Lawr ar y dŵr, roedd dau alarch yn nofio'n osgeiddig drwy'r rhedyn.

"Ma' hyn yn ffantastig," meddai wrth Karen. "Alla i weld reit lawr i'r môr!"

Safodd Karen wrth ei hochr, yn dilyn ei golwg draw at

fflatiau uchel a mastiau y Marina.

"Neis on'd yw e? Ma' pobl yn conan am y bloc 'ma – ond pan ti tu fewn, mae'n stynin, on'd yw e?" Aeth at y bwrdd coffi a dechrau tacluso'r blerwch.

"Ishte lawr, bach – 'na i ddished i chi nawr ..."

Cymerodd Kam y mygiau oddi wrthi.

"Eiste di lawr, Mam – 'na i'r te, ocê ...?"

"O, diolch lyf – ma' paced o fisgits yn y cwpwrdd – *choc chip*, ocê?"

Eisteddodd Karen 'nôl ar y soffa ledr, ei ffrâm denau'n suddo i'r clustogau. Ochneidiodd yn hir cyn troi at Elin.

"Elin, wedest ti? 'Na enw pert! O'dd mam yn siarad Cymraeg – a glywes i damed bach pan o'n i'n tyfu lan – ond o'dd tad Kam o dras Indiaidd – dim gair o Gymraeg 'da fe. 'Wy 'di anghofio lot ..."

"Swnio'n iawn i fi!" atebodd Elin. "O'n i'n lwcus, dweud y gwir, achos o'n i'n siarad Cymraeg gatre. Mae Mam a Dad o'r Gorllewin."

Goleuodd llygaid Karen. "O, 'wy'n dwlu ar y gorllewin," meddai'n frwd. "Pan o'n i'n fach o'n i'n mynd i garafán yn Saundersfoot bob haf. O'n i'n credu bo' fi yn y nefoedd!" Crwydrodd ei golwg at y ffenest. "Ond dyfes i lan fan hyn ... jyst dros yr afon yn Butetown. Da'th teulu Dad o'r Aifft yn wreiddiol. Ond Docks o'dd e – halen y ddaear, nabod pawb o bob man. Ac o'dd Mam o Burry Port – o'dd hi'n siarad Cymraeg pan o'dd hi'n fach. 'Na shwt hales i'r plant i'r ysgol Gymraeg."

Trodd at Elin. "Peth gorau 'nes i. Ma' nhw 'di bod yn ffantastig gyda Jay – a ma' fe'n bygyr bach drwg, 'llai weud 'tho chi – ond 'naethon nhw ddim roi lan arno fe, *fair play*."

Stopiodd wrth i Kam ddod drwy'r drws â hambwrdd yn dal tri mỳg a phlatiaid o fisgedi siocled.

"Diolch, bach – 'wy'n desbret – o'dd y siop yn *mad* prynhawn 'ma."

"'Na ti!" Gosododd Kam y mỳg ar y bwrdd o flaen ei fam cyn pasio cwpan i Elin.

"Ma' Mam yn gweithio yn y *Turkish grocers.*"

"Elena's? Ma'r siop yna'n lysh ..."

Roedd Elin yn gyfarwydd â'r siop ar y ffordd fawr, gyda bocsys lliwgar o domatos ac aubergines mewn cratiau ar y pafin. "Ma' Mam yn stopio 'na weithie ar y ffordd adre o'r gwaith."

Nodiodd Karen.

"Ffab, on'd yw e? A maen nhw'n bobl lyfli. Dim ond tri diwrnod yr wythnos 'wy'n neud, *mind you*. Ma' hynny'n ddigon ..."

Chwythodd ar ei the cyn sipian yn ofalus.

"Ma' Mam Elin yn gweithio yn y Bae ..." Pwysodd Kam tuag ati. "I gwmni teledu. O'dd hi'n trio neud rhywbeth am y fflats 'ma ... ond mae'i bòs hi 'di gagio hi."

Cymylodd wyneb Karen. Syllodd am sawl eiliad ar y stêm yn codi o'r myg.

"Mae'n ofnadw, beth ma'n nhw'n neud," meddai mewn llais tawel. "'Wy'n ffaelu cysgu weithie – jyst meddwl amdano fe ..."

Cododd ei golwg at y ffenest, yr afon lydan a'r glannau gwyrdd gyferbyn.

"'Wy 'di byw 'ma drwy 'mywyd," meddai, gan siglo'i phen. "'Wy'n nabod pawb yn Abertaf – a ma'r bys ysgol yn stopio jyst tu fas ..." Llenwodd ei llygaid â dagrau. "Sori, Kam," meddai. "Ond ma' nhw 'di gofyn i fi seinio ffurflen yn dweud bo' fi'n hapus i symud. Dwi jyst ddim yn gwbod beth i'w neud ..."

"Be ti'n meddwl, ti ddim yn gwybod?" Edrychodd Kam arni'n anghrediniol.

Tynnodd Karen hances bapur o'i llawes a chwythodd ei thrwyn.

"Geson ni *meeting* – yn y *community centre*. Ma' pawb yn gyted bo' ni'n gorfod symud – ond daeth dyn 'ma o'r cwmni – wedodd e bydd y fflats newydd lot neisach na rhain. Popeth yn newydd – cegin, *appliances* – *showers* modern. *Family homes*, wedon nhw – ond 'na beth yw'r fflats 'ma, ondife?"

Chwythodd ei thrwyn eto.

Roedd Kam yn dal i syllu arni.

"So? *Stick to your guns*, Mam – allan nhw ddim fforsio ti i arwyddo ..."

Crwydrodd golwg Karen i'r ffenest ac ochneidiodd.

"Dyw e ddim mor syml â 'ny ... Os arwyddwn ni'r contract nawr, ma' nhw'n mynd i roi *five thousand* i ni wario ar y celfi a'r *fittings*."

Siglodd ei phen cyn troi 'nôl at ei mab.

"Sa i eisie seino'r papur – ond alla i ddim fforddio troi'r cynnig lawr. Y peth yw, ma'r bloc 'ma'n mynd i ddod lawr eniwe – so, os dwi'n mynd i ga'l 'y nghicio mas, man a man i fi gymryd yr arian ..."

Roedd golwg ffyrnig ar wyneb Kam. Tapiodd ei fysedd ar y bwrdd cyn ateb.

"Mae'n disgysting ... blacmelio pobl sy' heb ddim, jyst er mwyn gyrru *bulldozer* drwy'r lle 'ma a neud *shedloads* o arian."

Gwgodd ar Elin.

"Dim syndod bo' nhw ddim eisie dy fam di'n sniffian o gwmpas ..."

Syllodd Elin arno. Doedd hi erioed wedi'i weld mor flin. Ond i fod yn deg, roedd ei fam ar fin colli'i chartre.

"Paid!" Er syndod iddi, dechreuodd Karen feichio crio.

"'Wy'n poeni shwt gymaint am Jay," mwmiodd. "Ma' 'di setlo yn yr ysgol erbyn hyn ... sa i'n gwybod sut ga'i fe i fynd 'na o Roath Moors ..."

Cododd ei golwg, ei bochau'n goch gan ddagrau.

"A fydda i ddim yn gallu cyrraedd y gwaith ..."

Dabiodd ei llygaid, ei hances bapur yn ddarnau yn ei llaw.

Teimlai Elin y dicter yn codi. Estynnodd ei llaw at Karen, gan gofio holl helyntion ei mam gyda'r stori.

"Ga'th Mam bolocing ofnadwy gan ei bòs ... ond ma' angen i rywun sefyll lan iddyn nhw."

Trawodd Kam ar ei thraws.

"O'n i'n meddwl bod y tenantiaid yn trefnu protest?" gofynnodd i'w fam.

Siglodd Karen ei phen.

"Trion ni drefnu rhywbeth – a mae'r Cownsil yn dweud bydd consylteshon – ond ma' pawb yn gwbod taw esgus yw e. Ma' lot o'r tenants 'di arwyddo'n barod ..."

Meddyliodd Elin yn galed. Roedd Dai Kop wedi awgrymu pob math o shenanigans – *backhanders* ... a dêls doji gydag uchel swyddogion y Cyngor. Pwysodd ymlaen at Kam.

"Pam ddyle'r bwlis sathru dros bobl Abertaf?" Edrychodd i fyw ei lygaid. "Nag o'dd Dai'n dweud bod ryw faw 'da fe ar Sid – y cynghorydd pompys 'na?"

Crychodd Kam ei dalcen. "Wel – ma' llwyth o *rumours*," meddai. "Ond dim byd pendant – a mae'r tenantiaid 'di cytuno nawr."

Rhythodd Elin arno.

"Mae'n rhaid i ni neud rywbeth," meddai'n benderfynol. "Trefnu protest... ma' llwyth o stiwdants yn byw rownd ffor' hyn." Trodd at Karen.

"Os allen ni ddala pethe lan, ca'l y papure a'r teledu i neud sbloetsh – geith Dai amser i ffeindio mas am sgams y Cyngor."

Syllodd Karen at flociau uchel y Marina, gan chwarae gyda dolen ei myg.

"Gwd thincing!" meddai o'r diwedd. "Ma' ishe gwaed ifanc arnon ni."

Sythodd, gan droi at Elin.

"Pam ddyle'r cwmnïe mawr wneud arian o'r fflats – pan y'n ni i gyd 'di byw 'ma ers blynydde? Falle bo' fi'n edrych yn *pushover*, ond 'wy'n Tiger Bay, *born and bred*. Paid ti poeni, Elin – 'na i ymladd 'y nghornel, os o's ishe."

32

Chwarter i ddeg. Brysiodd Bethan lawr y coridor, gan gario'i choffi'n ofalus. Fe fydd o leia un e-bost gan Selwyn yn aros amdani yn y swyddfa – yn holi lle roedd hi erbyn hyn, er iddi ffilmio tan ddeg neithiwr yn Abertaf. Doedd dim pwynt dadlau. Fe fyddai'n rhaid iddi ddweud ei bod wedi galw heibio Darren ar y ffordd mewn, i drafod y golygu, a thaflu cwpwl o dermau technegol i'r sgwrs i ddrysu'r sefyllfa – offleinio, *grading* ac ati.

Roedd e'n fwy chwit-chwat nag arfer ar y dyddie 'ma, yn pori dros daenlenni mawr ar y sgrin ac yn twtian dan ei anadl. Roedd hi'n amau'n gryf fod Côr Meibion Trelales yn paratoi taith arall i'r Cyfandir. Roedd eu taith i Doronto y llynedd wedi difetha sawl coedwig, gyda Brenda yn gwegian dan bwysau'r copïau anghyfreithlon o gytganau Handel.

Ond doedd ganddi ddim amser i feddwl am hynny. Agorodd ddrws y swyddfa gyda'i throed, ei meddwl yn corddi dros ddigwyddiadau'r noson gynt.

Aeth y ffilmio'n dda yn y pendraw, ar waetha'r camddealltwriaeth diflas gyda Declan. Trodd ei stumog wrth gofio'r ffrae, ac wyneb Declan yn wyn gan dymer wrth iddo weiddi ar y merched.

Roedd Sam a Liz yn ddigon hapus i symud o'r Orsaf at hen warws wrth y gamlas, er ei bod wedi cymryd dipyn o amser i Sam ddod 'nôl at ei choed. Ond roedd yr helynt wedi golygu bod y merched wedi dod yn fwy cyfeillgar, ac wedi siarad dipyn am eu bywydau, gyda Liz yn cyfaddef ei bod yn gweithio fel dominyddwraig mewn *sex dungeon* yn ardal yr hen ddociau. Gwridodd Bethan wrth gofio rhai o arferion anarferol y cleientiaid. Roedd hi'n anodd credu bod unrhyw un yn cael pleser o'r fath driniaeth greulon, ond roedd Liz yn ymddangos yn ddigon di-lol am y cyfan, a buodd Sam a Bethan yn chwerthin yn uchel wrth iddi adrodd y straeon lliwgar, gyda Darren yn gwenu iddo'i hun dros ei beint.

Ar waetha'r hwyl yn y dafarn, ar ddiwedd y noson, buodd Sam yn llym ei beirniadaeth am Declan. Doedd hi ddim y teip i guddio'i theimladau. Daeth mymryn o amheuaeth dros feddwl Bethan. A oedd Declan yn llai dymunol nag yr oedd wedi'i dybio? I fod yn deg iddo, roedd yn rhedeg busnes – ac os oedd puteiniaid yn defnyddio'r lôn wrth y dafarn, roedd hi'n deall ei rwystredigaeth.

Gwenodd wrth gofio'r tecst oedd yn aros amdani pan gyrhaeddodd adre.

"Mor sori – 'nes i fihafio'n warthus. *Ta me an Amadán*. Beth am ginio nos Sadwrn? x"

Teipiodd *Amadán* i Google gan ddarllen:

Asyn, twpsyn.

"*Amadán* ..."

Atseiniai acen feddal Declan yn ei chlustiau. Gwthiodd drwy ddrysau'r swyddfa â gwên ar ei hwyneb, ond wrth gamu i'r swyddfa bu ond y dim iddi faglu dros Brenda oedd ar ei chwrcwd, yn gwthio bocs mawr dros y carped.

"Brenda ...!" ebychodd. "Beth yn y byd wyt ti'n neud? O'n i bron â baglu drostot ti."

Rhedodd i roi ei bag a'i chwpan ar ei desg, cyn mynd i'w helpu.

Cododd Brenda yn boenus, ei bochau'n goch gan ymdrech.

"'Wy'n trio ca'l hwn i swyddfa Selwyn," hwffiodd. "Sa i ishe neb i gwmpo drosto fe."

"Watsha dy gefn!"

Plygodd Bethan i wthio'r bocs tra bod Brenda'n tynnu.
Roedd yn pwyso tunnell a chafodd y ddwy drafferth i'w lusgo
dan ddesg enfawr Selwyn.

"Be ddiawl sy' ynddo fe?" cwynodd Bethan. "Yr Elgin
Marbles?"

Gafaelodd Brenda yng nghadair Selwyn a sythodd ei
choesau.

"Sori," meddai'n drafferthus. "Conffidenshal. Mae Gwyn
Griffiths yn gweitho ar rywbeth. *Top Secret*."

Gwnaeth ystum sip ar draws ei cheg, wrth i Bethan
ochneidio.

"Er mwyn dyn!"

O nabod Gwyn, roedd e wedi archebu offer i'r fferm neu
Maxpac o fwyd geifr ar draul yr adran. Gobeithiai nad oedd
wedi tynnu'i chefn, er mwyn bwydo ei obsesiwn.

Eisteddodd wrth ei desg i gael ei gwynt ati ac estynnodd
am ei choffi. O gornel ei llygad gwelodd Rhys yn camu o'r stafell
wylio.

"Haia!" meddai'n hwyliog. "Sut aeth y ffilmio neithiwr?"

"O ... iawn!" Teimlodd Bethan ei hwyneb yn gwrido.

"Wel, actiwali, o'dd bach o *hitch* ..." Cnodd ei gwefus, wrth
lygadu Rhys. "O'n i'n ffilmio gyda Sam a'i ffrind mewn lôn fach
gul wrth dafarn Declan – a ddaeth e mas a gweiddi arnon ni fynd
o 'na, cyn sylweddoli pwy o'n i ..."

"Shit!"

Rhythodd Rhys arni.

"Ta ta *love life*, ie? Pam ddiawl est ti i ffilmio fan'na? Bydd
e'n meddwl bo' ti'n *stalker* ..."

Doedd Bethan ddim wedi bwriadu trafod y digwyddiad.
Yfodd ddracht hir o goffi.

"Syniad Darren o'dd e," meddai. "Ac o'n i'n weddol bell o'r
dafarn i fod yn deg – wrth yr Orsaf. Eniwe, bach yn embarasing

– ond ga'th bopeth ei sortio yn y diwedd ..."

Yfodd ddracht arall cyn pwyso i dynnu ei nodiadau o'i bag, er mwyn osgoi'r olwg anghrediniol ar wyneb Rhys. Roedd angen iddi ddilyn lîd DS Kahn am Sid. Un o gleientiaid y merched, yn ôl y sôn ... Doedd Sid ddim yn un o'i hoff bobl, ond roedd hi dal yn ei chael hi'n anodd i gredu'r peth.

Cymerodd anadl ddofn cyn troi at Rhys.

"Dweud y gwir," meddai, "ddysges i lot gan yr heddlu neithiwr. DS Naz Khan – ti'n nabod e?"

Siglodd Rhys ei ben.

"O'dd e mor neis. Buon ni'n ffilmio gyda nhw am gwpwl o orie, wnaeth e gyfweliad grêt am glirio'r *kerb-crawlers* o'r ardal a ga'th e afael ar ferch arall i neud cyfweliad 'da ni ..." Yfodd ei choffi, gan ail-fyw'r sgwrs gyda Naz.

"Eniwe, erbyn diwedd y noson, o'n ni'n teimlo y gallen ni drysto fe, felly sonies i bo' fi 'di ca'l yr hasls rhyfedda 'da'r rhaglen ... a wedyn, pan sonies i fod Sid Jenkins wedi cwyno ..."

"Mr Pwysig!"

Nodiodd Rhys, gan dynnu ystum.

"Yn hollol," meddai. "Cyn gynted â sonies i bod Sid yn bygwth *injunction*, weles i bod Naz yn cymryd diddordeb – wedyn, wedodd e wrtha i, *off the record*, bod Sid yn *regular* lawr ar yr Embankment – lle ma'r merched yn hongian mas..."

"Hmm." Doedd Rhys ddim i'w weld yn synnu. Edrychodd i'r pellter yn feddylgar, cyn troi 'nôl ati.

"Ma' llwyth o sïon am Sid – ond sa i erioed 'di gallu profi unrhyw beth.."

"Beth ti'n feddwl, sïon?" Ddaeth Bethan yn ymwybodol fod Brenda wedi rhoi'r gorau i deipio, a gostyngodd ei llais.

Cododd Rhys ei ysgwyddau.

"'Wy 'di clywed straeon bod e 'di ca'l ei ddal yn hongian o gwmpas yr Embankment. O'dd sôn bod heddlu Bryste 'di pigo fe lan hefyd – ond do'dd dim byd yn y papure a sdim byd ar y record ..."

"Crîp!" Roedd stumog Bethan yn troi wrth ddychmygu bywyd dirgel y cynghorydd.

"'Wy'n siŵr bod e'n wir ... a ma' fe'n hala'r cryd arna i, ond dyw bywyd personol Sid ddim yn fusnes i neb, ar ddiwedd y dydd."

Taflodd ei chwpan cardfwrdd i'r bin ailgylchu wrth y wal, gan geisio cael trefn ar ei syniadau.

"Ma' angen i ni gael rhywbeth cryfach os y'n ni am hoelio stori Abertaf ... hyd yn oes os allen ni brofi'r sïon am Sid, dyw defnyddio puteiniaid ddim yn erbyn y gyfraith."

Cododd Rhys ei aeliau'n awgrymog.

"Embarasing tho' – os ti'n aelod amlwg o'r cabinet ... Yn gyfrifol am lot o gynllunie mawr, trwyddede i'r bars a'r tai byta ...?"

Cliciodd y llygoden yn brysur.

"'Nes i 'bach o ymchwil ddoe – i Abertaf."

Cliciodd eto, ei lygaid yn gwibio ar draws y sgrin.

"'Co ni ... Ma' un o'n contacts ni ar y Cyngor ... mae'n arfer bod yn itha agos i'w le ..."

Darllenodd yn frysiog.

"Mae'r boi 'ma'n dweud bod Sid yn big mêts gyda datblygwr Abertaf – Garfield Edwards ..."

"Garfield Construction!" meddai Bethan. Roedd y posteri'n frith dros waliau Abertaf.

"'Na ti ... Ma'r cynghorydd 'ma'n annibynnol – mae'n casáu gyts Sid ... a mae'n *convinced* bod e'n leinio'i boced ... Mae'n dweud bod lot o gŵynion am gynllun Abertaf ond bod Sid yn gwthio'r peth drwodd."

"Hmm." Taflodd Bethan olwg cyflym drwy ei nodiadau.

"Mae'n bosib iawn ei fod e'n wir – a falle bod Sid yn ffrindie gyda Garfield – ond hyd yn oed wedyn, allwn ni ddim profi bod unrhyw beth anghyfreithiol yn digwydd."

Ochneidiodd. "Ac i fod yn realistig, bydde angen llwyth o ymchwil i brofi rhywbeth fel'na – a dim ond pythefnos sy' gyda ni ..."

Roedd Rhys yn dal i graffu ar ei gyfrifiadur.

"Mae amser 'da fi prynhawn 'ma. Edrycha i drwy wefan Tŷ'r Cwmnïau – i weld os o's unrhyw gysylltiad rhwng cwmnïau Garfield a Sid Jenkins. Werth ca'l golwg bach arall ..."

"Diolch i ti, Rhys!"

Roedd pwl o flinder wedi'i tharo ac adrenalin y noson gynt wedi gadael ei chorff.

"Ond paid gwastraffu gormod o amser – bydde Sid ddim wedi rhoi ei enw ar unrhyw ddogfen swyddogol. Mwy na thebyg, fyddwn ni byth yn gallu profi'r cysylltiad. Eniwe, bydd Selwyn am 'y ngwaed i os garia i 'mlaen â'r stori 'ma. 'Wy yn y *last chance saloon* – yn swyddogol."

Dylyfodd gên yn flinedig.

Crychodd Rhys ei dalcen.

"Gall Selwyn ddim dy gagio di, Beth ... A gall y rheolwyr ddim disgyn fel dominos achos bo' nhw 'di ca'l cwyn ..."

"Paid â bod mor siŵr."

Roedd Bethan wedi hen ddysgu i beidio herio'r drefn. Edrychodd drwy'r ffenest ar y coed yn y maes parcio, gan deimlo'n ddiymadferth. Roedd Sam, Liz, mam Kam, a holl denantiaid y fflatiau yn cael eu symud, a neb yn rhoi llais iddyn nhw.

Tapiodd rythm ar y ddesg yn ddiamynedd, wrth feddwl.

"Dyw e ddim yn neud sens ... Os yw Sid am i ddatblygiad Abertaf i lwyddo, fyddech chi'n meddwl fydde fe am rwystro'r *kerb-crawlers*. So, pam ei fod e mor ffyrnig am y rhaglen? Heblaw ei fod e'n ofni y byddwn ni'n ffeindio mwy am ei doji *dealings* 'da'r merched ..."

Trodd 'nôl at ei chyfrifiadur. "Drafferth yw, 'wy wir angen

y cyfweliad gyda fe – a galla i ddim fforddio'i ddigio fe – am y tro ..."

Gwisgodd ei sbectol ddarllen ac agorodd ei he-bost.

Doedd dim byd gan Selwyn, dim ond hysbyseb ar gyfer diwrnod spa mewn gwesty crand yn y Bae a memo at y staff gan Rhiannon ynglŷn â pharcio difeddwl. Dileodd nhw heb eu darllen. Yna, gwelodd neges frys o gyfeiriad swyddogol Sid.

"Annwyl Bethan,"

Crwydrodd ei llygaid dros y sgrin.

"Rwy'n ysgrifennu atoch i'ch hysbysu na fydd y Cyng. Sidney Jenkins yn medru gwneud unrhyw sylw i'r wasg dros gyfnod yr Ymgynghoriad Cyhoeddus Arfaethedig ar Ddatblygiad Dinesig Ardal Abertaf (Taffside Urban Regeneration Development Scheme). Am y rheswm uchod, ni fydd Mr Jenkins yn medru cyfrannu at eich rhaglen. Mae Cyng. Jenkins yn ymddiheuro am unrhyw anghyfleustra ac yn gobeithio eich bod yn gwerthfawrogi natur sensitif y pwnc yn ystod cyfnod yr Ymgynghoriad Swyddogol. Yr eiddoch ..."

Dyrnodd calon Bethan. *"Ni fydd yn medru cyfrannu ..."* sibrydodd wrthi'i hun.

Teimlai fel tasai rhywun wedi'i chicio. Ar ôl gweithio i gael cyfweliad gyda Sam, cael cymorth yr heddlu i berswadio Liz, ffilmio llu o siots dramatig o gar yr heddlu'n cwrso drwy strydoedd Abertaf gyda'r golau glas yn fflachio, doedd dim modd darlledu'r rhaglen. No wê y byddai Selwyn yn fodlon rhedeg y stori heb ymateb gan y Cyngor. Fe fyddai'r slot yn wag, a Rhiannon o'i cho'.

Roedd y diarhebol ar fin hitio'r ffan, ac roedd hi'n sicr o un peth. Byddai Selwyn yn taflu'r bai arni hi. Roedd hi ar fin cael ei dienyddio a'i chrogi, ac fe fyddai'n rhaid iddi efelychu sgiliau Hwdini i ddod allan o'r picil.

33

"Annwyl Cyng. Jenkins ..."

Dawnsiodd bysedd Bethan dros y bysellfwrdd wrth iddi sianelu ei thymer. Petai Sid yn gwrthod eto, fe fyddai'n ei landio yn y diarhebol. Yr unig opsiwn oedd iddi wneud darn i gamera y tu allan i Neuadd y Sir, yn dyfynnu'r e-bost hunanbwysig â chopi ohono yn ei llaw, er mwyn esbonio i'r gwylwyr fod Sid wedi cytuno i siarad ond wedi gwrthod ar y funud ola. A hefyd, bod cannoedd o bobl yn Abertaf yn gofyn iddo esbonio penderfyniad y Cyngor ond bod Cadeirydd y Pwyllgor Cynllunio yn osgoi rhoi ateb o unrhyw fath iddyn nhw.

Anadlodd yn ddwfn i lonyddu. Gwell peidio mynd dros y top – eto. Dim ond esbonio'n gwrtais y byddai'n rhaid iddi ddarllen ei ymateb ac egluro bod y 'Byd a'r Betws' wedi gwneud sawl cais am gyfweliad. Fe fyddai Sid yn gwybod yn iawn y byddai'n edrych fel cachgi, y byddai pobl adre'n amau'n gryf bod rhyw ddrwg yn y caws yn rhywle.

Meddyliodd yn galed. Sut allai lunio'r cais i roi pwysau ar Berlusconi Jenkins, ond heb ysgogi cwyn? Mynegi siom, yn hytrach na bygythiad, mewn iaith orgwrtais, ffurfiol. Unrhyw beth i osgoi roced arall gan Selwyn. Doedd hi ddim wedi cyfaddef eto fod Sid wedi tynnu allan. Calla dawo lle roedd Selwyn yn y cwestiwn. Fyddai ond yn mynd i banic, ac yn troi yn ei unfan gan fynnu ei bod yn cael gafael ar stori arall –

gorchwyl oedd bron yn amhosib gydag wythnos i fynd cyn golygu. Synhwyrai y byddai Sid yn cytuno yn y pendraw neu, o leia, yn danfon datganiad y gallai Rhys ei ddarllen mewn llais isel, sinistr dros luniau slo-mo o'r cynghorydd yn gadael Neuadd y Sir. Y diawl doji. Hwffiodd dan ei hanal, cyn gwthio'r botwm a danfon ei neges ato.

"O's rhywun yn gwbod ble mae Selwyn?"

Cleciodd drysau'r swyddfa wrth i Rhys wthio drwyddyn nhw, yn dal camera bach yn ei law.

"*Day off*," meddai Brenda, heb dynnu'i llygaid o'r sgrin. "Ma'r côr yn canu yng Nghymanfa Llwyn yr Hwrdd ..."

"Yffach!" Gosododd Rhys y camera wrth ei ddesg.

"*Welcome to the graveyard of ambition ...*"

Gwnaeth y printiwr sŵn cruglyd cyn poeri copi o e-bost Bethan at Sid. Neidiodd i'w gasglu cyn i Brenda gael golwg arno. Roedd hi'n amau bod gwahadden yn yr adran yn cario clecs at Selwyn. Ac nid Rhys oedd yn gyfrifol, roedd hi'n siŵr o hynny.

"Ti'n ffilmio rhywbeth?" gofynnodd, gan afael yn ei dogfen a'i rwygo o'r peiriant.

Gosododd Rhys ei gamera ar y ddesg.

"'Wy 'di ca'l dogfennau o wefan Tŷ'r Cwmnïau," meddai. "'Wy ishe neud cwpwl o sgrin shots rhag ofn y byddan nhw'n ddefnyddiol ... Hala i nhw atat ti?"

Tynnodd dreipod bach o'r ddrôr a'i osod i wynebu'r sgrin.

"Wnei di roi e heibio wedyn?" gofynnodd Brenda. "Baglodd Selwyn drosto fe wythnos dwetha – ga'th e itha shiglad ..."

Tynnodd Rhys wep ddiamynedd a brwydrodd Bethan i beidio chwerthin.

"Sori," tagodd, "Sa i'n gwbod be sy'n bod arna i heddi. Mae'r rhaglen 'ma'n hala fi'n ddwl ..."

"Ymdrech a lwydda," atebodd Brenda yn ddihiwmor. "A nawr bo' fi'n cofio – ma' ishe *courier* i hala'r bocs 'na i Gwyn Griffiths ..." Trawodd ffurflen dila ar ddesg Bethan.

"Well i ti arwyddo fe ... Ti sy' fod *in charge* gan bod Selwyn off ..."

Trawodd yr allweddell fel tasai'n perfformio consierto Grieg, a chlodd y cyfrifiadur yn ofalus, cyn troi ar ei sawdl ac anelu am y drws.

Gafaelodd Bethan yn y ffurflen a'i ddarllen yn frysiog. Doedd dim syniad ganddi pam fod y bocs wedi dod i'r swyddfa yng Nghaerdydd yn lle cael ei anfon yn syth i gartre Gwyn yn Nantycaws. Ar waetha'i hymholiadau, roedd Brenda'n gwrthod dweud wrthi. Fasai'r Stasi wedi methu'i chracio, meddyliodd Bethan. Ond yn amlwg, roedd Selwyn wedi rhoi sêl ei fendith. Arwyddodd ei henw yn flêr ar waelod y ffurflen. Dim ond gobeithio bod stori ddiweddara Gwyn yn fwy llwyddiannus na hanes Swingers Cenarth. Teimlai'n flin dros y bobl a oedd wedi gorfod gwylio lluniau o'u cyrff canol oed yn cael eu harddangos dros Gymru pan, hyd y gallai weld, doedden nhw'n gwneud fawr ddim heblaw snogio'u cymdogion ac yfed G&Ts yn noeth yn yr ardd.

Pan edrychodd i fyny, roedd Rhys wedi gorffen ffilmio.

"Ti'n gwybod beth ma' Gwyn yn gweithio arno?" gofynnodd.

"Mmm?"

Tynnodd Rhys y cerdyn o'r camera a'i osod mewn cas.

"'Wy jyst ddim yn siŵr be sy'n mynd 'mlaen," cwynodd Bethan. "Ma'r bocs 'ma 'di cyrraedd swyddfa Selwyn a ma' Gwyn am i ni hala fe i Gaerfyrddin. Sa i ishe bolocing wrth Selwyn os taw rhywbeth personol yw e ..."

Yn sydyn, roedd Rhys yn talu sylw.

"Dyw e ddim wedi hala fe fan hyn, odyw e?" gofynnodd.

"Hala beth?" Roedd Bethan yn colli amynedd.

Doedd Rhys ddim yn canolbwyntio. Trawodd y ffilm ar y ddesg gan ruthro at swyddfa Selwyn, a chraffu drwy'r gwydr at y ddesg fawr bren a'r bocs anferth oddi tano.

"Shit!" meddai wrth ei hun. "Alla i ddim credu bo' fe 'di hala'r grenêds i'r swyddfa!"

"Grenêds?" Neidiodd Bethan ar ei thraed. "Be ti'n feddwl?"

"Mae 'di ca'l tip-off am y boi 'ma sy'n rhedeg siop yn Aberhonddu – stwff heicio a physgota ..." Roedd wyneb Rhys yn dynn gan densiwn. "Mae'n credu bod y dyn 'ma'n gwerthu *explosives* dan y cownter ..."

"Beth? Pam?"

Syllodd Bethan arno'n anghrediniol.

"Ym ... Dere 'nôl o'r swyddfa 'na jyst rhag ofn," gorchmynnodd.

Cymerodd Rhys ddau gam yn ôl gan grychu ei dalcen.

"Mae'r boi 'ma'n *ex-squaddy* ... Irac, Afghan ... y stwff 'na i gyd. Mae Gwyn yn credu bod e'n darparu grenêds i grwpiau parafilwrol. Ma' lot o'r grwpie eithafol 'ma yng Nghymru, mae'n debyg – so ..." edrychodd yn bryderus. "Fe ordrodd e focs i'r swyddfa i ffeindio mas os yw'r sïon yn wir."

"O mai blydi ... whaaat?"

Teimlai Bethan yn wan. A allai'r bocs di-nod yn y swyddfa nesa ffrwydro unrhyw funud?

Cnodd Rhys ei wefus.

"Wel, ma' Selwyn yn gwbod amdano fe – *components* ŷn nhw siŵr o fod – dim byd dansherus ... mae bownd o fod wedi gneud asesiad risg ...?"

Edrychodd y ddau ar ei gilydd.

"Er ... nabod Selwyn ..."

"Shit!" Roedd gwddwg Bethan yn dynn, ac anadlodd yn araf, gan geisio rheoli ei hemosiynau. Roedd y bocs wedi cyrraedd drwy'r post, ymresymodd. Doedd bosib bod y cynnwys mor beryglus â hynny?

A ddylai ffonio'r heddlu a chreu panic llwyr? Ond os oedd Selwyn wedi caniatáu'r prosiect a phopeth yn iawn, fe fyddai'n difetha rhaglen Gwyn ac, o bosib, yn creu sgandal a fyddai'n peryglu dyfodol y cwmni a swyddi'r staff. Diawliodd Selwyn. Y ffycyr diog. Pam na fyddai wedi rhoi gwybod iddi ac yntau bant ym mherfedd y Preseli yn canu am fryniau Caersalem yn lle poeni am y bobl dan ei ofal?

Rhedodd at y drws. "'Wy'n mynd i ffeindio Brenda a'i llusgo hi mas o'r caffi. Tria Selwyn eto ... Paid rhoi'r ffôn lawr nes bo' fe'n ateb!"

34

Daliodd Bethan y ffôn o'i chlust wrth i rif Selwyn ganu. Dim ateb. A dim signal, siŵr o fod, ynghanol Cwm Cych.

"Ffycin bastard!" rhegodd, gan roi'r ffôn lawr.

Chwech o'r gloch, ac unwaith eto, fyddai'n hwyr yn casglu Anwen. Roedd yr ofalwraig, Julie, yn arbennig o glên, ond allai hi ddim cymryd mantais eto.

Gwgodd Brenda ar ei sgrin.

"Dyw e ddim byd i neud â fi," meddai'n bwdlyd. "'Na i gyd 'nes i o'dd casglu'r bocs o Risepshon."

"'Wy'n siŵr bo' fe'n iawn." Doedd llais Rhys ddim yn cyfleu llawer o hyder. "Mae Selwyn ar draws y stori ..."

"Mmm." Trodd stumog Bethan wrth iddi estyn am ei chot. "Gelli di adael neges i Selwyn, plis, Brenda? Wna i ffonio eto y funud gyrhaedda i adre."

Trodd wrth fynd.

"A cadwch yn bell o swyddfa Selwyn ..."

Taflodd olwg amheus arall i gyfeiriad desg ei bòs cyn rhuthro allan.

Roedd golwg flin ar Anwen pan ddaeth allan o dŷ Julie, ei photel Fairy Liquid yn ddarnau yn ei llaw.

"'Wy'n ffaelu credu bo' nhw 'di torri fe!"

Gosododd y darnau plastig ar sedd y car, wrth i Bethan wneud ymdrech i beidio bod yn ddiamynedd.

"Beth ddigwyddodd?" gofynnodd, gan danio'r injan.

"Roced fi!" cwynodd Anwen. "O'dd e mewn arddangosfa yn y brifysgol a neuthon nhw dorri fe! Bastards! Un fi o'dd y gore yn y dosbarth ..."

"O diar! Ond ddylet ti ddim rhegi ..."

Fflachiodd delwedd erchyll o chwalfa yn y swyddfa drwy feddwl Bethan. Trawodd y gêrs a sgrialodd fel gyrrwr rali drwy'r strydoedd cul at ei chartre.

Roedd Anwen yn dal i gwyno wrth iddi gyrraedd y drws ffrynt. Tra bod Bethan yn straffaglu i agor y drws, clywodd ei ffôn yn canu yn ei bag.

"Shwsh am funud," meddai'n flin, gan weddïo bod swyddfa'r 'Byd a'r Betws' yn dal mewn un darn.

"Mam! Paid siarad â fi fel'na!" Roedd wyneb Anwen yn ffyrnig. "Mae dweud *shut-up* yn *child abuse!*"

"Blydi hel ..." cwynodd Bethan gan gicio'r drws ar agor gyda'i throed a gwthio drwy'r bwlch gyda'i bagiau.

"Helô?" Roedd llais Brenda yn hwyliog, braf. Croesodd Bethan ei bysedd yn dynn.

"Popeth yn iawn!" meddai Brenda yn llon. "'Wy 'di sorto fe! Ma'r bocs 'di mynd!"

"Sori?" Ceisiodd Bethan brosesu'r geiriau.

"O'n i'n gwbod bo' ti'n poeni am adael y bocs yn y swyddfa," eglurodd Brenda. "So roies i nodyn ar yr e-bost. Mae Rhiannon yn mynd i weld ei mam yn Sanclêr heno – a wedodd hi bydde hi'n mynd â'r bocs yn y bŵt. Ma' Gwyn yn cwrdd â hi yn y Little Chef yn Cross Hands ..."

"Beth?" sibrydodd Bethan.

"Ie – o'dd hi'n ddigon bolon, whare teg. Reit – 'wy 'ma ers *half eight*, so 'wy off. Bethan, paid becso, nawr!"

Syllodd Bethan ar y ffôn. Roedd y bom ym mŵt car Rhiannon Rowlands, a'r Kommandant ei hun y cludo arfau ar hyd yr M4 i orllewin Cymru, heb syniad ei bod yn peryglu ei hun ac eraill mewn sting anghyfreithlon. Hyd yn oed petai'n goroesi, fe fyddai am ei gwaed.

Eisteddodd wrth fwrdd y gegin gan frwydro i reoli ei dychymyg. Drwy'r ffenest, roedd gardd Mr Pritchard drws nesa yn edrych yn dwt ac yn wyrdd, fel gardd Edwardaidd ar drothwy'r Rhyfel Mawr.

"Be ti'n neud, Mam? Ti'n edrych yn mental!"

Chwifiodd Anwen ei llaw o'i blaen a sylweddolodd Bethan ei bod yn syllu i'r pellter yn ddiymadferth.

"Sori," meddai. "O'n i'n meddwl am y gwaith. Cer i wylio'r teledu – wna i swper nawr."

Cododd i gynnau'r ffwrn wrth i Anwen ddiflannu i'r stafell fyw. Fe fyddai popeth yn iawn, ymresymodd. Rhaid taw rhannau yn unig oedd yn y bocs – fyddai Rhiannon ddim gwaeth. Roedd y cloc ar y popty'n dweud ei bod yn saith o'r gloch. Fe fyddai Rhiannon yn agos at Cross Hands erbyn hyn. Taniodd y radio'n bryderus gan groesi bysedd nad oedd trafferth ar ffordd osgoi Port Talbot. Gwrandawodd yn ddifeddwl ar y bwletin, wrth dipio pecyn o sglodion parod i'r hambwrdd pobi. Wrth iddi eu gosod yn y ffwrn, clywodd ei ffôn yn canu ar y cownter.

"Helô?" meddai'n frysiog.

"Helô 'na, newydd gael dy neges. 'Wy 'di bod yn y Gymanfa!"

Bron i Bethan gablu yn y fan a'r lle. Swniai Selwyn fel tasai'n cyfarch hen ffrind, yn hytrach nag ymateb i ddeg galwad coll.

"'Wy 'di bod yn trio ti drwy'r prynhawn," dechreuodd yn flin. "Fe halodd Gwyn Griffiths focs i'r swyddfa – ac o'dd dim syniad 'da fi beth o'dd ynddo fe ..."

"Ymmm ..."

Roedd distawrwydd hir ar ben arall y ffôn, a chollodd Bethan ei thymer.

"Dwi wir ddim yn hapus, Selwyn, bod bocs yn cynnwys

ffrwydron wedi troi lan yn y swyddfa, heb i fi wybod dim amdano fe ..."

Daeth dim ymateb, ac aeth yn ei blaen. "'Wy'n gwbod bo' ti ar draws y stori, felly dwi'n cymryd bod popeth yn iawn, ond a dweud y gwir, dylen i 'di galw *security* ..."

Clywodd Selwyn yn cyfarth rhywbeth ar ei thraws.

"Ble ma'r bocs nawr?" gofynnodd yn gryglyd.

"Ma' Brenda 'di roi e i Rhiannon Rowlands – mae'n mynd â fe i Gaerfyrddin yn y car."

"Wnest ti BETH?" cyfarthodd Selwyn. O'r diwedd, roedd e'n talu sylw. Ond am ryw reswm, roedd ei fys yn pwyntio ati hi.

"Selwyn!" meddai'n amddiffynnol. "Sa i 'di neud dim. Halodd Brenda y bocs cyn i fi gael cyfle i drafod gyda ti ..."

"Bethan!" taranodd Selwyn. "Os nad ydw i yno, ti sy'n gyfrifol. Gelli di ddim beio Brenda am hyn. Y PA yw hi! Ti yw'r cynhyrchydd ..."

"Beth?" Prin fod Bethan yn medru siarad.

"Dyw e ddim byd i neud â fi – ddim 'yn raglen i yw hi ... ti a Gwyn drefnodd hyn ..."

"Dyna ddigon," arthiodd Selwyn. "Alla i ddim credu bo' ti wedi caniatáu i Rhiannon i yrru lawr yr M4 â bocs o grenêds yn y bŵt. A fedra i ddim dychmygu beth wedith hi pan 'neith hi ffeindio mas ..."

"Hang on!" Ceisiodd Bethan gadw'i phwyll. "Ma' hyn yn ridiciwlys. Ti'n gwbod gystal â fi bo' hyn ddim byd i neud â fi ... dy drefniant di o'dd e – do'dd dim syniad 'da fi beth o'dd yn y blydi bocs ..."

"Wel, fe welwn ni beth sy' gan Rhiannon i ddweud ..." Ochneidiodd Selwyn ar ben draw'r ffôn. "Mae'n rhaid i fi ddweud, Bethan, rwyt ti wedi bod yn bihafio mewn ffordd digon anwadal yn ddiweddar ... 'wy'n gwbod bod gyda ti broblemau personol, ond rhaid dweud bod Brenda yn dechrau poeni amdanat ti ...''

"*Whaaat?*" Gwgodd Bethan at y ffôn. Blydi Brenda a'i ffug-gyfeillgarwch.

"Wel, sdim mwy gen i ddweud ar y mater," meddai Selwyn yn bwysig. "Bydd rhaid i fi gael gair gyda ti peth cynta bore Llun. Naw o'r gloch. Yn y swyddfa. Mae'n rhaid i fi fynd, Bethan – dwi fod ar ddiwrnod o wyliau, a dwi wedi gwastraffu gormod o amser ar hwn yn barod."

Aeth y llinell yn dawel. Syllodd Bethan ar ei ffôn mewn sioc. Wrth iddi estyn am hances bapur, clywodd ping uchel ac edrychodd yn nerfus ar y sgrin i weld tecst gan Gwyn.

Roedd popeth yn iawn. Roedd y bocs wedi cyrraedd yn saff ac roedd Rhiannon ar y ffordd i weld ei mam, heb syniad ei bod newydd osgoi cyflafan waedlyd ar y draffordd. Curodd calon Bethan ac eisteddodd yn sydyn. Blydi Selwyn. Blydi Gwyn hefyd. Fe fyddai'n rhaid iddi drefnu cyfarfod gyda'r swyddog undeb beth cynta fore Llun – fel tasai dim digon ar ei phlât yn barod.

Aroglodd wynt llosgi yn codi o'r ffwrn a chododd ar ei hunion. Gan afael mewn menyg trwchus, agorodd y drws i weld pluen o fwg yn llifo o'r popty. Roedd y sglodion yn ulw yng ngwaelod y ddesgl. Daliodd ei hanadl, gan agor drws y cefn gydag un llaw – a thaflu'r cynnwys i'r bin tu allan.

"Anwen," gwaeddodd, gan afael yn ei bag. "'Wy'n mynd i nôl bwyd. Paid ag ateb y drws."

Aeth allan drwy'r cefn gan gloi'r drws yn ofalus ar ei hôl a rhedodd i'r car gan yrru, am yr eildro yr wythnos honno, at y ffordd fawr a'r bwyty Indiaidd.

35

Roedd ei mam wedi colli'r plot. Dim dowt. Edrychodd Elin o gwmpas. Twr o lestri brwnt yn y sinc, splashys o fwyd dros yr hob a gwynt llosgi yn llenwi'r gegin.

"Haia!"

Eisteddai ei mam ynghanol y cyfan yn codi cyrri o ddesgl blastig gyda llwy, tra bod Anwen yn byta popadom anferth yn syth o'r pecyn.

"Neis i weld ti, Elin. Ti ishe peth?"

Cododd ei mam o'r bwrdd, a thynnu cyllell a fforc o'r drôr.

"Ma' Tom mewn practis rygbi," meddai, trwy gegaid o gyrri. "Helpa dy hun – ond gad ddigon iddo fe."

Pasiodd blatiad o gyrri melyn at Anwen.

"Sori am y mès ..." Gwthiodd gudyn o wallt o'i thalcen. "'Wy 'di ca'l diwrnod y diawl a llosges i lond tray o tjips. Ma' raïta fan'na ..."

"Ocê." Eisteddodd Elin, wedi blino ar yr esboniad. Roedd tipyn ar ei phlât hithau hefyd, rhwng bod teulu Kam yn cael eu cicio o'u cartre a llwyth o waith coleg yn aros amdani yn y fflat. Roedd ei rhieni mor anaeddfed y dyddie 'ma, doedd neb yn sylwi fod Tom yn smocio wîd fel simne ac Anwen yn tyfu lan mewn anrhefn llwyr.

"Shwt ma'r ysgol, Anwen?" gofynnodd, i newid y sgwrs.

"Paid gofyn!" Stwffiodd Anwen ddarn mawr o'r popadom i'w cheg.

"Blydi nora, beth sy'n bod ar bawb?" gofynnodd Elin. "'Wy'n credu af i'n ôl i'r fflat ..."

Chwarddodd ei mam.

"Gad peth i Elin!" meddai, wrth symud y pecyn papur i ganol y bwrdd. "Wnaeth hi roced mas o botel blastig i ryw brosiect yn yr ysgol – ond mae 'di torri!"

Rholiodd ei llygaid ar Elin wrth i Anwen eu gwylio'n flin.

"Mam!" cwynodd, "prosiect gwyddoniaeth o'dd e. 'Nath e gymryd orie i fi neud a wnaethon nhw saethu fe at y to ..."

Dechreuodd Elin bwffian chwerthin.

"Wel!" meddai ei mam gan grensian yn uchel, "ges i brofiad ofnadwy gyda ffrwydron heddi, diolch i'r idiot 'na – Selwyn!"

"Beth?" Doedd bosib bod unrhyw beth difrifol wedi digwydd. Roedd ei mam yn gor-ddweud, mae'n siŵr.

"Halodd Gwyn Griffiths focs hiwj i'r swyddfa." Llyncodd ei mam, fel bod Elin yn ei chael yn anodd i ddeall. "Do'dd dim clem 'da fi beth o'dd ynddo fe – ond droiodd e mas bod e 'di ordro grenêds ar gyfer ei raglen ... 'Wy 'di hala'r prynhawn yn becso fydde'r swyddfa'n chwythu lan ..."

"Ond ma' popeth yn iawn nawr ..." mynnodd Elin.

"Ydy," estynnodd ei mam am y raïta. "O'dd e'n iawn yn y diwedd – just ... wel ... 'wy 'di bod yn rhedeg rownd fel ffŵl drwy'r dydd i dreio sorto'r peth ..."

"Wel, ti dal yma!"

"Mmm," ochneidiodd ei mam. "Ond sa i 'di ca'l amser i droi rownd ..." Edrychodd o gwmpas. "Ma'r lle 'ma fel tip – a 'wy fod i ga'l cinio 'da Declan nos Sadwrn ond dwi'm 'di cael amser i drefnu pethe ..."

Daeth clec o'r bwrdd wrth i Anwen daro ei chyllell a'i fforc ar y plât. Neidiodd ar ei thraed a gwthiodd ei chadair o'r ffordd, ei thraed yn taro'r grisiau wrth iddi redeg i'w stafell.

Arhosodd Elin nes bod y sŵn yn distewi.

"Mam! Rhaid i ti beidio mynd mla'n am Declan o flaen Anwen. Dyw e ddim yn deg!"

Cododd ei mam ar ei thraed a chrafodd weddillion plât Anwen i'r bin bwyd.

"Plis, Elin, paid dechrau," meddai'n flinedig. "Alla i ddim delio gyda mwy heno ..."

"God sêcs, Mam!" Gwgodd Elin ar y bwrdd yn llawn potiau *polystyrene*.

"Meddylia am bobl eraill weithie. Ti'n mynd 'mlaen a 'mlaen am Declan a dim ond pythefnos sydd ers i Dad symud mas. Ti 'di colli'r plot ..."

Trodd ei mam i'w hwynebu, ei llygaid yn gul. "Paid siarad â fi fel'na," meddai. "Sda ti ddim clem pa mor anodd yw hi i fi – fi yw'r unig un sy'n dal pethe at ei gilydd ..."

"Nagwyt ddim!" ffrwydrodd Elin. "Edrych ar y lle 'ma! Mae'n syndod bod neb yn galw Social Services. Ti yw'r oedolyn – ti sy' fod i edrych ar ôl Tom ac Anwen. Sneb yn poeni amdanyn nhw ... Ti'n obsesed 'da Declan a ma' Dad yn danfon negeseuon disgysting at y fenyw 'na ar ei ffôn. Ddyle Anwen ddim bod yn gweld pethau fel'na ..."

Cwympodd y llestri i'r sinc mewn un llithriad.

"Beth?" gwaeddodd ei mam. "Be ti'n feddwl? Pa fenyw?"

"Ei bartner newydd e!" Gwaeddodd Elin 'nôl arni. "Alison!"

"Alison?" Roedd wyneb ei mam yn goch.

Safodd Elin yn stond am funud.

"O'n i'n meddwl bo' ti'n gwbod ..."

Roedd ei mam yn datgymalu. Gafaelodd yng nghefn y gadair ac eisteddodd wrth y bwrdd â'i phen yn ei breichiau, yn llefen fel plentyn.

"Pam o'dd rhaid i ti weud wrtha i?" wylodd. "Do'dd dim rhaid i fi wybod ..."

Roedd cefn ei mam yn crynu wrth iddi feichio crio. Gwyliodd Elin yn fud, gan boeni ei bod wedi cracio o ddifri –

ddylai ddim fod wedi gweiddi arni. Ond wrth iddi feddwl sut i ymddiheuro, sythodd ei mam a thynnu darn o bapur cegin o'i llawes.

"Sori," meddai, gan chwythu'i thrwyn. "Dim dy fai di yw e ... jyst, wel ..." Llyncodd ei geiriau. "Mae'n sioc – a 'wy 'di ca'l diwrnod uffernol!"

"Sori, Mam." Roedd Elin yn wirioneddol flin.

"O'n i wir yn meddwl bo' ti'n gwbod ..."

"Mae'n iawn." Chwythodd ei mam ei thrwyn eto.

"O'n i yn amau. Jyst ... 'Wy'n trio bod yn gryf er mwyn pawb, ond weithie alla i ddim ..."

Am eiliad, edrychai fel merch ifanc, gyda'i gwallt dros ei hwyneb a'i sbectol yn gam ar ei phen.

"O, Mam!" Cofleidiodd Elin y ffigwr truenus wrth y bwrdd. "Dwi wir yn sori ... o'n i ddim yn meddwl beth wedes i ..."

"Na fi, chwaith!" Gafaelodd ei mam ynddi'n dynn.

"A paid poeni am Declan," ychwanegodd. "Sa i'n credu bod e'n gwbod sut i decstio!"

"Wir?" Goleuodd y llygaid dagreuol.

"Wir ... ond chwarae pethe'n cŵl, 'nei di – a paid codi dy obeithion di, ocê? Mae Declan yn *ladies' man* ..." Gwnaeth lais ffug-gangsta i osgoi ffrae arall.

"Ocê, ocê ..."

O leia roedd ei mam yn gwenu. Cofiodd Elin fod ganddi neges bwysig a sobrodd.

"Gwranda, Mam – ma' lot o bethe'n digwydd yn Abertaf – dweud y gwir, ma' bach o greisis wedi codi ..."

Roedd ei mam yn ei gwylio'n ofalus. Eisteddodd Elin i'w hwynebu.

"Es i weld mam Kam nos Fawrth – yn y fflats yn Abertaf. O'dd hi'n ypsét ofnadwy ... *Basically*, mae'r datblygwyr yn cynnig breibs iddyn nhw – pum mil o bunne os wnân nhw arwyddo contract i weud bo' nhw'n hapus i symud. Mae lot 'di cytuno – a sdim lot o ddewis 'da'r lleill ..."

Crychodd ei mam ei thalcen. "Ond dyw'r caniatâd cynllunio ddim drwyddo eto ..."

Rhythodd Elin arni.

"Ie – wel, *stitch up* yw e, mae'n amlwg. Os yw'r tenantiaid i gyd – neu'r rhan fwya' – wedi arwyddo'r contract, bydd dim gwrthwynebiad – ac eith y plans drwyddo'n syth ..."

Trodd i wynebu ei mam. "Ti 'di siarad â Dai Kop eto? Mae e'n gwbod mwy na neb am y peth ..."

Syllodd ei mam drwy'r ffenest. "Sa i'n siŵr," meddai o'r diwedd. "Dwlen i helpu – ond 'wy mewn trwbwl anferth fel mae hi. Sa i'n meddwl alla i ..."

Cofiodd Elin wyneb Karen, yn ei dagrau wrth boeni am adael ei chartref.

"'Wy'n gwbod bod e'n lot i ofyn, ond ma' Dai'n solid, 'neith e ddim dy landio di yn y cach – a ma'r tenantiaid yn desbret ..."

Tapiodd ei mam ei bysedd ar y bwrdd, gan syllu i'r düwch tu allan.

"Ti'n iawn Elin, allen i ddim byw 'da'n hunan 'sen i'n eistedd ar 'y nwylo a neud dim ..."

Anadlodd yn ddwfn.

"Mae'r bastards 'na'n meddwl allan nhw sathru dros bobl – chwalu popeth sy' gyda nhw, i leinio'u pocedi ..."

Trodd at ei merch.

"Tecstia rhif Dai i fi – af i weld e wythnos 'ma, os yw e ar gael, ac os alla i wneud rywbeth, mi wna i."

Chwythodd ei thrwyn yn galed, ei llygaid yn llawn penderfyniad. Yr eiliad honno, daeth ping uchel o'i ffôn.

"Wa! Falle bo' fi 'di ca'l y sac!" Tynnodd Bethan ystum wrth giledrych ar y sgrin.

Yna, lledodd gwên dros ei hwyneb.

"Declan yw e! Ma' dêt 'da fi nos Sadwrn!"

"Bingo!" meddai Elin yn sinicaidd. Golau trên oedd yn

rhuo tuag at ei mam o ben draw'r twnnel. Ond ar ôl ei meltdown diweddara, doedd hi, Elin, ddim yn mynd i ddinistrio'r llygedyn o obaith.

Darllenodd ei mam y neges yn araf.

"*Ffilm gyfriniol am fywyd a ffydd* ..." meddai'n amheus. "Swnio'n *shite* on'd yw e?"

"*Yikes!*" Gwgodd Elin. "Mae e shwt *con-artist* – sda fe ddim diddordeb mewn crefydd o gwbl ... mae'n trio impresio ti ..."

"Sdim rhaid iddo fe drio ..." Roedd golwg boncyrs ar ei mam wrth iddi syllu'n freuddwydiol ar ei ffôn.

"Godsêcs, Mam – paid rhedeg dy hunan lawr," meddai Elin yn flin. "Ti'n well na fe – ti'n fywiog ac yn ddoniol ac yn berson lyfli ..."

"O!" Cofleidiodd Bethan ei merch yn dynn. "Diolch!"

Edrychodd Elin dros ysgwydd ei mam ar y llanast yn y gegin.

"Cofia nawr," meddai. "Mae rhaid i ni helpu pobl Abertaf."

Gollyngodd ei mam ei gafael a chraffodd arni am eiliad.

"'Wy'n gwbod bo' ti'n poeni amdana i a Declan," meddai, "ond 'wy eisie i ti wybod ... Beth bynnag sy'n digwydd, ti, Tom ac Anwen sy'n bwysig i fi. Iawn?"

"'Wy yn gwbod ..." dechreuodd Elin, ond doedd ei mam heb orffen.

"... ac os o's teuluoedd eraill yn cael eu bygwth a'u poeni achos bod cwpwl o ddynion hunanbwysig eisie leinio'u pocedi, wna i bopeth alla i i'w helpu nhw. Deall?"

"Deall!" meddai Elin, gan synnu bod ei mam wedi mynd o fod yn lygoden fach i fod yn deigr o fewn ychydig funudau.

36

Pwysodd Bethan yn ôl i'r sedd ledr, gyfforddus, gan wylio'r terasau Fictoraidd yn gwibio heibio, wrth iddi deithio fel brenhines ym Merc Declan tuag at y dre. Doedd ganddi affliw o ddim diddordeb yn y ffilm ar ysbrydolrwydd ddwyreiniol. Ers wythnos, roedd delweddau erotig, nwydwyllt, wedi bod yn fflachio drwy ei meddwl, gan beri iddi fethu canolbwyntio ar unrhyw orchwyl heb ddychmygu Declan yn clymu ei garddyrnau gyda thâp bondej, i gyfeiliant Bob Dylan yn canu 'Tangled up in Blue'. Roedd hi'n dyheu am fod 'nôl yn y gwely anferth, gyda'r golygfeydd godidog dros y Bae, yn yfed siampên oer o wydr tal tra bod Declan yn mwytho ac yn cusanu pob rhan ohoni.

Taniodd Declan fotwm ar y dashfwrdd, fel bod cân werinol drist yn llifo dros sŵn llyfn yr injan.

"Ymm – beth yw'r ffilm 'ma y'n ni'n mynd i'w gweld?" Cadwodd ei llais yn niwtral.

"Dim clem, a bod yn onest," meddai, heb lawer o frwdfrydedd. "Rhywbeth am grefydd yn Nepal ... Ga'th e bedair seren yn y *Guardian*."

"O'n i'm yn meddwl bo' ti'n grefyddol." Cofiodd Bethan iddo sôn yn chwyrn am ei gefndir Pabyddol.

Chwarddodd Declan.

"Ti'n iawn fan'na. Ges i 'nysgu gan fynachod ac o'dd eu disgyblaeth nhw yn ddigon i dy droi di yn erbyn crefydd am byth!"

"Dy'n nhw ddim yn swnio'n Gristnogol iawn ..."

Roedden nhw'n tynnu allan i'r ffordd fawr, y traffig yn drwm yn dod o'r dre i'r cyfeiriad arall.

Trawodd Declan y dangosydd a throi i'r dde.

"Mae'n aros gyda ti ... fel wedodd Dara O'Brien, '*I'm not religious but I am a Catholic!*'"

"Ha!" chwarddodd Bethan. "Mae fel ni ... 'Wy ddim yn grefyddol ond 'wy *definitely* yn Annibynnwr."

Wedi troi oddi ar y ffordd fawr, gyrrodd Declan ar hyd stryd gul, goediog. Parciodd ar y gornel, y tu allan i dafarn Siorsaidd, sgwâr â theras bach ar y pafin.

"Yw fan hyn yn iawn?" gofynnodd. "Mae'r dafarn 'di bod 'ma ers ache ond mae'r bwyd yn wych y dyddie 'ma ... Ma' amser i ni gael swper cyn y ffilm, os licet ti."

"Grêt!"

Roedd Bethan yn nabod y dafarn yn iawn, er nad oedd hi wedi bod yno ers blynyddoedd. Dyma lle'r arferai ddod fel myfyriwr i yfed lager a leim, a chwarae dartiau dan lygad Joyce, y perchennog brawychus.

Dilynodd Declan drwy'r drws, gan ryfeddu at y newidiadau i'r hen dafarn siabi. Roedd Joyce a'i *beehive* du wedi hen ddiflannu, ynghyd â'r carped patrymog a'r hen feinciau tywyll. Yn eu lle roedd soffas isel, byrddau bistro a rygs lliwgar dros y llawr. Ar fwrdd du uwchben y bar, roedd y sbesials dyddiol wedi'u sgrifennu mewn sialc – draenog môr a chyrri llysieuol wedi cymryd lle'r wyau picl ar y cownter.

"Waw!" mwmialodd, wrth i Declan ei thywys at fwrdd bach yn wynebu tanllwyth o dân yn y grât.

Eisteddodd i'w hwynebu a phwyso ei beneliniau ar y bwrdd.

"Gwranda, Bethan," meddai'n dawel. "Mae wir ddrwg 'da fi am y noson o'r blaen ..."

"Sdim ishe i ti ..." Roedd Bethan yn awyddus i anghofio'r

holl beth. "'Nest ti ymddiheuro nos Fawrth."

Edrychodd Declan i'r fflamau oren yn dawnsio yn y grât.

"Ma' lot yn mynd 'mlaen," meddai'n flinedig, "... yn y gwaith. 'Wy'n poeni am y busnes, a dweud y gwir ..."

Edrychai mor edifar, ei lygaid yn llawn gofid.

"Paid poeni. Wir ..." sibrydodd. "Anghofia amdano fe ..."

Tawodd wrth i'r weinyddes ddod draw atyn nhw. Wedi iddi ddewis pysgod a salad, archebodd Declan y porc a bresych coch a photel o Pinot Noir.

"Bydd rhaid i fi dalu am hwn," mynnodd Bethan, gan boeni y byddai'r gwin coch yn gyrru ei gorddrafft dros y dibyn.

"Na!" Torrodd Declan ar ei thraws. "Arna i ffafr i ti, iawn?"

Llamodd ei chalon ac estynnodd dros y bwrdd am ei law.

"O'n i'n dod fan hyn pan o'n i'n stiwdant," meddai, gan gofio gwedd frawychus Joyce y tu ôl i'r bar.

"Swot!" atebodd Declan. "O'n i'n blydi casáu'r ysgol. Ysgol Babyddol o'dd e – o'dd yr athrawon yn *brutal* – wnes i adael yn un deg chwech a mynd i weithio mewn tafarn ..."

"*University of Life!*" Gwasgodd Bethan ei law gan deimlo ton o gydymdeimlad ato.

Llaciodd ei gafael wrth i'r weinyddes gyrraedd gyda photel grand yr olwg. Tynnodd y corcyn cyn tywallt gwydraid yr un iddyn nhw. Edrychodd Declan i fyw ei llygaid ...

"*Here's lookin' at ye, Bethan! Of all the gin joints ... she walks into mine,*" meddai'n ysgafn.

"Ocê, Humph!" atebodd Bethan yn goeglyd. "Canton yw hwn, ddim Casablanca!"

Llamodd y fflamau coch yn y tân gan dasgu gwreichion euraidd i'r simne.

"So ..." Pwysodd Declan 'nôl gan graffu arni. "Pam ma' Annibynwraig fel ti'n hala amser gyda tafarnwr fel fi? Heb sôn am y puteiniaid a'r troseddwyr wyt ti 'di bod yn cwrdda'n ddiweddar?"

Oedodd Bethan. Roedd trywydd y sgwrs yn annisgwyl, a phwyllodd cyn ateb.

"'Wy'n eitha hoff o'r gweithwyr rhyw, a dweud y gwir. "Dwi 'di cwrdd â phobl barchus sy' lot yn llai dymunol," meddai, gan obeithio na fyddai Declan yn parhau gyda'i gwestiynau.

"A'r barman?" Syllodd Declan i'w llygaid.

Cymerodd Bethan lymaid arall o win, gan deimlo'n benysgafn.

"*Jury's out*," meddai'n ofalus.

"Mae'r barman 'di taflu llwch i'n llygaid – a mae 'di mwydro 'mhen ..."

Stopiodd, gan sylweddoli ei bod yn dechrau meddwi. Roedd angen iddi gadw'n sobr er mwyn osgoi siarad am ei theimladau – ac am Abertaf. Nid ei bod hi'n amau Declan, ond roedd pob math o bobl yn yfed yn y dafarn, a Declan eisoes wedi sôn wrthi am y cyfarfod gyda Sid.

Anadlodd yn ddwfn, gan wylio'r brigau y tu allan yn plygu yn y gwynt. Roedd hi'n poeni am ei rhaglen eto, yn lle mwynhau'r cinio rhamantaidd o flaen y tân.

"A bod yn onest," meddai, "roedd holi'r merched yn bicnic i gymharu â chael blydi Sid Jenkins i siarad."

Estynnodd Declan am y botel win a llenwodd ei gwydr. Cododd ei phen i'w wynebu. Doedd hi ddim ym mynd i gyffwrdd â dropyn arall nes bod y bwyd yn cyrraedd.

"'Wy'n gwbod bo' rhaid i ti seboni fe, ond wir i ti, mae'n un o'r bobl mwya pompys i fi gwrdda erioed ..."

"Mmm." Cymerodd Declan lymaid o win. "On'd ydw i'n lwcus – yn hala oriau'n gwenu ar y *gobshites* a'r meddwon i gyd, tra bo' ti'n gallu dianc 'nôl i dy swyddfa a'u gadael nhw."

"Ffêr inyff!" Roedd yn ddigon gwir, meddyliodd Bethan. Er bod Declan yn llawn hwyl a ffraethineb, rhaid ei fod yn straen i orfod ymddwyn yn serchog wrth y byd a'i frawd, tra'n trio cael trefn ar y busnes. Cyn iddi feddwl am ateb, daeth y weinyddes tuag atyn nhw â dau blât o fwyd blasus iawn yr olwg.

"Yn anffodus i fi," meddai, "cytunodd Sid i neud cyfweliad, ond nawr, mae 'di tynnu allan ar y funud ola."

Cododd ei fforc, gan deimlo'i stumog yn tynhau.

"'Wy'n styffd. Os na 'neith Sid siarad, 'neith y bòs ddim rhedeg y rhaglen. Sdim clem 'da fi pam ei fod e wedi gwrthod ..."

Arhosodd am ymateb ond plygodd Declan ei ben a chodi llond fforc o fresych coch i'w geg. Cnodd am sawl eiliad.

"Falle fod e ddim am gymryd rhan mewn rhaglen am buteiniaid," meddai o'r diwedd. "Mae mewn swydd uchel ar y Cyngor – fydde fe ddim eisie cael ei gysylltu â *sleaze*?"

Lled-dagodd Bethan ar ei bwyd.

"Hy!" hwffiodd, "dwi'm yn meddwl bod pobl yn parchu Sid, beth bynnag. Dweud y gwir, fydden i'n trystio'r merched yn fwy na fe ..."

Roedd y pysgodyn yn arbennig o flasus a prysurodd i fwyta mwy. Ond roedd golwg ofidus ar Declan.

"Bydd yn ofalus, Bethan," meddai. "Dwi 'di cael nifer o broblemau ... mewn sawl tafarn. Mae'r merched yn ddigon siarp a maen nhw'n gallu bod yn ddoniol ond ..." Chwiliodd am y gair cywir. "Mae eisie i ti gymryd unrhyw glecs gei di wrthyn nhw â phinsiad mawr o halen."

Crychodd ei dalcen, â golwg o ddifri arno. Dechreuodd Bethan ofni ei bod wedi'i ddigio ond o fewn eiliad, meddalodd ei wedd.

"Ti'n haeddu medal," meddai, "am gefnogi achos y menywod anffodus 'na!"

Llaciodd ysgwyddau Bethan.

"Mae'r menywod 'na'n gallu edrych ar ôl eu hunain. Well na fi, siŵr o fod!"

"Wel, wel ..." Siglodd Declan ei ben mewn anobaith. "Bydd rhaid i ni feddwl am ffyrdd o godi dy ysbryd!"

"W!" Rhedodd dychymyg Bethan yn wyllt. Gwenodd, gan

anghofio am densiwn y sgwrs flaenorol. Roedd Declan yn iawn. Go brin bod Sidney Jenkins OBE am rannu platfform gyda gweithwyr rhyw, yn enwedig os oedd straeon yr heddlu'n gywir. Beth bynnag, roedd hi wedi cael llond bol o drafod y twlsyn. Unwaith eto, roedd *Sleazeball Sid* yn bygwth difetha'i noson ramantaidd.

Taflodd Declan gip ar ei ffôn. "Cwarter wedi saith," meddai.

"So – ti'm yn desbret i weld y ffilm ysbrydol?"

"Rho fe fel hyn," atebodd Bethan drwy lond ceg o sglodion, "'wy'n ca'l trafferth cadw ar ddihun yn y myfyrdod wrth wneud yoga ..." Llyncodd yn galed cyn gwenu arno. "O gofio dy brofiade di yn yr ysgol Babyddol, bosib gei di ryw trawma ..."

Roedd llygaid Declan yn pefrio wrth iddo bwyso dros y bwrdd.

"Ma' potel o Prosecco 'da fi'n oeri yn y ffrij," meddai. "Os oes well 'da ti fynd yn syth i'r fflat ..."

"*Bubbles your troubles* ..." Sylweddolodd Bethan bod y gwin wedi mynd i'w phen. "Grêt! Syniad da!"

"O, ma' 'da fi lot mwy o syniadau na hynna!"

Rhythodd Declan arni'n awgrymog, wrth i Bethan deimlo ei stumog yn tynhau, fel tasai ar awyren enfawr, yn rhuo i lawr y rhedfa, cyn codi fel gwennol i'r awyr.

37

Ffliciodd Bethan drwy'r ffilmiau ar y sgrin lydan. Gallai weld bod Declan wedi gwylio sawl ffilm yn barod – cwpwl o Ffrainc a Sbaen ... a dwy o Korea. Falle ei fod e wir am weld y portread o ysbrydolrwydd yn Indonesia, er ei bod hi'n amau hynny, a dweud y gwir.

O'r gegin clywodd sŵn y corcyn yn hedfan o'r botel siampên. Cerddodd Declan i'r stafell yn cario dau wydr tal, yn gorlifo â gwin pefriog.

"Wedest ti ddim bo' ti'n ffilm byff!" meddai, gan estyn am y gwydr oer.

"O't ti wir ishe gweld y peth Karma 'na ...?"

"Dim ti yw'r unig *intellectual* 'ma!" Eisteddodd wrth ei hochr ar y soffa.

"*Karma Sutra* yw'n *specialist subject* i!"

"Ha! 'Set ti'n trio hwnna nawr, fyddet ti'n cricio dy gefn."

"Gelen ni sbort yn trio ..."

Estynnodd am declyn y teledu a sganio'r dewisiadau.

"O's rywbeth fan'na'n apelio?"

"Dewis di ... 'wy 'di rhoi lan."

Suddodd Bethan i'r clustogau moethus a chymerodd lymaid o'r Prosecco. Crwydrodd ei llygaid at yr olygfa fendigedig dros y Bae – y goleuadau'n dawnsio ar y dŵr, a chraig fawr Penarth yn dywyll dan y sêr. Pwy feddyliai y byddai hi yma, yn yfed siampên ac yn pwyso'i phen ar ysgwydd y Gwyddel difyr, golygus hwn, a hithau, gwta pythefnos yn ôl, yn gorwedd ar y soffa yn crio'i ffordd trwy focs o hancesi papur.

Pwysodd Declan y teclyn a fflachiodd y sgrin, gan ddod â Bethan 'nôl i'r presennol.

"Beth am hwn? *Muscle Shoals* ... Ti 'di gweld e?"

Siglodd Bethan ei phen. "Beth yw e?"

"Stiwdio recordio o'dd e yn Alabama," meddai Declan. "'Nath llwyth o bobl recordio 'na yn y 70au – y Stones, Paul Simon, Aretha Franklin ..."

"Aretha!" ebychodd Bethan. "R-E-S-P-E-C-T ... Rho fe 'mlaen!"

Pwysodd Declan y botwm. "Ma'r rhythm ar hwn yn ffantastig." Closiodd ati gan bwyso ei ben ar ei hysgwydd.

Roedd Bethan yn hedfan. Yn chwil ar adrenalin a siampên. Rhag ofn iddi sarnu ei diod, plygodd 'mlaen i osod ei gwydr ar y bwrdd isel o'i blaen, ond trawodd ei llaw yn erbyn rhywbeth a chlywodd glec wrth iddo ddisgyn i'r llawr.

"W ... sori!" Ymbalfalodd ar y llawr, gan obeithio nad oedd wedi torri gwydr.

Er mawr ryddhad iddi, fframyn Perspex oedd ar y llawr. Edrychai'n gyfan, diolch byth. Trodd y ffrâm, a gweld llun o Declan y tu allan i fwthyn gwyngalchog, y gwynt yn chwipio'i wallt a'i fraich o amgylch merch ifanc.

"Ma' hwn mor neis!" meddai. "Dy ferch di yw hi?"

"Ie – Meg yw honna," meddai. "Amser 'nôl nawr ... ma'r *ex* 'di symud 'nôl i Ddulyn. Buon ni'n byw yn Iwerddon cyn dod 'nôl i Gymru – o'dd y tŷ jyst uwchben y traeth ..."

Craffodd Bethan ar y llun. Roedd ffresni'r awyr a'r bryniau gwyrddlas yn ei hatgoffa o gartre ei rhieni yn y gorllewin.

"Wow! Mae'n edrych yn lyfli," meddai'n edmygus. "Ti'n mynd draw 'na'n aml?"

"Mmm?" Daliodd i wylio'r sgrin. "Ydw – 'nôl a 'mlaen ... 'Wy'n mynd 'na dydd Llun, fel mae'n digwydd."

"Dydd Llun?" Sythodd Bethan gan ddadebru. Roedd Declan ar ei ffordd i weld ei gyn-wraig, i aros gyda hi – ymhen deuddydd.

"Y diwrnod ar ôl fory?" Roedd ei goslef yn fwy siarp nag roedd wedi'i fwriadu.

Gwasgodd Declan ei braich. "Sori, Beth", meddai. "Dylen i 'di dweud wrthot ti ... 'Nes i ond trefnu fe ddoe ... funud ola.'"

Trodd i'w hwynebu, gan gymryd anadl ddofn.

"Bach o greisis, achos ma' Colm mewn trwbwl yn yr ysgol. Mae 'di neud moch o'r *mocks*, a ma' Niamh yn poeni bydd e'n methu'i arholiade. Mae hi'n uffernol o stresed am y peth – a wedes i bydden ni'n mynd draw i helpu am gwpwl o ddyddie ..."

"O ... iawn!" Roedd dychymyg Bethan wedi bod yn carlamu. Ond os oedd mab Declan mewn trafferth, roedd ei esboniad yn ddigon teg.

Roedd golwg edifeiriol arno.

"Do'n i ddim yn meddwl bydde ti'n meindio ... Ma' angen help ar Niamh i fynd a fe 'nôl a 'mlaen – a ma' hi'n gweithio llawn amser ... Fydda i'n ôl erbyn y penwythnos."

Edrychodd i fyw ei llygaid gan fwytho'i gwallt. Gafaelodd Bethan yn ei gwydr, a chymryd llond ceg o siampên. Roedd yn anadlu'n normal, unwaith eto.

"Felly, Mr Landlord, ma' 'na galon dyner yn curo dan yr wyneb caled 'na!"

"C'mon Beth ..."

Plygodd Declan i orwedd wrth ei hochr, ei law yn crwydro i fyny ei chlun. Tynnodd y fframyn trwm o'i dwylo, gan bwyso ei gorff drosti.

"Sut ti'n teimlo am fynd â phethau'n bellach?" sibrydodd.

"Be ti'n feddwl?" Rhewodd Bethan. Roedd y tâp *bondage* wedi bod yn ddigon o sioc.

"Dim byd mawr," mwmialodd Declan. Pwysodd i'w chusanu gan wthio'i law rhwng ei choesau.

"Mae'r clymau sidan yn y stafell wely," meddai, gan lyfu cefn ei chlustiau, "a ma' tegan newydd yn y cwpwrdd ... 'wy'n credu byddi di'n lico fe.. Wyt ti'n fy nhrystio i ddigon i dy glymu di a rhoi pleser i ti?"

"Ydw ... ydw ..." Suddodd Bethan i'r clustogau dwfn, wrth i fysedd Declan symud yn ddeheuig y tu mewn iddi. Doedd hi erioed wedi gadael i neb ei thrin fel hyn o'r blaen. Ond roedd rhyw wylltineb yn dod drosti, lle roedd Declan yn y cwestiwn.

Ochneidiodd.

"'Wy'n trystio ti," sibrydodd, wrth i lannau crasboeth Alabama oleuo'r sgrin i gyfeiliant iasol Aretha Franklin.

38

Brasgamodd Bethan heibio'r farchnad gan anadlu'n drwm. Doedd hi ddim yn hwyr, ond roedd y caffi ym mhen pella'r dre. Braidd yn anghyfleus, ond roedd hi'n deall nad oedd Dai am ei chyfarfod hi ynghanol Abertaf. Ac roedd yn well ganddi hi drafod ymhell o'r cyrchfannau traddodiadol. Roedd wedi danfon neges at Brenda yn dweud ei bod mewn cyfarfod gyda'r heddlu – oedd yn eitha gwir, rhesymodd. Ond hyd yn oed wedyn, roedd Selwyn wedi cysylltu i ofyn mwy am natur y cyfarfod funud olaf yma.

"*Ble wyt ti? Wnei di adael i Brenda wybod dy ETA yn y swyddfa plis?*"

"*ETA* wir ..." Twtiodd yn uchel. Ymgais Selwyn i swnio'n bwysig, mae'n siŵr.

Brysiodd drwy'r ganolfan siopa, gan osgoi edrych ar yr holl ddillad ar sêl yn y ffenestri, a gwthiodd drwy'r drysau gwaelod. Roedd Dai wedi awgrymu lle bwyta ar stryd Casnewydd, rhywle doedd hi erioed wedi sylwi arno, ond o leia byddai'n llai tebygol o daro i mewn i un o gyfryngis Pontcanna mewn caffi bach ger y carchar. Safodd ar y pafin wrth i'r goleuadau newid, cyn croesi'r ffordd fawr. Man a man ei bod wedi mynd i'r sêls o ystyried ymateb ei bòs. Cawsai dim diolch am dorri ei bol.

Fflachiodd y dyn bach gwyrdd arni a chroesodd, gan lonyddu. Roedd hi'n gwneud y peth iawn. Ac roedd hi wir am helpu Dai i dreiddio i graidd y rhwydwaith ddirgel yn Abertaf.

Trodd y gornel gan weld y caffi ar lawr gwaelod bloc uchel o swyddfeydd. Lle digon digymeriad. Bosib fod y lle'n llawn amser cinio, ond ar hyn o bryd, edrychai'n wag. Gwthiodd drwy'r drws gwydr a gweld dyn tenau wrth fwrdd yn y gornel, yn dal mỳg mawr o de. Roedd Elin wedi dweud wrthi fod Dai'n gweithio fel dyn diogelwch erbyn hyn, ond edrychai'r gŵr hwn yn rhy eiddil i rwystro plentyn. Wrth iddi bendroni, gwgodd y dyn arni gan afael yn dynn yn ei gwpan. Trodd Bethan ar ei sawdl ac aeth at fwrdd wrth y ffenest. Yn y pellter, clywodd gloc Neuadd y Ddinas yn taro deg ac edrychodd drwy'r ffenest yn ddisgwylgar. Gobeithio'n wir na fyddai Dai'n hwyr. Fyddai Selwyn o'i go' fel roedd hi.

Ymhen dwy funud, agorodd y drws a daeth dyn ifanc, cyhyrog tuag ati, yn edrych fel ysbïwr, gyda'i ben moel a'i sbectol haul tywyll.

"Bethan!" meddai gan estyn ei law. "Dai – sori bo' fi'n hwyr!"

Roedd yn dal – tua chwe troedfedd, a'r sbectol ddu dros ei lygaid yn edrych braidd yn fygythiol. Ond wedi'u tynnu, roedd y llygaid gwyrdd yn serchog, a gwên lydan ar ei wyneb.

Aeth i'r cownter i archebu coffi ac eisteddodd i'w hwynebu.

"Diolch am ddod i gwrdd â fi," meddai'n dawel. "'Wy'n gwybod bod e'n anodd i ti ..."

Sgen ti ddim syniad pa mor anodd, meddyliodd Bethan gan wenu 'nôl yn gyfeillgar.

"Mae'n iawn," meddai'n uchel. "'Wy'n hapus i helpu ... Wedodd Elin bod lot o wybodaeth 'da ti am Abertaf – a 'wy'n hapus i drafod. Ond sdim rhaid i fi sôn pa mor sensitif yw'r stori. Dwi mewn trwbwl uffernol yn y gwaith fel mae hi, so ..." Cododd ei phen i edrych arno. "Mae'n rhaid i bopeth fod *off the record* ..." Cnodd ei gwefus, gan astudio'i ymateb. "Lle dwi'n y cwestiwn, sgwrs breifet yw hon ... alla i ddim peryglu'n swydd, nag unrhyw un o'r bobl sy' wedi dweud pethe'n gyfrinachol wrtha i."

Nodiodd Dai. "*Understood!*" meddai. "Dim probs o gwbwl."

Stopiodd yn sydyn wrth i fachgen ifanc ddod draw gyda dwy baned o goffi mewn mỳgs tsieina trwm.

Arhosodd Dai i'r llanc ymbellhau cyn parhau.

"Gwerthfawrogi!" meddai'n gynnil. "A pheidiwch poeni – eith hwn ddim pellach. Mae Elin 'di dweud wrthoch chi, 'wy'n siŵr, bo' fi'n ex ditectif ... 'Wy'n gwbod y sgôr, a gallwch chi drystio fi i fod yn ofalus ..."

"Gwd!" Cynhesodd Bethan ato. "A plis, paid â galw 'chi' arna i!"

"Ffêr enuff!"

Gafaelodd Dai yn ei gwpan, gan wenu arni.

"O'dd Elin yn dweud bo' chi'n neud report ar y Taffside Development ... Abertaf ..." Pwysodd 'mlaen gan ostwng ei lais. "'Chi'n fodlon dweud beth yn hollol y'ch chi'n canolbwyntio arno?"

Cymerodd Bethan lymaid o'r coffi cryf, tywyll.

"Wel," meddai'n ofalus. "Dwi ddim wir yn canolbwyntio ar Abertaf – 'na'r broblem ..."

Pwyllodd, gan ystyried ei geiriau'n ofalus.

"Dechreues i edrych ar stori bod gweithwyr rhyw yn cael eu symud o Abertaf ... 'Wy 'di neud bach o ffilmio gyda'r heddlu, fel mae'n digwydd. Ond ... ar ôl dipyn, sylweddoles i fod lot mwy'n mynd 'mlaen. Glywes i gan Elin am brobleme'r tenantiaid ... a theulu Kam. Mae popeth yn troi o gwmpas y datblygiad newydd ..."

Roedd ail-fyw'r ffrae gyda Selwyn yn ei diflasu. Cymerodd lymaid o goffi cyn parhau.

"Y drafferth yw, ma'r cwmni lle dwi'n gweithio 'di ca'l cwyn – ar lefel uchel – oddi wrth un o swyddogion y Cyngor a ma'r bosys 'di cael llond twll o ofn. Dweud y gwir, maen nhw 'di colapsio fel rhes o ddominos. A 'wy 'di cael rhybudd i beidio â twtsho stori'r datblygiad." Ochneidiodd. "So, nawr dwi'n neud adroddiad plaen ar sefyllfa'r gweithwyr rhyw ... a'r ymgyrch i erlyn y *kerb-crawlers*. Dim ymchwil, dim datgelu – dim hedleins ..."

Roedd Dai'n gwrando'n astud, ei wedd yn mynegi dim.

"Mmm," meddai wedi saib. "A bod yn onest, dwi ddim yn synnu ... Ma' llwyth o bwyse'n cael ei roi ar y tenantiaid – a ma' lot o bethe'n digwydd yn y cefndir – dêls doji, bac-handyrs ... Dim ond crafu'r wyneb 'wy 'di neud a ma' rhaid i fi fod yn ofalus ... Ma' lot o arian yn y gêm a does neb eisie pobl fel ni'n gofyn cwestiyne ..."

"Ocê ..." Wrth i Bethan geisio prosesu'r wybodaeth, pwysodd Dai yn nes.

"So – pwy sy' 'di cwyno?"

"Sid Jenkins!" atebodd Bethan, gan deimlo'i stumog yn tynhau. "Ti'n nabod e?"

Gobeithiai'n daer y byddai'r sgwrs yn mynd dim pellach.

"Sid! Nabod Sid yn iawn!"

Rholiodd Dai ei lygaid. "Syrpréis, syrpréis!" meddai'n sinicaidd.

Tagodd Bethan ar ei choffi.

"Hen fastard hunanbwysig yw e," meddai, gan gynhesu at Dai. O leia roedd y ddau'n cytuno ar hynny. Penderfynodd fynd amdani.

"Mae 'di bygwth cymryd *injunction* mas i stopio'r rhaglen – a dwi 'di gorfod addo peidio sôn am y datblygiad – sy'n boncyrs."

Gafaelodd yn ei chwpan gan ail-fyw trawma'r wythnos flaenorol. "'Wy ynghanol gneud ffilm am y merched yn Abertaf, ac o'dd e 'di cytuno i gymryd rhan, dim ond bo' fi ddim yn sôn am y cynllun datblygu ..."

Cymerodd lymaid arall o'r coffi oer.

"Ges i neges ddiwedd yr wythnos yn dweud bod e 'di tynnu

mas …" meddai'n feddylgar. "'Wy'n gwbl styffd – ac os o's unrhyw *leads* 'da ti, neu unrhyw beth all esbonio pam fod Sid mor nerfus, fydden i'n ddiolchgar …"

Daeth sŵn byddarol o'r ffordd tu allan, wrth i lorri sbwriel enfawr ruo i lawr y stryd.

Syllodd Dai arno'n feddylgar cyn troi ati.

"Faint wyt ti'n wybod am Sid?" gofynnodd yn dawel.

Doedd ganddi ddim i'w golli a phenderfynodd agor ei chalon.

"Reit," meddai. "Ma' hyn yn gwbl gyfrinachol a does 'da fi ddim prawf – ond fe ddweda i wrthot ti beth glywes i gan yr heddlu pan o'n i'n ffilmio nos Fawrth. Ti'n nabod DS Khan a Jeff Thomas?"

Goleuodd gwedd Dai. "Nabod nhw'n iawn," meddai. "Bois da …"

"Wel, fues i'n ffilmio am gwpwl o orie 'da nhw wrth y bont 'na yn Abertaf – lle ma'r merched yn aros, fel arfer."

Nodiodd Dai.

"Erbyn y diwedd, o'n i'n dod 'mlaen yn eitha da 'da nhw a wedes i wrthon nhw am y drafferth o'n i'n ca'l gyda'r rhaglen."

Yn y stryd, tu allan roedd dynion mewn siacedi *hi-vis* yn llwytho biniau du i gefn y lorri sbwriel.

"Dwi'm yn gwybod a alla i gredu hyn," meddai, gan droi 'nôl at Dai. "Ond fe wedon nhw wrtha i bod Sid yn defnyddio puteiniaid … fod e'n *regular* mewn lle *kinky* lawr wrth y dŵr … ochr draw i'r fflatie newydd …"

Roedd gwedd Dai'n datgelu dim.

"*Open secret*," meddai o'r diwedd. "O'dd pob un yn gwybod – ga'th e 'i bigo lan cwpwl o weithie, a mae 'di ca'l cwpwl o *warnings* – ond o'dd e ddim yn torri'r gyfraith, ac am ryw reswm, 'nath y stori byth hitio'r penawde."

Rhwbiodd ei fys a'i fawd gyda'i gilydd. "*Friends in high places*, ondife? Lot o fysedd mewn lot o beis …" Siglodd ei ben.

"Os ti eisie unrhyw beth yn y ddinas 'ma – *planning*, leisens, unrhyw sort o ganiatâd ... ma' rhaid 'ti lyfu tin Sid ..."

Trodd ati.

"Gei di drafferth i brofi unrhyw beth fel'na yn erbyn Sid," meddai.

Meddyliodd Bethan yn galed.

"Dwi dal ddim yn gwybod pam mae'n trio rhwystro'r rhaglen – heblaw am y gweithwyr cymdeithasol, sneb arall yn poeni am symud y gweithwyr rhyw o Abertaf ...?"

Cliriodd Dai ei wddwg cyn gostwng ei lais, wrth i'r lorri enfawr ddiflannu i gyfeiriad y Bae.

"Maen nhw'n gagio pawb," meddai'n dawel. "A weda i wrthot ti pam ..."

Pwysodd ei benelin ar y bwrdd, gan grychu ei dalcen.

"Ma' cynllun Abertaf werth *shedloads* ... miliynau," meddai. "A ma'r prif ddatblygwr, Garfield Edwards, yn ffrindie mawr gyda Sid."

"Glywes i hynna," meddai Bethan yn araf. "Ond dyw hynny ddim yn ddigon i hoelio Sid, yn anffodus ..."

"Ti'n iawn!" Taflodd Dai olwg i gyfeiriad y cownter. Roedd y bachgen tenau'n sychu'r peiriant coffi gyda chlwtyn di-raen.

"Sdim byd swyddogol," meddai. "Ond ma' contact sy' gyda fi'n casáu Sid – a mae e 'di roi cwpwl o *tip-offs* i fi ..."

Tynnodd lwyth o bapurau o'i warfag a'u gosod ar y ford fechan.

"Edrych ar hwn." Pasiodd dudalen brintiedig ati.

Gwisgodd Bethan ei sbectol cyn darllen yn ofalus.

"West Quay Development ..." meddai'n uchel. "Dim Abertaf yw hwn ..." Edrychodd i fyny. "Mae'r datblygiad yna ar ochr arall yr afon – wrth y Stadiwm?"

Pwysodd Dai dros y ddogfen.

"Y Cei oedd prosiect mawr Garfield rhyw bum mlynedd

'nôl. Neuthon nhw *refurb* o'r holl hen adeiladau 'na wrth y Stadiwm ..."

Symudodd ei fys at enw arall ar y papur.

"Os edrychi di fan hyn, gelli di weld y cwmni adeiladu wnaeth y gwaith i Garfield Developments ..."

Symudodd Bethan ei sbectol yn uwch ar ei thrwyn.

"Celtic Bay Builders," darllenodd. "Sori, dwi'm yn deall."

Pasiodd Dai ddogfen arall ati.

"Wnes i gwpwl o *searches*," meddai. "Celtic Bay yw'r cwmni adeiladu mae Garfield yn ei ddefnyddio ar y prosiects mawr i gyd."

Symudodd ei fys at fanylion y cyfarwyddwyr a chraffodd Bethan eto.

"Celtic Bay Construction – Managing Director, Owen John Jenkins."

Cododd ei haeliau.

"Jenkins?"

"Yn hollol." Edrychodd Dai i fyw ei llygaid.

"Owen John Jenkins," meddai, "yw mab Sid ..."

"Beth?" Roedd Bethan yn anghrediniol. "Mae hynna'n doji."

"Mae'n sgandal," cytunodd Dai.

"Mae prif ddatblygwr Abertaf – Garfield Edwards – wedi gweithio gyda mab Sid ar sawl prosiect yn y gorffennol. Y drafferth yw, yn y cais cynllunio sdim rhaid enwi'r bildar ..."

Rhythodd Bethan arno, gan geisio deall.

"Mae'r cais cynllunio yn enw Garfield," esboniodd Dai. "Garfield Developments sy'n gofyn am y *planning permission*. Ac os eith y cais drwyddo, ma' fe lan i Garfield pa gwmni adeiladu fydd e'n defnyddio ..."

"Sdim byd swyddogol – wedyn sneb yn gallu cwyno ..."

Deallodd Bethan sgam Sid a'i ffrindiau. Os nad oedd enw'r mab ar y cais cynllunio, doedd dim rheswm iddi hi na neb arall i gysylltu Owen Jenkins â'r datblygiad.

"Ti'n iawn!" cytunodd Dai. "Ond gelli di fetio dy socs taw Celtic Bay fydd yn adeiladu'r holl *apartments* – a'r barie a'r llefydd byta yn y blocie newydd ..."

Roedd y darnau'n disgyn i'w lle.

"Y bastards!" meddai'n gandryll. "Mae'r holl bobl 'na'n cael eu cicio mas o'u cartrefi – er mwyn i Sid a'i fab gael leinio'u pocedi ..."

Ffrwydrodd gan gofio ymddygiad dilornus Sid tuag ati.

"Y bwli – a mae'n ca'l get awê ag e! 'Na pam dy'n nhw ddim eisie pobl yn gofyn gormod o gwestiynau ..."

Nodiodd Dai, y dicter yn amlwg ar ei wyneb.

"Ma' Sid Jenkins lan i'w glustie yn y sgam. Gadwith e'n dawel am nawr – a phan fydd y *planning* wedi mynd drwodd a'r tenants 'di cael eu cicio mas i dwll tin y ddaear, bydd e a'i fêts yn chwerthin yr holl ffordd i'r banc ..."

39

Camodd Bethan o'r caffi, i weld bod y glaw wedi clirio a'r awyr yn las yn y pellter. Croesodd y ffordd wrth y goleuadau, yn gyffro i gyd wedi i Dai ddatgelu'r holl wybodaeth am gastie Sid. Cododd awel fain wrth iddi frasgamu dros balmant Heol y Frenhines. Fe fyddai'n hwyr yn cyrraedd y swyddfa, ond roedd hi'n poeni dim nawr am ymateb Selwyn. Roedd hi ar drywydd newydd – a'r stori'n symud ymlaen yn gyflym.

Roedd y strydoedd yn dawel, a phobl yn rhuthro i gysgod y ganolfan siopa yn eu cotiau gaeaf. Penderfynodd dorri trwy barc bach yr eglwys at y maes parcio, ond wrth iddi droi at y llwybr, trawodd dynes benderfynol yr olwg yn ei herbyn, ei bagiau'n bwrw'i choesau.

Stopiodd Bethan yn sydyn, gan rythu ar gefn y fenyw a rhwbio'i choes.

Yna, yr ochr arall i'r reilins, gwelodd wyneb cyfarwydd. Rhywun yn brysio heibio ar yr ochr draw, coler ei got wedi'i chodi yn erbyn yr oerfel. Declan! Roedd hi'n siŵr! Cododd ei llaw i'w gyfarch, ond roedd yn brasgamu'n gyflym dros y palmant, yn edrych i'r cyfeiriad arall.

Cydiodd Bethan yn ei dogfenfag. On'd oedd e i fod yn Iwerddon? Croesodd drwy'r parc gan dybio ei bod wedi gwneud camgymeriad, a llais Declan yn atseinio yn ei chlustiau.

"*Rhywbeth funud ola ... Colm ddim yn gweithio ...*"

Gwyliodd cefn y cerddwr tal yn gwthio trwy ddrysau'r

ganolfan siopa. Wrth iddo droi cafodd gipolwg clir o'i wyneb. Declan oedd e. Dim amheuaeth. Roedd ei thymer yn berwi. Beth oedd y stori 'na am ffycin TGAU Colm?

Rhuthrodd ar ei ôl, gwylltineb yn ei gyrru 'mlaen. Fe fyddai Selwyn o'i go' ond allai Selwyn fynd i grafu ... Gallai Declan fynd i grafu hefyd – oni bai bod esgus da gydag e. Ymbalfalodd yn ei bag am ei sbectol haul a gwthiodd y drysau i'r ganolfan gan gadw Declan yn ei golwg.

Gallai weld top ei ben yn diflannu i'r dorf, ond roedd ei ddilyn yn anodd, a'r ganolfan yn llawn o fenywod canol oed yn loitran o flaen y ffenestri er mwyn cadw allan o'r glaw. Gwelodd ei fod yn anelu am un o'r siopau mawr ar ben draw'r cyntedd a gwthiodd drwy'r dorf i'r adran harddwch.

Roedd ei chalon yn carlamu a phwyllodd i gael ei gwynt yn ôl. Prin y gallai anadlu o feddwl am yr holl bosibiliadau. A oedd Declan yn mynd i brynu *Wild Bluebell* Jo Malone fel anrheg i Niamh? Neu'r *Pomegranate Noir* i fenyw arall? Cododd y dicter fel cyfog yn ei gwddf a rhuthrodd heibio'r cownteri gan faglu dros ddwy hen ddynes oedd yn profi lipstics ar gefn eu dwylo.

"Aww!"

Clywodd glec y tu ôl iddi.

Tynnodd y sbectol haul i weld bod dymi yn gorwedd ar y llawr, ei gŵn nos sidan wedi codi'n flêr dros ei bol, a'i phen yn gorwedd wrth ei hochr fel tasai wedi'i dienyddio.

"Shit!" meddai'n uchel. Edrychodd o gwmpas. Doedd neb wedi sylwi a doedd dim amser i gyfadde. Rhaid gadael lleoliad y drosedd a chanolbwyntio ar ei tharged.

Camodd dros y corff a rhuthrodd heibio'r cownteri, gan wrthod y cynnig am eli i'r croen a phersawr rhad. Roedd Declan yn dal yn ei golwg wrth iddo gamu'n frysiog drwy'r drysau cefn ac allan i'r stryd.

Wrth i'w llygaid addasu i'r heulwen, daeth pwl o flinder drosti. Roedd hi'n ymddwyn fel menyw wallgo. A beth wnâi petasai Declan yn mynd i swyddfa cyfreithiwr neu gyfrifydd?

Allai ddim camu mewn a mynnu ei ddilyn. Dychmygodd yr olwg ar wyneb y ddynes yn y dderbynfa wrth iddi alw'r swyddogion diogelwch.

Erbyn hyn, roedd Declan yn camu'n bwrpasol i fyny Stryd y Frenhines i gyfeiriad y brifysgol. Am eiliad, ystyriodd droi am y car, ond cofiodd eto am eu sgwrs nos Sadwrn. Beth ddiawl oedd e'n ei wneud yma, pan oedd i fod yn Iwerddon?

Tynnodd y cwfl dros ei phen, a'i ddilyn o bellter. Gwell cael gwybod yn lle gwastraffu mwy o amser yn dilyn breuddwyd gwrach. Arhosodd yng nghysgod y siopau, gan gadw golwg ofalus. Wrth basio'r Theatr Newydd, trodd Declan i'r chwith a cherddodd i fyny grisiau gwesty smart, cyfoes. Curodd calon Bethan yn galed. Roedd y Manhattan Bar ar y llawr gwaelod, yn llawn menywod aeddfed ar ddêts.

Rhewodd, ei meddwl yn corddi. Dyma'r gwir – a dyma'r amser i roi'r gorau iddi. Yr unig beth i'w wneud oedd i fynd 'nôl i'r gwaith a chanolbwyntio ar ei rhaglen. Anghofio am Declan a'i hantur wyllt yn y dafarn.

Chwiliodd am hances yn ei phoced a chwythodd ei thrwyn. Yna, heb feddwl a heb wybod pam, cerddodd at y gwesty. Rhedodd i fyny'r grisiau ac i mewn i'r lobi crand.

Camodd yn araf dros y llawr marmor cyn cyrraedd drysau gwydr y bar.

Roedd Declan wedi cyrraedd bwrdd yn y cefn, yn edrych dros barc gwyrdd ar yr ochr draw.

Tynnodd ei got a'i osod ar gefn cadair esmwyth. Roedd yn siarad â rhywun ar fainc felfed dywyll yn y cefndir. Cymerodd Bethan gam arall i gael gweld yn well, a chraffodd i'r cysgodion yng nghefn y bar.

Anadlodd yn ddwfn. Nid menyw oedd y cwmni ond dyn canol oed mewn siwt. Edrychodd eto, i wneud yn siŵr, a charlamodd ei chalon. Doedd dim amheuaeth. Roedd Declan yn cyfarch ac yn sgwrsio gyda neb arall ond y Cynghorydd Sidney Jenkins.

40

Aeth Bethan yn syth at far yr Oriel ac archebodd botyn o de Dedwyddwch.

Fyddai angen dipyn o hynny cyn i Elin gyrraedd. Gafaelodd yn yr hambwrdd a cherddodd at fwrdd gwag. Roedd pum munud ganddi nes ei bod yn cyrraedd. Amser i lonyddu a chael trefn ar ei meddyliau.

Astudiodd y rhaglen heb ddarllen yn iawn. Beth oedd gêm Declan? A pham ei fod wedi dweud celwydd? Cymerodd lymaid o de gan losgi ei thafod. Gan bwyll, meddai'n dawel. Roedd angen iddi arafu.

Gwelodd Elin yn camu trwy'r drysau. Trodd sawl pen yn y bar wrth iddi ddatod ei sgarff wlân a siglo'r mwng o wallt tywyll dros ei hysgwyddau.

"Sori bo' fi'n hwyr!" meddai, gan dynnu cadair ac eistedd. "Ti'n iawn? O'n i'n ffaelu clywed gair dros y ffôn ..."

Pwysodd 'mlaen gan grychu ei thalcen.

"Wedest ti bo' ti wedi dilyn Declan trwy'r dre?"

Cnodd Bethan ei thafod.

"Hmm." Ceisiodd ddal yn ôl.

"Stori hir ... Wyt ti eisie peth o'r te 'ma? Ges i ddau fỳg ..."

Tywalltodd Bethan weddillion y te chwerw i'r cwpan wrth i Elin symud yn nes.

"Pam o't ti'n dilyn Declan, Mam?"

Doedd ganddi ddim syniad ble i ddechrau.

"Do'n i ddim yn ei ddilyn e ..." meddai, gan ail-fyw digwyddiadau'r bore. "O'n i newydd fod i weld dy ffrind di – Dai ... wedodd e lot o stwff diddorol wrtha i ..."

"Mam!" ebychodd Elin. "*Get on with it!*"

Llyncodd Bethan lond ceg o de Dedwyddwch gan geisio canolbwyntio.

"Wel," meddai'n araf. "Ddes i mas o'r caffi ar ôl cwrdd â Dai, ac o'n i ar y ffordd 'nôl i'r car pan weles i Declan – yr ochr draw i'r parc bach 'na ar bwys Eglwys Sant Ioan. 'Nath e ddim 'y ngweld i o gwbl – o'dd e'n mynd i ganolfan Dewi Sant. Ond ..." Crwydrodd ei llygaid allan i'r stryd. "Ges i sioc ... o'dd e wedi dweud wrtha i fod e'n mynd i Iwerddon ..."

Goleuodd wyneb Elin.

"Mam!" meddai. "Paid panicio! Wedodd e wrthon ni bod e'n mynd i Iwerddon hefyd. Do'dd e ddim fod yn y bar heddi – ond galwodd e mewn peth cynta. 'Wy'n credu bod e 'di newid y trefniadau ..."

Roedd cwlwm yn stumog Bethan. Oedd hi'n dechrau datgymalu?

Roedd Elin yn ei gwylio'n ofalus.

"'Nest ti ddim actiwali 'i ddilyn e, do fe?"

"Dim i ddechrau," meddai'n amheus. "Es i draw i weud helô – ond o'dd e'n cerdded yn gyflym, a ... wel, ar ôl iddo fe weud bydde fe yn Iwerddon, o'n i eisie gwybod beth o'dd yn mynd 'mlaen ..."

Crychodd ei thalcen, gan geisio cofio'r manylion.

"'Nes i ddim dilyn e'n bell – jyst lan Queen Street ... ond a'th e mewn i'r Manhattan Bar ac ... o'n i'n *convinced* bod e'n gweld rhywun."

Gwridodd wrth gofio'i ras wyllt drwy'r siopau.

"Mam! Ti fel blydi *stalker*!"

Rholiodd Elin ei llygaid.

"'Wy'n gwbod ond ..." Clywodd Bethan atsain o lais Declan

nos Sadwrn, yn crefu arni i ymddiried ynddo. "'Wy mewn perthynas eitha agos gyda fe ... licen i deimlo bo' fi'n ei drystio fe ..."

Hwffiodd Elin yn ddiamynedd ond aeth Bethan yn ei blaen.

"Eniwe ..." Roedd ei llais yn cryfhau. "Es i mewn i'r Manhattan a loitran yn y lobi a gesha pwy o'dd 'na, yn aros am Declan?"

Cododd Elin ei ysgwyddau.

"Blydi Sid Jenkins!" meddai. Roedd hi'n dal mewn sioc. "O'n i'n ffaelu credu'r peth ... Pan weles i Declan nos Sadwrn, sonies i wrtho fe am yr hasls gyda Sid – ac o'dd e'n mynnu fod e braidd yn nabod y dyn."

Roedd Elin yn dal i edrych arni'n anghrediniol.

"Wel, o leia do'dd e ddim yn *schmooso* menyw arall," meddai, "oni bai fod e mewn *secret liaison* gyda Sid!"

Tynnodd ystum ffiaidd.

"Ond pam fod e 'di dweud celwydd wrtha i?" Roedd gronyn o amheuaeth yno o hyd.

"Mam! Cwla lawr! Mae e *yn* mynd i Iwerddon – dyw e ddim yn y dafarn tan ddydd Gwener ... Falle bod y trefniade 'di newid ..."

Cymerodd Elin lymaid o'r te, a thagu.

"Beth yffach yw'r te 'ma – mae'n disgysting ...?"

"Serenity." Gwenodd Bethan am y tro cynta'r prynhawn hwnnw. "'Wy'n credu well i ni drio rhywbeth cryfach!"

"Y peth yw," meddai, gan sobri, "wedodd Dai Kop lwyth o bethau wrtha i am Sid. Mae sïon bod lot o ddêls doji'n mynd 'mlaen ar hyn o bryd – 'wy ddim yn gwybod pam fydde Declan eisie cwrdd â crîp fel'na ..."

"Jyst gofynna iddo fe!" Roedd Elin yn dechrau colli amynedd. "Ma' Sid yn dod i'r dafarn ... Ddim yn aml ond fe yw'r cynghorydd lleol."

Anadlodd Elin yn ddwfn, gan godi ei hysgwyddau.

"Mae Declan yn cwrdd â llwyth o bobl yn y dafarn – a ma'

lot o'r dynion busnes sy'n dod 'na'n ffiaidd ... ond mae Declan yn trin pawb 'run fath ..."

Chwaraeodd gyda dolen y mỳg am eiliad, gan ddewis ei geiriau.

"Beth ma' rhaid i ti ddeall yw bod Declan yn ddyn busnes – mae'n *obsessed* â'r dafarn, a'r unig beth sy'n bwysig iddo fe yw bod y busnes yn neud yn dda."

Pwysodd mlaen at ei mam.

"Dyna beth ddylet ti boeni amdano. Y dafarn yw'r peth pwysica iddo fe – mwy nag unrhyw berthynas ..." Pwyllodd gan astudio ymateb ei mam. "Wedodd Jurgita wrtha i bod e 'di ca'l llwyth o brobleme ariannol – pan wahanodd e oddi wrth Niamh. O'n nhw'n rhedeg tafarn ar y cyd a gorfod e werthu a talu llwyth o dosh iddi. Mae'n *obsessed* â neud arian ..." Cododd ei golwg at Bethan. "'Na'r unig beth sy' ar ei feddwl e – ac os yw Sid yn gallu'i helpu, 'neith Declan chwarae'r gêm. Dyw e ddim yn meddwl bo' nhw'n ffrindie penna' ..."

Anadlodd Bethan yn ddwfn. Naill ai roedd y te Serenity yn gweithio neu roedd hi'n dod 'nôl at ei choed.

"Diolch Elin!" meddai. "'Wy'n teimlo'n well nawr ... Y peth yw, cyn y trawma 'ma bore 'ma, o'n i'n teimlo mor bositif. Mae Dai 'di dweud llwyth o stwff wrtha i am Abertaf."

Gwenodd Elin arni.

"Grêt," meddai. "Mae unrhyw *inside info* yn help ..."

Edrychodd Bethan dros ei hysgwydd yn gyflym.

"Rhaid i ti addo peidio dweud dim ..."

"Addo!" Nodiodd Elin ei phen.

"Mae Dai 'di bod yn tyrchu ..." Erbyn hyn roedd hi'n sibrwd. "Ma' mab Sid yn fildar ... a mae e 'di gweithio gyda Garfield Edwards – y dyn sy'n datblygu Abertaf – ar sawl cynllun mawr ..."

"Beth?" Boliodd llygaid Elin.

"Allan nhw ddim neud 'ny! Mae'n erbyn y gyfraith, nag yw e?"

Ochneidiodd Bethan.

"Y drafferth yw, sdim rhaid i Garfield i enwi'r bildar ar y cais cynllunio – mae lan iddo fe pwy mae'n ddefnyddio ..." Trodd at ei merch. "Mae'n drewi ... ond sdim amser i brofi'r peth. A ma' lot o'r tenantiaid wedi arwyddo bo' nhw'n fodlon symud ... mae pethe'n symud mlaen ffwl pelt."

Caledodd gwedd Elin.

"Sa i'n mynd i orwedd lawr a gadael i'r bwlis dramplo droston ni ..." meddai. "'Wy 'di siarad â Mati ... mae hi'n credu fydde'r Undeb yn gallu trefnu protest ... Bydde cannoedd o fyfyrwyr yn fodlon cefnogi'r tenantiaid ... miloedd, falle?"

Trodd at ei mam.

"Rhaid i ni neud rhywbeth ... jyst i arafu pethau, fel bod ti neu Dai'n gallu hoelio'r bastards ..."

"Chwarae teg i ti!" meddai Bethan. "'Wy jyst mor flin bo' fi'n methu rhoi llais i'r tenantiaid – achos bod y bosys wedi syrthio ar eu glinie o flaen *sodding* Sid!"

Edrychodd allan i'r stryd.

"Allen ni ddal i dwrio ... yn dawel bach. Mae contacts 'da fi yn Abertaf – a 'wy'n credu bod y merched ar y stryd yn gwybod dipyn. Ga i air arall gyda Sam ... Tase ni'n ca'l prawf allen i redeg y stori ... neu o leia helpu Dai ..."

Roedd gofid Bethan yn diflannu. Cofiodd am Sid yn bygwth chwalu ei gyrfa. Y bastard hunanfodlon. Cododd y dicter fel fflam ar ei chroen.

"Go, Bethan!" meddai Elin yn edmygus.

Rholiodd Bethan ei llygaid.

"Wna i drio 'ngorau," meddai. "Fydde dim byd yn rhoi mwy o bleser i fi nag i hoelio Sid, a gadael i bawb wybod faint o fwli llwgwr yw e!"

41

Roedd drws swyddfa Declan yn dal ar gau. Ac Elin wedi bod yn cadw llygad arno ers dros awr. Falle bod ei mam yn ddigon naïf i gredu'r bolycs 'na am arholiadau Colm, ond doedd hi ddim mor siŵr. Roedd hi wedi gweld sawl menyw smart, ganol oed, yn sleifio at y bar i holi amdano tra bod Jurgita yn gwneud ryw esgus tila. Roedd Elin wedi trio'i gorau i holi'n gynnil, ac yn y diwedd wedi gofyn yn blaen, "Ai cariad Declan oedd honna?"

Cododd Jurgita ei haeliau siapus, perffaith. *"One of many!"* meddai, yn ei hacen doredig.

Ochneidiodd Elin, gan droi 'nôl at ei gwaith o dacluso'r bar. Roedd ei mam i weld yn ddigon hapus, beth bynnag. A dyn oedd yn y swyddfa gyda Declan, roedd hi wedi gwneud yn siŵr o hynny wrth gerdded heibio'r drws pan aeth Declan allan i nôl potel arall.

Dim ond hi oedd tu ôl i'r bar erbyn hyn. Roedd Jurgita yn awyddus i adael, ac wedi gofyn iddi aros 'mlaen tan ddiwedd y noson. Roedd hi'n tynnu am un ar ddeg pan adawodd y cwsmeriaid ola', ac aeth Elin i gasglu'r gwydrau gwag a'u cario i'r gegin.

Tasai'n cael Declan ar ei ben ei hun, fe allai dyrchu am fwy o wybodaeth. Pam ddiawl nad oedd e yn yr Ynys Werdd? A phwy oedd y Glamorous Gran a chwythodd i mewn ddechrau'r wythnos, ei llygaid mawr, glas, yn blincio fel gwahadden wrth iddi holi amdano? Fe ddylai loitran cyn gadael i holi amdani, yn enwedig nawr bod Mister O'Darcy wedi bod ar y lysh.

Plygodd i roi'r gwydrau olaf yn y peiriant golchi pan glywodd ddrysau dwbl y gegin yn agor a Declan yn cerdded i mewn gyda photel wag a dau wydr. Dim ar frys i gyrraedd yr Emerald Isle, yn amlwg.

"Helô, Sinderela!" meddai'n joli. "Dim ond ti sy' 'ma'n gweithio?"

"Nabod fi, Decs," meddai'n sinicaidd, *"Taking one for the team!"*

Cododd Declan un o'r gwydrau o ochr y sinc a gwgodd arni.

"Wel, dyw hwn ddim yn lân iawn!"

Y mwlsyn! Doedd hi heb orffen stacio'r peiriant eto. Roedd e'n fwy pisd nag a feddyliodd.

"Blydi *cheek*," meddai. "Dwi 'di bod 'ma ers pump. Gobeithio bo' ti'n mynd i dalu *overtime* i fi ..." Oedodd cyn troi ato i holi, "Beth ti'n neud 'ma eniwe? O'n i'n meddwl bo' ti'n mynd i Iwerddon?"

Ochneidiodd Declan wrth osod y ddau wydr ar y cownter.

"O'n i fod i fynd bore 'ma ..." meddai'n flinedig. "Ffycin gwaith papur yn hala fi'n nyts ... Dwi newydd gael dwy awr gyda'r *accountant*, a ma' 'mhen i'n troi ..."

Felly roedd hi'n iawn. Busnes. Cash. 'Na i gyd oedd ar feddwl Mister Megabucks.

"*Nightmare*! So ti 'di canslo dy drip?" Cododd y gwydrau olaf a'u gosod yn y peiriant. "'Na drueni!"

"Na – newidies i'r ffleit. 'Wy off peth cynta fory ..." Pasiodd y ddau wydr gwin ati gan bwyso ar y cownter. "So bydd rhaid i ti neud hebdda i am weddill yr wythnos ..." Daliodd ei llygad wrth iddi sythu. "Er, ma' digon 'da ti ar dy blât, fydden i'n meddwl ... Wyt ti a Kam yn eitha agos y dyddie 'ma ...?"

Cododd ei aeliau'n awgrymog.

Yffach. Doedd hi ddim wedi disgwyl hyn. No wê oedd hi'n mynd i drafod ei bywyd carwriaethol gyda Decs. Holl bwynt aros 'mlaen oedd i ffeindio mas amdano fe.

"Hmm ..." Crychodd ei thrwyn. "Ni'n gweld ein gilydd – dim byd seriys eto. Bach fel ti, Decs," meddai. *"Easy come, easy go ..."*

Roedd gwên feddw ar wyneb Declan.

"Ha!" chwarddodd, "Ti'n fenyw annibynnol ..."

Roedd Elin wedi hen flino ar y sgwrs wirion.

"Ddim wir," meddai'n fyr. "Jyst ddim am gael 'y nghlymu lawr ..."

Taflodd gip ar y cloc. Hanner awr wedi – amser iddi hel ei thraed.

"Reit!" meddai'n bendant gan gau drws y peiriant.

Gafaelodd Declan yn ei garddwrn.

"Licen i glymu ti lan," meddai'n dawel. "Clymu ti lan a chusanu pob rhan ohonot ti!"

What. Ddy. Ffyc.

Rhewodd.

"Whaat?" meddai'n ffyrnig. Tynnodd ei garddwrn o'i afael. Ond roedd breichiau Declan amdani'n dynn, ei gorff yn ei gwasgu yn erbyn y cownter metel.

"Ffyc sêcs, Declan!" gwaeddodd. "Be ti'n neud?"

Gafaelodd amdani, gan wasgu'r anadl o'i chorff wrth iddo wthio'i dafod i'w cheg.

"C'mon Elin," mwmialodd, "ti'n ffycin biwtiffyl, ti'n gwbod 'ny..."

"Ffyc off!" Gwthiodd ei breichiau yn erbyn ei frest, ond roedd yn gryfach na hi, ei gorff trwm yn ei mygu a'i goes yn gwthio drwy'i chluniau.

Ceisiodd sgrechen ond daliodd ei afael, gan chwerthin a gwthio'r codiad trwm yn ei drowsus yn erbyn ei bol.

"Relacs!" meddai, "sdim eisie ti boeni ..."

Teimlodd ei law yn tynnu sip ei jîns ac yn symud rhwng ei choesau.

"Stooop!" Brwydrodd i ryddhau ei breichiau. Roedd ei meddwl ar chwâl ond rhywsut, llwyddodd i godi ei throed a chicio ffêr Declan gyda'i bŵt beicar, trwm. Cododd ei ben mewn sioc, a chan achub ar ei chyfle, cododd ei choes i gicio Declan mor galed ag y gallai rhwng ei goesau.

Plygodd yn ei ddwbl, wrth i wadn trwchus ei sawdl lanio ar y cnawd meddal.

"Y ffycin bitch!" gwaeddodd.

Rhedodd Elin heb edrych 'nôl – trwy ddrysau dwbl y gegin, heibio'r byrddau pren a lan y grisiau at y drws. Siglodd ei dwylo wrth iddi ddatod y clo a bolltiodd i'r stryd, gan redeg a rhedeg heb edrych 'nôl nes ei bod dros y bont, ar strydoedd Abertaf.

Dim ond bryd hynny arafodd i edrych dros y bont a'r afon i gyfeiriad y dafarn. Roedd pobman yn dawel a neb yn ei dilyn. Â'i chalon yn dal i ddyrnu yn erbyn ei hasennau, cerddodd yn frysiog ar hyd y stryd dywyll at fflat Kam a churodd y drws â'i holl nerth.

42

Atebodd Kam y drws â darn o dost yn ei law.

"Ti'n hwyr," meddai. "Tries i ffonio ti – ond o'dd dy ffôn di off ..."

Syllodd Elin arno, dan ormod o emosiwn i siarad.

"Elin?"

Gorffennodd Kam gnoi a rhythodd arni'n ddisgwylgar.

Edrychai mor gartrefol yn ei hen grys-T a'i drowser tracwisg. Dechreuodd Elin grynu.

"'Wy ... 'wy ..." dechreuodd.

Camodd Kam ati a'i chofleidio.

"Hei? Beth sy'n bod?"

Pwysodd Elin yn erbyn ei gorff solet a thaflodd ei breichiau amdano. Roedd hi'n beichio crio, yn methu siarad. Gafaelodd Kam yn dyner yn ei braich a'i thywys at y soffa yn y stafell fyw.

"Be sy' 'di digwydd ...?" Mwythodd ei chefn. "Anadla'n ddwfn ... paid siarad nes bo' ti'n barod ..."

Gorweddodd Elin ar y soffa o ledr meddal, ei phen ar frest Kam, gan deimlo'i galon yn curo dan ei asennau.

"Sori," beichiodd. "Dyw e ddim byd ofnadwy ..."

Anadlodd yn ddwfn wrth i'w chalon arafu, a cheisiodd esbonio beth oedd wedi digwydd. Beichiodd eto wrth ail-fyw'r profiad. Yr olygfa normal yn y gegin wrth iddi stacio'r peiriant a holi am Iwerddon, Declan yn rhoi ei freichiau amdani ac yna, beth? Cofiodd gael ei gwthio yn erbyn y cownter, ond roedd popeth fel breuddwyd. Roedd hi'n cael gwaith cofio ond nawr, roedd Kam yn gofyn cwestiwn, ei lais yn dod o rhyw le dieithr, wrth iddi geisio canolbwyntio.

"Beth?" Roedd ei geg yn dynn gan dymer.

"'Nath e wthio ti yn erbyn y wal?"

Doedd hi erioed wedi'i weld mor flin.

"Do ..." meddai'n grynedig. "O'n i'n holi rhywbeth am Mam ..."

Sychodd Elin ei thrwyn ar ei llawes yn ddifeddwl.

"O'n i yn y gegin," cofiodd, "... yn clirio lan, a dda'th e mewn gyda dau wydr ... 'wy'n credu fod e'n eitha pisd ..."

Cofiodd y teils gwyn ar y wal a'r sinc metel dan y golau strip llachar. Gwelodd y mwsog gwlyb ar y wal tu allan wrth i Declan ei phlygu 'nôl a'i chusanu ... Nid cusan fach, ond cusan galed ar ei cheg, ei dafod yn ei gwddf a'i gorff yn ei gwthio 'nôl wrth iddo agor ei chrys ... Teimlodd ei choler. Roedd botwm ar goll a, nawr, teimlai ei hysgwyddau'n dost, fel tasai wedi cael ergyd ...

"Ffycin bastard." Roedd llygaid Kam yn gul. "Ma' rhaid i ti ffonio'r heddlu ..."

"Na paid, plis ..." Sobrodd Elin a chododd i eistedd. "Wir ... Dwi ddim eisie siarad amdano fe ... Bydden ni 'na am oriau ac allan nhw neud dim. Ddigwyddodd dim byd ..."

Roedd Declan wedi stopio. O'r diwedd. Ar ôl y gic masif yna ...

"Wedest ti bo' ti'n methu dianc ..."

Roedd Kam wedi gwelwi. Estynnodd am y siaced Puffa ar fraich y soffa a dychrynodd Elin gan feddwl ei fod ar fin rhedeg i'r dafarn i hanner lladd Declan.

Gafaelodd yn ei fraich.

"Paid. Plis! Ei di i drwbwl a fydda i'n teimlo'n waeth ..."

Gwgodd wrth ddwyn i gof ei sgwrs gyda Declan yn y gegin.

"O'n i wedi bod yn siarad am Mam – am beidio setlo lawr ... 'nath e gamgymeryd."

Roedd hi'n teimlo'n gyfoglyd. I feddwl bod Declan wedi gwneud y fath beth tra'i fod e'n ... Doedd hi ddim am feddwl beth oedd e'n ei wneud gyda'i mam.

"Dyw hwnna ddim yn esgus ..." Sythodd Kam. "'Wy'n mynd draw 'na ... ac os na fydd e'n bennu lan yn y carchar, fydda i yna yn ei le ..."

"Ffyc sêc, stopia!" Gafaelodd Elin yn ei lawes, rhag ofn iddo ruthro i'r stryd. "Fyddi di'n neud pethau'n waeth – 'nath ddim byd ddigwydd yn y diwedd ... *Try-on* o'dd e ... o'dd e'n gwbl pisd ... Fydden i lawr yn swyddfa'r heddlu am orie, a fydden nhw ddim yn gallu neud dim yn y pendraw ..."

Pwysodd ei phen 'nôl ar y soffa, wedi ymlâdd. Doedd dim pwynt gwneud cwyn swyddogol – a'r unig ffordd i ymdopi oedd iddi gario 'mlaen â'i bywyd ac anghofio'r holl beth.

Trodd Kam i'w wynebu.

"Ond beth os yw e'n trio fe 'mlaen 'da rhywun arall?"

Cofiodd Elin wyneb Declan, yn welw gan boen.

"Cicies i fe'n galed," meddai'n dawel. "Cicies i fe yn ei gerrig ... 'neith e ddim boddran neb arall am dipyn ..."

Goleuodd gwedd Kam rhyw fymryn.

"Gwd!" meddai.

Llwyddodd Elin i wenu. Roedd hi'n dal mewn sioc, ond o leia roedd ei choesau wedi stopio crynu. Pwysodd Kam drosti, gan blannu cusan dyner ar ei thalcen.

"Da iawn ti," meddai. "Ti'n berson amesing, Elin. Dwi erioed 'di cwrdd â neb fel ti ... 'Wy'n gwybod elli di edrych ar ôl dy hunan, ond sneb yn mynd i frifo ti tra dwi o gwmpas, ocê?"

Edrychodd i fyw ei llygaid.

"Iawn!" Cofleidiodd Elin ei war.

"Addo i fi bo' ti ddim yn mynd i neud unrhyw beth gwirion?"

"Addo ..."

Roedd breichiau Kam amdani yn mwytho ei chefn. Wrth

i'w hemosiynau dawelu, cliriodd ei meddwl.

"Alla i ddim mynd 'nôl i weithio 'na," sibrydodd.

"Paid poeni." Gafaelodd Kam ynddi'n dynn. "Dwi 'di bod yn meddwl symud o'r Cei ers amser ... Ma' Declan yn wên i gyd pan mae yn ei hwyliau, ond mae'n hunanol ... a mae'n cymryd mantais ohonon ni. Ma' ffrind i fi 'di agor bar tapas yn y dre ... wedodd e wrtha i bod e'n chwilio am staff ..."

Cododd Elin ar ei heistedd.

"Ffab – gofyn iddo fe," meddai. "'Wy byth yn mynd 'nôl i'r twll 'na 'to ..."

"Hmm." Roedd golwg feddylgar ar Kam. "Bydd rhaid i ti ddweud wrth dy fam," meddai.

Gafaelodd Elin yn ei law.

"'Wy'n gwbod," meddai. "Ond plis, Kam, gad hi am nawr, ocê? 'Wy wedi dweud wrthi bod Declan yn *operator*, ond 'wy newydd gwlo lawr a dwi eisie bach o lonydd cyn taclo pethe 'to ..."

Siglodd ei phen.

"Allwn ni plis anghofio fe am nawr?"

"Ie, siŵr..."

Estynnodd Kam ei goesau fel ei fod yn gorwedd wrth ei hochr.

"Paid poeni, nawr ... y'n ni'n gwybod faint o fastard hunanol yw Declan ... bydd rhaid i Bethan ffeindio mas yn y pendraw, ond mae'n rhaid i ti edrych ar ôl dy hunan hefyd, cario 'mlaen gyda dy fywyd ..."

Pwysodd Elin ei phen ar ysgwydd lydan Kam, gan deimlo'i hunan yn ymlacio wrth i'w law ei mwytho'n dyner, gan dawelu panic a gofid yr awr ddiwetha.

43

Pwysodd Bethan y botwm gan wylio'r lluniau'n fflachio dros y sgrin. Wrth weld adeiladau'r Sgwâr Canolog yn flociau du yn erbyn yr awyr, pwysodd y botwm stop. Sbwliodd i ddechrau'r dilyniant, gan wylio Liz a Sam yn cerdded am yn ôl mewn slo-mo. Dyma'r darn roedd hi am ei astudio.

Roedd y lluniau'n dywyll, lampau'r ceir yn goleuo tyrrau uchel y swyddfeydd. Gwyliodd yn ofalus wrth i'r ddwy ferch groesi'r ffordd fawr at Stryd y Porth. Roedd hi'n cerdded o'u blaenau, yn troi nawr wrth y fynedfa i'r lôn gul, ac yn wynebu'r camera tra bod Sam a Liz â'u cefnau ato, Liz llawer talach na'i ffrind gyda'i gwallt hir mewn cwt ceffyl, tra bod cudynnau Sam fel rhaeadr dros ei hysgwyddau.

Agorodd ei gliniadur, gan gadw llygad ar y sgrin. Dyma'r rhan roedd hi am ei logio.

Gwyliodd yn gegrwth wrth i Declan gamu i'r siot, gan weiddi a chwifio ei ddwylo, a rhedodd ias drwyddi pan welodd y braw ar wynebau'r merched. Roedd ei meic hi wedi codi rhywfaint o'i lais, er bod y geiriau'n garbwl. Rhewodd y llun i gael gwell golwg. Ar hynny agorodd ddrws y stafell wylio a daeth Brenda i mewn ar frys gwyllt, gan wneud iddi neidio yn ei sedd.

"Shgwlwch arnyn nhw yn y sgyrts byr 'na," meddai, gan siglo'i phen. "Stad arnyn nhw …"

"Maen nhw'n ifanc …" atebodd Bethan, ond cyn iddi fynd ymhellach, pesychodd Brenda.

"Ma' Selwyn 'ma," cyhoeddodd. "Eisie gair ..."

"Grêt!" Cododd Bethan o'i sedd. "'Wy eisie gair gyda fe, fel mae'n digwydd ..."

Roedd hi wedi bod yn pendroni drwy'r bore am ffordd i ddarbwyllo Selwyn fod yr wybodaeth newydd am Sid yn ffrwydrol.

Crychodd Brenda ei thalcen.

"I fod yn onest," meddai, "ma' bach o broblem ..."

Beth nesa, meddyliodd Bethan, wrth ddilyn Brenda fel carcharor i swyddfa Selwyn.

Cnociodd ar ddrws ei swyddfa a chamodd i mewn, gan ymdrechu i edrych yn serchog.

"Helô, Selwyn," meddai'n sionc. "'Wy'n falch bo' ti 'ma ..."

Amneidiodd Selwyn at y gadair isel a wynebai ei ddesg.

"Cyn i ti ddweud mwy ... ma' angen i fi godi rhywbeth gyda ti ..."

Sythodd Bethan. Pam fod Selwyn yn swnio fel tasai rhywun wedi marw?

"Sori?" holodd.

Cododd Selwyn ei law i'w thawelu.

"Ma' hwn wedi dod o'r top, Bethan, a mae'n rhaid i fi ddweud bo' fi 'di synnu'n fawr at dy ymddygiad di ..."

"*Beth?*"

Syllodd Bethan arno. Beth ddiawl roedd hi wedi'i wneud nawr? Roedd Selwyn yn gwgu arni dros ei bi-ffocals.

"Ges i alwad gan Rhiannon peth cynta bore 'ma – a mae'n rhaid i fi dy rybuddio di fod e'n seriys ..."

Edrychodd Bethan yn syn wrth i Selwyn astudio ei sgrin yn fanwl.

"Mae Rhiannon yn poeni'n fawr bo' ti wedi caniatáu i focs o *explosives* gael ei ddanfon o'r swyddfa hon i aelod arall o'r staff."

Ffrwydrodd Bethan.

"God sêcs Selwyn! No wê dwi'n derbyn cyfrifoldeb am hwnna. Dy brosiect di oedd hwnnw. Ti drefnodd i'r bocs gael ei ddanfon yma – ti a Gwyn ..."

Roedd ei chalon yn dyrnio, annhegwch y cyhuddiad yn ei gyrru 'mlaen.

"Do'dd dim blydi clem gyda fi beth oedd yn y bocs – a fues i'n trio dy ffonio di drwy'r prynhawn. O'dd Brenda'n pallu dweud wrtha i beth o'dd e ... a wedyn halodd hi fe gyda Rhiannon tra bo' fi mas o'r swyddfa – yn trio cysylltu gyda ti ..."

Fflachiodd awgrym o euogrwydd dros wedd Selwyn ond daliodd i wgu arni.

"Dy enw di sydd ar y ffurflen ganiatâd," meddai'n bigog. "A plis paid shiffto'r bai ar Brenda – y PA yw hi a dyw hi ddim yn cael ei thalu i ysgwyddo'r math yna o gyfrifoldeb ..."

Syllodd Bethan arno'n fud, wrth i Selwyn ei hastudio am eiliad.

"Wel," meddai'n fwy cymodlon, "dwi wedi esbonio'r amgylchiadau i Rhiannon ac wedi egluro taw *components* oedd yn y bocs ... Ar hyn o bryd wyt ti off yr hwc. Ond mae'n rhaid i fi dy rybuddio di, Bethan – unrhyw cocyps arall ac fe fyddi di mewn trwbwl difrifol – a dwi'n golygu *difrifol*."

Roedd y sioc yn ddigon i'w thawelu. Ond roedd Selwyn wedi gafael mewn tomen o ddogfennau ac yn estyn am ei ddogfenfag. Wedi taflu'r ergyd, roedd am ddianc – y cachgi!

Gwyliodd Bethan yn fud, gan weld fflach o'r dyfodol ar ei phen ei hun, heb swydd, heb arian a heb gwmni. Brwydrodd i dawelu ei meddwl.

"Wel ..." Gwnaeth ymdrech arwrol i fod yn bwyllog. "Fe fydd yn rhaid i fi dderbyn cyngor am hyn, Selwyn. Dwi ddim yn hapus bo' fi wedi cael fy landio gyda bocs o ffrwydron heb unrhyw rybudd – a nawr yn gorfod derbyn y cyfrifoldeb er bod neb wedi 'nghadw i yn y pictiwr ..."

Doedd Selwyn ddim yn gwrando. Roedd e wrthi'n didoli

tomen o bapurau, yn eu hastudio'n ofalus. Corws i'r côr, siŵr o fod, meddyliodd. Y 'Meseiah' falle – neu 'Paint My Wagon', y blydi cowboi!

Penderfynodd sôn am yr wybodaeth ddiweddaraf am Sid. Gwell rhoi rhywfaint o rybudd iddo na chael roced arall am beidio â rhannu gwybodaeth.

Cliriodd ei gwddf.

"A dweud y gwir," meddai, "o'n i am adael i ti wybod am y datblygiadau diweddara gyda rhaglen y gweithwyr rhyw."

Stwffiodd Selwyn y papurau i'w fag gan godi ei aeliau'n flinedig.

"Fe ges i dipyn o wybodaeth gan wahanol contacts wythnos dwetha," meddai, gan geisio swnio'n hyderus. "Ti'n gwybod fod Sid wedi bod yn gyndyn i siarad gyda ni ...?"

Roedd Selwyn yn gwgu arni dros ei sbectol. Penderfynodd fwrw 'mlaen.

"Wel – mae'r contact 'ma'n bendant fod Sid law yn llaw gyda'r datblygwyr ... Datblygwyr Prosiect Datblygu Abertaf ..." esboniodd.

Roedd tagell Selwyn yn goch.

"Datblygiad Abertaf? Beth ffwc sda hwnna i neud â'r *prostitutes*?"

Anadlodd Bethan yn ddwfn. "Mae'n rhan o'r un peth ... mae'n esbonio pam nag yw Sid yn fodlon siarad â ni ... os yw e'n stacio, mae'n stori anhygoel!"

"Os yw e'n stacio?" bwldagodd Selwyn. "Ma' dy raglen di'n mynd mas mewn pythefnos! Sdim amser i stacio unrhyw beth arall. Faint o weithie sydd rhaid i fi ddweud wrthot ti? *Prostitutes. Kerb-crawlers. Sexy shots.* 'Na beth sy'n mynd i grabio'r gynulleidfa – dim ryw stori boring am *planning*. Dwi ddim am glywed gair arall am Abertaf, datblygu na Sid ffycin Jenkins. Deall?"

Gafaelodd yn ei fag a chododd o'i sedd cyn troi ati.

"'Wy'n dechre colli amynedd gyda ti, Bethan. 'Wy'n gwbod bod problemau personol gyda ti, ond ti dros y lle i gyd y dyddie 'ma. Falle ddylet ti gael gair â HR a chael wythnos o wylie. Allen i roi cyfrifoldeb y rhaglen i Rhys yn ddigon rhwydd."

Trodd y bwlyn a diflannodd drwy'r drws, gan adael Bethan yn syllu ar ei ôl, yn crynu drwyddi.

44

"Ti angen drinc ..."

Safai Darren wrth y bar, ei gamera wrth ei draed, yn aros tra bod y barmêd yn tynnu peint o Brains iddo. Cafodd Bethan ei themtio i gael peint ei hunan, ond doedd hi ddim am ddechrau crio eto.

"Oren jiws a soda, plis," meddai. "Ddylen i ddim fod 'ma o gwbwl. Gerddes i mas o'r swyddfa amser cinio ac es i ddim 'nôl ..."

"Elen i am dybl jin yn dy le di ... Ti'n siŵr?"

Crwydrodd golwg Bethan o gwmpas y lolfa fawr. Nhw oedd yr unig bobl yno, heblaw am ddau hen ddyn yn eistedd wrth y bar, yn magu gwydrau hanner gwag.

"O leia does dim cyfryngis yma ..." meddai'n dawel.

Estynnodd Darren wydr iddi'n llawn ciwbiau rhew, cyn arwain y ffordd at fwrdd ynghefn y stafell.

"Sut lwyddest ti ddianc? O'n i'n meddwl bod y lle 'na fel Guantanamo?"

"Mae e," meddai Bethan yn isel. "Ond o'n ni mor stresd ar ôl y bolocing gan Selwyn, wnes i bacio'n ffeils a gneud rynyr ..."

Cymerodd lwnc hir o'r diod gan deimlo'r siwgwr yn codi ei hysbryd. "Wedes i wrthyn nhw bo' ti 'di ca'l *cancellation* a bo' fi angen *gvs* o Neuadd y Sir." Cododd ei golwg. "Actiwali, ma'r rhan yna'n wir!"

Roedd golwg feddylgar ar Darren wrth iddo eistedd yn ei hymyl.

"So – ti ddim yn neud dim byd o'i le, wyt ti? Ti'n canolbwyntio ar dy raglen … Gei di ddim stori yn eistedd ar dy din wrth y cyfrifiadur … Mae Selwyn yn gwybod 'ny!"

"Tria di ddweud wrtho," meddai Bethan yn fflat. "Pob tro ma' Brenda'n mynd i'r tŷ bach, mae'n neud cyhoeddiad, fel 'se'r cwmni'n mynd i golapsio os yw hi'n gadael ei desg …"

"Ffyc sêcs. Maen nhw'n planio'i gwylie – neu'n postio rybish ar Facebook. Be sy'n bod ar Selwyn, ta beth – o'n i'n meddwl bod y rhaglen yn y can, fwy neu lai?"

Yfodd Bethan lymaid arall o'r sudd oren. Roedd hi'n anadlu'n fwy normal erbyn hyn.

"Wel, mae e yn y can – heblaw am blydi Sid." Suddodd 'nôl yn ei chadair. "Wedes i wrthot ti am Bombgate, ondofe?"

Rholiodd Darren ei lygaid.

"Ffycin warthus! Dyle Selwyn fod wedi colli'i job … Allet ti fod wedi ffonio'r swyddog diogelwch a lando fe yn y cach … Ma'r swyddfa 'na'n wa'th na 'Dad's Army' …"

"Deffo!" Rholiodd Bethan ei llygaid. "Yn anffodus, dim blydi sitcom yw e! A nawr bod y diarhebol 'di hitio'r ffan, ma' Selwyn yn beio fi!"

Rhoddodd Darren ei beint ar y bwrdd a throdd i'w hwynebu.

"Er mwyn dyn, Bethan," meddai. "Dwed wrtho fe lle i fynd. Do'dd e ddim byd i neud â ti. Gwyn ordrodd y grenêds ac o'dd Selwyn yn gwbod amdano fe. Rhoiodd e ti a phawb arall mewn peryg – ddylet ti riportio fe a rhoi diwedd ar y peth …"

Ochneidiodd Bethan. "'Wy'n gwbod," meddai. "Ond fe yw'r bòs – alla i ddim tynnu'n groes drwy'r amser …"

Siglodd Darren ei ben. "Offis politics," meddai. "Wy mor falch bo' fi'n ffri-lans … Mae ishe i ti fod yn ffit, Bethan – gwna nodyn o bopeth sy' 'di digwydd ac ebostia Rhiannon – 'neith Rhys dy baco di lan …"

Cododd calon Bethan. Roedd Darren yn iawn – gallai ddibynnu ar Rhys i'w chefnogi.

"*Nice one*, Darren! Ma' hwnna'n syniad da …"

Cododd Darren ei ysgwyddau . "Alli di ddim fforddio bod yn rhy sensitif yn y busnes 'ma, Beth – *dog eat dog* yw hi …"

Ochneidiodd Bethan. Roedd dadleuon y bore wedi'i blino, ond os rhywbeth, roedd hi'n fwy penderfynol erbyn hyn. Roedd wedi cael llond bol ar ddynion canol oed yn diystyru pawb o'u cwmpas. Llyncodd ei diod yn gyflym gan feddwl dros yr opsiynau.

"Trwbwl yw," meddai, "ma' Dai Kop yn gwybod *shedloads* am Sid … Mae'n gweithio fflat owt i brofi'r cysylltiad rhwng Sid a'r datblygwyr, a ma' Rhys yn mynd drwy'r gwaith papur …" Trodd ato. "Y'n ni bron â craco fe – ond 'neith Selwyn ddim newid y dyddiad darlledu achos bod ffycin wythnos caws neu rhywbeth yn digwydd yr wythnos wedyn …"

Roedd golwg ddifrifol ar Darren.

"Jyst bwra di 'mlaen," meddai. "Yn dawel bach, gam wrth gam … Os elli di brofi pethau, bydd cracyr o raglen 'da ti. Ac ar ddiwedd y dydd, bydd pawb yn hapus …"

Anadlodd Bethan yn ddwfn.

"Pawb ar wahân i Sid!" meddai, gan wenu am y tro cynta'r diwrnod hwnnw.

"Ond ti'n iawn … Mae Sid lan hyd ei glustiau mewn doji dîls … Ac os dynna i'r stops mas, falle alla i brofi beth sy'n digwydd. Mae'r tenantiaid yn haeddu gwybod, on'd ŷn nhw?"

"Go Beth!" Gorffennodd Darren ei beint a neidiodd ar ei draed.

"Reit – os nad yw Sid yn mynd i siarad 'da ti, bydd ishe siots ohono fe i ti gael esbonio 'ny yn y sylwebaeth …"

Taflodd olwg ar ei wats.

"Mae'n dri nawr … No wê gelli di ddod i Neuadd y Ddinas, ond ma' perffaith hawl gyda fi i ffilmio tu fas. Os af i nawr a

hongian o gwmpas, ddylen ni gael siot o Sid yn gadael. Ma'
pwyllgor 'da fe prynhawn 'ma – tshecies i ar ôl cael dy neges."

Plygodd i gasglu ei gamera a'i fag.

"Cer di adre a rhoi dy draed lan – ti'n haeddu rest ar ôl bore
'ma."

"Darren, ti'n seren." Teimlai Bethan fel ei gofleidio ond
safodd yn ôl a gwenodd arno.

"Diolch i ti am fod mor gefnogol. Ymlaen mae Canaan ...!"

Edrychodd eto ar ei ffôn – doedd dal dim sôn am Sam.
"'Wy'n credu alwa i ar Sam ar y ffordd adre," meddai. "Mae hi'n
agos at bethe yn Abertaf." Gwthiodd ei breichiau i'w chot law.
"Falle wedith hi fwy wrtha i wyneb yn wyneb," meddai'n
obeithiol, gan ddilyn Darren allan drwy'r drysau pren i heulwen
isel y prynhawn.

Roedd y tywydd wedi codi, a'r haul yn disgleirio ar y
ffenestri wrth i Bethan sefyll tu allan i dŷ Sam gan edrych o
gwmpas. Lan llofft, roedd y llenni wedi cau ac roedd pamffledi
papur yn sownd yn y blwch llythyron. Doedd Sam ddim yno –
ond doedd hynny ddim yn esbonio pam nad oedd hi wedi ateb
yr holl negeseuon roedd Bethan wedi gadael iddi.

Curodd Bethan ar y drws eto, gan deimlo pwl o bryder.
Oedd y ffrwgwd gyda Declan wedi codi ofn arni, tybed?
Anadlodd yn ddwfn cyn pwyso i weiddi drwy'r blwch.

"Sam! Fi sy' 'ma ... Bethan!"

Dim smic. Cododd chwa o wynt gan godi dail crin o'r gwter.
Chwiliodd Bethan yn ei bag am ddarn o bapur a lluniodd neges
fer – rhywbeth na fyddai'n cael Sam i drwbwl petasai rhywun
arall yn ei darllen.

"Gobeithio bod popeth yn iawn," sgrifennodd.
"Ffonia/tecstia os yn bosib."

Sgriblodd lythyren gyntaf ei henw ar waelod y nodyn, a
gwthiodd y papur drwy'r blwch.

Agorodd ddrws y car. Roedd hi bron yn bedwar yn ôl y cloc

ar y dashfwrdd. Roedd Darren yn iawn. Doedd dim amser i fynd 'nôl i'r swyddfa, a feiddiai hi ddim mynd lawr i Neuadd y Ddinas. Er y byddai gwyneb Sid yn bictiwr tasai'n sefyll yno'n ddigywilydd. Sobrodd, gan ddal ei hadlewyrchiad yn y drych. Doedd dim byd amdani ond troi am adre.

Eisteddodd wrth y llyw gan daflu un golwg arall ar fflat Sam. Roedd ei hagwedd at ei gwaith yn ddi-lol.

Dwi ishe dweud wrthyn nhw lle i fynd ond dwi angen y blydi arian.

Roedd Bethan angen y blydi arian hefyd, neu fyddai hi ar y traeth yn Sbaen yn sipian Tinto de verano ar wely haul, yn lle bod yma yn y glaw, yn seboni Sid ac yn tipian yn ofalus o gwmpas Selwyn a'i fŵds anwadal. Gafaelodd yn ei ffôn a thecstiodd neges frysiog at Brenda.

"Wedi cwrdd â Declan – ffilmio yn y Bae!"

Roedd e'n llythrennol wir.

Cododd ddau fys ar y sgrin, trawodd y dangosydd a gyrrodd fel mellten ar hyd y stryd gul at ddiogelwch ei thŷ bach clyd a'i phlant.

45

Ochneidiodd Elin. Roedd hi mor falch o gael gwaith yn La Viña, roedd wedi hanner lladd ei hunan yn barod, er bod y bwyty ddim yn agor tan chwech. Chwystrellodd mwy o'r diheintydd ar y bwrdd. No wê allai hi gadw i fynd ar y rât yma – heblaw am or-wneud pethau, roedd hi mewn peryg o ddatblygu asthma o ganlyniad i'r holl stwff glanhau roedd hi'n ei anadlu. Ond roedd yn gyfle i ymarfer ei Sbaeneg, ac roedd Carlos, y perchennog, mor gyfeillgar.

"*Muy bien, muy bien!*" Gwenodd fel gât, o'i gweld yn sgrwbio'r ford.

Wrth iddi sythu i edmygu ei gwaith, canodd ei ffôn y tu cefn i'r bar.

"Gosh! Sori!"

"Nada," atebodd Carlos yn rhesymol. "Dy'n ni heb agor eto. Ateb e – mae'n iawn ..."

Aeth tu ôl i'r bar. Man a man gweld pwy oedd yno, tra bod y lle'n wag. Pan dynnodd y ffôn o'i bag, gwelodd ei bod wedi colli galwad gan ei thad. Amseru gwael, ond ar y llaw arall, doedd hi heb siarad gydag e ers Pizzagate.

"Sori," esboniodd wrth Carlos, "mae'n eitha pwysig. Alla i neud galwad cyflym?"

Cododd Carlos ei fawd a diflannodd i'r cefn i adael llonydd iddi.

"Dad?" gofynnodd yn bryderus.

"Helô, cariad! 'Wy'n gwybod bo' ti'n brysur ond ... o'n i jyst eisie dweud sori ... Ddylen i ddim fod wedi dod ag Alison i'r lle pizzas 'na ..."

Cymerodd Elin anadl ddofn. Dim byd na allai fod wedi aros.

"Paid poeni, 'wy 'di anghofio amdano fe ..." Doedd e ddim yn gwbl wir ond roedd hi ar frys. "Dad, 'wy wir yn sori, ond 'wy newydd ddechrau mewn job newydd – alla i ddim siarad. Alla i ffonio ti 'nôl?"

"O!" Swniai ei thad fel petai'n pendroni. "Do'n i ddim yn siŵr lle o't ti ... Alwes i yn y pyb ddoe, a wedon nhw bo' ti wedi gadael ..."

Ochneidiodd Elin. Lle gwaith oedd y dafarn – nid lle i'w rhieni alw am glonc unrhyw awr o'r dydd.

"Dad!" Clywodd ei llais yn siarp. "Wy ddim yn gweithio yn y Cei nawr – 'wy 'di dechrau mewn bar tapas newydd yn y dre ..."

"W!" meddai ei thad yn chwilfrydig. "Ble ma' hwnna, 'te?"

"Reit yn y canol ... Ar bwys yr eglwys." Roedd Carlos wedi ymddangos o'r cefn ac wrthi'n gosod canhwyllau ar y gwahanol fyrddau. "Sori, Dad. Mae rhaid i fi fynd ..."

"Cer di," meddai ei thad yn joli. "'Wy dal yn y swyddfa – falle alwa i am ddrinc cyflym ar y ffordd adre."

"Wel, ocê ... Fydda i ddim yn gallu siarad lot."

"Deall yn iawn," atebodd. "Fydda i ddim yn hir!"

Ochneidiodd Elin wrth roi'r ffôn 'nôl yn ei phoced a diffodd y sain. Os nad oedd un rhiant yn chwarae lan, roedd y llall yn mynnu sylw.

Gallai osod ei thad wrth y bar â gwydriad mawr o Rioja a chanolbwyntio ar y cwsmeriaid. Doedd hi ddim am beryglu swydd arall.

"Sori!" Cerddodd 'nôl at Carlos. "Ma' Dad ar ei ffordd o'r gwaith a ma' fe eisie galw mewn! Gobeithio bo' ddim ots!"

"*No hay problema!* Croeso i dy dad unrhyw bryd!"

Rholiodd Elin ei llygaid.

"Chi'm yn nabod 'y 'nhad i," atebodd.

Ymhen hanner awr roedd ei thad yno. Roedd y bar yn dal i fod yn dawel, diolch byth, pan sylwodd arno'n camu drwy'r drws, ei got yn dywyll gan law.

"*Buenas noches!*" Plannodd gusan fach ar ei foch. "Sut wyt ti?"

"O – ti'n gwbod, iawn!" Cerddodd gyda hi at y bar, yn edrych braidd yn druenus yn ei fac gwlyb, a'i wallt tenau'n glynu at ei ben.

"Tynna'r got 'na, Dad," gorchmynnodd. "Ti'n wlyb sops!"

Ysgydwodd ei thad y glaw o'i got a'i gosod ar un o'r stolion. Tywalltodd Elin fesur anferth o win coch i wydr mawr.

"Iechyd da!" meddai. "Sori – alla i ddim rhoi hwn iti am ddim – ond ma' hanner potel yn fan'na!"

"O! Diolch!" Roedd ei thad yn anarferol o dawel, yn edrych o gwmpas y stafell fawr gyda'i byrddau marmor a'i meinciau lledr coch.

"Wel, mae hwn yn smart!" meddai, gan redeg ei fysedd dros y bar.

"Lyfli, on'd yw e?" cytunodd Elin. "Ddylet ti ddod 'ma gyda'r nos, Dad, mae'r fwydlen yn ffab. Allet ti ddod ag Alison 'ma i ga'l cinio ..."

Cymerodd ei thad ddracht hir o'r gwin, gan edrych i'r pellter.

"Y'n ni newydd gael penwythnos yn Malaga," meddai.

"Waw!" Roedd e wedi dweud wrthi am y trip, ond doedd hi ddim yn canolbwyntio.

"O'n i'm yn deall bo' chi wedi bod yn barod – 'wy mor jelys!"

"Hmmm ..." Llyncodd mwy o win gan grychu ei dalcen.

Trodd Elin i wneud yn siŵr nad oedd Carlos yn hongian o gwmpas cyn tywallt mwy o win i wydr ei thad.

"'Wy'n dwlu ar Malaga – ma'r bwyd 'na'n lyfli. Tshepach na fan hyn, hefyd..."

"Wel – i Marbella aethon ni, dweud y gwir ... Ma' Alison 'di bod yn mynd 'na ers blynyddoedd ..."

"Swanci!" Tynnodd Elin ystum edmygus, gan daflu cip ar y drws. Tasai pobl yn dechrau cyrraedd, fe fyddai'n rhaid iddi shifft o'i thin.

Gwnaeth ei thad ymdrech i wenu.

"O, ma' Marbella'n swanc," meddai'n fflat. "Dim 'yn hoff le i, dweud y gwir!"

Trawodd Elin y clwtyn ar y bar cyn gostwng ei llais.

"Oreit, *moaning* Minnie! Beth o'dd yn bod arno fe? Ma' rhai ohonon ni 'di bod yn styc fan hyn yn y glaw tra bo' ti'n galifantio yn yr haul ..."

"Hmm." Siglodd ei thad ei ben. "'Wy'n gweld eisie pawb ... 'Wy'n gweld eisie Anwen ... a – wel ..."

Cododd ei olwg ati. "'Wy'n dechre meddwl bo' fi wedi neud camgymeriad ..."

Ochneidiodd Elin, gan daflu cip arall ar y drws cefn. Sôn am amseru gwael!

"*Dad!* ... *Get a grip!* O't ti a Mam fel ci a chath – 'na i gyd o'ch chi'n neud o'dd dadle ... Man gwyn man draw *and all that* ..."

Teimlodd wayw yn ei stumog. Roedd ei mam mor *obsessed* â Declan, allai ddim dychmygu ei hymateb tasai ei thad yn cyhoeddi ei fod yn symud 'nôl.

Rhythodd ar ei thad wrth iddo orffen ei win.

"Mae'n siŵr bo' ti'n iawn ... gawn ni weld," meddai.

Cododd i estyn ei got wlyb o'r stôl gyfagos. "Diolch yn fawr i ti am y diod ... mae'n grêt i dy weld di."

Ymbalfalodd yn ei boced a thynnodd bapur ugain punt o'i waled.

"Pryna ddiod i ti dy hunan," meddai, gan roi'r got am ei ysgwyddau.

"O, Dad!" Camodd Elin o'r bar a chofleidio'i thad. "Ga i gwpl o siots nes 'mlaen! Sori bo' fi ddim yn gallu siarad ... wna i ffonio ti, ocê?"

Edrychodd i fyw ei lygaid.

"Diolch, bach ... ie, ffona fi." Cododd ei fag trwm ac anelodd am y drws.

Gwyliodd Elin ei thad yn camu i'r stryd gan deimlo'n flin drosto. Roedd wedi esgeuluso Mam am flynyddoedd, ond ers iddo fynd, roedd hi wedi adfywio, wedi cael ail-wynt a dechrau mwynhau ei hun – mewn ffordd dros y top. Fyddai'r ffling gyda Declan yn arwain at ddagrau – gwyddai hynny gystal â neb – ond ar waetha'i ymddygiad chwit-chwat, roedd ei mam yn gallu edrych ar ôl ei hunan. O wylio'i thad, yn grwm dan ei ymbarél, doedd hi ddim mor siŵr amdano. Ond roedd y digwyddiad gyda Declan wedi dysgu gwers iddi. Fyddai'n rhaid iddi adael i'w rhieni i sortio'u problemau eu hunain. Heblaw bod 'na greisis go iawn yn codi. Un arall.

Golchodd wydr ei thad dan y tap gan weld grŵp o bobl yn dod drwy'r drysau yn siglo'u hymbaréls ac yn chwilio am wasanaeth. Aeth i'w tywys at fwrdd wrth y ffenest. Wrth iddi fynd yn ôl at y bar, cerddodd Kam i mewn, mewn siaced *hi-vis*, ei wallt yn ddu gan law.

"Sori bo' fi'n hwyr," meddai, wrth ei chofleidio.

"Paid â becs!" meddai, "mae'n dawel – dim ond dau fwrdd sy'n llawn, cyn belled ..."

Edrychodd Kam o gwmpas, gan grychu'i dalcen.

"Hec! Byddwn ni mas o waith os nag yw pethe'n gwella ... Ma' eisie iddyn nhw neud dêls i gael pobl drwy'r drws ... Jwg o Sangria am ddim – rhwbeth fel'na!"

"Clasi!" meddai Elin yn gellweirus. "Lle smart yw hwn – dim byrgyr bar!"

"Ocê, ocê …" Tynnodd Kam ei fest felen.

"Bydden i 'di bod 'ma'n gynt ond ma' pethe'n cico off yn y fflats eto … Wedai i wrthot ti nes 'mlaen."

"Shit!" Tynnodd Elin botel o Albariño o'r oergell. "Well i fi syrfo'r bobl 'ma – ddo i'n ôl nawr …"

Wedi iddi brosesu'r archeb fwyd, aeth 'nôl at y cownter lle roedd Kam yn gosod stribedi o ham coch ar fwrdd pren.

"Edrych ar fy *plato de jamón!*" meddai'n grand.

"Mister Modest," chwarddodd Elin. "Mae'r lle 'ma'n neis, on'd yw e? 'Wy mor falch bo' ni 'di gadael y Cei …"

"Dim lot o ddewis, oedd e?" Cododd Kam ei ben. "Ar ôl beth 'nath e …"

Trodd Elin ei golwg. Doedd hi ddim am feddwl amdano.

"So – be sy'n digwydd yn y fflats?" gofynnodd. "O'n i'n meddwl bod y peth yn *stitch-up* beth bynnag …"

"Mae e …" Gosododd Kam y stribedyn ola' ar y plât pren. "Ond – mae hyd yn oed yn waeth nag o'n ni'n feddwl."

Craffodd Elin arno, gan aros am esboniad.

"Ti'n cofio Hazel – o'r fflat drws nesa?"

"'Wy'n cofio ti'n sôn amdani."

"Wel, mae hi ar ei phen ei hunan – yn ei *sixties*. Seiniodd hi'r contract achos bod dim lot o ddewis 'da hi, a mae newydd glywed bydd rhaid iddi symud i'r Cymoedd."

"Y Cymoedd?" Rhythodd Elin arno. "O'n i'n meddwl bod ffwdan fawr am symud pawb i Roath Moors?"

Cododd Kam ei ysgwyddau.

"Dim ond am chwe mis – nes bydd y fflats newydd yn barod. Dy'n nhw ddim wedi dechre ar y seit eto – so bydd pawb yn gorfod mynd i *temporary accommodation* tan flwyddyn nesa …"

Siglodd ei ben. "Ma' Mam yn 'neud ei nyt – fydd hi'n methu mynd i'r gwaith a dyw hi ddim yn gwybod beth sy'n mynd i ddigwydd gyda Jay …"

Rhythodd Elin arno'n gegrwth.

"Alla i'm credu fe. Blydi hel! Bydd rhaid i ni shifffto – glou ..."

Edrychodd allan i'r stryd fawr lle roedd siopwyr hwyr yn rhedeg drwy'r glaw at y ganolfan.

"Siarades i â Mati dydd Sul – mae hi'n credu gallith hi drefnu protest. Ddylen ni neud rhywbeth – yn y dyddie nesa ..."

Gosododd Kam y gyllell fawr ar y cownter cyn troi ati.

"Gwranda, Elin, 'wy'n gwbod bo' ti wir yn trio helpu – ond a dweud y gwir, os yw pobl wedi arwyddo does dim lot allwn ni neud ..."

Trodd Elin ei golwg at y stafell fwyta a'r grŵp byrlymus wrth y ffenest, yn tywallt gwin i'w gwydrau. Roedd pethau mawr yn cael eu trefnu yn y cefndir a phawb yn cario 'mlaen fel petase dim o'i le.

"Beth sy'n bod arnat ti?" gofynnodd yn flin. "Alli di ddim gadael i'r bobl 'ma gerdded drostot ti!"

Cofiodd am ei thad yn eistedd wrth y bar yn cwyno am y gwyliau yn Marbella. Doedd ganddo ddim problemau – dim wir. Dim fel mam Kam.

"Mae dy fam yn colli'i chartre," meddai. "A ma' Jay'n cael ei symud o'i ysgol – mae'n colli'i ffrindie a'r holl bobl mae'n nabod, a sneb yn becso ..."

Tapiodd ei bysedd ar y cownter marmor gan feddwl.

"Mae Mam wedi cael ei bygwth, a ma' Dai Kop wedi dod lan yn erbyn wal frics ... Mae rhaid i ni drio rhywbeth arall."

Trodd ato, ei llygaid yn fflachio.

"Ffonia Dai," meddai. "Dwed wrtho beth sy' 'di digwydd. Allwn ni ddim eistedd ar ein tinau'n neud dim byd ... Cer mas i'r cefn a ffonia fe! Nawr!"

46

Gwthiodd Bethan trwy ddrysau pren y swyddfa, gan wneud ymdrech i anadlu'n araf. Daliodd ei choffi hyd braich i warchod ei chot, a throdd i weld a oedd Selwyn yn ei ffau ar ochr y brif swyddfa. Neb, diolch byth, dim ond Brenda, oedd wrth ei desg yn astudio ei chyfrifiadur.

"Bore da, Bethan!" meddai'n gyfeillgar, gan bwyntio at gyfres o luniau cegin. "Neis, on'd ŷn nhw?"

Craffodd Bethan ar y cownter marmor gwyn, smart.

"Mae'n lyfli, Brenda," meddai. "Ti'n cael cegin newydd?"

"Mmm," ochneidiodd Brenda. "Dwlu ar hwnna – ond ma' Ken yn credu bod *granite* yn rhy ddrud ..."

Teimlodd Bethan bwl o gydymdeimlad. Druan â Brenda, yn rhedeg o gwmpas fel rhywbeth gwyllt er mwyn plesio'i gŵr a'i bòs, er iddi gael bygyr ôl o ddiolch am ei thrafferth.

Trodd wrth roi ei chot ar y bachyn.

"Ti'n gweithio'n galed, Brenda – ddylet ti gael be ti eisie ..." Roedd swyddfa Selwyn dal yn wag. "'Di Selwyn allan heddiw?" gofynnodd, mewn llais diniwed.

"Lan llofft gyda Rhiannon." Siglodd Brenda ei phen. "Ma' rhywbeth yn digwydd. Mae'n *distracted* iawn."

Dim byd newydd fan'na, meddyliodd Bethan yn flin wrth gynnau'r sgrin. Llonnodd ei chalon o weld e-bost gan Darren – yn cynnwys clip o swyddfa'r Cyngor. Roedd Brenda i weld mewn hwyliau da ond gwell peidio â'i agor o'i blaen. Tasai llun o Sid yn fflachio ar y sgrin, fyddai'r diarhebol yn hitio'r ffan eto.

"Reit," meddai, gan afael yn ei gliniadur. "Well i fi fynd 'nôl at y logio ..."

Caeodd ddrws y stafell olygu y tu ôl iddi a symud y cyfrifiadur fel nad oedd y sgrin i'w weld drwy'r pared gwydr.

"Haia Beth," darllenodd. "Ges i tua 30 eiliad o dy ffrind yn cerdded mas. Gobeithio bod digon yna. Cysyllta os oes angen mwy, D."

Anadlodd allan yn araf. Diolch byth. Roedd Darren werth y byd.

Agorodd y fideo gan wylio'r drysau'n troi wrth y fynedfa wrth i gyfres o swyddogion gamu allan i'r heulwen, â chardiau adnabod o gwmpas eu gyddfau. Roedd y cyfarfod newydd orffen, yn amlwg. Sgriblodd y côd amser yn ei llyfr gan gadw llygad ar y sgrin. Ymhen pum munud, trodd y drysau eto a daeth Sid i'r golwg, yn cario dogfenfag mawr lledr, ei got camel wedi'i fotymu a'r gwynt yn codi ei wallt tenau.

Daliodd Bethan ei hanadl. Doedd Sid ddim wedi ymateb i'r camera. Mae'n rhaid bod Darren wedi ffilmio o bellter, a bod Sid heb ddeall fod y camera wedi'i ffocysu arno.

Roedd hi ar fin gwylio'r dilyniant eto pan agorodd y drws, gan wneud iddi neidio o'i sedd. Ond Rhys oedd yno, nid Brenda, ei gorff tal yn llenwi'r stafell.

"Sori i boeni – oes munud gyda ti?"

Symudodd Bethan ei chadair i roi lle iddo.

"Caea'r drws," meddai. "Mae Darren wedi cael lluniau o Neuadd y Ddinas a thrwy rhyw gyd-ddigwyddiad, mae 'di ca'l siots o Cownsilor Doji'n gadael yr adeilad."

Gwenodd Rhys. "Gwd won," meddai.

"Dim gair, ocê," meddai Bethan.

Gwnaeth Rhys ystum sip ar draws ei geg cyn eistedd ar gornel y ddesg.

"Dim newyddion mawr, mae ofn 'da fi ... Jyst i weud bo' fi

'di gneud mwy o dyrchu yn Nhŷ'r Cwmnïau – a sdim byd i weld 'na. 'Wy 'di bod trwy bob cwmni mae Garfield wedi'i redeg – a 'wy 'di tsheco manylion y cyfarwyddwyr ... Dim cysylltiad. *Dead end*." Ochneidiodd.

Ystyriodd Bethan am eiliad. Doedd hi ddim wedi disgwyl gweld cysylltiad ar ddogfen swyddogol.

"Mae manylion y cais yn cael eu trafod wythnos nesa," meddai Rhys, gan godi ei ysgwyddau. "*Detailed planning* – bosib gewn ni fwy o oleuni fan'na – ond sa i'n meddwl 'ny rywsut ..."

Nodiodd Bethan.

"Paid â phoeni," meddai. "O'n i'm yn disgwyl unrhyw beth mawr."

Edrychodd eto ar y log. Roedd 'na un man arall posib.

"Beth am y Land Registry?" gofynnodd. Cododd ei hysgwyddau. "*Long shot* – ond mae'n werth edrych ..." Cnodd ei beiro. "Chwilia am unrhyw eiddo, tŷ, busnes, beth bynnag sydd yn enw Sid, neu Garfield. Jyst rhag ofn ..."

"Gwerth siot ..."

Cododd Rhys i fynd ond oedodd wrth y drws.

"Ydy hi werth i fi gael gair gyda'r *private eye* 'na, Dai Kop hefyd? Mae'n dal i dyrchu – a ma' contacts da gydag e ..."

"Ie – siŵr ..."

Oedodd Bethan. "Bydd rhaid i ti gadw fe'n dawel – paid gadael i neb wybod bo' ti 'di cysylltu â fe ..." Trodd ei golwg at y brif swyddfa. "Bydd yn ofalus iawn be ti'n ddweud wrtho fe ... 'Wy'n siŵr ei fod e'n *kosher*, ond dy'n ni ddim eisie unrhyw sïon ar led bod ni â ryw fendeta yn erbyn Sid ... Er ..."

Cododd ei haeliau.

"Er ..." Edrychodd Rhys arni'n goeglyd.

"Ti'n gwybod beth i neud," meddai Bethan. "Gad i fi neud bach o logio a dere 'nôl ata i os gei di unrhyw lwc ..."

"*Message received and understood*." Gwnaeth Rhys salíwt fach wrth adael.

Trodd Bethan 'nôl at y sgrin. Gwasgodd y botwm a gwyliodd Sid yn brasgamu dros y palmant llydan o flaen Neuadd y Ddinas, ar ei ffordd i'r maes parcio. Roedd haid o bili palas yn dawnsio yn ei stumog.

Pam ddiawl oedd Declan wedi mynd i gwrdd ag e ddechrau'r wythnos? Craffodd ar y sgrin, fel petai'n chwilio am arwydd. Ond roedd Elin yn iawn – roedd yn rhaid i Declan seboni'r cwsmeriaid, yn enwedig y cynghorwyr oedd ynghlwm â phenderfyniadau cynllunio ... trwyddedau tafarn, ffafrau ...

Cymerodd anadl ddofn cyn estyn am ei beiro ac ailafael yn ei gwaith.

Erbyn pump, roedd ei hysgwyddau'n gwynegu, a'i llygaid yn troi. Buodd wrthi drwy'r dydd yn logio lluniau'r wythnos ddiwetha, ond roedd hi'n anodd canolbwyntio, ei dychymyg yn gwibio 'nôl at yr olygfa yn y Manhattan Bar ddydd Llun. Ai celwydd oedd y stori am Iwerddon? A pham na soniodd Declan air am y cyfarfod gyda Sid?

Ar y sgrin, roedd y lluniau'n dal i chwarae, trawstiau enfawr y Stadiwm a blociau tywyll y Sgwâr Canolog yn fflachio o flaen ei llygaid. Gafaelodd yn y teclyn i ddiffodd y sgrin.

Byddai'n rhaid iddi ofyn iddo. Wyneb yn wyneb. Roedd y gofid yn ei bwyta'n fyw. Fe fyddai Declan 'nôl o Iwerddon erbyn hyn, os fuod e yn yr Ynys Werdd o gwbl. Tecstiodd Tom i ddweud y byddai'n hwyr, gan nodi union leoliad y *bolognese* yn y ffrij. Fyddai hi adre erbyn saith, a byddai neb yn llwgu. Casglodd ei chot o'r swyddfa ac aeth i'r tŷ bach i roi mwy o golur dan ei llygaid.

Ymhen ugain munud, trodd i Heol y Porth a pharciodd yn y lle aml-lawr concrit ger y Stadiwm. Wrth iddi gloi'r car, cymerodd anadl ddofn. Roedd hi'n bihafio fel merch ysgol ...

Ond wrth gyrraedd at y dafarn, cryfhaodd ei phenderfyniad. Rhaid iddi gael gwybod, ac fe fyddai darganfod y gwir yn well na cholli cwsg a cholli'i hurddas. Cerddodd at y bar a rhewodd.

Roedd Declan yno, y tu ôl i'r cownter. Yn sgwrsio'n braf, ac yn gwenu ar ... Rhythodd i'r bar tywyll. Ar Cath, y ferch roedd wedi'i chyfarfod ar ôl gêm Cymru a'r Alban. Edrychodd eto. Edrychai Cath yn anhygoel, ei gwallt wedi'i dorri'n fyr, a'i cholur yn berffaith. Ac roedd ôl Botox ar y wyneb 'na. No wê fyddai menyw hanner cant oed yn edrych fel'na heb help. Am eiliad, anghofiodd ei phryder.

Cath oedd y cynta i sylwi arni.

"Bethan!" ebychodd. "Sut wyt ti? Edrych yn ffab, fel arfer!" Trodd i'w chusanu.

"Tithe hefyd!" mwmiodd Bethan, gan gadw un llygad ar Declan.

"Helô 'na!" Doedd dim arlliw o chwithdod yn y cyfarchiad. Cododd y botel win ar y cownter a thywalltodd fesur hael iddi.

"*Slainte!*" meddai, gan roi'r gwydr ar y bar.

Gafaelodd Bethan ynddo, heb wybod sut i ymddwyn. Doedd hi ddim am syrthio am y Blarni yn ddifeddwl.

"Y'ch chi'ch dwy'n nabod eich gilydd?"

Edrychodd Declan o un i'r llall.

Fe allai Bethan ddweud cwpwl o bethau wrtho am Cath, ond cyn iddi ffurfio ei geiriau, atebodd Cath.

"Y'n ni'n hen ffrindie," meddai'n gynnes. "Weithies i yn yr un swyddfa â Bethan am dipyn."

Hen ffrindie? meddyliodd Bethan. Prin ei bod hi'n nabod y fenyw.

"Ti'n nabod Declan, 'te?" Gwnaeth ymdrech i beidio â swnio'n siarp.

Gwenodd Cath, ond wnaeth Declan ddim ymateb.

"Oedd dy ffrind 'ma neithiwr gyda chriw gwaith," esboniodd. "Wnaeth hi golli un o'i *earrings* ..."

Roedd Bethan yn colli amynedd.

"Gest ti hyd iddo fe?" gofynnodd.

"Beth?" Cymylodd wyneb Cath am eiliad.

"O ie – do... 'Nath rywun hando fe i'r staff. Diolch byth," meddai, gan fyseddu'r cylch arian yn ei chlust.

Gwnaeth Bethan ymdrech i wenu arni.

"Beth bynnag ..." Gorffennodd Cath ei gwin. "Well i fi fynd. 'Wy ar y ffordd i Waitrose – fisitors 'da fi dros y penwythnos ..."

Disgynnodd o'r stôl uchel gan gofleidio Bethan.

"Lyfli i weld ti," meddai. "Rhaid i ni gwrdd eto – bydde fe'n grêt ca'l *chat* iawn 'da ti ..."

Gosododd got law hir dros ei hysgwyddau a cherddodd drwy'r bar, gan godi ei llaw wrth y drws.

Gwyliodd Bethan ei ffrâm denau yn diflannu i fyny'r grisiau. Calla dawo, meddyliodd, gan aros am esboniad wrth Declan.

"O'n i'm yn gwybod bo' chi'n ffrindie?" meddai, gan bwyso ar y bar.

"Wel, dy'n ni ddim, wir," meddai Bethan yn swrth. "'Nath hi stint yn y swyddfa tua pum mlynedd 'nôl, ond dwi'm yn nabod hi'n dda ..."

Cododd Declan ei aeliau.

"Dwi ddim chwaith, dweud y gwir ... Mae 'di bod mewn 'ma cwpwl o weithie ar ôl gwaith."

"Hmmm." Penderfynodd Bethan beidio â mynegi barn.

Cododd Declan ei ysgwyddau. "Mae hi i weld yn ddigon neis," meddai. "Bach yn fflashi, os ti'n gofyn i fi ... Dal funud ..."

Roedd y bar yn brysur, a dau ddyn wedi bod yn sefyll wrth ochr Bethan ers dipyn. Aeth Declan draw atyn nhw. Crwydrodd ei meddwl wrth iddi ei wylio yn tynnu peintiau o Guinness a'u gadael i sefyll ar y bar. Rhaid iddi anghofio am Cath a chanolbwyntio ar y pethau pwysig – Sid, ac Abertaf – er ei bod hi'n demtasiwn i anghofio'r holl ffradach a llyncu'r gwydriad mawr o Rioja o'i blaen.

"Sori!" Trodd Declan 'nôl ati.

"Mae'n boncyrs 'ma. Dim ond prynhawn 'ma ddes i 'nôl o Ddulyn ... Sut wyt ti?"

"Iawn!" meddai'n ddidaro, cyn codi ei golwg ato.

"Gwranda, 'wy angen gair â ti – o's munud 'da ti?"

Am eiliad cymylodd ei wyneb.

"Ti'n iawn?"

"Ydw," atebodd. "Dim byd ofnadwy ... jyst eisie tsheco rwbeth, 'na i gyd."

Teimlodd ei stumog yn corddi.

Cododd Declan dop y cownter a gafaelodd yn ei gwydr.

"Dere gyda fi," meddai, gan dywys Bethan drwy'r bar prysur ac at ei swyddfa.

Caeodd y drws a safodd wrth ddesg fawr wedi'i gorchuddio â dogfennau. Gosododd ei gwydr ar ben y papurau anniben a throdd i'w hwynebu.

"Ti'n gwybod bod Elin wedi gadael?" gofynnodd, gan grychu ei dalcen.

"Elin? Ie, 'wy'n gwbod ..." meddai'n ddryslyd. "Ges i decst ganddi ..."

Meddyliodd yn galed. Sut allai esbonio ei bod wedi dilyn Declan drwy'r dre?

"Y peth yw ... weles i ti – dydd Llun. Yn y dre – ar ôl i ti ddweud bo' ti'n mynd i Iwerddon ..."

Goleuodd gwedd Declan, a dechreuodd bwffian chwerthin.

"'Na i gyd?" gofynnodd yn anghrediniol. "*Shite*, Bethan – o't ti'n edrych mor ddifrifol ..."

Cnodd ei gwefus.

"Edrych," meddai. "O'n i'n trio dal dy sylw di, ond o't ti'n cerdded yn gyflym ... a dilynes i ti – i'r lle newydd 'na ... y Manhattan Bar."

Roedd Declan yn syllu arni.

"Beth? Wnest ti'n stôlcio fi? O'n i'n gwbod bo' ti'n ecsentrig – ond ma' hwnna'n nyts!"

Teimlodd Bethan y gwrid yn lledu o'i sawdl i'w chorun. Ond roedd hi'n rhy hwyr i droi 'nôl.

"Weles i ti," meddai, "yn mynd mewn i'r bar ... ac yn siarad â'r cynghorydd 'na – Sid Jenkins!"

Roedd Declan yn dal i edrych fel petai hi wedi colli'i phwyll. Penderfynodd ddweud dim a gadael iddo esbonio.

"Sori, Beth – dylen i 'di dweud wrthot ti. Ffoniodd Sid a gofyn am gyfarfod. Mae i fod yn gyfrinachol, ond alla i ddweud y bêsics wrthot ti."

Pwysodd yn erbyn y ddesg, gan grychu ei dalcen.

"Rhyngddot ti a fi, o'dd e ishe pigo 'mrêns i am y datblygiad newydd."

"Yn Abertaf?" sibrydodd Bethan.

"Iep! Yn Abertaf. Does dim cysylltiad 'da fi â'r fflats na dim – 'wy'n addo ..." Trodd ati. "Ond maen nhw'n ystyried cael bar a bwyty fel rhan o'r datblygiad, ac i fod yn gwbl onest, does 'da fi ddim diddordeb. Mae digon o waith gyda fi yn y lle 'ma – ond dwi ddim eisie digio'r dyn – mae'n ddefnyddiol i fi gael gwybod be sy'n digwydd ochr draw'r afon, so ..." Cododd ei olwg ati. "Newidies i amser y ffleit – ac es i draw i Iwerddon dydd Mawrth ..."

Oedodd i astudio ei hymateb.

"'Na'r gwir, Bethan ... Dwi wir yn flin os wnes i dy gamarwain di ond – do'n i ddim wedi meddwl neud ..."

Stopiodd, gan edrych arni'n ofalus.

"Mae'n iawn," atebodd yn araf.

Aeth dros ei eiriau yn ei meddwl. "So ... does gyda ti ddim diddordeb yn y bar yn Abertaf ..."

"Ti'n jocan?" Rholiodd Declan ei lygaid. "'Wy 'di ca'l llond bol ar redeg tafarndai – o'dd pedwar gyda fi a Niamh cwpwl o flynyddoedd yn ôl ... ar ddiwedd y dydd, dim ond un o'dd yn neud arian ..."

Crwydrodd ei lygaid i gyfeiriad y bar. "Mae'r lle 'ma'n ddigon o ben tost, alla i ddweud wrthot ti ..."

Roedd yn gwneud synnwyr. Roedd hi'n ei gredu ... fwy neu lai.

"Beth sy'n anodd ..." Edrychodd i fyw ei lygaid. "'Wy 'di siarad gymaint am Abertaf ... ac am Sid ..." Rhythodd arno mewn ymgais i ddeall. "Pam na wedest ti wrtha i bo' ti'n cwrdd â fe? O't ti'n gwbod bo' fi'n trio cael gafael arno fe ... Allen i 'di bod mewn sefyllfa anodd ..."

Gorfododd ei hun i dewi, i aros am ateb.

"Wel, sgwrs anffurfiol oedd e." Roedd wyneb Declan yn dangos dim. "A dim ond ar y funud ola' gysylltodd e 'da fi ... Edrych, Bethan – gobeithio bo' fi ddim wedi dy ypsetio di."

Roedd Bethan wedi cael digon ar y tensiwn.

"Wrth gwrs bo' ti ddim," atebodd yn bendant. "O'n i'n meddwl fydde 'na esboniad ..."

Estynnodd Declan ei law ati.

"Sori!" meddai'n dawel. "Dwi wir ddim eisie cwmpo mas 'da ti ..."

Edrychai'n flinedig, y croen tenau dan ei lygaid yn grychau mân.

"Na fi!" meddai, gan wasgu ei law.

Lledodd gwên dros wyneb Declan.

"O'n i'n mynd i alw ti heno, beth bynnag. Ti'n ffansïo mynd mas nos Sadwrn? Os elli di gael rhywun i warchod?"

"Ie – grêt!" Llamodd calon Bethan. "Ond fi sy'n talu tro 'ma ..."

"Os ti'n mynnu!"

"Ydw ..." Roedd Bethan wedi adfer ei hyder. "Ond paid disgwyl rhywle ffansi ... Dweud y gwir, 'wy'n eitha ffansio rhywle mwy *laid back* – Indian neu Thai – ocê?"

"Bach o sbeis – fydde hwnna'n siwtio fi ..."

Gwgodd Bethan arno. "Hei! Dropia'r Austin Powers act, 'nei di? Eniwe ... well i fi fynd. Sa i 'di bod adre 'to." Ochneidiodd. "'Wy mor nacyrd ... 'wy ffaelu aros i gael bath a gorwedd yn y gwely ..."

"Allen i drefnu hynny ..." Gafaelodd Declan ynddi a'i thynnu ato.

Taflodd ei freichiau amdano a gwasgodd Declan ei gorff ati, fel bod ei phen-ôl yn pwyso ar ymyl y ddesg. Wrth iddo'i chusanu'n awchus, cododd ei choesau a'i phlygu 'nôl dros y ffeiliau a'r papurau, fel bod ei phen yn erbyn y wal a'i choesau ar led dros yr arwynebedd blêr. Gafaelodd ynddo'n dynn wrth iddo orwedd drosti, ei dafod yn llyfu ei gwddf wrth i'w law grwydro dan ei ffrog.

Clywodd ei hesgid yn taro'r llawr wrth iddo ddechrau'i mwytho rhwng ei choesau. Ochneidiodd. Roedd hi'n dechrau colli gafael, yn poeni dim eu bod o fewn tafliad carreg i'r bar – yn llithro i begwn o bleser, ymhell o fyd gwaith a phlant, a phob atgof o'i bywyd pob dydd.

47

Tynnodd Bethan yr handbrec ac astudiodd ei hwyneb yn y drych. Roedd yn dal i flasu Declan, yn ei deimlo y tu mewn iddi. Mwythodd ei gwallt gyda'i llaw ac agorodd y drws i leddfu'r gwrid ar ei hwyneb. Roedd yr adrenalin wedi pylu a'r olygfa gyfarwydd wedi'i sobri – y clawdd anniben a'r *hydrangea* crin wrth y drws. Llifodd ton o euogrwydd drosti. Roedd mentro i'r Cei fel camu i Narnia, byd hudolus, lle doedd arferion a rheolau bob dydd ddim yn cyfri. Yn ôl cloc y car, roedd hi'n hanner awr wedi saith – y traffig ar y ffordd adre wedi bod yn affwysol o araf. Anadlodd allan yn araf, gan atgoffa'i hun fod Tom yn un ar bymtheg. Mwy na thebyg, fyddai e ac Anwen o flaen y teledu, wedi anghofio nad oedd hi yno.

Agorodd y drws yn araf a chamodd drwy'r cyntedd fel cath, gan anelu am y gegin, ond cyn iddi dynnu ei chot, daeth gwaedd uchel o'r stafell fyw a rhedodd Anwen ati.

"Maam! Lle ti 'di bod – 'wy'n starfo ...!"

"Sori! 'Wy 'di bod yn y gwaith."

Roedd cleber byddarol yn dod o'r stafell deledu a chododd ei llais.

"O'dd *lasagne* yn y ffrij ... gadawes i neges i Tom ..."

Roedd llygaid Anwen yn dechrau dyfrio.

"'Nath e fyta fe i gyd bron – dim ond fel ... llwyaid ges i ...!"

Cododd y sŵn yn uwch wrth i Tom agor drws y stafell fyw.

"Anwen! Gest ti *loads* ...!"

Dechreuodd Anwen feichio crio.

"Dyw e ddim yn deg ..."

Gwyliodd Bethan y ddau gan ochneidio'n dawel. Roedd cyffro'r awr ddiwetha wedi diflannu – teimlai wedi ymlâdd.

"Ocê," meddai'n gymodlon. "'Wy ddim yn siŵr beth sy' 'di digwydd, ond os wyt ti dal eisie bwyd, Anwen, wna i rhywbeth i ti. Sdim angen gweiddi ..."

Trodd Tom ati'n ffyrnig.

"*Shut up!*" gwaeddodd, ei wyneb yn goch. "Bai ti yw e. Mae arholiadau gyda fi mewn mis – a ti'n iwso fi fel *child minder.*"

Gosododd Bethan ei bag ar y llawr. Rhwng ei blinder a'i siom, teimlai fel eistedd ar y staer a chrio gydag Anwen.

"Cymon nawr," rhesymodd. "Sdim eisie cwympo mas. Dwi 'ma nawr ... Pam na ei di lan llofft a gwneud bach o waith, Tom? Alla i ddod â brechdan lan i ti ..."

Roedd y bas uchel o'r teledu yn dyrnu ei phen.

"Mae eisie i ni gyd gwlo lawr ..." Ceisiodd swnio fel mam awdurdodol, ac nid fel menyw oedd newydd gael rhyw mewn tafarn brysur. Ac roedd angen iddi ddiffodd y blydi teledu cyn gwneud unrhyw beth arall. Aeth i'r stafell fyw ond rhedodd Tom ar ei hôl.

"Be ti'n neud?" Rhythodd arni, y tymer yn amlwg ar ei wyneb. "O'n i'n watsho hwnna. Paid bod mor blydi selfish ..."

"Tom!" Rhybuddiodd Bethan.

Gwthiodd Tom heibio iddi, ei wyneb yn goch gan dymer.

"Ti jyst yn meddwl am dy hunan. Ti eiddyr yn y gwaith neu ti'n tshaso'r tosyr yna yn y pyb."

Gafaelodd Bethan yn y teclyn a safodd o flaen y sgrin.

"Reit!" meddai mewn llais cadarn. "Bihafia, plis, Tom a phaid â siarad gyda fi fel'na ..."

Gobeithio nad oedd Tom yn mynd i'w thaclo i'r llawr yn ei frys i gynnau'r teledu.

"Os wyt ti'n dechrau panicio am yr arholiadau, y peth

gorau i ti neud yw mynd lan i dy stafell a neud ryw hanner awr o waith ..."

Gwgodd Tom arni, ei wedd yn llwyd gan dymer. Anelodd am y drws gan daflu golwg fileinig dros ei ysgwydd.

"'Wy'n mynd," meddai. "Sa i'n rhoi lan 'da'r shit 'ma ..."

Safodd Bethan yn fud. Dweud dim fyddai orau a gadael i Tom lonyddu, ond ymhen ychydig eiliadau, rhuthrodd Anwen ati.

"Mam! Mae Tom yn rhedeg i ffwrdd! Mae'n gwisgo'i got."

Oedodd Bethan. Go brin fyddai Tom yn mynd ymhell. Ond roedd Anwen yn tynnu ei llawes.

"Mae'n mynd! ... Plis, Mam, dwi eisie iddo fe aros gyda ni ..."

Llifodd ton o edifeirwch dros Bethan. Roedd yr hanner awr o ddifyrrwch yn y dafarn wedi arwain at ffrwydrad yn ei chartre. Dilynodd Anwen i'r cyntedd, lle roedd Tom yn gwisgo ei Parka trwm.

"Tom ... plis," erfyniodd. "'Wy wir yn sori ... Paid gneud unrhyw beth stiwpid ..."

"Ti sy'n stiwpid," poerodd. Gafaelodd yn ei warfag a'i godi ar ei ysgwyddau. "Ti'n mental a dyw e ddim yn deg ..."

Gwelodd y dagrau'n pefrio yn ei lygaid. "'Wy'n caru ti, Mam – ond ti 'di colli'r plot ..."

Camodd Bethan ato, ond agorodd y drws a diflannodd i'r stryd, gan daro'r gât yn galed ar ei ôl.

Gwyliodd ei ffrâm dywyll yn diflannu, ei war yn grwm dan y bag wrth iddo gerdded lawr y bryn at y ffordd fawr. Eisteddodd Anwen ar y grisiau gan feichio crio.

"Dwed wrtho fe am ddod 'nôl," wylodd. "Dwi ddim eisie iddo fe fynd – 'wy moyn e ddod 'nôl ..."

Eisteddodd Bethan yn ei hymyl, a'i chofleidio. Roedd hi'n cael gwaith atal ei dagrau.

Pam ddiawl fuodd hi mor ddwl â mentro i'r Cei – fel merch

ifanc, wirion a hithau'n fam yn ei hoed a'i hamser? Y peth diwetha oedd hi am wneud oedd brifo ei phlant ...

"Dere mla'n." Cusanodd dalcen Anwen. "Ma' pawb wedi blino a ma' Tom yn poeni am yr arholiadau ... Fydd e 'nôl nes 'mlaen ..."

Aeth i'r gegin a thynnodd focs o wyau o dop y meicrodon. Fe wnâi rywbeth cyflym iddi hi ac Anwen.

Wrth iddi gracio'r wyau i fowlen, clywodd sŵn trên yn rhuo yn y pellter. Ble roedd Tom wedi mynd?

I dŷ Huw, mwy na thebyg, lle fyddai'n treulio bron bob prynhawn Sadwrn.

Fyddai rhieni Huw yn siŵr o ffonio nes ymlaen. Estynnodd am y llwy bren. Doedd dim angen mynd i stad wirion. Roedd Tom yn un ar bymtheg ac yn ddigon synhwyrol, mewn gwirionedd.

Fe fyddai adre ymhen yr awr.

48

Roedd y criw o fenywod yn siarad ar draws ei gilydd. Cododd Elin ei llais.

"Ocê ... dau gambas, dau *chorizo*, un platiad o *bacalao* a *patatas bravas*. Chi eisie bara a thomatos i fynd gyda fe?"

"Dim *anchovies* i fi, plis!" mynnodd menyw smart mewn siaced olau.

"Dim *anchovies* – peidiwch chi poeni." Gwnaeth Elin nodyn ar y pad electronig

"Cwpwl o salads, falle? Fydd hynny'n ddigon ..."

"Diolch, bach!" Amneidiodd y fenyw at ei ffrindiau. "Mae'n *hopeless* ca'l trefn ar rhain, on'd yw e?"

Gwenodd Elin 'nôl arni. Roedd hi tua'r un oedran a'i mam, a'i gwallt wedi'i oleuo'n drwsiadus. Roedd y lleill yn dal i siarad, un ohonyn nhw'n adrodd hanes dêt trychinebus tra bod ei ffrindiau'n sgrechen chwerthin. Cododd y fenyw ei llais.

"Ble ma'r weityr neis 'na 'da'r llygaid brown? Y'n ni'n dwlu arno fe – mae e mor *helpful* ..."

Doedd neb yn saff gyda'r rhain, meddyliodd Elin. Gwenodd ar Mrs Anchovies.

"Ma' fe 'ma'n rhywle," meddai. "Weda i bo' chi'n holi amdano fe ..."

Aeth 'nôl i'r bar gan deimlo'r pilipalas yn troi yn ei stumog. Roedd y menywod canol oed wedi'i hatgoffa o'i mam. A byddai Kam yn sicr o ofyn a oedd hi wedi'i ffonio. Roedd hi'n bwriadu gwneud, ond pob tro fyddai'n estyn am y ffôn, teimlai'n sâl. Ochneidiodd. Fe fyddai'n rhaid iddi daclo'r pwnc cyn diwedd y dydd ... Danfonodd yr archeb i'r gegin, ac o gornel ei llygad, gwelodd ddyn ifanc yn camu tuag ati, cwfl ei got yn cuddio'i wyneb.

"Tom?"

Craffodd ar y ffigwr anhysbys.

"Be ti'n neud 'ma? Ody popeth yn iawn?"

Tynnodd Tom y cwfl o'i ben.

"'Wy 'di symud mas," meddai, gan wgu arni. "Ma' Mam yn bihafio fel tw ..."

"Tom! Watsha be ti'n ddweud ..."

Edrychodd o gwmpas yn nerfus, ond roedd Tom wedi troi ar ei sawdl, yn anelu am y drws.

Gafaelodd Elin yn ei lawes.

"Paid bod yn stiwpid! 'Na i sortio rhywbeth – jyst ... dere i aros ar bwys y bar. Ti ishe hanner?"

"Peint!" atebodd yn bendant.

Wrth y bar, roedd Kam yn tywallt gwin i gwpl ifanc oedd yn aros am fwrdd.

"Haia," meddai'n serchog, gan osod dau wydr balŵn ar y cownter. "Ti'n iawn, Elin?"

Llusgodd Elin fag Tom y tu ôl i'r bar. Doedd hi ddim eisiau *industrial accident* ar ben popeth.

"So ti 'di cwrdd â Tom, do fe?" gofynnodd.

Rholiodd ei llygaid ar Kam y tu ôl i gefn ei brawd.

"Mae 'di ca'l row gan Mam – a ma' fe'n symud mas ..."

Trodd at ei brawd. "'Neith Kam sortio ti mas," meddai. "Rho ddwy funud i fi – af i weld os oes tapas sbâr yn y gegin ..."

Erbyn iddi ddychwelyd gyda'r bwyd, roedd y bar wedi tawelu. Roedd y pâr ifanc wedi cael bwrdd a'i brawd yn sgwrsio â Kam dros beint o Estrella.

"Iawn i rai," meddai'n edmygus, gan daro platiad o tortilla a bowlen o beli cig o'i flaen.

"Pitsha mewn ... ma' bara a ham gyda ni tu ôl y bar, hefyd!"

"*Cheers*, sis!"

Fforchiodd Tom un o'r peli cig a'i stwffio'n gyfan i'w geg.

"So ..." meddai Elin yn ysgafn "*Whas' occurin?*"

Llyncodd Tom yn swnllyd gan ddweud dim.

Pwysodd Kam tuag ato.

"Paid poeni, Tom," meddai. "Mae'n galed, on'd yw e? Ti'n neud arholiadau ... ma' dy dad wedi symud mas ... sdim syndod bod pawb yn ypsét ..."

Rhoddodd Tom ddarn o'r tortilla yn ei geg, gan nodio'n araf. Roedd wedi ymlacio, o'r diwedd.

Trodd Elin ato.

"Edrych, Tom – ti'n meddwl ddylet ti ffonio Mam? Bydd hi'n poeni ... ti'n gwbod fel mae hi – bydd hi'n siŵr o fod yn ffrico mas ..."

Llyncodd Tom yn swnllyd.

"Nôp," meddai'n swrth. "'Wy bron byth adre, eniwe – bydd hi ddim yn poeni."

Edrychodd Kam arno'n feddylgar.

"Cwrddes i â dy fam," meddai. "Yn y dafarn ... A bod yn onest, mae hi 'di ca'l amser shit hefyd gyda dy dad yn gadael a phopeth ..."

Cnodd Tom y belen gig olaf, gan edrych lawr ar ei blât.

"I fod yn deg," meddai Elin, "mae hi'n gallu bod yn *needy* ... 'Wy'n gwybod bod e'n anodd iddi – ond ddyle hi siarad â'i ffrindie yn lle *offloadio* pethe arnon ni ..."

"Mae'n mental." Rhwygodd Tom ddarn o fara i fopio'r saws ar ei blât.

Cododd Kam ei ysgwyddau.

"Wel, dwi'm yn nabod hi gystal â chi, ond pan adawodd Dad tŷ ni, o'dd Mam yn *wreck* ..."

Gafaelodd yn y gwydrau gwag a'u rhoi yn y sinc dan y cownter. "'Nath hi aros yn y gwely drwy'r dydd – o'dd e'n ... *nightmare!*" Ochneidiodd, wrth edrych i'r pellter.

"O leia ma'ch mam chi'n trio – mae'n gweithio, edrych ar ôl pawb ..."

Rhedodd y tap a golchodd y gwydrau'n gyflym yn y sinc.

Taflodd Elin olwg dosturiol at ei brawd. "Ti'n iawn," meddai. "Ond mae hi yn mad lle ma' Declan yn y cwestiwn." Cofiodd ei hymdrech i siarad sens â'i mam yng nghanolfan yr Oriel. "Mae e 'di taflu llwch i'w llygaid hi ... a 'neith hi ddim derbyn bod e'n *serial womaniser* ..."

Diffoddodd Kam y tap.

"Falle," meddai. "Ond ar ddiwedd y dydd, mae'n oedolyn ... Dyw hi ddim wedi bod ar ddêt ers blynyddoedd a mae bach dros y top ond ... 'neith hi weithio pethau mas yn y diwedd ..."

Stopiodd, gan edrych yn chwythig o Tom i Elin. Bu'n rhaid i Elin atal ei hunan rhag taflu ei hun ato yn y fan a'r lle. Trodd at ei brawd.

"Mae'n iawn, Tom ... 'Wy'n gwbod bod hi'n *annoying*. Ond ... y'n ni i gyd yn delio â stwff, on'd y'n ni?"

Rholiodd Tom ei lygaid.

"Os ti'n gymaint o ffan o'r Irish Rover pam nest ti adael y pyb?"

Taflodd Elin olwg ddifrifol at Kam.

"Wel – nethon ni gwmpo mas, actiwali – ac o'dd yr holl stwff 'na gyda Mam yn eitha *heavy* ... wedyn clywodd Kam bod y lle 'ma'n agor ..."

"Wel, 'wy'n meddwl bod e'n doji." Gorffennodd Tom ei beint. "Ar ôl i ti weud wrthof fi am y cash 'na dan y ddesg, gymres i lun o'i gar. Trodd e lan tu fas i tŷ ni mewn BMW fflashi ... edrych!"

Agorodd Tom ei ffôn i ddangos car sgleiniog Declan ar y stryd, tu allan i'w cartre.

"Ti'n gweld?" gofynnodd ei brawd. "Mae'r rej yn hawdd i gofio ..."

"CE1...FFL" darllenodd Elin yn araf.

"Ceffyl!" ategodd Tom. "Mae'n hawdd i gofio – os geith Mam ei chidnapio.

"Ffyc sêc, Tom! *Sex pest* yw e – dim Pablo Escobar!"

Cododd Kam ei olwg at y ciw oedd yn ffurfio wrth y drws.

"Reit!" meddai gan bwyso ar y bar. "Pan y'ch chi 'di gorffen sgriptio cyfres newydd *Narcos*, falle ddylet ti sortio'r bobl sy'n aros am fwrdd ..."

Trodd Elin i weld y ciw hir.

"Ocê, ocê," meddai'n frysiog, "*I'm on it.*"

Cododd Tom ei wydr.

"Alla i ga'l un arall o'r rhain, plis?"

"Creici, Tom!" meddai. "Paid â bod yn shei!" Ond o leia roedd ei brawd wedi gwella'i hwyl.

Daliodd Kam wydr glân dan y pwmp.

"Dim probs Tom – ond ma' eisie i ti fynd adre ar ôl hyn, ocê?"

Nodiodd Tom yn fud. Gafaelodd Elin yn ei phad ond pwysodd Kam ati.

"Edrych, Elin, well i ti ffonio dy fam, cyn i rywbeth arall ddigwydd ..."

"Siŵr, siŵr ..." atebodd, gan deimlo'i bol yn corddi eto.

49

Crynodd Bethan wrth gamu o'r gawod. Lapiodd y tywel mawr gwyn o'i chwmpas i geisio cynhesu. Drwy'r ffenest, gwelodd ei bod hi'n noson rewllyd, serog, ond nid y tywydd oedd yn ei phoeni.

Cerddodd yn droednoeth at y stafell wely a chynhaeodd y sychwr gwallt. Ble ddiawl oedd Tom? Rhedai ei dychymyg i bob cyfeiriad, ond gorfododd ei hun i anadlu'n ddwfn, i fod yn rhesymol. Doedd e ddim yn wirion. Roedd e'n sicr o fod gyda ffrind, neu wedi mynd i chwarae snwcer yn y dre. Ond beth petai wedi cwrdd â rhyw ddyn dierth mewn tafarn, neu yn y clwb snwcer?

Llenwodd ei llygaid â dagrau. Ddylai hi ddim fod wedi colli'i thymer.

Roedd yn amlwg nawr fod y chwalfa briodasol wedi effeithio ar Tom. Doedd e ddim wedi dangos ei emosiynau ac roedd hi wedi bod ynghlwm â'i gwaith, ei dadleuon gyda Selwyn ... a Declan, wrth gwrs. Gwgodd ar ei hadlewyrchiad yn y drych. Roedd Tom yn galaru a dylai fod wedi sylweddoli.

Taniodd y sychwr gan frwsio ei gwallt dros ei hwyneb. Beth oedd yr ots am blydi arholiadau a chanlyniadau? Doedd dim yn werth difetha ei pherthynas gyda Tom – ac achosi iddo redeg i ffwrdd.

Llifodd y dagrau lawr ei gruddiau wrth iddi anelu'r aer poeth at ei phen ac atgoffa ei hun i beidio â mynd o flaen gofid.

Prin bod ei gwallt wedi sychu pan ddiffoddodd y peiriant a chydio yn ei ffôn, i weld ei negeseuon. Naw o'r gloch – go brin fod Tom wedi cysylltu eto, ond pwysodd y sgrin, rhag ofn.

Roedd neges yno, ond gan Elin.

"*Haia Mam*," darllenodd. "*D trio ffonio ond dim ateb. Tom gyda fi yn y Tapas bar. Mae n iawn paid becs xxx.*"

Syrthiodd Bethan ar y gwely fel sach o datws. Diolch i Dduw. Er iddi amau y byddai Tom yn ddiogel, roedd y ffrae wedi codi'r gragen ar friw dwfn.

Roedd hi'n hanner awr wedi naw pan aeth lawr yn ei gŵn gwisgo, yn ysu am baned a chyfle i wylio rwtsh ar y teledu heb boeni pob dwy funud am ei theulu.

Roedd Anwen wedi diffodd y golau yn hapus, braf, wedi deall bod ei brawd ymhell o fod yn cerdded y strydoedd, yn sipian lager ac yn bwyta *patatas bravas* yng nghwmni Elin.

Tynnodd fag te mintys o'r pecyn a berwodd y tegell, gan syllu i'r ardd dywyll, pan ddaeth cnoc ar y drws. Doedd bosib fod Tom adre'n barod? Camodd at y drws, gan edrych drwy'r gwydr yn amheus. Drwy'r ffenest batrymog, gwelodd wyneb cyfarwydd.

"Bethan! Fi sy' 'ma!"

Blydi Gareth! Y person diwetha oedd hi am ei weld ar hyn o bryd. Doedd hi'n bendant ddim am drafod y ffwdan gyda Tom, na derbyn darlith am ei diffyg amynedd.

Agorodd y drws yn araf.

"O's rhywbeth yn bod?" gofynnodd.

"Jyst yn dod â'r mab afradlon 'nôl!"

Pwyntiodd Gareth at ffigwr tywyll yn sgelcian y tu cefn iddo.

"Cyniges i wely iddo – ond do'dd e ddim yn cîn!"

"Tom!" Cyfarchodd Bethan ei mab yn gynnes. "'Wy mor falch o weld ti ..."

Gwthiodd Tom heibio'i dad a gwnaeth ei ffordd i fyny'r grisiau, heb ddweud gair.

Ochneidiodd Bethan. Fyddai'n cymryd amser i bethau setlo, ond llifai ton o ryddhad drwyddi. Trodd at Gareth.

"Diolch, 'wy'n gwerthfawrogi be ti 'di neud ..."

"Dim problem!" Roedd Gareth yn gwenu.

"Ffoniodd Elin – o'dd hi'n methu cael gafael arnot ti ... 'Wy jyst yn falch bod popeth yn iawn."

Safodd yno am eiliad. "Gwranda," meddai. "Allwn ni siarad – jyst am funud?"

"Yym ..." Carlamodd meddwl Bethan, ond roedd ei thraed yn rhewi ar stepen y drws.

"Ie, ie ... siŵr – ond 'wy wedi blino ... a sa i eisie noson hwyr ..." Agorodd y drws led y pen a cherddodd i'r gegin, gan obeithio nad oedd Gareth am drafod arian yr amser yma o'r nos.

"O'n i ar fin neud dished o de – ti moyn un?" gofynnodd.

Eisteddodd Gareth wrth y bwrdd.

"Lyfli – ond paid rhoi mint i fi, er mwyn dyn!" Crwydrodd ei lygaid o gwmpas y gegin.

"Ma'r lle 'ma'n eitha teidi!"

Gosododd Bethan y mỳg berwedig o'i flaen.

"Wnei di stopio rhoi marcie i fi am 'y ngwaith tŷ?"

Eisteddodd i'w wynebu, gan deimlo'n chwith; y ddau ohonyn nhw'n syllu allan i'r ardd fel tasai dim wedi digwydd.

Pesychodd Gareth gan chwarae gyda dolen ei fŷg .

"Dwi jyst eisie dweud," meddai. "Dwi'n gweld eisie hyn – y plant, y tŷ ... 'wy'n gweld eisie pawb, a dweud y gwir."

Trodd i edrych arni, ond syllodd Bethan i'w chwpan. Fflachiai delweddau drwy'i meddwl.

Declan yn ei chusanu ... yn ei gwthio 'nôl dros arwynebedd eang y ddesg ...

Trawodd Gareth ar draws ei myfyrdod.

"O'n i eisie dweud bo' fi'n awyddus i helpu ... 'Wy'n gwybod bo' ti dan lot o bwysau ... ac," edrychodd i fyw ei llygaid "... os wyt ti angen help ... plis gofyn i fi."

Syllodd Bethan arno. Doedd hi ddim wedi disgwyl hyn o gwbl.

"Diolch," meddai'n araf. "A bod yn onest, roedd heno'n hunlle' ... a sylweddoles i ... alla i ddim neud hyn ar ben 'yn hunan."

Edrychodd i fyw llygaid ei gŵr.

"Mae'r plant angen i'r ddau ohonon ni fod yn gryf iddyn nhw," meddai, gan deimlo'r dagrau'n cronni eto. Cododd ei mỳg a chymerodd lwnc hir o de.

Syllodd Gareth drwy ffenest y gegin am sawl eiliad hir. Disgleiriai golau gwan o'r tŷ drws nesa dros yr ardd a'r perthi.

"'Wy'n sori os nes i frifo ti," meddai. "A dwi yma os wyt ti angen ..."

Roedd gwddwg Bethan yn dynn.

"Fyddai'n grêt os allen ni fod yn ffrindie," atebodd yn ofalus. Daeth ton o flinder drosti a dylyfodd gên.

"Well i fi fynd ... 'Wy'n gwbod bo' ti 'di blino..."

Gafaelodd Gareth yn ei got.

"Nos da, 'te," meddai, gan bwyso i roi cusan ar ei boch.

"Nos da," atebodd, gan roi coflaid gyflym iddo.

Gafaelodd Gareth ynddi'n dynn. Rhewodd Bethan, ond o fewn eiliad, roedd Gareth yn cusanu ei gwddf, ei law yn mwytho'i chefn.

"O'n i 'di anghofio pa mor secsi wyt ti ..." mwmiodd.

Clywodd ei anadl yn drwm yn ei chlust wrth i'w law chwith grwydro y tu mewn i'w gŵn.

"Aww ..."

Gwingodd Bethan. O dan y gŵn gwisgo roedd yn gwbl noeth.

"Stop! Be ffwc ti'n neud?"

Gafaelodd yn ei law'n gadarn a'i gwthio o'r ffordd.

Er mawr ryddhad, cymerodd Gareth gam yn ôl.

"Ffyc sêc, Bethan – y'n ni'n briod! Cŵl down!"

Llifodd y dagrau o'i llygaid.

"Stopia, 'nei di?" gwaeddodd. "Be sy'n bod arnat ti? Ti'n dod fan hyn, yn esgus bod yn ypsét am Tom – paid iwsio fe fel esgus am grôp!"

"Ti'n jocan!" Roedd y dicter yn amlwg ar ei wyneb.

Clymodd Bethan ei gŵn gwisgo'n dynn.

"Jyst stopia, 'nei di," meddai'n ddagreuol. "Ar ôl popeth ti 'di neud, gelli di ddim disgwyl i fi droi e 'mlaen y funud ti'n newid dy feddwl."

Camodd Gareth yn ôl.

"Ddylen i 'di cofio pa mor oeraidd ti'n gallu bod," poerodd. "Dim problem ... 'na i ddim dy boeni di ragor."

Rhwygodd Bethan ddarn o bapur cegin i chwythu ei thrwyn, wrth i Gareth gamu drwy'r cyntedd a chau'r drws yn glep ar ei ôl. Crynai ei dwylo wrth iddi afael yn y ddau fŷg a'u cario at y sinc. Rhedodd y dŵr, gan ail-fyw'r ddadl yn ei phen. Sut yn y byd roedd y ffrae wedi dechrau? Gafaelodd mewn cwpan i'w olchi a chlywodd glec fetalaidd wrth i'r ddolen daro'r tap a thorri'n deilchion yn ei llaw.

50

Cyneuodd Elin y tegell gan wylio'r stêm yn codi i oerfel y gegin. Crwydrodd ei golwg dros y pacedi o de ffrwythau, muesli a hadau ar y silff bren. Doedd hi heb fod adre ers dyddiau ac roedd hi'n gweld eisiau ei bwydydd iach. Fyddai'n rhaid iddi fynd â syrpréis i fflat Kam – roedd hi wedi byw ar PG Tips a Kenco ers dyddiau. Ond roedd hi'n hoffi bod yno, ynghanol y gitârs a'r amps, yn gwrando ar recordiau feinyl ac yn yfed lager ar y soffa.

Wrth i'r tegell ddechrau rhuo, clywodd sŵn traed ar y grisiau. Daeth Mati drwy'r drws yn ei phyjamas, a'i gwallt dros ei hwyneb.

"Wel, bore da! Be ti'n neud 'ma – chi 'di ca'l *lovers tiff*?"

"As iff!" atebodd, gan afael yn y tegell. "'Wy'n neud te – ti ishe peth?"

Eisteddodd Mati wrth y bwrdd gan ymestyn ei breichiau'n gysglyd.

"PG Tips plis, 'wy fel sombi ..."

Trawodd Elin ddau fŷg ar y bwrdd. "O'dd Kam mewn practis band neithiwr ... ac o'n i seriysli angen neud bach o waith." Estynnodd fŷg at Mati, un gwyn â llun Mrs Pankhurst arno.

"Cymer di Emmeline ..."

Sganiodd Mati'r slogan ar y cwpan. "*Deeds Not Words!* Ddylen ni ddefnyddio fe ar gyfer y brotest!"

Trodd at Elin.

"Beth yw hwnna'n Gymraeg?"

"Dim clem," atebodd. "Gweithredoedd nid Geiriau ..? Ddim yn *snappy* iawn, odyw e?"

Nodiodd Mati. "Sdim syndod bo' ni heb symud 'mlaen yng Nghymru!"

Cododd fŷg Mrs Pankhurst mewn cyfarchiad.

"I'r gad!" meddai.

"*No pasarán!*" atebodd Elin.

Syllodd Mati'n fud ar y stêm yn codi o'r cwpan cyn troi at Elin.

"So, sut mae'n mynd?" gofynnodd. "Ti 'di ca'l unrhyw *breakthroughs* gyda Abertaf?"

"Na!" Ochneidiodd. "Ma'r Cyngor 'di stitsho pawb lan. Ma' mam Kam yn desbret – mae'n mynd i golli'i fflat a sdim byd gellith hi neud."

Siglodd Mati ei phen.

"Ffagin 'el!" Roedd ei llygaid yn llym.

Amneidiodd at lun y swffrajét ar ei chwpan.

"Beth wnelo Emmeline, Elin?"

"Gweithredoedd nid bechingalw," meddai Elin. "Gneud rhywbeth. Ond dwi'm yn siŵr beth. Mae'r tenantiaid 'di gorfod arwyddo i weud bo' nhw'n fodlon symud. Os nag ŷn nhw'n cytuno, maen nhw'n poeni byddan nhw'n ca'l eu cico mas beth bynnag ..."

"Ffycyrs!" poerodd Mati. "Ma' rhywun yn mynd i neud *shitloads* o'r fflats 'na – a bydd neb yn Abertaf yn gallu fforddio nhw ..."

Syllodd ar Mrs Pankhurst fel tasai'n chwilio am ysbrydoliaeth.

"Nag oedd 'na ffwdan am *dippers* yn y Bae? Yn y lle cynta, pan o'n nhw'n *blitzo*'r lle?"

"O'dd hwnna oesoedd 'nôl!"

Siglodd Elin ei phen. Go brin bod gwylanod yr aber yn mynd i rwystro'r datblygwyr.

"'Wy'n gwbod – ond o'dd rhaid iddyn nhw gael rhywle ar gyfer yr adar – mwd a *sandbanks* a stwff ..." Crwydrodd ei llygaid at y ffenest a'r iard dywyll yn y cefn.

"Mae'r ardal o flaen y fflats yn *nature reserve* ..."

"Gwd trai," atebodd Elin, "ond sa i'n credu bod cwpwl o hwyaid yn mynd i stopio'r datblygiad."

"Dim hwyaid!" Trawodd Mati ei m̀yg ar y bwrdd. "*Waders, dippers ... dabbers.* Ma'n ffrind i, Sian, yn gweithio i Cyfeillion y Ddaear... 'naethon nhw stopio ecstenshon yr M4 achos bod *dippers* ar y glannau ar bwys Casnewydd ..."

Cododd ei golwg wrth i Elin ei llygadu'n amheus.

"'Wy'n seriys!" Dechreuodd chwilio ar ei ffôn ... "'Co ti ..." Darllenodd yn ofalus. "*Red listed in Wales ... Bar-tailed Godwit* ..."

"Ti'n jocan ...!"

"Shwsh!" Parhaodd Mati. "*Golden Plover ... hang on ... Redshank!* O'n i'n meddwl bo' fi'n iawn! Ma' llwyth o *Redshanks* lawr 'na ... Os allwn ni ffeindio rhai wrth y fflats, allen ni neud *objection* yn erbyn y cynllun ..."

"Mati! " cwynodd Elin.

"Na, wir ... alle fe ddala'r cynllun lan ..."

Cymerodd lymaid hir o'r te o f̀yg Mrs Pankhurst.

"A geith dy ffrind di Kojac amser i gael mwy o shit ar y cynghorydd crîpi 'na!"

* * *

Roedd hi'n amser cinio erbyn iddyn nhw gyrraedd Abertaf.

Llifai'r heulwen dros y tai wrth i Elin ddilyn Mati ar ei beic ar hyd llwybr Taf, y gwynt main yn creu cysgodion ar y dŵr ac yn chwipio'r coed. Rhyw ganllath o'r fflatiau, neidiodd Mati o'i beic a'i gludo at y ffordd fawr.

"Allwn ni gloi'r beics ar y reilins fan hyn."

Gafaelodd yn ei bag ac arweiniodd y ffordd at lan yr afon. Doedd Elin erioed wedi bod lawr at y dŵr fan hyn – roedd y prysgwydd a'r rhedyn hir yn atgof o wyrddni'r ardal cyn i Gaerdydd ddatblygu'n borthladd. Wedi troi ei chefn ar y fflatiau a'r tai teras, hawdd dychmygu ei bod ynghanol y wlad.

Aeth Mati ar ei chwrcwd a thynnodd bâr o binociwlars o'i bag.

Camodd Elin trwy'r drain, ei sgidie'n dal yn y mwd gludiog.

"Mae fel Alabama fan hyn," cwynodd, wrth gyrraedd glan yr afon llwydfrown.

Sgrechiodd y gwylanod uwchben wrth i alarch gwyn nofio'n hamddenol tuag atyn nhw. Edrychodd Elin draw i gyfeiriad y Stadiwm a lawr at y Bae.

"Heblaw am yr alarch 'na sdim byd i weld," meddai.

"Shh!" sibrydodd Mati. "Mae'r *waders* yn bwydo'n y mwd 'ma ... bydd jyst rhaid i ni aros yn dawel...!"

Eisteddodd ar ei chot ac anelodd y binociwlars tuag at y lan bellaf.

"Sdim byd draw fan'na," cwynodd Elin. "'Na'r hen Brains Brewery – a maes parcio Cardiff Central ..."

Doedd hi ddim yn siŵr faint o amser fyddai Mati'n fodlon aros. Trawodd sgrin ei ffôn gan obeithio na fyddai yno am y prynhawn. Heblaw am orfod gwneud mynydd o waith, roedd hi'n hanner llwgu.

Ymhen rhyw gwarter awr, daeth dwy hwyaden tuag atyn nhw yn arwain haid o gywion bach melyn yn clebran yn brysur. Roedden nhw'n fwy tebygol o ffeindio troli siopa fan hyn na *dipper*, meddyliodd Elin, gan benderfynu rhoi'r gorau iddi'n fuan. Gwelodd fod y llanw ar drai, a'r glannau mwdlyd yn dod i'r golwg.

"Fan'na! Edrych!" Trodd Mati ei ffocws at y gwastadeddau

lleidiog dan y bont isaf. "Ti'n gweld?"

Pasiodd y sbienddrych at Elin. "Syth lawr," meddai, "ar y patshyn mwdlyd 'na ..."

Gafaelodd Elin yn y sbienddrych, gan weld dim ond golygfa sigledig o ddŵr llwydfrown ac ambell flewyn glas. Newidiodd y ffocws gan symud ei golwg at yr aber, islaw'r fflatiau. Yno ar batshyn o dir lleidiog, roedd tri aderyn â choesau coch, yn pigo am fwydon.

"Redshanks!" sibrydodd Mati. "Ma'r ardal fel Mecca iddyn nhw. Ma' pobl yn dod o bell i'w gweld nhw ..."

Craffodd Elin ar y mwd. Gallai weld mwy nawr – chwech neu saith. Pam nad oedd neb wedi meddwl am hyn o'r blaen? Tynnodd y sbienddrych o'i llygaid. Roedd Mati ar ei thraed, yn tynnu cyfres o luniau ar ei ffôn.

"Peth yw, Mats – mae pawb yn gwybod amdanyn nhw'n barod ... ydy hwnna wir yn mynd i rwystro'r datblygiad?"

Cerddodd Mati at y dŵr gan glicio'r camera. "Gallith unrhyw beth am yr amgylchedd rwystro'r prosiect ... Bydd mwy o ffwdan am y Redshanks nag am y tenants, gelli di fentro ..." Taflodd olwg 'nôl at ynysoedd mwdlyd yr afon. "Eniwe, dy'n ni ddim eisie i'r pibydd coesgoch golli'i gartre, y'n ni?" Gosododd ei ffôn 'nôl yn ei bag. "Y'n ni i gyd ar yr un ochr fan hyn!"

Cododd y bag ar ei hysgwydd a dechreuodd ddringo 'nôl at y llwybr.

"Hala i'r lluniau 'ma at Sian a gobeitho gall yr environmentalists ein helpu ni."

Trodd at ei ffrind. "Ti'n dod? 'Wy'n starfo!"

Cerddodd y ddwy ar hyd y brif ffordd drwy Abertaf yn chwilio am gaffi. Sylwodd Elin ar ymylon mwdlyd ei thrainers a gwnaeth ymdrech i grafu'r gwadnau ar ochr y pafin. Wrth iddi frysio i ddal i fyny â'i ffrind, trawodd ar draws dyn ifanc yn camu allan o ddrws siop. Sylwodd yn syth ar y pen wedi'i shafio a'r sbectol haul Aviator.

"Dai?" Craffodd Elin ar y llygaid y tu cefn i'r lensys.

Cododd Dai'r sbectol ar ei ben.

"O ... hai! Elin ondife? Shw' mae'n mynd?"

"Wel ..." Edrychodd Elin o gwmpas. Fyddai'n dda i rannu eu darganfyddiad gyda Dai.

"Y'n ni newydd fod lawr wrth yr afon," esboniodd. "Ma' Mati'n credu gall y *waders* 'na ym ... *redshanks* – roi stop ar y datblygiad ..."

Rhythodd Dai arni, wrth iddi sylweddoli nad oedd syniad gan y cyn-dditectif am beth oedd hi'n siarad. Doedd e ddim yn deall beth oedd *redshank*, heb sôn am fod yn barod i ymgyrchu drostyn nhw.

"Right," meddai'n amheus. "Actiwali, fi ar y ffordd i weld Kam."

Amneidiodd at yr adeilad tu cefn iddo.

"'Wy 'di bod yn siarad â'r *Estate Agent* fan'na," meddai. "Ma' rhywbeth od yn digwydd rownd ffor' hyn. Dere draw – weda i wrthot ti ..."

Cododd Elin ei haeliau ar Mati.

"Ti'n meindio Mats?" gofynnodd.

"Siŵr!" Chwifiodd Mati ei llaw yn ddi-hid. "'Wy ar y ffordd i weld Sian, beth bynnag – i ddangos y llunie iddi ... Y pibydd!" esboniodd wrth Dai.

"Pob lwc!" Siglodd Dai ei ben.

"Wela i di yna, Dai!" galwodd Elin. "'Wy'n mynd i nôl y beic ..."

"Idiot!" poerodd Mati, wrth i'r ddwy gerdded 'nôl at y llwybr. "Edrych – ma'r siop cebábs fan hyn. Dere i ni groesi'n glou ..."

Wrth i'r goleuadau droi'n goch, arafodd car wrth y groesfan. Car tywyll, smart yr olwg. Rhythodd Elin arno.

"Ceffyl!" meddai'n syn. "Beth mae e'n neud fan hyn?"

Gwgodd Mati arni. "Ti 'di gweld ceffyl? Mae llwyth o deithwyr â cheffyle lawr wrth yr aber ..."

"Na!" mynnodd Elin. "*C-E-UN-F-F-L* – rhif car Declan."

Gwyliodd y car yn diflannu rownd y gornel, gan deimlo cryndod yn ei choesau. Roedd e'n arfer bod yn y dafarn amser cinio. Ble roedd e'n mynd ar gymaint o frys? Wrth iddi bendroni, fflachiodd y dyn bach gwyrdd a chroesodd, gyda Mati, i'r ochr draw.

Diolch byth, doedd e ddim busnes iddi hi rhagor.

51

Llowciodd Elin ei wrap *felafel* gan drio'i gorau i beidio â chael *hummus* dros ei chrys.

Gyferbyn â hi, ar y soffa, roedd Dai'n rhannu pecyn o cwcis *choc chip* gyda Kam.

"Mae rhywbeth doji'n digwydd," meddai trwy lond ceg o friwsion, "... ma' prisie tai fan hyn 'di mynd trwy'r to ..."

Crychodd Kam ei dalcen.

"Mae'r prisie wedi mynd lan dros y lle," meddai. "Dim jyst yn Abertaf ..."

"'Wy'n gwbod ..." Llyncodd Dai'n gyflym. "Ond dyw e ddim yn neud sens ... Ti'n cofio Steve Jenkins yr *Estate Agent*?"

"Steve the Spiv?"

"Y dyn ei hun ... Weles i fe, bore 'ma ... a wedodd e bod prisie'n *rock bottom* blwyddyn 'nôl. Neb ishe byw 'ma achos y *drug dealers* a'r *kerb-crawlers* dan y bont."

Helpodd ei hun i fisgïen arall.

"O'dd pethe mor tsiêp, dechreuodd y *developers* brynu llwyth o dai wrth yr afon. Llawn damp, wedi bordio lan ... *Couldn't give 'em away*, yn ôl Steve."

Sychodd Elin ei cheg cyn siarad.

"Wedodd dy fam rhywbeth on'd do fe, Kam ... bod rhywun 'di dod i'r siop lle mae'n gweithio i ofyn os o'n nhw am werthu ..."

"Hmmm ..." Cnodd Dai'n feddylgar. "Y peth yw – ers iddyn nhw ddechrau symud y *sex workers* o Abertaf, mae'r prisie 'di codi eto ... Galwch fi'n syspishys – ond o'n i'n dditectif am ddeg mlynedd. A sa i'n credu mewn *coincidences* ..."

Rhythodd Kam arno. "Be ti'n trio dweud? Bod y *developers* yn rhedeg y tai lawr ar bwrpas ..?"

"Wel, mae'n help iddyn nhw, on'd yw e? Prynu pethe'n tsiep – a phan ma'r fflatiau'n cael y *go ahead*, ma'r prisiau'n saethu lan. Mae'n esbonio pam bo' nhw mor cîn i gico'r menywod o 'ma ..."

Trodd ei olwg at Elin.

"Ti 'di siarad â dy fam yn ddiweddar?"

Dechreuodd Elin bwldagu ar ddarn o *felafel*.

"Mmm ... ddim yn ddiweddar," meddai, wrth i Kam ei llygadu.

Edrychodd Dai o un i'r llall gan godi ei aeliau.

"Wel, wedodd Steve bod problem y *kerb-crawlers* wedi mynd yn waeth 'bwti dwy flynedd 'nôl – a 'na pryd a'th y farchnad tai trwy'r llawr. *Stinks dunnit*?"

Roedd Kam yn dal i edrych arni. Rhoddodd Elin y wrap lawr ar y bwrdd.

"Bydd rhaid i ti siarad â hi," meddai wrthi.

"'Wy'n gwbod."

Edrychodd i gyfeiriad y ffenest. Doedd dim modd osgoi'r broblem ac roedd wedi bwriadu galw sawl tro, ond pob tro y codai'r ffôn, chwyrlïai ei meddwl mewn panig. Roedd ei llwnc yn dynn nawr, wrth feddwl am gyfadde'r cyfan wrth ei mam.

"Ocê, ocê," meddai'n frysiog. "Wna i ei ffonio hi ... iawn?"

Cododd ei golwg at Kam.

"'Wy *yn* mynd i ffonio, wir," mynnodd. "Ond alla i ddim addo 'neith hi wrando."

52

Doedd neb arall yn y swyddfa, diolch byth. Allai hi ddim wynebu sgwrs ddiflas am y Rota, neu gais am briff arall. Cyneuodd y cyfrifiadur, ei meddwl ymhell i ffwrdd. Sut ddechreuodd y ffrae erchyll gyda Tom? A pham ei bod wedi ffrwydro gyda Gareth wedyn? Teimlai ei llygaid yn llosgi. Roedd Gareth wedi manteisio ar y sefyllfa i'w mwytho a'i hanwesu. Dyna oedd wedi'i brifo. Llifodd ddeigryn lawr ei boch a gorfododd ei hunan i lonyddu. Yr unig beth i'w wneud oedd i ganolbwyntio ar ei gwaith. Fel arall, fyddai ei bywyd i gyd yn datgymalu.

Agorodd ffeil Abertaf, gan sganio ei nodiadau ar Sid Jenkins. Roedd ei ymateb yn eithafol. Fel newyddiadurwr, roedd hi wedi arfer delio â chŵynion, a gallai ddeall nad oedd e eisiau gormod o gwestiynau am ddatblygiad Abertaf. Ond fe fyddai'r rhan fwyaf o wleidyddion yn fodlon ymateb, yn gwneud cyfweliad slic, ffug resymol, am fanteision y cynllun i'r gymuned. Ochneidiodd i'r stafell wag. Roedd poeni am Sid yn wastraff o amser ac egni. Man a man iddi orffen logio cyn meddwl am y cam nesaf.

Yn y stafell olygu, tynnodd ei ffôn symudol o'i bag a'i osod ar y ddesg.

Roedd wedi colli galwad gan Sam! Rhegodd yn uchel. Anghofiodd iddi ddiffodd y ffôn neithiwr, i osgoi cael tecst hwyr gan Gareth. Damo! Drato!

Pwysodd rif Sam gan gerdded draw at ffenest fach y stafell, ymhell o glyw unrhyw un arall.

"Hiya Beth." Roedd llais Sam yn gryglyd ...

"Sam! Diolch i ti am gysylltu, o'n i'n dechre poeni ...!"

"Fi'n gwybod – sori! Gwelais i y tecsts – ond fi 'di bod yn sâl ..."

"Paid poeni," meddai Bethan. "Alla i glywed e ar dy lais di!"

"Ie – wel, fi ddim wedi gweithio ers wythnos." Clywodd Sam yn sniffian yn y cefndir.

"*Got beaten up, didn' I?*"

"Beth?" Daliodd Bethan y ffôn lled braich wrth brosesu'r newyddion. "Beth ddigwyddodd? Ti'n iawn?"

Gafaelodd yn ei beiro, rhag ofn bod angen cofnodi'r manylion.

"'Wy'n ffein nawr," meddai Sam yn ddi-lol. "Jyst *warning* oedd e ..."

Rhoddodd Bethan ei beiro lawr. "*Warning*? Be ti'n feddwl? Un o'r cwsmeriaid oedd e?"

"Cwpwl o bownsyrs ... Ma' rywun 'di graso fi lan." Craciodd llais Sam a chliriodd ei gwddwg. "*Not happy* bo' fi 'di siarad am y gwaith, *like*."

Aeth Bethan yn oer. "Siarad am dy waith? Ti'n meddwl ..." Roedd hi ofn gofyn. "Achos bo' ti wedi siarad â *ni*?"

Roedd llais Sam yn ddiemosiwn. "Ddim bai ti yw e, Beth. Ma'r bownsyrs 'na'n *evil*. 'Nes i weud wrthyn nhw ... *I never said a word* – ma'n nhw jyst eisie dangos pwy yw'r bòs ..."

"Sam – ma' hwnna'n uffernol!"

Sobrodd Bethan. Doedd Sid ddim yn bwysig, a doedd hi'n becso dim am Selwyn, nac am ei rhaglen. Doedd hi ddim yn mynd i beryglu bywyd Sam, ac os oedd hynny'n golygu bod bwlch yn y Rota, wel twll eu tinau nhw.

Anadlodd yn ddwfn cyn ymateb.

"'Wy'n teimlo'n ofnadw," meddai. "Alla i ddim credu bo' ti wedi cael dy guro achos bo' ti wedi siarad â ni ..."

Edrychodd drwy'r ffenestri at y brif swyddfa, lle roedd dau neu dri o bobl yn eistedd wrth eu desgiau. Roedd ei meddwl yn dechrau clirio.

"Beth dwi ddim yn deall," meddai, "yw sut oedd unrhyw un yn gwybod bo' ti wedi neud y cyfweliad..."

"*All sorts* rownd ffor' hyn," atebodd Sam. "Paid poeni amdano fe ... 'nes i ddim dweud dim amdanyn nhw – wedes i wrthyn nhw."

Gwyliodd Bethan ferch ifanc yn cario'i mỳg at y peiriant coffi. Roedd Sam yn awyddus i anghofio'r digwyddiad, ond doedd hi ddim mor siŵr. Allai hi ddim dangos cyfweliad Sam ar y rhaglen nawr – fyddai'n rhaid gwneud y tro gyda sylwadau DS Kahn dros luniau o'r heddlu'n sgrialu drwy Abertaf â'u goleuadau'n fflachio. Gadael i Ruth i leisio pryder am ferched ar y stryd.

"Reit!" meddai ar ôl saib. "Sdim problem ... Dwi ddim yn mynd i ddangos dy gyfweliad di a wedyn bydd dim peryg ..."

"Paid neud hynny ..." Cododd Sam ei llais.

"Wedais i eff ôl amdanyn nhw. 'Na i gyd maen nhw'n poeni amdano ..."

Ar wal bella'r brif swyddfa, gwelodd Bethan fod y cloc yn tynnu am ddeg.

"Gwranda Sam – mae'n anodd siarad dros y ffôn. Wyt ti'n mynd i fod mewn dros yr awr nesa? Allen i alw draw ... gyda Darren, os yw hynna'n iawn?"

"Dim probs," atebodd Sam yn ddidaro. "Neb o gwmpas yr amser yma. Paid parcio ar bwys y tŷ, tho' – jyst incês ..."

* * *

Parciodd Darren mewn lôn gul oddi ar y ffordd fawr. Cyn iddo dynnu'r handbrec, neidiodd Bethan o'r fan a brasgamodd y ddau at dŷ Sam.

"Ti'n gwbod pwy 'nath hyn iddi?"

"Na – jyst cwpwl o bownsyrs, wedodd hi ..." Anadlodd Bethan yn ddwfn, i gael ei gwynt 'nôl. "O'dd e'n swnio fel 'se hi'n nabod nhw ... Pwy fydde 'di dweud wrthyn nhw, tho? Fydde'r heddlu ddim ... a dim ond Rhys sy'n gwbod amdano fe yn y gwaith ..."

Pwyllodd. Roedd hi'n cael trafferth cadw i fyny â Darren.

"Jiw! Anghofia fe," meddai. "Dim dy fai di yw e – alle unrhyw un fod wedi gweld ni wrth y Stesion ..."

Wedi cyrraedd y tŷ, taflodd Bethan olwg dros ei hysgwydd, cyn cnocio'n galed ar y drws ffrynt.

Clywodd sŵn traed ar y staer cyn i rywun dynnu'r bollt ac agor y drws. Heb feddwl, gwingodd.

Roedd llygad dde Sam wedi cau, y croen chwyddedig o'i gwmpas yn batrwm o friwiau gwyrddlas. Dan y llygad, roedd clais ar ei boch a briw mawr ar ochr ei cheg.

"O, Sam!" Ceisiodd Bethan guddio'i sioc. "Ti'n edrych yn ofnadwy – wyt ti'n iawn?"

Gafaelodd Sam yn ei gŵn nos tenau, a'i dynnu amdani.

"Fi'n orait, ie. Dewch mewn ..."

Taflodd Bethan gip arall y tu ôl iddi cyn camu dros y rhiniog. Roedd y golwg erchyll ar wyneb Sam wedi'i hysgwyd. Wrth ddringo'r grisiau at y llawr cynta, teimlodd ei choesau'n gwegian.

"*Cuppa?*" Camodd Sam yn droednoeth dros y llawr pren at y sinc.

"Na, dim diolch." Roedd Bethan yn dal mewn sioc. "Eistedd di lawr."

Gorfododd ei hun i edrych eto ar wyneb chwyddedig Sam.

"Ma'r llygad 'na'n edrych yn wael ... wyt ti 'di gweld doctor?"

"Naa ... 'wy'n iawn, onest."

Gwingodd Sam wrth eistedd yn ofalus ar y soffa.

Aeth Darren at y gadair blastig yn y gornel, wrth i Bethan geisio'i gorau i eistedd heb aflonyddu Sam.

"Beth ddigwyddodd?" gofynnodd, gan graffu arni. "Ti'n gwybod pwy na'th e?"

Nodiodd Sam, ei gwallt hir yn disgyn dros ei hwyneb cleisiog.

"Yeah ..." atebodd yn ddidaro. "*Warning* o'dd e – 'na i gyd ..."

"Pwy 'nath rybuddio ti?" gofynnodd Darren, gan bwyso 'mlaen.

Tynnodd Sam becyn o ffags o'i phoced.

"*I knows who they are*," meddai gan dynnu sigarét a'i danio. "Wedes i wrthyn nhw bo' fi ddim wedi graso nhw lan ..."

Wrth iddi danio'r sigarét, sylwodd Bethan ar gragen waedlyd ar ei gwefus.

"Y peth yw, Sam ..." Trodd Bethan ati. "Dwi ddim eisie rhoi ti mewn peryg er mwyn rhaglen deledu. Dyw e ddim werth e ..."

Drwy'r ffenest, gwelai'r glaw yn disgyn ar yr iard tu allan, ac yn tasgu dros y waliau brics.

"'Wy ddim yn deall sut o'n nhw'n gwybod bo' ti 'di neud cyfweliad ..." meddai.

Ochneidiodd Sam gan godi ei hysgwyddau.

"Sa i'n trystio neb rownd ffor' hyn," meddai. "Ond fi'n gallu edrych ar ôl 'yn hunan – peidiwch poeni."

"'Wy'n gwybod 'ny, Sam," meddai Bethan yn gymodlon. "Ond dwi ddim eisie gneud pethe'n waeth." Siglodd ei phen, gan gofio trafferthion y cyfnod ffilmio. "Y peth yw ... ni 'di cael cwyn, a mae'n edrych fel 'se'r rhaglen yn cael ei dropio beth bynnag."

Llifodd diferyn o ddŵr lawr y ffenest gan greu llinell ddisglair ar y gwydr wrth i Sam rythu arni.

"Ar ôl hwnna i gyd?" gofynnodd. "Pwy ffwc sy' 'di cwyno, sciws mai Ffrensh?"

Oedodd Bethan am eiliad, cyn penderfynu bod dim ganddi i golli.

"Wel," meddai, "ma'r cynghorydd lleol 'di bod yn anhapus iawn o'r dechrau – Sid Jenkins, ti'n nabod e? Mae'n flin bo' ni'n ffilmio gyda ..." Ymbalfalodd am y gair cywir, "... wel, gyda menywod fel ti a Liz ... Mae'n dweud bo' ni'n rhoi'r argraff bod Abertaf yn llawn puteiniaid."

Cododd ei golwg at Sam, rhag ofn ei bod yn gweld yn chwith.

"'Wy'n siŵr bod y peth yn eitha sensitif ar hyn o bryd ... gyda'r datblygiad newydd a phopeth ..."

Caledodd gwedd Sam dan y briwiau du.

"Fe!" meddai'n sarhaus.

"Sdim syndod bo' fe 'di cael ffit. Mae e'n *regular* lawr ar yr Embankment ..."

Rhythodd Bethan arni. "*Regular?*" meddai'n dawel. Ai dyma roedd Naz wedi'i awgrymu, lawr wrth bont y rheilffordd?

"Ti'n dweud bod Sid yn un o'r pynters?"

"*Odyw e'n pynter?*" Chwythodd Sam ruban hir o fwg at y ffenest. "*Don't make me laugh* ... mae fe lawr yn yr Embankment yn amlach na'r *seagulls* ..."

Roedd meddwl Bethan yn carlamu. Dim syndod bod Sid mor nerfus am ei rhaglen.

"Gofyn i Liz ..." Trawodd Sam ar draws ei myfyrfod. "Mae'n un o'r *regulars* ... lawr y Red House, like."

Roedd Bethan yn dal i brosesu'r wybodaeth. "Y Red House?" atseiniodd yn ddryslyd.

Nodiodd Darren.

"Yr hen dafarn 'na 'di bordio, pen pella'r Bae ..."

"Yeah." Trodd Sam ato, "Brothel hyna'r docs ... Ma' fel *sex dungeon* lawr llawr ..."

"*Sex dungeon?*" Fflachiodd delweddau ffiaidd ar draws dychymyg Bethan a thaflodd olwg sydyn ar Darren.

"Ffycin bastard ... 'Na pam ges i *warnin'*, *innit*? O'n nhw ddim eisie fi'n blabio ..."

Chwythodd ruban arall o fwg o'i cheg, cyn diffodd y sigarét mewn llwchblat wrth ei hochr.

Pwysodd Darren 'mlaen yn y gadair blastig.

"Ti'n dweud bod Sid yn *involved* yn yr ymosodiad 'ma?"

"*Involved?*" Roedd gwefus gwaedlyd Sam yn dynn. "Mae lan i'w glustie fe. Ma'r bownsyrs yn gweitho iddo fe – a mae'n cachu'i hunan bo' popeth yn mynd i ddod mas ..."

Roedd meddwl Bethan yn carlamu. Er iddi synhwyro o'r dechrau fod Sid yn leinio'i bocedi, doedd hi ddim wedi dychmygu cysylltiad gydag isfyd y ddinas.

"Sut ti'n gwybod bod Sid tu ôl iddo fe?" mynnodd Darren.

Rhythodd Sam arno.

"Y bastards 'na 'nath hamro fi – fi'n nabod nhw." Crychodd ei thalcen.

"Dyw Sid ddim yn mynd i ga'l ei ddwylo'n frwnt odyw e?"

"Hmm." Ceisiodd Bethan gofio geiriau Naz. "Wedodd un o'r ditectifs rhywbeth wrtha i ..."

Beth oedd y geiriau? *Bach yn agos at y gwir ...?*

"Naz?" dyfalodd Sam. "Mae'r heddlu'n gwybod ...'di tynnu fe mewn cwpwl o weithie – ond sdim byd wedi digwydd." Anadlodd yn ddwfn. "*Slippery customer*, Sid," meddai'n dawel.

Daeth golwg feddylgar dros Darren. "Trueni bo' ni'n ffaelu hoelio fe," meddai. "Os yw Sid Jenkins yn *kerb-crawler* ... mae'n uffarn o stori dda."

Taflodd Bethan olwg ato.

"No wê," meddai, gan orfodi ei hun i edrych eto ar wyneb chwyddedig Sam. "Alla i ddim profi'r shenanigans cynllunio ... a dyw defnyddio puteiniaid ddim yn erbyn y gyfraith ..."

Cododd Darren ei ysgwyddau, "Ocê – ond Sid yw Mistar Pwysig ar y Cyngor ... os yw e'n cwyno am dy raglen tra bod e'n pynter 'i hunan – wel, ma' honna'n stori."

Ochneidiodd Bethan. Roedd wyneb Sam yn brawf nad oedd yr ymosodwyr yn chwarae o gwmpas.

"Darren! Stopia, 'nei di? Os yw Sid yn pynter – mae'n *seedy*, ond dyw e ddim yn drosedd."

Ond doedd Darren ddim yn gwrando.

"Gallet ti brofi fe gyda camera cudd ..."

Roedd hi'n colli amynedd. Estynnodd am ei bag.

"Sori," meddai'n bendant, "ond dwi ddim yn mynd i ganiatáu'r peth. Dychmyga beth 'se'n digwydd tase ti'n rhoi camera i un o'r merched. Bydd hi'n amlwg bod un ohonyn nhw wedi'n helpu ni – ac wedyn bydd rhywun arall mewn peryg."

"*Slippery Sid.*" Tynnodd Sam sigarét arall o'r pecyn. "Alla i ddim mynd yn agos ato fe, ond 'na i helpu chi, os galla i. Sa i'n mynd i gymryd shit wrtho fe – na neb arall."

Trodd Bethan i edrych arni. "Diolch," meddai. "'Wy wir yn ddiolchgar am dy help. Ond mae'n ormod o risg. Edrych ar dy stad di – ti 'di cael niwed ofnadwy ..." Rhedodd ias drwyddi wrth ddychmygu'r ymosodiad. "Ffyc sêcs, Sam," ochneidiodd. "Allet ti gael dy ladd ..."

Roedd Darren yn dal i ystyried. "Sdim rhaid i'r merched fod yn *involved*, Bethan ... Allen ni'n dau neud e rhyngddon ni ... Cael camera i'r lle mewn bag ... A gallen i gael siots o Sid yn cyrraedd – ar lens hir."

Roedd Bethan wedi cael digon. Safodd ar ei thraed gan afael yn ei chot.

"Sori, Sam," meddai. "'Newn ni adael llonydd i ti. 'Wy'n gwbod bo' ti'n trio helpu, Darren, ond fydde'n well 'da fi golli'n job na rhoi Sam drwy rhywbeth fel hyn eto."

Anelodd am y drws cyn troi at y ffigwr truenus ar y soffa.

"Cymer ofal, Sam – os oes unrhyw broblem arall, ffonia fi ... Fel arall, wnewn ni ddim dy boeni." Llygadodd Darren cyn cyfeirio'r rhybudd olaf ato. "A dyna ddiwedd arni!"

53

Roedd y Windsor Arms yn dawel, y wraig wrth y bar yn sychu'r pympiau â hen gadach llwyd. Cododd ei haeliau wrth i Bethan gamu drwy'r drws, gyda Darren yn dilyn, ond ddywedodd ddim. Sylweddolodd Bethan mai dyma'r trydydd tro iddi ddod i'r dafarn ynghanol dydd, ac eistedd yn y gornel bellaf gyda Darren. Roedd y barmêd yn amlwg wedi dod i gasgliad am y berthynas.

"Ydych chi ar agor am goffi?" Gwnaeth ymgais i swnio'n broffesiynol.

Cododd y wraig ei golwg.

"'Ni'n agor am un ar ddeg," meddai'n ddigon clên. "Ond alla i wneud coffi i chi."

"Dau, plis." Gwenodd Bethan. Roedd y fenyw'n fwy serchog nag arfer.

"Dal i fwrw odyw e?" gofynnodd, gan roi coffi yn y peiriant.

"Na, mae'n well nawr." Pwysodd Bethan ar y cownter. "O'r diwedd ..."

"*Shockin'*, nag yw e?" Tynnodd y fenyw ystum ddiflas. "Maen nhw'n trio dweud bod Bae Caerdydd fel Sidney ... a ma'r *beer garden* mas fan'na fel pwll nofio!"

Siglodd ei phen wrth i'r peiriant stemio.

"Steddwch – ddo i â'r coffi draw."

Diolchodd Bethan iddi cyn gwneud ei ffordd at fwrdd yng nghefn y stafell, lle roedd Darren yn tecstio'n brysur ar ei ffôn. Roedd hi wedi tawelu ers gadael fflat Sam, yn poeni nawr bod ei hymateb braidd yn siarp.

"Edrych," meddai wrth iddo edrych i fyny, "'wy'n gwbod bo' ti'n trio helpu – a bydde ffilmio cudd yn ffordd o brofi bod Sid yn pynter – ond mae'n gwbl amhosib y dyddie 'ma. Mae rheolau tynn ofnadw' am ffilmio dirgel – bydde rhaid i fi gael caniatâd wrth Selwyn a Rhiannon ... a fydden nhw'n gofyn am brawf bod Sid yn neud rhywbeth ofnadwy o wael cyn dechre ..."

Nodiodd Darren yn rhesymol.

"Ie, 'wy'n deall 'ny – ond 'wy'n credu bod ffordd o neud e ..."

"Darren!" rhybuddiodd, ond torrwyd ar eu traws gan y barmêd yn cludo hambwrdd o goffi.

"Dau *americano*. A ma' lla'th yn y jwg ..."

"Grêt ... diolch."

Roedd Bethan yn falch o gael eiliad i feddwl. Tywalltodd joch o laeth i'w chwpan, gan wylio'r dafnau gwyn yn chwyrlïo drwy'r coffi du. Estynnodd Darren am y jwg.

"Y peth yw," meddai'n feddylgar, "os siaradwn ni â Liz, allen ni ffeindio mas pryd ma' Sid yn mynd ati 'ddi ... Ac os yw e'n mynd i Tŷ Coch, fydde fe'n ddigon rhwydd i ddal e ar lens hir ..."

Cododd ei olwg ati'n ddisgwylgar. Yfodd Bethan ei choffi, gan ystyried yr opsiynau.

"Ocê," meddai'n araf. "Ond sut fydde hynny'n gweithio? Beth os na gewn ni'r siots? Falle fydd e'n osgoi'r lle am yr wythnose nesa ... A hyd yn oed 'sen ni'n cael y llunie, beth ma' hynny'n mynd i brofi? Byddwn ni'n gweld e'n mynd mewn i hen pyb yn y docs – ond allwn ni ddim dweud bod e'n defnyddio puteiniaid heb rywbeth mwy concrit ..."

Cododd Darren ei ysgwyddau. "Mae'n *knocking shop* – ma' pawb yn gwbod 'ny ... a gallen ni drio cael camera mewn 'na ..?"

"Darren!" Cododd Bethan ei llais.

Rhoddodd Darren ei gwpan ar ei soser cyn troi ati.

"Bydde fe ddim mor anodd a 'ny. 'Nes i raglen am *massage*

parlours llynedd – ma' cwpwl lan yn Cathays. *Tanning shops* yw'r ffrynt – ond mae'r cleients yn mynd rownd y cefn. Ac fel arfer, ma' math o lownj lle ma'r merched yn aros am y cleients ... Allen i seto rhywbeth lan fan'na – yn y risepshyn, a cha'l siots tu fewn yr adeilad."

Llyncodd Bethan yn galed. "Gwranda, Darren. Wyt ti'n mynd i fwydo 'mhlant i os ga i'r sac?"

"Jyst meddylia, Bethan. Ma' dy raglen di'n cwympo'n racs. 'Neith Sid ddim siarad, a ti'n ffaelu defnyddio cyfweliad Sam ... Os gelen ni gamera mewn i'r Tŷ Coch, fydde gyda ti *exposé* ar Sid ... yn llythrennol."

"Er mwyn dyn!' brathodd Bethan. "Mae'n swnio'n disgysting! Sda fi ddim diddordeb mewn gweld Sid yn glafoerio dros ryw ferch ifanc mewn thong ... A sa i eisie creu trafferth i unrhyw un. *End of*."

Doedd Darren ddim yn gwrando. Drymiodd ei fysedd ar y bwrdd, ei lygaid yn bell i ffwrdd.

"Ond beth 'set *ti*'n mynd mewn 'na – *undercover*? Allen ni roi camera mewn botwm – a bydde dim *comeback* ar y merched wedyn ..."

Trodd Bethan i wneud yn siŵr bod neb yn clustfeinio.

"Darren! Ti'n ffycin nyts?" sibrydodd. "Na, na, no blydi wê dwi'n mynd yn agos i'r dyn yna mewn *sex dungeon*. Rhaglenni dogfen 'wy'n neud – dim porn!"

"Dim 'na'r pwynt, ife?" Doedd Darren ddim yn mynd i ildio heb frwydr. "... Ma' hwn am safonau dwbwl, corypshon, Sid yn taflu'i bwyse o gwmpas ... cwyno am y puteiniaid yn Abertaf pan fod e lawr 'na bob wipstitsh. Heb sôn bod e'n shaffto'r tenants a chymryd cyt iddo fe'i hunan." Edrychodd Darren i fyw ei llygaid. "A ma' ffordd 'da ni i brofi'r peth ..."

Gwrandawodd Bethan arno'n ofalus. Roedd y syniad yn wallgo'– ond roedd hi'n dechrau deall fod gan Darren bwynt. Ac os mai Sid oedd yn gyfrifol am yr ymosodiad ar Sam, roedd hi'n fodlon cymryd risg i sodro'r bastard. Cymerodd anadl ddofn, cyn troi 'nôl ato.

"Sa i'n gwybod," meddai, gan daflu golwg arall o gwmpas y bar. "Bydd rhaid i ni ffeindio mas yn union beth sy'n mynd 'mlaen yn y Tŷ Coch ... Siarad â Liz – a gweld beth sy'n bosib. A mae'n rhaid i fi fod yn gwbl siŵr bydd neb yn dial ar y merched ..."

"Deffo." Gorffennodd Darren ei goffi, cyn taflu golwg awgrymog ati. "Werth trio, nag yw e? O'n i'n gwbod delet ti rownd yn y pendraw!"

54

Safodd Bethan yn nrws y swyddfa i gael ei gwynt yn ôl, gan wylio'r bwrlwm yn y stafell. Roedd pobl ar eu ffordd allan i ginio, neu'n cyrraedd y swyddfa ac yn dadbacio camerâu a bagiau'n llawn offer. Ynghanol y cyfan, eisteddai Brenda wrth ei desg yn anwesu paned o goffi.

"Selwyn yn gofyn lle o't ti, i ti gael gwbod," meddai. *"Forewarned is five-armed."*

Rhegodd Bethan. "Ges i SOS wrth y ferch 'ma 'wy 'di bod yn ffilmio ... wedes i wrth Rhys."

Cnodd Brenda ei gwefus yn nerfus, ond cyn i Bethan ddweud mwy, camodd Selwyn o'i swyddfa.

"Prynhawn da!" meddai'n eironig. "Gobeithio bod esboniad 'da ti!"

"O'n i yma am hanner awr 'di wyth!" plediodd, gan ddilyn Selwyn 'nôl i'w ffau. "O'dd 'na bach o ..." Baglodd dros y gair 'problem'. Y peth diwetha oedd hi ei angen nawr oedd i yrru Selwyn i banic. Cadwodd ei llais yn rhesymol. "Ges i alwad ffôn gan un o'r ... cyfranwyr – un o'r merched ... Mae rhywun wedi ymosod arni, Selwyn, felly es i draw i'w gweld hi. O'dd Rhys yn gwybod ..."

Craffodd Selwyn arni dros ei sbectol. "Dyw Rhys ddim yma – a mae angen i fi wybod lle wyt ti bob amser ... mae'n fater o Iechyd a Diogelwch."

Tagodd Bethan. Roedd agwedd lac Selwyn at Iechyd a

Diogelwch yn enwog, a'i raglen drafod ddiweddaraf ar Gyfansoddiad Cymru wedi achosi tagfeydd hir y tu allan i Ganolfan Hamdden Aberteifi ac anrhefn llwyr yn y maes parcio, wedi i rieni'r clwb nofio flocio ceir y gynulleidfa.

"Wel," meddai ar ôl saib, "o'dd Rhys yn gwbod lle o'n i. Ac o'dd y ffôn gyda fi, os o't ti am gysylltu ..."

Cododd Selwyn ei law. "Gad i fi orffen, plis ... Dwyt ti ddim fod i adael y swyddfa heb ganiatâd – a 'wy wedi dweud 'tho ti am beidio â llwytho gwaith ar Rhys."

Cafodd ei themtio i godi dau fys ar Selwyn a cherdded allan o'r swyddfa unwaith ac am byth. Ond fel Sam, roedd hi angen y blydi arian. Calla dawo, meddyliodd, gan wneud ymdrech i edrych yn bryderus.

"Sori, Selwyn," meddai. "Dwi yn cymryd Iechyd a Diogelwch o ddifri, fel wyt ti'n gwybod. Do'n i ddim yn credu bydde 'na broblem ac o'n i'n teimlo bod rhaid i fi tsheco bod y ferch 'ma'n iawn ... fel cynhyrchydd y rhaglen o'n i'n teimlo bod dyletswydd arna i ..."

Edrychodd Selwyn arni'n syn. Cliriodd ei wddwg cyn ateb.

"Wel ... iawn ... Mi wna i dderbyn dy esboniad di, tro yma. Ond rhaid dweud, Bethan, dy fod ti'n creu problemau yn y swyddfa, yn mynd ac yn dod fel wyt ti eisie. Mae Brenda yn gweithio'n galed iawn ar y Rota a mae'n teimlo'n rhwystredig iawn bo' ti'n mynd a dod fel 'set ti mewn *holiday camp* ...!"

Brenda! Gwawriodd y gwir yn glir ym meddwl Bethan. *Holiday camp*, wir! Dyna'r tro diwetha y byddai'n gwastraffu amser ac egni yn astudio'i sblashbacs marmor!

Ond roedd Selwyn yn amneidio at y drws.

"Wel, dyna ddigon am nawr – ond mae'n rhaid i ti ddeall, Bethan, beth bynnag yw'r broblem gyda'r ... ferch yma – bydd rhaid i bopeth fod yn barod ymhen wythnos. Ma' Rhiannon am grynodeb – a dwi eisie fe ar y ddesg erbyn dydd Llun ..."

"Dim problem!" Bolltiodd Bethan o'r stafell fach, gan fendithio'i lwc.

Os oedd Rhiannon am grynodeb, fe gâi amlinelliad syml fyddai'n osgoi unrhyw honiadau dadleuol. Yn y cyfamser, fe fyddai hi'n mentro i ffau'r llewod i fframio Sid a'i ffrindiau. Yn ôl pob tebyg, fe oedd wrth wraidd yr ymosodiad ar Sam, a hynny wrth iddo sathru dros y tenantiaid, ond yn fawreddog a seboni pobl mewn awdurdod. Os oedd Selwyn a Rhiannon yn benderfynol o anwybyddu ei hymchwil, yn manteisio ar bob cyfle i'w dilorni, fe fyddai'n profi'r gwir am y rhwydwaith dywyll a phwerus oedd wrth wraidd y datblygiad yn Abertaf.

55

Eisteddai Bethan wrth ei desg, yn syllu i'r maes parcio tu allan.

Trodd ei golwg at y ffôn symudol o'i blaen. Wedi ugain munud o sgwrs gyda Liz, roedd ar fin datrys y cwlwm tynn o gysylltiadau rhwng Sid a Garfield. Ond a fyddai'n gallu profi'r cyfan o fewn wythnos?

Roedd yr holl ymchwil yn Nhŷ'r Cwmnïau wedi datgelu dim. Ond roedd sylwadau Liz wedi bod yn agoriad llygad. Er syndod i Bethan, roedd hi wedi bod yn help garw, ac wedi rhannu nifer o fanylion lliwgar am y Tŷ Coch a'i gwsmeriaid, er y byddai'n rhaid iddi fod yn sicr o'i phethau cyn mentro yno gyda chamera cudd.

O gornel ei llygad, cafodd gip o got Puffa tywyll Rhys ac edrychodd i fyny'n feddylgar.

"*Hassles?*" gofynnodd cyn tynnu'r gwarfag trwm oddi ar ei ysgwyddau.

"Un neu ddau." Gafaelodd Bethan yn ei llyfr nodiadau. "Oes munud 'da ti?"

Tynnodd Rhys ei got, cyn ei dilyn i'r stafell olygu. Eisteddodd ar ymyl y ddesg wrth iddi droi'r gadair fach i'w wynebu.

"Edrych," meddai. "Mae hwn yn gyfrinachol, iawn?"

Nodiodd Rhys heb ddweud gair. Cymerodd Bethan anadl ddofn gan bwyso a mesur ei geiriau.

"Mae Sam wedi gwneud honiadau – am Sid. Os allwn ni

brofi nhw, maen nhw'n gyhuddiadau difrifol – ond does dim byd yn bendant eto, felly mae'n rhaid i ni fod yn ofalus. Deall?"

Nodiodd Rhys. "Weda i ddim gair," meddai'n syber.

"Sooo," meddai'n ofalus, "pan gyrhaeddon ni dŷ Sam, o'dd hi'n edrych yn ofnadwy ... O'dd ei llygad hi'n ddu ... wedi chwyddo fel balŵn ..." Trodd ei golwg, gan gofio wyneb briwedig Sam pan agorodd y drws.

"Eniwe ... Wedes i wrthi bo' ni ddim yn mynd i redeg y cyfweliad – a bo' ni 'di ca'l cwyn wrth un o'r cynghorwyr lleol." Pwyllodd. Roedd ymateb Sam wedi'i syfrdanu. "'Nath hi jyst fatha chwerthin yn fy ngwyneb i a dweud bo' dim syndod achos bod Sid yn *regular* lawr wrth yr afon ..."

Cododd Rhys ei aeliau.

"Y'n ni 'di clywed y sïon," meddai. "Alla i gredu fod e'n wir."

Ystyriodd Bethan am eiliad. "'Wy'n gwbod 'ny ... ond wedyn, wedodd hi taw Sid o'dd yn gyfrifol am yr ymosodiad arni – taw ei *minders* e oedd wedi'i churo hi ..." Trodd ato. "Ti wir yn credu fydde Sid yn gwneud rhywbeth fel'na?"

Crychodd Rhys ei dalcen.

"Ma' hwnna'n uffernol ... Drafferth yw ... allwn ni brofi fe?" Craffodd ar Bethan. "Ti'n mynd i dropio'i chyfweliad hi?"

Doedd Bethan ddim yn siŵr. Roedd Sam wedi bod yn bendant y dylai gadw'r sgwrs.

"Dwi 'di dweud wrthi bo' ni'n mynd i'w ollwng e – ond mae hi am i ni gadw'r cyfweliad. Mae'n dweud bod hi heb ddweud unrhyw beth i ddigio'r *minders* ...Sa i'n siŵr ..."

Cododd ei golwg. Roedd golwg feddylgar ar Rhys.

"Pam mae'n dweud gymaint wrthon ni am Sid? Fyset ti'n meddwl ei bod hi'n rhoi ei hunan mewn peryg?"

"'Wy'n gwbod," cytunodd Bethan. "Ond mae'n amlwg yn pisd off – a mae hi moyn talu fe 'nôl am beth na'th e." Rhedodd ei meddwl dros ei sgwrs gyda Sam yn y fflat. "A ... 'wy'n credu, ar ddiwedd y dydd, bod hi'n trystio fi ..."

Roedd Rhys yn dal i edrych yn amheus.

"Sut yffach y'n ni'n mynd i sodro Sid, tho? Heb landio Sam yn y cach?"

Cymerodd Bethan anadl ddofn.

"'Wy 'di ca'l syniad ... wel, syniad Darren o'dd e wir. Mae'n credu gallwn ni fynd mewn i'r lle 'na – y *sex dungeon* – a chael llunie o Sid ar gamera cudd ..."

"Gall hynny roi Sam mewn peryg mawr ..."

Gwgodd Rhys arni.

"'Wy'n gwbod," meddai Bethan. "A 'wy ddim eisie hynny, yn amlwg, so ... yr unig ddewis," meddai'n araf, "yw i fi fynd yna'n hunan ..."

Roedd gwrid yn lledu o'i gwddf i'w chorun.

"Yffach, Bethan!" sibrydodd Rhys er bod y drws ynghau. "Eith Selwyn yn ffycin mental – wnei di golli dy swydd!"

"Sdim rhaid i Selwyn wbod, os e?" Cododd Bethan ei haeliau gan wneud ymdrech i swnio'n hyderus.

Roedd Rhys yn dal i syllu arni fel petai wedi colli'i phwyll.

"Ond beth sy'n mynd i ddigwydd pan eith y rhaglen mas? Bydd hi'n amlwg bo' ti wedi bod mewn 'na wedyn?"

Tynhaodd stumog Bethan. Roedd llond twll o ofn arni, ond roedd wedi gwneud ei phenderfyniad. "Wel, 'wy wedi meddwl am hynny ... Dwi'n mynd i ddweud bod y lluniau wedi'n cyrraedd ni o ffynhonnell ddirgel. Alla i gael co' bach o rywle – gneud yn siŵr bod neb yn gwbod o ble ddaeth e ..."

Roedd talcen Rhys yn dal wedi'i grychu.

"Dyw e dal ddim yn *watertight* ... Sut wyt ti'n gwybod pryd ma' Sid yn mynd i droi lan yn y lle 'ma – a ti 'di cwrdd â Sid – beth os yw e'n nabod ti?"

"Ie ... wel," ceisiodd Bethan reoli ei hanadl. "Ma' Liz yn mynd i roi tip-off i ni. Wedodd hi bod Sid yna bob wythnos – ma' fe 'di piso hi off yn ddiweddar ... eisie pob math o bethe *weird*, aparentli – ac yn troi'n gas os nad yw e'n cael ei ffordd ...

so ..." Rhedodd dros y cynllun yn ei phen. "Dwi ddim yn mynd i fynd lawr i'r dwnsiwn fy hunan – fydda i jyst yn eistedd yn y dderbynfa i gael siot glou o Sid ar y ffordd mewn ..."

Syllodd Rhys arni'n bryderus.

"'Wy'n deall bo' ti moyn llun – ond ti 'di cwrdd â Sid, mae 'di gweld ti o'r blaen ... Dychmyga'r *shitshow* tase fe'n nabod ti?"

"Ocê," ochneidiodd Bethan. "Dim ond unwaith 'wy 'di cwrdd ag e so ... bydda i mewn dillad gwahanol – a dwi 'di penderfynu gwisgo'r wig brynon ni llynedd."

Roedd Bethan eisoes wedi edrych yn y cwpwrdd i wneud yn siŵr bod y wig yno. Wig felen a brynwyd i guddio wyneb cyfrannwr oedd yn gyndyn o siarad am ymddygiad gwrthgymdeithasol ar ei hystad, roedd yn cael ei ddefnyddio mewn partïon swyddfa, wedi sawl potel o win rhad. O ganlyniad, roedd Brenda wedi'i gloi yn y cwpwrdd i osgoi niwed pellach.

"Gei di job i gael gafael arno fe heb i Brenda weld ti," rhybuddiodd Rhys.

"Paid becso – 'wy'n gwbod lle mae'n cadw'r allwedd ... 'Wy'n mynd i wisgo dillad sgimpi, a mae Darren yn nabod rhywun all ffitio camera cudd i un o'n siacedi – so ..." Gwenodd, mewn ymgais i godi ei hysbryd. "Mae 'di sortio ... 'wy'n mynd mewn wythnos nesa ..."

Edrychodd Rhys i fyw ei llygaid, gan siglo'i ben.

"Bydd yn ofalus, Bethan," rhybuddiodd. "Os eith pethau'n *pear-shaped*, allet ti fod mewn trwbwl. 'Wy'n hapus i ddod fel *back-up*, os wyt ti moyn?"

"Fydda i'n iawn," mynnodd Bethan. "Bydd Darren yn gwylio fi ar y monitor ... a dwi'n mynd i gael ffôn dros dro â rhif Naz ar *speed dial* – rhag ofn."

Chwibanodd Rhys yn hir.

"'Wy dal yn meddwl dyle ti ga'l mwy o gefnogaeth," meddai o'r diwedd. "Ma'r *ex* ditectif 'na, Dai Kopec, 'di rhannu lot o stwff 'da fi. Ddylen ni gadw fe yn y pictiwr hefyd – rhag ofn ..."

Ystyriodd Bethan am eiliad. "Hmm ... dwi wir ddim eisie i bobl wybod."

"Ond ti angen gwbod y sgôr cyn mynd mewn." Crychodd Rhys ei dalcen. "Os oedd Sid yn gyfrifol am yr ymosodiad ar Sam, wyt ti ddim eisie'i groesi fe ... Ma' Dai'n nabod yr ardal – y merched a'r delwyr. A bod yn onest, fydde fe'n handi tase fe o gwmpas pan ei di fewn ..."

Disgynnai'r glaw yn ddafnau mân ar yr iard tu allan. Edrychodd Bethan ar y tarth llwyd, ei meddwl ar chwâl, cyn troi 'nôl at Rhys.

"Ocê," meddai ar ôl saib hir. "'Wy'n trystio Dai a dwi'n hapus i ti sôn wrtho am y peth ... Jyst rho amlinelliad clou iddo fe o beth 'wy'n neud – a gofyn a oes unrhyw wybodaeth newydd gydag e. Ond dwi ddim yn mynd i ddweud yn union pryd dwi'n mynd mewn – dwi ddim eisie ymyrraeth wrtho fe na neb arall."

Nodiodd Rhys yn dawel, cyn codi o'r ddesg ac anelu am y drws. Roedd dwylo Bethan yn crynu wrth iddi frwydro i gadw ei theimladau dan reolaeth. Llygadodd Rhys wrth iddo adael.

"Dai a neb arall! Iawn?"

56

Roedd y dynion ar fwrdd 8 wedi bod yn yfed drwy'r prynhawn. Racs, hamyrd, *wasted*. Amneidiodd un ohonyn nhw i gyfeiriad Elin, gan wneud sioe fawr o chwifio'i freichiau.

"*Can we have two more bottles of Cava, my love ... and more glasses, these are all manky ...*"

Winciodd arni'n awgrymog.

Gafaelodd yn y gwydrau'n flin. Toser, meddyliodd yn dawel. Roedd mor gaib, fe fyddai wedi yfed batri asid heb sylwi.

Gwthiodd trwy'r dorf i'r gegin a gollyngodd y gwydrau ar y cownter. Sychiad bach gyda'r lliain a gallai fynd â nhw nôl at y meddwyn swnllyd. A ble ddiawl oedd Kam? Deg munud yn hwyr eto ... Rhedodd y tap i oeri ei dwylo a llyncodd wydriad o ddŵr cyn estyn am ei ffôn.

Roedd rhywun newydd ffonio – ond nid Kam. Rhif ei mam oedd ar y sgrin. Syllodd arno'n ddifeddwl. Doedd hi heb daro gair â'i mam ers y digwyddiad gyda Declan – ac am ryw reswm, teimlai'n ddiymadferth. Doedd hi ddim am feddwl am y peth, heb sôn am ei drafod.

Tapiodd y sgrin eto a gweld bod ei mam wedi gadael neges. Cymerodd anadl ddofn cyn gwrando.

"Haia Elin!" A oedd 'na dinc o bryder yn ei llais? "O'n i jyst eisie gwbod sut o't ti?" Clywodd anadl hir cyn i'w mam barhau. "Sa i 'di gweld ti ers oesoedd ... gobeithio bo' ti'n iawn a, wel, ffonia fi pan ma' munud gyda ti. Cymer ofal nawr, Elin ..."

Syllodd Elin ar y ffôn. Teimlai'n ofnadwy. Roedd hi wedi meddwl ffonio ei mam ers dyddiau ond roedd ei bywyd mor llawn, ac, a bod yn onest roedd hi'n ofni dweud y gwir am ymddygiad Declan. Roedd wedi stopio – yn y diwedd, ac roedd e'n pisd, yn amlwg. Ond wedyn ...

Daeth ton o euogrwydd drosti. Roedd ei mam siŵr o fod yn poeni, ac yn meddwl pam nad oedd hi wedi cysylltu. Atseiniai ei llais yn ei chlustiau. *Cymer ofal*. Dyna fyddai'n ddweud bob tro fyddai'n mynd dramor, neu hyd yn oed allan am noson. Wrth iddi bendroni, daeth Kam i'r gegin fel corwynt, mewn helmed a siaced felen *hi-vis*.

"Hai ... Sori bo' fi'n hwyr!"

Edrychodd arno'n anghrediniol.

"Pam ddest ti ar dy feic – dwy funud rownd y gornel wyt ti?"

Tynnodd Kam ei siaced dros ei ben cyn ymddangos fel gwahadden o'r plastig melyn.

"Ffoniodd Dai ..." Oedodd i gael ei wynt yn ôl. "Mae ar ei ffordd draw ... rhyw *lead* pwysig 'da fe, aparentli. O'n i mor hwyr, ddes i ar y beic ... ffycin 'el mae'n wyntog – o'n i bron â cwmpo mewn i'r afon ..."

"Beth?" Rhythodd Elin arno. "Mae Dai'n dod fan hyn? Mae'n blydi *rammed* – sdim amser am *chat*!"

Gwingodd Kam. "Sori ... ond o'dd e'n swnio'n bwysig. 'Neith e aros wrth y bar nes bo' ti'n barod ..."

Gwasgodd ei hysgwydd yn bryfoclyd. "Gelli di roi'r *latest* iddo fe am y *pied warblers* ..."

Cododd Elin ddau fys arno. "Pibydd coesgoch – thanciw! O leia 'wy'n trio."

Cydiodd mewn hambwrdd cyn llwytho'r gwydrau arno.

"Ma' rhaid i fi fynd – ma' criw o *pissheads* ar ford wyth eisie mwy o Cava. Wedyn dwi'n mynd i gico nhw mas! *I'm sorry sir, we need this table back for seven ... If you wouldn't mind settling ...*"

"Rho'r stwff drud iddyn nhw," cynigiodd Kam. "Gei di mwy o tip wedyn!"

"Paid ti poeni!" atebodd Elin, gan wthio drwy'r drysau i'r bwyty.

Erbyn iddi gyrraedd 'nôl at y bar, roedd y lle wedi tawelu a Dai'n eistedd yno, yn darllen ei ffôn â photel wag o Madri o'i flaen.

"Haia," meddai. "Sori – ma'r lle 'ma'n mad. Ti moyn un arall?"

"*Aye, go on*," meddai gan dipio'r botel i'w geg i'w gorffen.

Aeth Elin tu ôl i'r bar a thynnu potel o'r oergell.

"'Na ti," meddai, "*Compliments of the Casa!*"

Tynnodd y caead a tharo'r botel o flaen Dai.

"So – ti 'di hoelio'r bastards 'na yn Abertaf?"

"Hmmm ..." Llyncodd Dai ddracht hir cyn ateb. "*Workin' on it.*"

Trawodd y botel ar y cownter â golwg ddifrifol arno.

"Ond ma' angen i ni neud rhywbeth yn glou – cyn i'r tenants symud mas."

Edrychodd arni am eiliad cyn parhau.

"Actiwali, 'wy eisie pigo dy frêns di."

"Croeso i ti drio!" ochneidiodd Elin. "Ond 'wy 'di rhedeg mas o breit eideas, dweud y gwir ..."

Trodd wrth i Kam ddod y tu ôl i'r bar yn cario twr o wydrau brwnt.

"Hei – dweud wrth Dai am y *pipers* ..." meddai. Trodd at ei ffrind ...

"Ma'r *Eco Warriors* ar y worpath ..."

"*Redshanks*, actiwali," mynnodd Elin.

"Mae Mati wedi siarad â'r grwp gwarchod natur yn y Bae – neuthon nhw ymgyrch i stopio'r M4 newydd yng Nghasnewydd os ti'n cofio – a maen nhw'n mynd i apelio yn erbyn y datblygiad a gofyn am garantî bydd y gwaith ddim yn neud niwed i'r *waders* ar yr aber ..."

Cododd ei hysgwyddau. "Dyw e ddim yn *major breakthrough* ond falle 'neith e ddala pethe lan tra bo' ti'n tyrchu ..?"

"*Nice one!*" Gwenodd Dai arni cyn taflu golwg o gwmpas y bwyty tywyll.

"*Tidy*, nagyw e?" meddai, cyn troi 'nôl ati.

"Unrhyw reswm pam gadawoch chi'r lle arall?"

Edrychodd Kam arni'n awgrymog, ond cododd Elin ei hysgwyddau.

"Pam ti'n gofyn?"

Crychodd Dai ei dalcen.

"Mae contact 'da fi ar y Cyngor," meddai'n araf. "Mae'n casáu Sid – a ma' fe 'di roi lot o tip-offs i fi dros y blynyddoedd ..."

Cymerodd lwnc hir o lager cyn rhoi'r botel 'nôl ar y bar.

"Yn ôl y boi 'ma, mae stori'n mynd rownd bod landlord y Cei yn mynd i redeg bar a *restaurant* yn y bloc newydd yn Abertaf ... Dim byd deffinit – ond mae'r boi 'ma'n gwbod ei stwff, fel arfer ..." Trodd 'nôl at Elin. "Ydy dy fam yn dal yn ffrindie gyda fe? Declan, ie?"

Roedd stumog Elin yn corddi eto.

"Pam?" atebodd yn siarp. Doedd hi wir ddim eisiau gwybod mwy. Carlamodd ei meddwl. Ai dyma'r rheswm am y cyfarfod gyda Sid yn y Manhattan Bar?

Cadwodd Dai ei lais yn rhesymol.

"Sdim problem – a sdim byd pendant – ma' hawl gyda Declan i roi *feelers* mas am fusnes newydd ... Galle fe fod yn gyfle da, 'sen i'n meddwl. Jyst meddwl galle dy fam ga'l bach o *inside info*?"

Pwysodd Kam ar y bar.

"Dwi ddim yn ffan o Declan – ond mae'n rhedeg busnes ... a bydde fe'n amlwg eisie gwbod beth sy'n mynd 'mlaen mewn datblygiad jyst gyferbyn â'r Cei ... Ma'r dyn yn *sleazeball* ond weithies i 'da fe am flwyddyn – a sa i'n credu bod e'n mêjyr crim ..."

"Ti'n iawn," nodiodd Dai. "Dyw e ddim yn gynghorydd – a Sid yw'r boi sy'n gyrru hwn 'mlaen, ond ..." Ochneidiodd yn uchel. "Sdim llawer o amser 'da ni – mae'r Cyngor yn stitsho pethe lan a ma' lot o'r tenants wedi dweud bo' nhw'n fodlon symud, so ..."

Cododd ei olwg at Elin.

"Ma'r Cyngor fel y blydi Kremlin – alla i ddim craco nhw. O'n i'n meddwl galle dy fam roi ryw *feelers* mas ... unrhyw beth ... i helpu."

"Sa i'n gwybod ... 'wy ddim eisie'i thynnu hi mewn i'r shit 'ma eto. Mae mewn trwbwl fel mae ..."

Taflodd olwg gyflym dros y stafell. Roedd angen iddi fynd 'nôl at y cwsmeriaid. Nid hwn oedd yr amser gorau i drafod *conspiracy theories* gyda'r cyn-dditectif. Cofiodd ei bod wedi gweld car Declan ddydd Llun ar ôl ei stint yn twitsho ar lannau Taf.

"Weles i fe'n gyrru drwy Abertaf dydd Llun," meddai. "O'n i ar y crosing ..."

Stopiodd, wrth weld ymateb Dai a Kam ... Doedd hynny ddim yn mynd i hitio'r penawdau, yn amlwg.

Wrth fwrdd mawr yn y ffenest, roedd criw o fenywod yn ceisio rhannu'r bil ac wrthi'n taro arian a chardiau i bentwr ynghanol y bwrdd. Fflachiodd delwedd drwy'i meddwl o'r bwndeli arian dan ddesg Declan. Y papurau ugain punt yn y bag chwaraeon, du.

"Actiwali, 'wy'n cofio rhywbeth arall," meddai'n feddylgar. "Cwpwl o wythnosau 'nôl, pan o'n i ar shifft yn y Cei, ges i *meltdown* tu ôl i'r bar, ac aeth Declan â fi i'r swyddfa ... Aeth e mas i 'nôl coffi i fi a ... weles i sports bag mawr dan y ddesg ..."

Gwingodd Kam. "God! Dim eto!"

"'Wy'n gwybod ... ond o'dd rhywbeth od amdano fe ..."

Trodd at Dai.

"'Wy'n siŵr fod e'n ddim byd – ond pan agores i'r bag, o'dd e'n llawn arian. Papurau ugain punt ... i gyd mewn bwndeli...?"

"Dropit, Miss Marple! ..." Cododd Kam ei aeliau. "Mae'n rhedeg tafarn – mae'n delio mewn cash ..."

Gwenodd Elin arno. Roedd ganddi duedd i fod yn ddramatig. Ond am ryw reswm roedd Dai'n talu sylw.

"*Stranger things have happened* ..." meddai'n dawel.

"Wel ..." Roedd Elin yn dechrau mwynhau ei hun. "Dynnes i lun ar 'y ffôn. Sa i'n gwybod pam – 'wy jyst 'di gweld y stwff 'ma ar Netflix ..."

"*Nice one!*" Gwenodd Dai. "Gallet ti ddanfon e ata i? Mae ffrind 'da fi yn Fraud – 'neith e tsheco pethe mas ..." Llygadodd Kam. "Jyst rhag ofn, ondife?"

Chwarddodd Elin yn uchel. "Deffo – 'na i e ar ôl 'yn shifft i!"

Cododd Kam ei aeliau heb ddweud dim, tra bod Elin yn dal i bwffian chwerthin. Doedd hi ddim o ddifri yn credu bod Declan yn rhedeg canolfan golchi arian ar lannau Taf, ond fel ddywedodd Dai, chi byth yn gwybod. Cydiodd yn ei phad electronig, wedi'i hadfywio gan sylw yr *ex-cop*.

"Hala i'r llun atat ti ar ôl 'yn shifft i ... Diolch am yr hot tip, Dai! A wna i ffonio Mam heno, hefyd. Falle bydd y *bombshell* bod Decs yn llygadu'r *restaurant* newydd yn codi'r llwch o'i llygaid hi!"

Siglodd Kam ei ben. "Wel, ma' hwnna'n rhywbeth," meddai. "Ond cyn i ti ddechrau chwilio am y *missing millions*, falle ddylet ti syrfio'r menywod 'na wrth y ffenest. Maen nhw 'di bod yn fflashio tenars atat ti ers deg munud!"

"Wps!" Plygodd Elin i estyn am y peiriant talu.

"Neis gweithio 'da ti, Elin!" meddai Dai, gyda winc. "Ti erioed 'di meddwl am fod yn dditectif?"

57

Roedd y gegin yn wag, heblaw am y porthor yn sgrwbio'r cownter gyda photel fawr o ddiheintydd. Tynnodd Elin ei chot o'r bachyn a gafaelodd yn ei bag, cyn mynd i weld Kam wrth y bar.

"Ti'n mynd i fod yn hir? Ma' bocs bwyd 'da fi o'r gegin ... 'wy'n blydi starfo ...!"

Cododd Kam ei ben o'r cyfrifiadur ar y cownter.

"Cer di 'mlaen – mae Carlos 'di gorfod mynd." Gwenodd arni. "Wedes i bydden i'n cloi lan – bydda i'n ôl mewn hanner awr ..."

"*No hay problema!* Rhoia i'r pots 'ma yn y meicrowef erbyn i ti ddod adre!"

Plygodd Kam i afael mewn dwy botel o Madri.

"Cer â rhain gyda ti – rhoiodd Carlos nhw i fi am helpu mas ..."

"*Last of the big spenders!*"

Gafaelodd Elin yn y poteli a'u rhoi'n ofalus yn ei bag.

"Paid bod yn hir, 'te ... fydda i'n 'yn ffrothi *negligée* erbyn i ti ddod 'nôl!"

"As iff!" Siglodd Kam ei ben. "Ti'n byw yn y pyjamas tartan 'na!"

"Ma' nhw'n lyfli," mynnodd Elin, "a ma' dy fflat di'n blydi rhewi!"

"Reit!" Trodd Kam 'nôl at y cyfrifiadur. "Jyst cer, 'nei di?

'Wy'n trio canolbwyntio fan hyn!"

"Oci-doci!" meddai Elin yn ysgafn, gan godi ei bag ac anelu am y drws.

Pan gyrhaeddodd y fflat, roedd y lle'n dywyll.

Agorodd y drws ac ymbalfalodd am y swits golau gan grynu – roedd y lle fel ffrij. Aeth yn syth i'r stafell ffrynt i ollwng ei bag a chynnau'r rhyddiadur bach ar y wal. Safodd o'i flaen, i dwymo a thynnodd ei ffôn o'i phoced. Hanner awr wedi deg – braidd yn hwyr – ond fyddai ei mam yn dal ar ddihun, yn gwylio "Newsnight" neu ryw raglen ddiflas arall. Cymerodd anadl ddofn, a gwasgodd y botwm.

"Helô?" Roedd tinc o bryder yn ei llais.

Edrychodd Elin allan i'r stryd dywyll.

"Haia Mam – sori bod hi mor hwyr ond 'wy 'di bod yn fisi drwy'r dydd."

"Paid becs!" meddai ei mam yn sionc. "Dim ond bo' ti'n iawn. Sa i 'di gweld ti ers oesoedd ..."

"'Wy'n iawn. Ma'r bar tapas yn briliant – ddylet ti ddod 'na!"

"O, fydde hwnna'n grêt ..." Clywodd ei mam yn clirio'i gwddwg.

"So – beth ddigwyddodd yn y Cei? Wyt ti 'di cwmpo mas gyda Declan?"

Aeth sawl eiliad heibio. Clywodd Elin gar swnllyd yn sgrialu lawr y stryd tu allan.

"Rhywbeth fel'na," meddai, gan deimlo ei stumog yn tynhau eto. Baglodd dros ei geiriau.

"Mae e bach yn ... *unpredictable*. 'Wy wir yn meddwl y dylet ti fod yn ofalus ..."

Stopiodd. Roedd y cwlwm yn tynhau.

"O, Elin!" meddai ei mam mewn llais siomedig. "'Wy mor flin bo' chi wedi cwmpo mas ... Paid poeni, wir – 'wy'n edrych ar ôl 'yn hunan ..."

'Run hen stori. Roedd ei mam yn dweud rhywbeth am fod yn hapus am y tro cynta ers blynyddoedd.

Gwyliodd Elin oleuadau'r car swnllyd yn diflannu i'r tywyllwch. Tawelodd ei hanadl, cyn torri ar draws y llif.

"Edrych Mam, 'wy ddim eisie dadlau. 'Wy wir ddim yn meddwl bod Declan yn dda i ti, ond y rheswm 'wy'n ffonio yw bo' fi newydd weld Dai Kop – ma' rhywbeth ddylet ti wybod ..."

"O ... grêt, dal mla'n tra bo' fi'n ca'l beiro ..."

Clywodd ei mam yn twrio trwy ei bag.

"Sdim angen i ti sgrifennu fe lawr," meddai'n gyflym. "Besicli, ma' contact 'da Dai ar y Cyngor – mae'n gwbod lot am Abertaf." Anadlodd yn ddwfn. "Ma'r boi 'ma 'di clywed stori bod Declan yn mynd i redeg bar yn y datblygiad newydd ..." Pwyllodd. "'Wy ddim eisie ypsetio ti – ond o'dd Dai am i ti wybod ..."

"'Wy ddim yn ypsét!" Am ryw reswm roedd ei mam yn ddigon jocôs am y peth. "Y'n ni 'di siarad amdano fe ... a ma' Declan wedi dweud wrtha i bod e 'di ystyried y peth. Dyw e ddim byd i neud â'n rhaglen i beth bynnag ..."

Wel, o leia doedd hi ddim wedi hitio'r to. Penderfynodd Elin balu 'mlaen.

"Ocê, iawn – do'dd Dai ddim yn credu bod unrhyw beth doji'n digwydd. Ond ... mae'n trio popeth i helpu'r tenantiaid a mae'r Cyngor yn pallu dweud dim. O'dd e'n gofyn ..." Pwysodd yn erbyn ffrâm y ffenest. "O'dd e'n gofyn a allet ti ofyn i Declan os yw e'n gwbod rhywbeth – unrhyw beth wir ... Sori i ofyn Mam, ond maen nhw'n desbret ..."

Gadawodd y frawddeg ar ei hanner.

"Sa i'n meddwl ei fod e yn gwbod llawer," meddai ei mam. "Ond fe ofynna i iddo ... dim probs."

Bu saib cyn i'w mam barhau.

"Edrych, Elin, 'wy'n ca'l amser grêt gyda Declan a 'wy'n hoff ohono fe ond ..." Clywodd ei mam yn ochneidio. "'Wy 'di dweud o'r blaen – chi'ch tri sy'n dod gynta. Dwi ddim eisie neud dim i'ch brifo chi ... Ti'n deall 'ny on'd wyt ti?"

Edrychodd Elin allan i'r tywyllwch, gan deimlo'r dagrau'n cronni yn ei llygaid.

"Diolch, Mam," meddai'n dawel. "'Wy yn gwbod 'ny, jyst ... 'wy'n poeni amdanat ti."

Llyncodd yn galed.

"Jyst bydd yn ofalus – a phaid dweud gormod wrth Declan – iawn?"

"Diolch i ti, Elin," meddai ei mam, "diolch am dy gonsérn a phaid becso, bydda i'n ofalus ..."

Llamodd calon Elin. O leia roedd ei mam yn gwrando. Cododd ei hwyl a phenderfynodd rannu ei hantur ddiweddara.

"'Nes i bach o waith ditectif wythnos 'ma," meddai'n frwd. "Gyda Mati. Aethon ni lawr i'r fflatiau a gwelon ni gwpwl o *waders* lawr ar yr afon. Pibydd coesgoch neu rywbeth ..."

"Beth?"

"Ym ... *Redshanks* yn Saesneg – maen nhw'n eitha prin a ma' Mati'n meddwl gallwn ni ga'l ryw *preservation order* i ddala'r cynllun lan."

"Hei, grêt!" chwarddodd ei mam. "I'r gad! Dros yr adar!"

"Parch i'r pibydd!" cytunodd Elin. "Sori, Mam ond well i fi fynd – 'wy 'di bod yn gweitho tan nawr a sa i 'di byta!"

"Cer di – a paid aros lan yn rhy hwyr! Lyfli siarad 'da ti Elin – a gad fi wbod os glywi di fwy am Abertaf!"

"Diolch, Mam! Pob lwc gyda dy raglen! Wela i di'n fuan, ocê?"

Diffoddodd Elin y ffôn, gan deimlo'n ddagreuol. Roedd hi wedi anghofio pa mor annwyl oedd ei mam, pa mor agos oedden nhw ar waetha'r holl weiddi a dadlau. Ochneidiodd. Roedd hi'n haeddu gwell na Declan. Ac er ei bod hi'n ymddwyn yn boncyrs weithiau, yn y bôn roedd hi'n berson cryf, yn helpu'r tenantiaid er bod ei bòs wedi bygwth y sac. Diolch byth ei bod hi wedi ffonio.

Cofiodd fod y potiau bach o fwyd yn dal yn ei bag wrth yr hetar trydan. Dylai fynd â nhw i'r gegin a pharatoi cwpwl o blatiau cyn i Kam gyrraedd. Falle dylai fynd lan llofft a thynnu ei dillad fel ei bod hi'n gwisgo dim dan ei gŵn gwisgo wrth iddo gamu trwy'r drws. Platiad o tapas, potel o gwrw a sesiwn ar y soffa o flaen y tân. Roedd pethau'n edrych lan!

58

Trodd Bethan i'r stryd gefn a thynnodd yr handbrec. Cyn cerdded i'r bwyty, astudiodd ei hwyneb yn y drych. Doedd gan Declan ddim syniad faint o amser y bu hi wrthi'n paratoi – yn sychu'i gwallt mewn rolyrs mawr, yn paentio *kohl* yn ofalus ar ei hamrannau ac yn chwystrellu Jo Malone dros ei chroen. Teimlodd wrid poeth ar ei gwddf wrth ail-fyw ei hymweliad â'r Cei, ei dillad ar led i gyd wrth iddi orwedd dros y ddesg yn y swyddfa. O leia doedd dim arwydd bod y menopòs yn effeithio ar ei libido, meddyliodd, gan fflipio'r drych ynghau. Wrth iddi gamu o'r car, daeth ping o gyfeiriad ei ffôn.

"Ar y ffordd – edrych 'mlaen at y dêt yn y *Boondocks*!"

Blydi *cheek*, meddyliodd, gan decstio 'nôl yn brysur.

"Watsha dy ragfarnau, Mr Irish – *cuisine* y Caribî yn ffab – a'r perchnogion yn hala'u plant i Ysgol Plasdŵr!"

Gwthiodd y drws gyda'i throed a'i gloi gyda botwm yr allwedd.

Wrth iddi gamu i'r Food Shack, cododd Scott ei ben a gwenodd arni fel gât.

"Bethan! Shwmae?" Camodd o'r cownter i'w chofleidio. "Sa i 'di gweld ti ers oes. Sut ma' Elin?"

"Grêt, iawn, diolch!" atebodd Bethan gan wenu 'nôl arno. "Mae yn ei hail flwyddyn nawr – er sa i'n siŵr faint o waith mae'n neud. Beth am Amy – odyw hi dal yn canu?"

Nodiodd Scott yn falch. "Ydy ... neud yn dda nawr – canu

yn Gymraeg ac yn Saesneg ... 'Wy'n gweld eisie'r dyddie pan o'n nhw i gyd yn fach, ddo! Byth yn gwybod lle ma' hi nawr!"

Cymerodd got Bethan a'i harwain at fwrdd bach yn y ffenest.

"Lyfli!" meddai Bethan gan edrych allan ar y parc gyferbyn. "Mae'n ffrind i bach yn hwyr," esboniodd. "Ga i botel o Red Stripe tra bo' fi'n aros? Dau plis – 'wy'n siŵr bydd Declan moyn un ..."

"*Comin' up!*" atebodd Scott, gan ddiflannu i'r cefn.

Cyn iddo ddychwelyd, canodd y gloch uwchben y drws a chamodd Declan i'r stafell mewn jîns a chrys denim.

"Dwbwl denim!" meddai Bethan. "Yr hen hipi!"

Plygodd Declan i'w chusanu.

"Ti'n iawn fan'na!"

Eisteddodd gan gymryd anadl ddofn.

"Ti 'di dod o'r gwaith?" Roedd yn amlwg wedi rhuthro, er bod y Cei jyst dros y bont.

"Iep! Cyfarfod boring!" Ochneidiodd cyn troi i edrych arni. "Ti'n edrych yn lyfli ... mae'r siaced ledr 'na'n siwtio ti."

"Wel," edrychodd Bethan lawr ar ei dillad. "Gan bo' ni yn y *Boondocks*!"

"*Touché!*" chwarddodd. Cyn iddi ateb, ymddangosodd Scott o'r cefn yn cario dwy botel o lagyr oer.

"Ges i botel o Red Stripe i ti," meddai. "Gobeithio bo' ti'n lico fe!"

"Jyst y peth!" Cododd Declan ei olwg wrth i Scott roi'r poteli o'u blaenau.

"Iechyd da!" meddai'n Gymraeg.

Trodd Declan ato'n syn.

"Declan!" meddai Bethan. "Dyma Scott ... o'dd ei ferch yn yr ysgol gydag Elin!"

"Neis i gwrdd â chi." Siglodd Scott ei law yn gynnes.

"Cymraes, Gwyddel a Jamaican mewn bar," meddai

Bethan. "Mae fel un o'r jôcs 'na ..."

"Swnio fel parti da i fi!" chwarddodd Scott, gan osod y fwydlen o'u blaenau.

Wrth iddyn nhw fwynhau dau blatiad mawr o ffowlyn sbeislyd, reis a phys, cododd Declan ei botel.

"*Slainte!*" meddai. "Ma' hwn yn flasus! Do'n i ddim yn gwbod am y lle".

"Mae'n well na'r llefydd tshaen 'na wrth y Bae," meddai Bethan. "A ma' Abertaf yn le mor fywiog ..."

Trodd ei golwg at y brif stryd a'r ceir yn rhuo heibio'r ffenest. Fyddai'n rhaid iddi godi pwnc Abertaf eto, er ei bod hi wedi ymlacio ar ôl hanner potel o gwrw. Roedd hi wedi rhoi ei gair i Elin. Cododd ei photel a gwenodd ar Declan. Roedd hi'n ei drystio, wrth gwrs ei bod hi, ond ar yr un pryd, gallai hi ddim osgoi'r cwestiwn oedd yn llechu yng nghefn ei meddwl.

Llyncodd yn galed, cyn rhoi'r fforc lawr.

"Gwranda!" Cododd ei golwg, gan gymryd anadl ddofn. "'Wy 'di clywed si arall bo' ti'n mynd i redeg y bar newydd yn Abertaf. 'Wy'n gwbod bo' ni 'di trafod e o'r blaen ... gobeithio bo' dim ots 'da ti ..."

Crychodd Declan ei dalcen. "Wrth gwrs bo' dim ots 'da fi," meddai'n gyflym. "Gofynna be ti moyn!"

Roedd ei chalon yn dyrnio.

"Odyw e'n wir?"

Cnodd Declan am eiliad cyn ateb.

"Siŵr," nodiodd yn araf. "'Wy 'di roi cwpwl o *feelers* mas ... Wedes i bo' fi wedi trafod y peth gyda Sid ..."

"Do ..." Pwysodd Bethan ymlaen yn ei chadair.

"Ocê, weda i wrthot ti ..." Crwydrodd golwg Declan at y stryd brysur tu allan. "O'dd Sid wedi sôn wrtha i am y prosiect o'r blaen, ond a bod yn onest, ma' digon ar 'y mhlât i gyda'r Cei. So, wedes i 'diolch ond dim diolch' ... O'n i wir ddim ishe'r *hassle*."

Trodd 'nôl ati gan grychu ei dalcen.

"Ond wedyn, pan ffoniodd yr ex i ddweud wrtha i am Colm – a'r holl stres mae'n achosi – es i draw i Iwerddon i drio sortio pethe."

Cododd ei ysgwyddau. "Mae'n fachgen grêt – llawn bywyd, lot o egni – ond mae'n *hopeless* yn yr ysgol a ma' fe eisie gadael yn yr haf ..."

Edrychodd drwy'r ffenest at y traffig yn aros wrth y goleuadau.

"Wedes i wrthot ti bo' fi wedi cwrdd â Sid Jenkins cyn mynd?"

Nodiodd Bethan.

"Do'dd dim diddordeb 'da fi, ond pan weles i faint o'dd Colm yn casáu'r ysgol, dechreues i feddwl mwy am y bar newydd – fel cyfle iddo fe ..."

Roedd bwyd Bethan yn dechrau oeri ond rhoddodd ei fforc i lawr, gan adael i Declan esbonio.

Edrychodd arni gan godi ei aeliau.

"Mae Colm eisie dod draw dros yr haf i helpu yn y Cei – a mae Niamh yn cîn i gadw fe off y stryd. Mae'n fachgen cymdeithasol, ac os yw e am adael yr ysgol, alle fe gymryd drosodd y bar newydd pan mae'n hŷn. Allen i neud heb yr *hassle*, a bod yn onest ..."

Estynnodd ei fraich dros y bwrdd a gafaelodd yn ei llaw.

"O'n i ddim eisie dy gamarwain di ... Sdim byd yn bendant, so o'dd dim byd i ddweud, wir – ond ti'n gwbod sut ma'r *bushwire* yn gweithio ..."

Gwasgodd Bethan ei law. Roedd ei chalon wedi arafu a rhyddhad yn llifo drwyddi.

"Wrth gwrs – mae'n neud synnwyr. Sori bo' fi'n holi gymaint!"

"Dwi'm yn disgwyl llai gan *journo* fel ti!"

Trodd 'nôl at ei fwyd gan fwyta llond fforc cyn pwyllo.

"Ti ddim yn dal i weitho ar Abertaf, wyt ti?" meddai'n sydyn. "O'n i'n meddwl bo' ti 'di dropio fe?"

"'Wy wedi. Ydw!" atebodd Bethan yn gyflym. "Rhybudd ola. *Warned off.* Ddim yn twtsho fe ..."

Gafaelodd yn ei photel gan wenu ar Declan, a chymryd llwnc hir. Oedd wir angen iddi fod mor ofalus?

Roedd ei esboniad am y bar yn ddigon rhesymol. Ond rhywsut, roedd ei greddf yn ei rhybuddio i beidio â dweud dim am ei bwriad i ffilmio'n gudd yn y Tŷ Coch. Gallai'r cynllun fod yn beryglus – iddi hi a'r merched oedd yn gweithio yno. Rhaid iddi gadw'r gyfrinach, er lles pawb.

Pan gododd ei golwg, roedd Declan yn gwenu arni.

"'Wy'n falch i glywed 'ny, Bethan. Fydden i ddim eisie i ti ga'l dy ddala lan yn y shit 'na i gyd."

Mwythodd ei llaw.

"Ti 'di bod drwy lot yn ddiweddar, Beth ..."

Gwasgodd Bethan ei law'n dynn. Llifai ton gynnes drwy ei gwythiennau. Ar waetha rhybuddion ei merch, dyma lle roedd hi am fod, ac unwaith eto, roedd hi'n dechrau colli rheolaeth. Cododd y botel gwrw gan weld ei hadlewyrchiad yn y gwydr. Teimlai'n benysgafn, fel un o'r swigod euraidd yn pefrio ac yn codi drwy'r hylif, cyn diflannu i awyr gynnes y stafell.

59

Wrth i Bethan ruo lawr y ffordd ddeuol, roedd ei meddwl yn bell, yn breuddwydio am fod yn y gwely gyda Declan, yn teimlo ei gorff trwm drosti wrth i'w phen syrthio 'nôl ar y gobennydd. Saethodd pleser fel gwayw drwyddi ac arafodd wrth y goleuadau, heb ddeall yn iawn lle roedd hi. Sylweddolodd ei bod bron â chyrraedd y swyddfa a thynnodd i'r dde er mwyn troi i'r maes parcio.

Diolch i'r tagfeydd ar Heol Penarth, roedd hi'n hwyr, a'i chynllun gofalus i gael gafael ar y wig felen cyn i bawb gyrraedd, yn ffradach. Edrychodd eto ar y cloc. Ugain munud i blydi naw! Tynnodd yr handbrêc a gafaelodd yn ei bag llaw anferth cyn brasgamu ar draws y tarmac wrth i atgofion erotig y noson gynt fflachio ar draws ei meddwl.

Yng ngolau llachar y swyddfa, gwelodd Brenda yn unig wrth ei desg â golwg flin arni, am ryw reswm. Gollyngodd Bethan ei bag ar y llawr a sylwodd fod Brenda yn edrych yn arbennig o smart. Roedd ei gwallt i fyny mewn plethyn Ffrengig, a'i chlustdlysau coch, pert, yn cyd-fynd gyda'i blows flodeuog.

"Bore da!" meddai Bethan yn hwyliog. "Ti'n edrych yn smart – ma'r gwallt 'na'n siwto ti Brenda!"

"Hmmm." Fflachiodd Brenda wên fach ddiflas ati. "O'n i'n meddwl fydden i'n neud bach o *effort* ... dim bod neb 'di sylwi."

Taflodd Bethan olwg o gwmpas y stafell. Doedd neb arall wedi cyrraedd. Ond roedd cot Selwyn ar y bachyn – er bod ei swyddfa yn wag.

"Ydy Selwyn yma?" gofynnodd yn ddidaro.

"Lan llofft." Cododd Brenda ei haeliau. "Gyda *Her Maj*. Sa i'n gwbod be sy'n mynd mla'n 'na ... ma'n gallu tynnu'n gro's withe, 'nagyw e?"

Roedd hi'n amlwg mewn hwyliau uffernol. Beth yn y byd oedd Selwyn wedi'i wneud i'w gwylltio hi? Ond doedd dim amser i bendroni, roedd Bethan ar bigau'r drain eisiau cael y wig o'r cwpwrdd yn y stafell olygu. Fel arfer, fyddai Brenda yn ymddwyn fel tasai'n gwarchod Mantell Aur yr Wyddgrug, yn hytrach na chwpwrdd yn llawn papur, ac yn mynnu dod gyda hi i sicrhau nad oedd hi'n cymryd mwy nag un llyfr a beiro. Ond doedd hi ddim yn ymddwyn fel Prif Ferch yr Ysgol y bore 'ma. Penderfynodd Bethan fentro.

"'Wy'n neud *recce* nes 'mlaen," meddai'n ysgafn. "Ydy allwedd y cwpwrdd 'da ti, Brenda? Ma' eisie llyfr nodiade arna i."

Agorodd Brenda ddrôr dan y ddesg a thynnodd allwedd arian o focs bach yn y gornel.

"Helpa dy hunan," meddai'n fflat. "Cymra gwpwl o feiros tra bo' ti 'na."

"W! Diolch!"

Beth ddiawl oedd Selwyn wedi'i wneud? Doedd Brenda erioed wedi bod mor hael gyda nwyddau'r swyddfa. Gafaelodd Bethan yn ei bag llaw enfawr a chamodd at y stafell olygu.

Caeodd y drws y tu ôl iddi cyn rhoi'r allwedd bach arian yng nghlo'r cwpwrdd. Wedi eiliadau hir o droi a thynnu, agorodd y drws metel a chafodd gip ar y das o wallt melyn yn llechu y tu cefn i'r pecynnau o bapur a'r hen ddyddiaduron.

Estynnodd ei braich i gefn y silff, a gyda chipolwg cyflym dros ei hysgwydd, sgubodd y cyrls blond i'r bag mawr. Bingo!

Anadlodd yn drwm. Helpodd ei hun i dri phad sgwennu A4, a gyda phwl o euogrwydd, pedwar beiro! Ar ôl yr oriau oedd hi wedi eu gwastraffu ar y blydi rhaglen, roedd hi'n haeddu pob dimau, meddyliodd. Caeodd sip y bag yn dynn cyn troi'r allwedd i gloi'r cwpwrdd a chamodd i'r swyddfa fel lleidr, yn dal y swag dros ei hysgwydd.

"Diolch, Brenda," meddai, gan roi'r allwedd 'nôl ar ei desg a'r bag trwm dan ei chadair.

"Dim probs ..." Atebodd Brenda heb edrych arni.

Eisteddodd Bethan â'i thraed ar y bag. "Ydy Selwyn ar ei ffordd lawr?" gofynnodd. "'Wy 'di bwcio Darren am hanner diwrnod fory – o'n i jyst eishe tsheco bod popeth yn iawn."

"Dim syniad." Rholiodd Brenda ei llygaid. "Smo fe 'di dweud dim wrtha i ... Cer lan 'na – mae 'di bod 'na ers sbel. Jyst, cnocia'r drws."

Oedodd Bethan am eiliad. Fe fyddai'n rhwyddach i osgoi Selwyn yn llwyr, ond dylai roi gwybod iddo y byddai'n gadael y swyddfa am dri fory. Fe fyddai'n boendod llwyr tasai Selwyn yn ffonio bob munud i ofyn lle roedd hi, ac wedi iddi gamu i'r puteindy yn ei gwisg *dominatrix*, fe fydd ei ffôn arferol yn y fan gyda Darren.

Cododd o'i sedd a dringodd i'r llawr cynta, gan ymarfer ei dadleuon ar y ffordd. Roedd angen siots ychwanegol, yn ogystal â darn i gamera, er mwyn darllen e-bost Sid a'i resymau am beidio â gwneud cyfweliad. Fyddai Selwyn a Rhiannon yn cytuno bod safbwynt y cynghorydd yn rhan hanfodol o'r rhaglen.

Cnociodd Bethan yn gyflym ar y drws cyn ei agor. Roedd allan o wynt wedi rhedeg lan y grisiau a phwyllodd am eiliad ... cyn rhewi.

O'i blaen, o fewn llathen neu ddwy, roedd pen-ôl mawr blewog yn crynu ac yn troelli. Safodd yn fud wrth i Selwyn, ei drowsus o amgylch ei bigyrnau, wthio ei hunan i gorff Rhiannon, tra'i bod hi'n pwyso yn erbyn y sil ffenest, yn bustachu'n uchel wrth i Selwyn hyrddio i mewn iddi o'r cefn.

Ochneidiodd Bethan cyn dianc. Ond wrth iddi afael ym

mwlyn y drws, trodd Selwyn a daliodd ei llygad. Rhythodd y ddau ar ei gilydd mewn arswyd cyn iddi ffoi fel corwynt i lawr y coridor, gan boeni ei bod wedi dychmygu'r cyfan.

"Popeth yn iawn?" gofynnodd Brenda, wrth iddi eistedd wrth ei desg.

"Ymmm ... ydy, dwi'n meddwl." Roedd yn dal i fod mewn sioc.

"So, ma' Selwyn yn hapus i ti ffilmio?"

Roedd Rhys yn tynnu ei got. Pwysodd swits y cyfrifiadur cyn dal ei llygad.

"O's munud 'da ti?" gofynnodd wrth godi ei ben. "Ma' rhywbeth 'da fi weud 'tho ti."

"'Wy eisie trafod rhywbeth 'da ti hefyd!" meddai Bethan â golwg awgrymog. Pwyntiodd yn fud at swyddfa Rhiannon. Heb ddweud dim mwy, cododd Rhys ei aeliau a dilynodd Bethan i'r stafell olygu.

"O Mam bach!" poerodd Bethan, wrth i'r drws gau. "'Nei di byth gesio be 'wy newydd weld."

"Lan fan'na?" Amneidiodd Rhys at swyddfa Rhiannon uwch eu pennau.

"'Wy ffaelu credu fe!" Cymerodd Bethan anadl hir.

"Shenanigans?"

"Seriys shenanigans," meddai Bethan. "Es i mewn 'na i tsheco bod popeth yn iawn i fi fynd i ffilmio fory – ac o'n nhw wrthi fel cwningod ..."

"Beth? Selwyn a Rhiannon?"

"O'dd e'n ramo mewn iddi o'r cefn! Ges i lond llygad o'i din e!" Gwingodd wrth ail-fyw'r profiad. "O, ych a fi, 'wy ffaelu stopio meddwl amdano fe!"

Roedd Rhys yn ei ddyblau.

"Wel, o leia sdim rhaid i ti boeni am bynco off fory. Dyw e ddim yn mynd i weud dim nawr, odyw e?"

Siglodd Bethan ei phen. Roedd y peth yn swreal.

"Na – dwi off yr hwc!" meddai. "Er, 'wy'n credu bod PTSD arna i."

"Mae'n rihyrsal da ar gyfer dy drip di i'r *sex dungeon*! *Desensitisation*!" pryfociodd Rhys. "Fydd e ddim yn gymaint o sioc pan weli di Sid yn cael ei whipio!"

"Ca dy ben, 'nei di!" Roedd stumog Bethan yn corddi. Fyddai hynny hyd yn oed yn waeth na'r trawma roedd hi newydd ei ddioddef.

Edrychodd Rhys arni o ddifri.

"Os nad wyt ti'n siŵr, paid neud e ..." Pwysodd i eistedd ar y ddesg. "Mae llwyth o ddogfennau 'da fi'n lincio Garfield Developments â mab Sid ... Cwmni Owen Jenkins sy' wedi codi pob un o'r datblygiadau mawr mae e 'di neud ..."

"'Wy'n gwybod." Gwingodd Bethan. Mewn gwirionedd, fe wnâi unrhyw beth i osgoi'r ffilmio cudd. "Y drafferth yw, dyw'r cyfreithwyr ddim yn fodlon i fi redeg yr wybodaeth yna ... heblaw bod linc pendant rhwng Sid ei hunan â phrosiect Abertaf." Ochneidiodd.

"'Wy jyst yn gobeithio ga i lunie ohono fe yn y Tŷ Coch ... i ddweud y gwir, 'wy'n dechrau teimlo'n nerfus ..."

"Ddo i fel bac-yp, os ti ishe...?" Roedd golwg bryderus ar Rhys.

Anadlodd Bethan yn hir, gan redeg drwy'r opsiynau.

"Na," meddai o'r diwedd. "Fydda i'n iawn – mae Darren wedi neud *recce* a 'wy 'di cael sgwrs hir gyda Liz ar y ffôn. Mae hi'n dweud ellith hi handlo Sid – '*putty in my hands*, lyf' – 'na beth wedodd hi."

Pwffiodd Rhys. "Ma' hwnna'n swnio'n doji!"

Symudodd Bethan i gefn y stafell, a gyda golwg gyflym allan i'r brif swyddfa, tynnodd y wig o'i bag fel consuriwr yn tynnu cwningen o het.

"Ges i hwn o'r cwpwrdd gynne – dan drwyn Brenda! Ma' hi mor pisd off am Selwyn, wnaeth hi ddim gwneud ei CIA *surveillance act* arna i pan ofynnes i am feiro!"

Siglodd Rhys ei ben mewn anobaith. "Lwc dda," meddai. "O ddifri, cymer ofal. Bydd dim un ffycar fan hyn yn codi bys i helpu os fyddi di yn y shit ..." Roedd y pryder yn amlwg ar ei wyneb. "Mae Dai'n gwybod am y sting," meddai. "Alle fe ddod fel bac-yp. Ond dwi heb weud wrtho pryd mae'n digwydd ... Heblaw am Dai, does neb arall yn gwybod."

"Neb arall," cytunodd Bethan. "Ond ..." Pwyllodd. Roedd un person arall yn rhannu'r gyfrinach. Roedd Naz wedi bod yn barod iawn ei gymwynas. Wedi iddi ofyn am gyfarfod dros baned, bu'r ditectif sarjant yn help garw. Gwyddai Bethan mai peth peryglus oedd gadael i'r heddlu wybod am ei chynllun, ond tybiai fod Naz yn berson i'w drystio, ac er iddi honni i ddechrau ei bod yn gofyn cyngor ar ran ffrind, cododd ei aeliau mewn ystum mor sinicaidd, fel ei bod wedi cyfaddef y gwir.

"Mae Naz Kahn yn gwybod," meddai'n dawel. "'Wy'n gwbod bod e'n risg ond o'dd rhaid i fi fod yn siŵr bydd yr heddlu'n nabio Sid cyn i'r rhaglen orffen."

"Blydi hel!" Rhythodd Rhys arni. "Ma' hwnna'n risg – os wnân nhw arestio fe cyn y rhaglen, fyddi di'n ffycd – no wê elli di ddarlledu fe os yw e'n mynd i'r llys ..."

"Wel, fydde'r achos llys am y stwff ariannol – a'r cambihafio ar y Cyngor." Roedd Bethan wedi treulio oriau yn meddwl drwy'r oblygiadau. "Ma' 'yn rhaglen i'n delio gyda'r gweithwyr rhyw a rhagrith Sid ... dim pethe cyfreithiol, wir ..." Cymerodd anadl ddofn. "'Wy jyst wedi rhoi braslun o'r stori i Naz – dim manylion," meddai. "Os ga i unrhyw luniau o Sid, wna i ddanfon popeth ato fe – ond ddim tan bod teitls y rhaglen yn rhedeg a bod dim peryg i'r darllediad. Gyda lwc, fydd y glas yn pigo Sid lan cyn bod e'n gallu dial ar y merched."

Taflodd olwg ddifrifol ato. "A cadwa fe dan dy het! Mae Naz a fi'n plygu'r rheolau fan hyn ... iawn?"

"Siŵr!" Tynnodd Rhys ystum sip ar draws ei geg. "Dan y *toupée ... Scout's honour!*"

Nodiodd Bethan, gan gofio ei chyfarfod â Naz yn y dafarn yn Cathays, a'r cytundeb rhyngddyn nhw mai sgwrs fach gymdeithasol oedd hon, tasai rhywun yn holi. Cofiodd ymateb Naz wrth iddi ddisgrifio cynllun 'ei ffrind' cyn iddo edrych i fyw ei llygaid.

"Os geith 'dy ffrind' unrhyw luniau," meddai'n ffug-ddifrifiol, "fe fydden i'n falch o'u gweld nhw! Ond seriysli, mae angen iddi gysylltu gyda fi os oes problem. Dyw'r bobl yma ddim yn mynd i chwarae o gwmpas. Iawn?"

Nawr roedd ganddi rif ffôn personol i Naz – wedi'i gofnodi yn y ffôn newydd talu-wrth-fynd roedd ffrind i Darren wedi'i brynu yng Nghwm Tawe.

"So ..." Trodd at Rhys. "Ma' bac-yp gyda fi. *Belt and braces!*"

Rhedodd ias oer drwyddi. Fory, fe fyddai'n camu i'r Tŷ Coch wedi'i gwisgo fel dominyddwraig a chynllun gwallgo Darren ar droed, er bod y peth yn dal i deimlo'n afreal.

Gorfododd ei hun i wenu wrth i'w stumog droi fel chwyrligwgan.

"Ma' popeth yn sorted ... 'Ni'n barod i fynd!"

60

Eisteddai Bethan wrth y drych yn ei stafell wely, y chwys yn oer ar ei thalcen. Rhythodd ar ei hadlewyrchiad. Roedd cynllunio'r ffilmio cudd wedi bod yn gyffrous – yn antur – gyda hi fel seren ynghanol y ffilm dditectif yn ei phen. Ond roedd realiti'n fater gwahanol.

Darllenodd neges Liz eto.

"*Sorted. 7 heno.*"

Carlamodd ei chalon ac aeth i agor y ffenest, cyn pwyso allan i anadlu awyr rewllyd y nos. Yn y cefndir, clywai sŵn trên yn teithio i ganol y ddinas. Craffodd i'w weld, ei llygaid yn crwydro i gyfeiriad y Bae a'r hen ddociau.

Neithiwr, buodd hi a Darren ar *recce* i'r gwlyptir o amgylch y Tŷ Coch. Nawr, o ffenest ei stafell wely, gallai weld to anferth y Stadiwm. Roedd y puteindy rhyw filltir ymhellach, ar lan yr aber. Roedd hi'n anodd credu y byddai hi'n cerdded trwy'r drysau ymhen dwyawr, yn gwisgo dim byd ond bodis, sanau du a siaced denau. Saethodd poen fel gwayw trwy ei chyllau. Rhaid ei bod hi'n wallgo.

Cofiodd gyngor di-lol Liz.

"Paid poeni, lyf. *Neith e fihafio 'da fi.* 'Na i weud wrtho fe bo' ti'n Lithuanian – a bod dy gleient di'n hwyr!"

Llonyddodd. Roedd y Tŷ Coch wedi bod yn buteindy ers dros ganrif. Y lle cynta i'r morwyr ei weld ar y cei wedi teithio am fisoedd dros y cefnfor, y waliau coch a'r goleuadau llachar yn hysbysebu'r proffesiwn hynaf yn y byd. Roedd Liz yn hen law – delwedd anffodus dan yr amgylchiadau – ac wedi arfer delio â Sid. Unig orchwyl Bethan oedd i eistedd yn llonydd yn y parlwr a chael siot cyflym o'r cynghorydd ar y camera cudd, cyn ei heglu hi o 'na.

Caeodd y ffenest yn glep ac aeth 'nôl i eistedd wrth y bwrdd gwisgo, oedd yn gorlifo â bagiau dillad a cholur, fel coeden ar noswyl Nadolig. Estynnodd am y ffôn talu-wrth-fynd, oedd yn gwefru ar y carped, a'i agor i wneud yn siŵr bod rhifau Darren a Naz yn y cof. Dim ond mewn argyfwng y byddai'n ffonio'r heddlu, ond tasai pethau'n mynd yn flêr, fe allai'r cyswllt cyflym achub ei chroen.

Ond tasai popeth yn mynd fel wats, fe fyddai tip-off anhysbys yn mynd at DS Kahn wrth i deitlau agoriadol ei rhaglen oleuo'r sgrin. O fewn eiliadau, fyddai'r ffôn newydd â wig Dolly Parton yn plymio i'r afon Taf, ar eu ffordd i fôr Hafren. Atseiniodd llais Darren yn ei phen wrth iddi afael yn y bag colur.

"Paid poeni. Fydda i tu fas, yn monitro popeth. Unrhyw broblem, fydda i mewn 'na fel siot!"

Aeth ati i drawsnewid ei golwg.

Wedi chwarter awr o baentio ac ymbincio, astudiodd ei chelfwaith yn y drych – gan ryfeddu at ei delwedd newydd.

Roedd y colur sylfaen trwchus a'r lipstic coch yn llwyddiant. Pwysodd yn nes at y drych a phaentiodd haen arall o fasgara ar ei hamrannau cyn estyn am fag plastig a thynnu'r wig felen o'i chuddfan.

Clymodd ei gwallt tywyll mewn cwlwm a defnyddiodd binnau bach i ddal y cydynnau rhydd. Wedi chwystrellu hanner potel o sprê, gwisgodd gapan bach ysgafn dros y cyfan, cyn gafael yn y wig a'i sodro i'w phen gyda thâp gludiog.

Cododd ei phen at y drych. Roedd y wig wedi cwblhau'r trawsnewidiad, y cyrls hir, melyn yn disgyn dros ei hysgwyddau.

Roedd y ddelwedd tsiêp, lliwgar, yn debycach i hwren Siorsiaidd na *Pretty Woman*. Anadlodd yn araf, wrth i'r tensiwn godi o'i hysgwyddau. Byddai ei ffrind gorau yn cael trafferth i'w hadnabod, heb sôn am Sid Jenkins, oedd wedi'i gweld unwaith â gwallt tywyll, yn gwisgo siwt Marks and Spencers.

Cododd i agor y bag dillad, oedd wedi bod yn llechu yng nghefn y wardrob ers dyddiau, a gydag un llygad ar y drws, gosododd ei gwisg ar y gwely. Syllodd ar y domen fach dila; *basque* du roedd hi heb ei gwisgo ers blynyddoedd, sanau du a syspenders a hen sgert ysgol Elin oedd prin yn cuddio ei chluniau. Fe fyddai ei bŵts hir a'r siaced roedd Darren wedi'i haddasu yn cwblhau'r trawsnewidiad o M & S i S & M. Gyda llyfr trwm yn pwyso yn erbyn y drws, tynnodd y gwregys syspenders amdani a chlymu'r sanau ato. Ymdrechodd i gau'r bachau ar y bodis, gan anadlu'n drwm. Allan o wynt, a'r neilon caled yn crafu ei chefn, rhyfeddodd ei bod erioed wedi gwisgo dillad isaf mor anghyfforddus.

Pan drodd at y drych, cafodd bwl o chwerthin. Roedd fel fersiwn porn o Dolly Parton! Yn wan gan nerfau, dechreuodd ganu'n dawel, gan siglo'i chluniau i'r rythm.

"*Jolene, Jolene, Joleeen JOLEEENE ... I'm beggin' of ya please don' take ma MAAHN.*"

"Mam! Wot ddy hel?" Gwthiodd Anwen y llyfr trwm o'r rhiniog gan rythu ar ei mam. "Pam ti'n gwisgo'r wig 'na?"

"Sdim eisie rhegi!" Ceisiodd Bethan gadw'i llais yn rhesymol. "'Wy'n mynd i barti gwisg ffansi. Beth ti'n feddwl?"

Rhythodd Anwen arni'n anghrediniol. "Mae'n *awful*! 'Wy'n gwbod taw gwisg ffansi yw e – ond ti'n edrych yn ridiciwlys. Ma'r bra thing 'na'n rhy fach ... mae'n disgysting!"

"Wel, bach o sbort yw e, 'na i gyd!"

"Mam! Ti'n ffiffti!" Taflodd Anwen olwg amheus arni. "Pwy wyt ti i fod, eniwe?"

"Nell Gwynn," meddai Bethan, gan astudio'i hwyneb yn y

drych. Wel, Nell Gwynn neu Moll Flanders, falle ...

"Nel pwy?" Cymylodd wyneb Anwen. "Sneb wedi clywed amdani ... Jyst rho dy bra dros dy ffrog, a cer fel Lady Gaga."

Daeth yn nes i astudio'r guddwisg. "Ma'r wig yn eitha neis, actiwali! Ti'n mynd i fod yn hwyr?"

Wedi i Bethan ei chysuro y byddai 'nôl mewn da bryd, crwydrodd Anwen 'nôl i'w stafell ac estynnodd Bethan am ei bŵts du, hir. Roedd siaced hir, â chamera cudd yn y botwm, yn aros amdani yn y fan.

Edrychodd eto yn nrych y wardrob gan deimlo'n fwy hyderus. Roedd y guddwisg yn gweithio – ac fe fyddai'r siaced hir yn cuddio top ei chluniau, diolch byth. Lledwenodd ar ei hadlewyrchiad, gan siarsio'i hun i beidio â gwenu o gwbl yn stafell dderbyn y Tŷ Coch. Y nod oedd i ymddangos yn llym ac yn galed, yn wahanol i'r ddynes hawddgar fu'n seboni Sid wythnos yn ôl.

Canodd corn ar y stryd a gwelodd Darren yn parcio tu allan yn y fan log.

Gorfododd ei hun i anadlu'n ddwfn cyn taflu hen got law dros ei hysgwyddau a chamu'n araf i lawr y grisiau.

Wedi i Darren ganu'r corn eto, camodd Tom o'r stafell fyw. Rhythodd ar ei fam wrth iddi gamu drwy'r cyntedd.

"'Cyn' 'el, Mam! Ti'n edrych yn mad ..."

"Parti gwisg ffansi," meddai Bethan yn frysiog. "Yn y gwaith. Mae Anwen yn gwybod – fydda i ddim yn hir a ma' bwyd yn y ffrij!"

Trawodd Anwen ei phen dros y canllaw.

"Ma' hi 'di gwisgo fel Nell Gwynn," galwodd ar ei brawd.

"Mwy fel Myra Hindley!" atebodd Tom, cyn cilio 'nôl i'r stafell deledu.

"Wel, diolch!" ebychodd Bethan, gan dynnu ei chot dros y sanau a'r syspendyrs a chamu i'r stryd.

61

"Haia, *gorgeous* ..."

Winciodd Darren arni wrth agor drws awtomatig y fan.

"Ca dy ben ... jyst gad fi fewn!" sibrydodd Bethan.

Gorau po leia o'r cymdogion fyddai'n sylwi ar Dolly Parton. Fflachiodd ei chluniau at Darren wrth iddi eistedd a thynnodd ei chot dros ei choesau'n gyflym.

"'Wy'n dechre meddwl fod hyn yn boncyrs ... Os yw Sid yn nabod fi, fydda i'n styffd ..."

"Cwla lawr a dere fi weld ti ..."

Trodd Darren i graffu arni, gan wneud i'r pilipalas ddawnsio yn ei bol.

"Darren? Gwed rwbeth 'nei di?"

Nodiodd Darren yn fodlon. "Ti'n edrych yn grêt ... Ma'r wig 'na'n gweitho ..."

"Wir?" Ochneidiodd Bethan. "Ma' hwn mor stresffwl ... Beth os ga i fy nal yn edrych fel Miss Whiplash?"

"*Alternative career* i ti!" Cododd Darren ei aeliau.

"Ffyc sêcs, Darren!" Doedd Bethan ddim mewn hwyliau i wamalu. Trodd i edrych ar ei chartre, y drws ffrynt solet, a'r *hydrangeas* bratiog wrth y gât.

Gafaelodd Darren yn y llyw gan newid gêr yn drafferthus.

"Dere mla'n – 'wy'n trio codi dy galon! Bydd dim clem 'da Sid pwy wyt ti! Dyw pobl ddim yn amau bo' nhw'n ca'l eu ffilmio – a 'na i gyd sy' raid i ti neud yw ishte lawr a gadel popeth i Liz."

Taflodd Bethan un olwg hiraethus arall ar ei chartre wrth i'r ffenest hymian ynghau.

Crynodd y fan wrth daro'r tyllau dwfn ar wyneb y ffordd. Daliodd Bethan y ddolen wrth y drws, ac anadlodd yn araf i atal y cyfog yn ei stumog. Er mwyn tawelu ei meddwl, plygodd at y bag wrth ei thraed i weld bod popeth yno.

Colur, brwsh, ffôn newydd. Byddai'n rhaid cofio gadael ei ffôn personol gyda Darren. Tasai pethau'n mynd yn flêr, doedd hi ddim am i isfyd Abertaf wybod ei holl fanylion – heb sôn am adael i Sid weld lluniau ohoni yn Fuerteventura dros Nadolig.

Daeth 'nôl i'r presennol wrth i'r dangosydd glicio'n rythmig. Roedd Darren yn troi oddi ar y ffordd ddeuol a'r fan yn crynu wrth deithio dros lôn anwastad at hen stad ddiwydiannol.

Cafodd ei hysgwyd yn egr wrth i'r fan fownsio ar hyd y lôn gul at dir diffaith yn llawn drain.

"Iawn!" Stopiodd Darren o flaen hen warws frics, y gwydr yn y ffenestri wedi torri fel dannedd miniog. Roedd twll anferth yn y gât o'i flaen, ar waetha'r arwydd melyn yn rhybuddio bod yr adeilad yn anniogel. Diffoddodd Darren yr injan.

"Byddwn ni'n iawn fan hyn – 'wy 'di ffilmio 'ma o'r blaen. Sdim CCTV a sneb ambwti'r lle ... Os ei di i'r cefn – gallwn ni sortio'r jaced mas a neud yn siŵr bod popeth yn gweitho ..."

"Iawn ..."

Am ryw reswm, roedd nerfau Bethan wedi llonyddu. Roedd y cynllun ar waith, a doedd dim amser i simsanu. Atgoffodd ei hunan ei bod yn mentro i'r puteindy er mwyn Sam a'r gweithwyr rhyw. Ac os oedd y cynllun yn llwyddiant, fe fyddai'n helpu'r tenantiaid hefyd. Dim ond am awr fyddai'n rhaid iddi ganolbwyntio, cyn troi am adre – â'r dystiolaeth yn ei phoced.

Camodd i gefn y fan, ac wrth i'w llygaid addasu i'r golau, gwelodd fod y seddi wedi eu plygu gan adael gofod yn y canol. Roedd treipod Darren a'r camera ar y llawr – a thu cefn iddo, roedd ei siaced ddu wedi'i phlygu dros gefn y sedd, â gwifren fain yn hongian o'r hem.

"Sdim lot o le, sori." Estynnodd Darren y siaced ati, gan ddal y wifren yn ofalus yn ei law. "Gelli di fanejo fan hyn? Rho fe 'mla'n i fi tsheco bod y ricordyr yn saff yn y boced."

Cymerodd Bethan y siaced oddi wrtho, y deunydd ysgafn yn gyfarwydd iddi. Roedd hi wedi anghofio am y blwch recordio, ac er bod y camera cudd yn anweledig mewn botwm, roedd gwifren hir yn ei gysylltu â'r recordydd, sgwâr o blastig oedd yn fwy amlwg.

"Bydd rhaid i ti gau'r botymau i gyd, lan at y camera," cynghorodd Darren, gan agor y got i ddangos agoriad bach yn y leinin. "Ma'r boi 'ma 'di neud poced i'r recorder fan hyn," meddai. "Ond jyst rhag ofn, 'wy'n mynd i ddal y weiren gyda bach o dâp."

Chwiliodd drwy fag du ar y llawr a thynnodd rolyn o dâp *gaffer* o'r gwaelodion.

"Smo ni moyn i Sid sbotio'r weiars, on'd y'n ni?" meddai, gan rolio'i lygaid.

Tynnodd Bethan ei chot law a gwthiodd ei breichiau i'r siaced. Roedd yr hen ddilledyn yn gyfforddus, heblaw am flocyn caled y recordydd yn erbyn ei chlun. Arhosodd yn llonydd wrth i Darren ludo'r wifren i'w chot gyda thri stribedyn o dâp.

"Reit!" Plygodd Darren i osgoi'r to a chaeodd y botwm top ar ei chot, gan wneud yn siŵr ei fod yn pwyntio yn syth ymlaen.

"Mae'r camera yn y botwm 'ma. 'Na i gyd sy'n rhaid i ti neud yw i symud yn araf iawn – 'neith e recordio beth bynnag wyt ti'n anelu ato fe. Paid symud yn rhy glou – ma'r camera yn fach ond lens llydan yw e ... sdim rhaid i ti fod spot on ... Elli di gau'r botymau eraill i fi?"

Roedd ei bysedd yn oer, a chlywai sŵn ei hanadl yn atseinio ar waliau'r fan. O'r diwedd, caeodd y botymau. Safodd yn llonydd wrth i Darren graffu arni i weld bod y got yn gorwedd yn daclus. Dan y siaced denau, roedd hi'n gwisgo dim ond dillad isa.

Sythodd Darren o'r diwedd.

"Popeth yn iawn ... dim gwifrau'n dangos. Mae'n edrych yn deidi iawn, a gweud y gwir!"

"Grêt!" Ochneidiodd Bethan, ond roedd ei nerfau'n janglo eto.

"Edrych." Gafaelodd Darren mewn monitor bach wrth ei ochr, a'i droi tuag ati. Ar y sgrin fach gwelodd lun o gefn y fan mewn du a gwyn, y warws tu allan yn llachar drwy'r drysau agored.

"Elli di weld y warws 'na?" gofynnodd. "Tro damed bach fel bod ti'n ffocysu arno fe."

Symudodd Bethan ei chorff i'r dde a gwelodd yr adeilad yn glir ynghanol y ffrâm.

"Waw!" meddai'n dawel. "Mae'n ffantastig!"

"Ti'n gweld? Fydde neb yn meddwl bo' ti'n gallu ca'l deffinishon fel'na gyda lens mor fach." Estynnodd ei law at y boced yng ngwaelod y siaced a diffoddodd y recordydd.

"'Na i droi e bant am nawr," meddai, "a tsheca i bopeth 'to cyn i ti fynd mewn." Fflachiodd wên arni. "Paid becso – dyw e ddim yn anodd a cofia – fyddai'n dilyn ti ar y monitor yr holl ffordd i'r Tŷ Coch. Unwaith wyt ti mewn 'na, bydd llai o signal ond bydd Liz 'na. A ma'r ffôn gyda ti fel bacyp hefyd ..."

Roedd hi'n barod i fynd.

"Houston, we have lift off!" meddai wrth i'r adrenalin saethu fel mellten trwy ei gwythiennau.

62

Disgynnai tarth gwyn dros y rhosdir, wrth i Bethan frasgamu dros y ffordd garegog at y Tŷ Coch.

Roedd fel agoriad ffilm dditectif, meddyliodd. Menyw â sgarff dros ei phen yn brysio ar hyd lôn dywyll ynghanol nos, cyn diflannu i'r düwch. Y cyfarwyddwr yn torri i siot o babell wen yng ngolau dydd, a dyn fforensics yn camu i'r siot mewn siwt ddi-haint a menyg rwber.

Atseiniodd ei chamau ar y graean wrth iddi brysuro ar hyd y llwybr. Er bod Darren yn ei gwylio, rhedodd ias drwyddi wrth nesáu at yr adeilad. Codai'r Tŷ Coch fel craig o'r niwl, a dim byd o'i gwmpas bellach ond adfeilion ac aber yr afon lwyd-ddu. Yn y pellter, gwelai oleuadau'r ceir yn tywynnu fel pinnau bach wrth wibio dros y bont. Anadlodd yn araf ac atgoffodd ei hun fod Liz yn yr adeilad, yn aros amdani.

O'r tu allan edrychai'r Tŷ Coch yn wag. Roedd y ffenestri a'r drws ffrynt wedi'u bordio, ond roedd Liz wedi dweud wrthi am fynd at ddrws y cefn. Carlamodd ei chalon wrth iddi gamu dros y borfa, a heibio'r llwyni anferth a godai fel ellyllon ar bob ochr. Pan welodd y stribyn o olau yn llifo o'r drws cefn, rhedodd ato, a churo arno fel dynes wallgo.

"Haia!"

Llithrodd y bollt ac agorodd Liz y drws yn gwisgo cyrlers a *negligée* ddu. Edrychai fel cymeriad mewn opera sebon yn hytrach na dominyddwraig. Ond o dan y neilon du, roedd ei gwisg yn adrodd stori wahanol: bodis ledr â stydiau metel pigog a strapiau lledr ar ei breichiau. Roedd y cyferbyniad yn rhyfedd, yn enwedig o weld y slipars fflwfflyd ar ei thraed.

"O'n i jyst yn gwisgo!" Gwenodd Liz arni'n serchog. "Dere mewn!"

Dilynodd Bethan y ferch dal ar hyd y coridor at y stafell dderbyn, a dechreuodd ymlacio. Roedd y lolfa, gyda'i *three piece suite* brown, y seidbord pren a'r drych hen ffasiwn yn edrych fel parlwr ei nain yn y gorllewin.

"*Ave a seat!*" Aeth Liz at y drych. "Mae e'n cyrraedd am cwarter past ..."

"Diolch!"

Astudiodd y stafell yn ofalus. Teimlai'n fwy cartrefol nawr ei bod hi yma, yn eistedd ar y soffa, gyda Liz yn datod ei chyrlyrs yn y drych.

"Wyt ti 'ma ar ben dy hun?" gofynnodd.

"Ie – neb arall yma heno." Gafaelodd Liz yn y sythwr ar y seidbord a thynnodd y llafnau drwy ei gwallt, wrth iddi ddadwneud y cyrlers un ar y tro.

"Dyw e ddim yn lico lot o bobl o gwmpas ..." Gwgodd ar ei hadlewyrchiad yn y drych. "Ond sdim problem ... Ma' merched yn aros yn y risepshon weithiau ..." Gwenodd ar Bethan.

"Weda i bod cleient ti'n hwyr ... *innit*? 'Wy'n gwbod sut i handlo fe ..."

Llwyddodd Bethan i wenu 'nôl.

"Ti yw'r unig fenyw yng Nghaerdydd sy'n fatsh iddo fe, Liz!"

Tynnodd y sgarff sidan o'i phen, gan siglo'r cyrls melyn yn rhydd.

"O waw! Ti'n edrych yn amesing yn y wig 'na!" Gollyngodd Liz y sythwr gwallt a throdd i'w hedmygu. "Ma' blond yn siwtio ti – dylet ti gael *highlights* tro nesa!"

"Ti'n meddwl?" Pwysodd Bethan 'mlaen i tsheco'i golwg yn y drych.

"Dim ond bod e ddim yn nabod fi," meddai'n ofidus.

Agorodd Liz ei cheg a phaentiodd haen o lipstic coch ar ei gwefus.

"Byddi di'n ffein." Gwasgodd ei gwefus ynghyd. "Mae e'n gwbod bo' fi ddim yn derbyn shit ..."

Blotiodd y minlliw coch gyda hances bapur a phaentiodd haen arall drosto fel bod ei gwefusau'n sgarled.

"Eiste'n fan'na i ga'l rest," meddai. "Mae deg munud i fynd ..."

Dyrnodd calon Bethan yn erbyn ei hasennau. Ymhen munudau, fyddai Sid yma yn ei llygadu. Cododd o'i sedd gan wthio cornel y soffa yn nes at y drws.

"Ydy hwn yn iawn?" gofynnodd. "Jyst i ga'l gwell golwg ar y coridor?"

"Ie, siŵr!" Gafaelodd Liz yn ei gwallt a'i dynnu'n gwlwm. Roedd hi'n ferch drawiadol, ac unwaith eto, ceisiodd Bethan ddeall beth oedd wedi'i harwain at fyd y gweithwyr rhyw?

Gyda rhes o binnau rhwng ei gwefusau, aeth Liz ati i glymu'i gwallt mewn byn uchel ar ei phen.

"O'n i jyst yn meddwl," meddai drwy lond ceg o binnau, "os ti eisie, gallen i ofyn i ti ddod â bag o *equipment* mewn i'r stafell."

Pwyntiodd at fag mawr wrth ei thraed. Gwelodd Bethan chwip du a rhyw declynnau metel trwm tu fewn iddo. Heblaw am y chwip, edrychai fel bag y byddai dyn AA yn ei gario wrth ddod i'w hachub ar ochr y ffordd.

Rhythodd ar y bag am eiliad.

"Ti moyn i fi ddod â'r bag 'ma i'r ... stafell?" sibrydodd.

"Dim ond os ti'n hapus ..."

Tynnodd Liz y *negligée* du o'i hysgwyddau ac eisteddodd ar y gadair esmwyth. Cododd bâr o sgidiau o'r llawr, y sodlau stileto dur fel llafnau miniog.

"Ma'r merched yma'n helpu fi weithie ..." Cododd ei golwg at Bethan. "'Wy'n gwbod bo' ti ddim eisie hongian o gwmpas, ond gallet ti ddod â bag o stwff mewn – i gael mwy o siots pan bydd e 'di clymu lan. Lan i ti!"

Pwysodd ymlaen a chlymodd strapiau lledr ei hesgid am ei phigwrn, tra bod meddwl Bethan yn chwyrlïo. Hwnnw fyddai'r *money shot* – yn ddiamheuol – ond beth oedd y cwrs Iechyd a Diogelwch wedi'i ddweud am newid y cynllun ar y funud olaf?

"Ocê," penderfynodd. "Ond dwi ddim eisie *comeback* arnat ti, Liz ..."

Cododd Liz ar ei thraed, yn sefyll drosti fel Amazon gref yn ei sodlau dur a'i bodis lledr.

"Naah," meddai. "Bydd e 'di'i glymu fel twrci Nadolig! Dyw e ddim yn mynd i gwyno ..."

Plygodd i dynhau'r strapiau ar ei choes chwith.

"'Wy'n mynd i weud bo' ti o'r Baltics – os yw unrhyw un yn gofyn – weda i bo' ti 'nôl yn Vilnius!"

Ceisiodd Bethan wenu. "Ocê," meddai, "ond paid cymryd unrhyw risgs."

Cymerodd Bethan anadl hir. Gwell peidio gorfeddwl. Eisteddodd 'nôl ar y soffa, gan ddal ei chorff yn syth, er mwyn cael golwg dda ar y pared tu allan.

"Reit, wel, arhosa i 'ma ... lan i ti wedyn."

"Siŵr!" Stwffiodd Liz y sythwr gwallt, y cyrlyrs a'r colur i ddrôr yn y seidbord.

"Mae'n hwyr!" meddai, gan daflu cip ar ei ffôn.

Sythodd Bethan ei hysgwyddau, ac edrychodd i weld bod y botwm ar dop ei siaced yn pwyntio at y drws. Roedd ei dwylo'n siglo ond plygodd i dynnu'r ffôn newydd o'i bag siopa.

Pwysodd rif Darren.

"Yn y lolfa," teipiodd. "Barod i fynd ..."

Ymhen eiliad, daeth yr ateb. "Gwd won, Dolly! Pob lwc."

Anadlodd yn ddwfn. Yr unig beth i'w wneud nawr oedd i

bwyntio'i chorff at y drws gan ymddwyn mor ddi-hid â phosib.

Cyn iddi roi'r ffôn 'nôl yn y bag, daeth cnoc ar y drws. Neidiodd, ond arhosodd Liz yn ei hunfan, gan glymu'r bwcwl olaf ar ei hesgid.

"Bydd rhaid iddo aros!" meddai'n hamddenol. "*Half seven*! ... 'Wy'n mynd i sychu'r llawr 'da fe!"

Cododd chwip lledr o'r bag, cyn clecian at y drws yn ei sodlau uchel. Daliodd Bethan ei hanadl, gan glywed ei chalon yn curo yn erbyn y camera cudd.

Gwichiodd y bollt wrth i Liz ei dynnu.

"Ble ti 'di bod?" mynnodd. "Cwarter wedi, wedes i!"

"Sori," mwmiodd Sid. "O'n i'n brysur ... 'wy'n sori!"

Daeth clec wrth i'r drws gau.

"Nawr 'wy'n flin ..." Roedd llais Liz yn llym.

"Sori ... sori," atebodd Sid yn gryglyd. Dim byd tebyg i'r cynghorydd pwysig oedd wedi gwgu arni yn ei swyddfa.

"Sori? Dim fel'na ti'n siarad â fi! Sori beth?"

"Sori ... Madam."

Roedd Liz hefyd yn swnio'n ddierth, a'r sgwrs fel golygfa o ddrama absŵrd. Drama oedd hi, mae'n siŵr, a'r ddau'n gyfarwydd â'r sgript. Am eiliad, cafodd Bethan chwiw i bwyso 'mlaen er mwyn cael cip, ond gwallgofrwydd fyddai hynny, felly arhosodd yn llonydd o flaen y drws agored.

"Bydd rhaid i ti gael dy gosbi am hyn, wyt ti'n deall?" Cododd llais Liz yn fygythiol.

"Sori ... sori, Madam. Gwnewch beth liciwch chi gyda fi."

"Cer lawr ... i'r stafell gosbi," gorchmynnodd. "Ti'n gwybod beth sy'n rhaid i fi neud ..."

"Iawn ... iawn, Madam. Sori ..."

Daeth sŵn traed ar hyd y coridor. Daliodd Bethan ei hanadl. Syllodd yn ddall ar ei ffôn, gan wneud yn siŵr bod ei hysgwyddau, a'r camera bach yn ei chot, yn pwyntio at y coridor.

Daeth y camau'n nes a chafodd gip o Sid mewn cot hir, ei wallt yn wlyb gan y glaw. Prin bod Bethan yn anadlu wrth iddi gadw'i golwg ar y ffôn. O gornel ei llygad, synhwyrodd ei fod wedi pwyllo i edrych arni. Rhewodd, gan ofni ei fod wedi'i hadnabod, ond trodd Sid ar ei sawdl a cherddodd i lawr y grisiau serth i'r seler.

Craciodd Liz y chwip y tu ôl iddo.

"Pwy yw honna?" sibrydodd yn uchel.

"Hisht!" poerodd Liz.

"Y ... ferch 'na," tagodd Sid. "Dwi ddim 'di gweld hi o'r blaen ..."

Craciodd y chwip eto wrth i Liz ei daro ar y llawr.

"Dim mwy o gwestiynau!" mynnodd. "Mae cleient Efa'n hwyr ... bydd hi ddim trafferth i ni ..."

"Iawn ... iawn," atebodd Sid. "Sori bo' fi wedi ypsetio chi ... Madam!"

Cadwodd Bethan ei phen yn isel, a chafodd gip o sodlau pigog Liz ar eu ffordd i'r seler. Wedi clywed drws yn cau yn y gwaelod, anadlodd allan yn araf. Tybiai fod deunydd da ganddi. O leia hanner munud o luniau – ac fe fyddai'r trac sain o'r cynghorydd mawreddog yn pledio â'r ddominyddwraig yn sicr o godi aeliau. Gwiriodd ei ffôn yn gyflym – ugain munud i wyth. Rhyw ddeg munud arall a byddai hi o 'ma fel siot.

Clywodd sŵn y chwip yn taro eto ac ochenaid hir, boenus. Crwydrodd ei golwg o gwmpas y stafell, i dynnu ei meddwl oddi ar y synau brawychus o'r seler, a sylwodd ar daenlen ar y wal, fel rhestr o ryw fath. Cododd i'w hastudio, gan weld rhes o enwau'r merched. Roedd yr amserlen brintiedig yn edrych fel rota Brenda, a phwysodd yn nes i gael siot ohono. Fe fyddai'n rhaid iddi guddio'r enwau, ond roedd yn arwydd arall o fusnes y Tŷ Coch.

Sylwodd fod y chwipio wedi gorffen a daeth sŵn sodlau dros y llechi ar lawr y seler.

"Efa!" gwaeddodd Liz o'r gwaelodion. "'Wy angen y bag o resepshyn."

Siaradai'n glir, fel tasai'n esbonio wrth ddysgwr.

"Y bag du, ocê? Ar y gadair. Yn y lownj! Dewch â fe yma – i'r selar, plis ..."

Teimlodd Bethan ei choesau'n crynu. Gafaelodd yn y seidbord gan ofni nad oedd ganddi'r nerth i fentro lawr y grisiau serth. Tawelodd ei hanadl i lonyddu, cyn gafael yn y bag trwm a cherdded at y cyntedd.

Un siot. Dyna i gyd oedd ei angen, rhesymodd. Un siot ac allan â hi. Fel mellten. Gafaelodd yn dynn yn y canllaw cyn troedio'n ofalus i lawr y grisiau carreg.

Roedd y selar yn dywyll heblaw am olau gwan o'r stafell boenydio. Gwthiodd y drws a chamodd i'r carchar.

"Be ma' hi ..?"

Rhewodd Bethan wrth weld yr olygfa.

Gorweddai Sid ar ei fol, yn gwbl noeth, ei goesau a'i freichiau wedi eu clymu i wely anferth ynghanol y stafell a'i ben-ôl yn yr awyr, yn frith o greithiau gwaedlyd. Trodd ei ben wrth i Bethan agosáu ond roedd yn cael trafferth siarad drwy'r gag yn ei geg.

"Dyna ddigon!" Trawodd Liz y chwip ar draws ei ben-ôl eto, wrth i Sid drosi a hyrddio i'r matres. Bron i Bethan neidio o'i chroen, ond gorfododd ei hun i aros yn llonydd a phwyntio'r camera bach ar gorff clwyfedig y cynghorydd.

"'Wy 'di gofyn i Efa ddod â'r bag achos mae angen mwy o gosb arnat ti!"

Amneidiodd at Bethan.

"Pasia fe draw ata i, Efa, os gweli di'n dda!"

Safai wrth ben y gwely, ei choesau ar led a'r chwip yn ei llaw dde, y bodis du a'r sgidiau bondej yn cwblhau'r ddelwedd. Camodd Bethan yn araf at y gwely, gan ddal ei hanadl wrth ddod o fewn troedfedd i gorff noeth Sid. Pasiodd y bag i Liz gan anelu'r camera ato.

"Diolch, Efa!" meddai Liz yn imperialaidd. "Gelli di fynd nawr!"

Camodd Bethan 'nôl yn araf, gan droedio'n ofalus wrth ffocysu ar yr olygfa ryfeddol. Sylwodd ar yr offer poenydio yn hongian o waliau carreg y carchar, ac oedodd am eiliad neu ddwy i'w ffilmio, cyn cau'r drws ar ei hôl a brysio lan y grisiau carreg. Curai ei chalon fel drwm, ond llifai rhyddhad drwyddi hefyd. Roedd y lluniau'n ffrwydrol!

Erbyn iddi gyrraedd y lolfa, teimlai'n ben ysgafn ac arafodd ei hanadl. Gafaelodd yn ei bag siopa, a gyda golwg cyflym i sicrhau nad oedd wedi gadael unrhyw dystiolaeth ar ôl, cerddodd yn gyflym at y drws.

63

Chwiliodd Elin trwy'r domen o ddillad ar y gadair yn stafell Kam. Tynnodd ffrog biws fer o ganol yr hwdis a'r jîns, a rhoi siglad iddi. Roedd wedi crychu braidd, ond gyda'i bŵts uchel a'i gwallt lan, byddai neb yn sylwi.

Tynnodd ei siwmper, gan daflu golwg ar ei ffôn. Cawod gyflym cyn mynd draw at y merched i hitio'r Zubrówka. Mati oedd y cynta o'r criw i hitio'r ugain oed – a doedd hi ddim am golli eiliad o'r parti.

Roedd hi'n sychu ei gwallt pan ddaeth Kam trwy'r drws fel tarw.

"Sori – da'th crowd mewn funud ola' ..."

"Bydd yn ofalus!" Pwyntiodd Elin at ei sythwr gwallt ar y llawr. "Ti'm eisie *third degree burns* cyn y parti!"

"Awtsh!" Baglodd Kam dros y teclyn. "Pryd y'n ni fod 'na?"

"Nawr!" meddai Elin yn bigog. "Ma'r *princs* yn dechre am hanner awr 'di saith."

Gwgodd Kam. "Ydy hwnna'n rhan o'r parti?"

"*Pre-party drinks!*" esboniodd Elin. "Shiffta dy din – neu af i draw hebddot ti!"

"Pum munud, iawn?" Tynnodd Kam y crys dros ei ben cyn ymddangos yn hanner noeth.

"O'n i ddim yn meddwl y bydde pethau'n dechrau mor gynnar. Mae Dai ar ei ffordd draw!"

"Beth?" cwynodd Elin.

"'Wy'n gwbod bod e'n trio helpu – ond 'wy 'di bod fflat owt drwy'r wthnos a 'wy 'di edrych 'mlaen at hwn ers ioncs ...! Mae llwyth o ffrindie ysgol yn dod 'nôl ..."

Tynnodd Kam wep. "Sori ... o'dd e'n swnio'n bwysig. Fydd e ddim yn aros yn hir ..."

Fflipiodd ei hysgwydd gyda'r tywel cyn diflannu i'r stafell molchi.

O fewn pum munud daeth cnoc ar y drws. Doedd dim sôn am Kam yn ymddangos o'r gawod, felly rhoddodd Elin frwsiad cyflym i'w gwallt a gafaelodd yn ei bag cyn mynd lawr llawr.

Pwysai Dai yn erbyn y wal tu allan, ei lygaid wedi hoelio ar ei ffôn.

"Hai!" meddai'n ddiseremoni. "Sori, Dai, ond 'wy ar 'y ffordd mas ..."

"Flin i boeni ti ond mae rhywbeth wedi codi ... 'Ni'n trio cael gafael ar dy fam ..."

Camodd i'r tŷ, wrth i Elin ei wylio'n syn.

"Dewch i mewn!" meddai wrthi'i hun.

Eisteddodd i'w wynebu, ei bag ar ei chôl wrth i Dai sganio'r ffôn eto.

"'Wy ddim yn siŵr a alla i helpu ti, i fod yn onest ..." meddai. "Wyt ti 'di trio gadael neges?"

"Mae ei ffôn hi bant ..." Cododd Dai ei ben. "'Wy newydd ga'l galwad gan Rhys. Mae'n trio cael neges iddi."

Sobrodd Elin am eiliad. Pam nad oedd ei mam yn ateb? O'i nabod hi, roedd hi siŵr o fod ar ddêt gydag Irish Eyes mewn lle bwyta â dim signal. Cyn iddi ddweud dim, daeth Kam i'r stafell a phwysodd ar fraich y soffa gan gau'r botymau ar ei grys.

"*Whass occurin'*?" gofynnodd yn serchog.

Cymylodd wyneb Dai.

"Sori am hyn, ond ma' Rhys – sy'n gweithio gyda Bethan – yn desbret i gael gafael arni."

Sythodd Elin.

"Be ti'n feddwl 'desbret'?"

Trodd Dai ati.

"'Wy'n siŵr bod popeth yn iawn, ond dylen ni gael neges iddi ..."

Rhedodd ias trwy ei chorff.

"Pam? Be sy'n bod?"

A oedd *scenario* gwallgo Tom am gang beryglus yn herwgipio'i mam wedi dod yn wir? Roedd ei meddwl yn carlamu.

Edrychodd Dai i fyw ei llygaid.

"'Wy'n mynd i fod yn strêt gyda chi ... Ma' Rhys yn weddol siŵr ei fod e wedi cracio stori Abertaf ..."

Syllodd Elin arno, mewn penbleth.

"Ond pam y'ch chi mor desbret i gysylltu?" Roedd ei llais yn gryg. "Alle fe ddim aros tan fory?"

Gwgodd Dai. "Sa i'n siŵr ... ma' Bethan ... wel, o'dd hi'n bwriadu ffilmio Sid – a ma' angen iddi wybod y sgôr cyn dechrau ..."

Chwyrlïodd meddwl Elin fel top, a gafaelodd yn llaw Kam. Pam oedd Dai'n siarad mewn damhegion? Ac roedd yr olwg ar ei wyneb yn codi ofn arni.

Mwythodd Kam ei braich. "Aros funud, Dai," meddai'n dawel. "Ti'n hala iddi boeni ..."

Trodd i wynebu Elin.

"Pam na 'nei di ffonio Tom? Fydd e'n gwbod lle ma' Bethan ..."

Pwysodd Elin rif Tom ar ei ffôn, y gofid yn gwasgu fel carreg ar ei bol. Fel arfer, doedd dim ateb am sawl eiliad. Roedd ar fin gorffen yr alwad pan glywodd ei lais yn gofyn, "*Yeah?*" mewn llais blinedig, oedd ddim yn awgrymu bod ei mam wedi'i dal gan y Mob lleol.

"Haia, Tom ... Sori, ond ma' rhywun fan hyn yn trio cael gafael ar Mam ... Ti'n gwbod lle mae hi?"

"Mas ..." mwmiodd Tom, fel tasai ei geg yn llawn sglodion.

"Ble? Ti'n gwbod?"

Cnodd ei brawd yn swnllyd, ac meddai, "A'th hi mas yn edrych yn ridicylys ..."

"Beth?"

"Parti ffansi dres, aparentli – o'dd hi'n gwisgo wig Dolly Parton ..."

Ochneidiodd Elin. Parti! Ac am unwaith, roedd ei brawd wedi talu sylw.

"Diolch, Tom ... grêt. Wela i di ar y penwythnos, ocê?"

Cyn iddi orffen, aeth y ffôn yn dawel. Anadlodd allan yn hir. Roedd hi'n hwyr – a Dai wedi'i mwydro gyda'i theorïau boncyrs, tra bod ei mam yn joio mewn parti wedi'i gwisgo fel Dolly Parton. Synnai ddim bod Declan yno gyda hi, yn gwneud ffŵl o'i hunan fel Kenny Rogers ar y carioci.

"Ocê!" Gafaelodd yn y bag wrth ei hochr. "Ma' popeth yn iawn – ma' Mam mewn rhyw barti gwyllt. A'th hi mas yn edrych yn boncyrs, aparentli!"

Trodd at y lleill yn llawen, ond cymylodd wyneb Dai.

"Sori," meddai, gan dapio'i ffôn yn gyflym. "Mae rhaid i fi ffonio Rhys. 'Wy'n credu bod Bethan mewn trwbwl."

64

"Ti ddim wir yn poeni, wyt ti?"

Craffodd Elin ar Rhys. Eisteddai ar y soffa yn pori trwy ddogfen brintiedig.

"'Wy'n siŵr bod hi'n iawn," meddai heb godi'i olwg. "Ond dwi am gael neges iddi."

Camodd Dai ato ac edrychodd dros ei ysgwydd ar y darn papur. Rhedodd ei fys dros y print a gwenodd.

"Ti 'di hoelio fe," meddai'n dawel.

Nodiodd Rhys arno.

"Ma' nhw i gyd yna – ti'n gweld?"

"The usual suspects ... Ffyc mi!"

Rhedodd Dai ei lygaid dros y dudalen, a lledodd gwên dros ei wyneb.

Ffrwydrodd Elin.

"All rywun plis esbonio beth sy'n digwydd?"

Gosododd Rhys ei ffôn ar y soffa, cyn troi ati â golwg ddifrifol arno.

"Odyw hi 'di gweld Declan yn ddiweddar?"

"Sdim syniad 'da fi," atebodd Elin yn ddryslyd. "Sa i 'di gweld hi ers amser. Pam?"

Pwyllodd Rhys am eiliad. "Mae'n gymhleth a ma' rhaid i fi fynd lawr i'r Tŷ Coch ... wrth y Bae ..."

Trodd i edrych arni.

"Ti'n gwbod bo' ni'n amau Sid Jenkins – bod cysylltiad

rhyngddo fe a Garfield, y datblygwr ... wel, nawr y'n ni'n gwbod mwy ..."

Roedd gwddf Elin yn dynn.

"Jyst dwed wrtha i ..." meddai.

Daliodd Rhys y ddogfen iddi gael gweld.

"Sooo," meddai'n araf, "neuthon ni lwyth o ymchwil i weld a oedd cysylltiad rhwng Sid â'r datblygwyr – ond doedd dim byd i'w weld o gwbl. Ond wedyn, siaradodd dy fam gyda'r merched ar y stryd a maen nhw 'di cadarnhau bod Sid yn gleient ... yn defnyddio puteiniaid yn rheolaidd ..."

"*Worst kept secret in Wales*," ychwanegodd Dai.

"Iep," cytunodd Rhys. "So, besicli ... ma' Bethan wedi mynd i *massage parlour* 'ma lawr yn Butetown ..."

"*Beth*?" Roedd Elin yn geg agored. "Ydy Mam yn ffilmio ... mewn *brothel*?"

Nodiodd Rhys gan grychu ei dalcen. "Wedodd hi wrtha i bod hi'n bwriadu mynd i ffilmio 'da camera cudd – ond do'n ni ddim yn sylweddoli bod hi 'di mynd i'r Tŷ Coch yn barod ..."

"Puteindy hyna'r *docks*," ychwanegodd Dai.

"Iep," meddai Rhys. "Pan glywes i bod Sid yn un o'r *regulars*, chwilies i drwy'r Land Registry – i weld pwy o'dd bia'r lle yn y gorffennol. A 'na pryd da'th y cysylltiad i'r golwg. Garfield o'dd bia'r lle yn y *noughties* ... Ar y cyd gyda Sid – ti'n gweld?" Pwyntiodd at y papur. "O'dd Sid yn gyd-berchennog gyda Garfield Edwards ... a hefyd, edrych!" Pasiodd y ddogfen at Elin.

Syllodd Elin arno. Roedd tri enw yno, mewn du a gwyn.

"Garfield John Edwards, Sidney Arthur Jenkins... Declan Patrick O'Driscoll."

Wrth iddi ddarllen yr enwau, neidiodd Dai ar ei draed.

"Ydy Bethan wedi dweud rhywbeth rhywbeth wrth Declan am y cynllun i ffilmio'n gudd?" gofynnodd yn siarp.

Cymylodd wyneb Rhys.

"Ffonies i Darren ar y ffordd mewn," meddai. "Ond o'dd e'n ffaelu siarad – o'dd rwbeth yn digwydd ..."

Dyrnodd calon Elin. Ond cyn iddi gael amser i feddwl am ateb, bachodd Dai y bwndel allweddi o'r bwrdd coffi.

"Well i ni fynd," meddai. "Ma' ffrindie doji 'da Sid. Os yw e 'di ca'l tip-off ..."

"Dai!" sgrechodd Elin. "C'mon, ma' Mam mewn peryg!"

Gafaelodd yn ei bag a rhedodd at y drws.

"Rhys! Lle ma'r ffycin car?"

65

Caeodd Bethan y drws y tu ôl iddi a chraffodd i'r tywyllwch. Heblaw am wawr goch o'r ffordd fawr yn y pellter, roedd gardd y dafarn yn ddu bitsh. Roedd ei choesau'n dal i grynu wrth iddi gamu ar hyd y llwybr, gan droedio'n ofalus dros y graean. Wrth droi'r gornel, gwelodd olau o'r ffordd, yn sgleinio ar y tarmac. Cerddodd yn gyflym tuag ato, gan atgoffa'i hun bod Darren yn gwylio pob cam.

Daliodd ei hanadl wrth basio drws ffrynt y dafarn a'r ffenestri wedi'u bordio. Yna, rhewodd.

O'i blaen, roedd car yn aros wrth y pafin. Car mawr, llwydaidd, yn y niwl. Pwmpiodd y gwaed yn ei chlustiau, a throdd ei golwg i asesu'r ffordd gyflymaf at fan Darren. Ond wrth iddi bendroni, fflachiodd goleuadau'r car a symudodd tuag ati.

"O, na!" sibrydodd, gan obeithio bod Darren wedi'i chlywed.

Agorodd y ffenest yn araf a gwelodd y gyrrwr. Dyn mawr, cyhyrog, a'i ben wedi siafio. Doedd dim ganddi i'w hamddiffyn a chamodd yn ôl mewn panic, ond pwysodd y dyn ei ben drwy'r ffenest a chraffodd arni.

"You still working, love?"

Trodd pen Bethan. Roedd wedi anghofio am wisg y ddominyddwraig a'r wig lachar.

Siglodd ei phen, ond cyn iddi yngan gair, sgrialodd fan Darren rownd y gornel a thros y pafin, gan flocio'r car dierth.

Gyda'r injan yn dal i redeg, neidiodd o'i sedd yn chwifio sbaner trwm.

"*What's the problem?*" mynnodd gan ddal y sbaner yn wyneb y dyn.

"Mae'n iawn!" sibrydodd Bethan. "Cwsmer yw e ..."

"*Sorry, mate.*"

Edrychodd y dyn moel yn syn. "*I'm not looking for trouble.*"

Roedd e'n ifanc. Tua deg ar hugain. Yng ngolau gwan y lamp, sylwodd fod golwg ofnus arno.

Tynnodd Darren y sbaner o'i wyneb. "*Just leave this woman alone ...*" meddai'n siarp.

Gyrrodd y bachgen tuag yn ôl a gwnaeth dro handbrec ar y borfa cyn dianc ar frys, ei gar mawr yn diflannu i niwl y rhosdir. Gafaelodd Bethan yn nrws y fan a dringodd i mewn, gan eistedd yn drwm yn ei sedd. Crynodd ei dwylo wrth iddi chwilio am y gwregys.

Neidiodd Darren i sedd y gyrrwr a chaeodd y drws yn gyflym.

"Bant â ni!" meddai, cyn saethu fel mellten o'r pafin.

Sgrialodd y fan ar hyd y ffordd, gan ysgwyd fel tanc wrth fynd dros y tarmac anwastad. Roedd y cryniadau yn gwneud iddi deimlo'n chwil, a daliodd yn dynn yn y ddolen uwch ei phen.

Dywedodd Darren ddim wrth rasio o'r Bae, gan gadw un llygad ar y drych. Ar gyrion Abertaf, arafodd ac ymunodd â'r rhesi o draffig ar y ffordd fawr cyn troi i stryd dawel. Wedi golwg cyflym yn y drych, parciodd wrth lain llydan o borfa wrth yr afon.

"Reit," meddai, "sneb ambwti fan hyn – dere 'ni ga'l sortio ti mas!"

Diffoddodd yr injan ac ochneidiodd yn ddwfn.

"Whare teg, Bethan, o't ti'n wych!" meddai. "Ma' ishe 'ni dynnu'r camera 'na a'i roi e'n saff. Elli di ddod i'r cefn?"

Am y tro cynta ers iddyn nhw adael y Bae, edrychodd i fyw ei llygaid.

"O't ti'n briliant, wir – bydd y llunie 'na'n dynameit!"

Agorodd Bethan y drws, a chamodd i'r pafin.

"Diolch," meddai'n dawel, gan gerdded yn araf at y cefn. "O'dd hwnna'n ofnadw ..." Cymerodd anadl hir. "Do'dd dim syniad 'da fi pa mor stresffwl fydde fe ... i weld Sid wedi glymu fel'na. Edrych, 'wy'n crynu fel blydi deilen!"

"Dere 'mla'n, fyddi di'n iawn – ma' llunie anhygoel 'da ti."

Rhoddodd Darren ei law ar ei hysgwydd.

"Dere â'r got 'na i fi ... gofala i am y camera, a gelli di ymlacio."

Tynnodd Bethan ei siaced gan ddal un llaw ar y recordydd, a phasiodd y cyfan ato.

"Iawn?" Safodd yn y cefn, yn crynu yn ei *basque* les.

"Grêt – diolch!" Gosododd Darren y siaced yn ofalus ar sedd yn y cefn.

""Nai drosglwyddo'r llunie heno, i fod yn saff ... Crikey, Bethan!"

Gwingodd wrth droi i'w hwynebu. "Ti'n hanner noeth yn y bechingalw 'na!"

Trodd at sedd y gyrrwr a gafael mewn hen fflîs glas.

"Gwisga hwn, er mwyn dyn! Cyn i ti ddal ffliwmonia ...!"

"*Line of duty*, Darren!" atebodd.

Plygodd Darren ei ben i osod y fflîs gwlanog dros ei hysgwyddau gan dynnu'r ymylon yn dynn.

""Na welliant!" meddai, cyn taro'i law yn ddamweiniol yn erbyn y *basque* les.

Neidiodd mewn sioc, ond ymhen eiliad, roedd y ddau ym mreichiau'i gilydd. Pwysodd Bethan ei phen ar ysgwydd Darren, gan deimlo'r straen yn gadael ei chorff wrth iddyn nhw gofleidio.

Ochneidiodd, a'i dynnu ati i'w gusanu'n awchus. Roedd

straen yr awr ddiwetha'n llifo o'i chyhyrau a gofid y diwrnod yn codi, pan ddaeth cnoc byddarol ar ochr y fan.

"Shit!" Roedd ei chalon yn carlamu.

Cymylodd gwedd Darren. "Paid poeni," sibrydodd. "Ma'r drws 'di cloi."

Edrychodd drwy'r ffilm dywyll ar y ffenestri cefn.

"Aros fan'na," gorchmynnodd, gan agor y drws. Ar unwaith, clywodd Bethan lais cyfarwydd o'r tu allan.

"Be sy'n digwydd. Ydy Mam yn ocê?"

Plygodd Bethan i osgoi'r to isel.

"Maaam!" Dringodd Elin i'r cefn a chofleidiodd ei mam, fel bod Bethan yn methu tynnu anadl.

"Elin! Beth sy'n bod?"

Camodd yn ôl i gael gwell golwg ar ei merch. Y tu allan i'r drws, roedd mwy o bobl – Rhys, Kam a'r ditectif, Dai Kop, yn syllu arni fel petai mewn sioe *burlesque*.

Gwelodd Bethan fod ei siaced ar led a'r *basque* yn gadael dim i'r dychymyg. Lapiodd y fflîs amdani cyn mentro'n nes.

"Beth yffach y'ch chi'n neud 'ma?"

"Mam, o'n i'n becso amdanat ti!" wylodd Elin. "O'n i'n meddwl bod Sid yn mynd i fwrdro ti."

"Beth?" Trodd Bethan ati. Gan ddal ei gafael ar y siaced wlanog, camodd o'r fan i'r borfa.

"Reit!" meddai wrth y criw ar y pafin. "'Wy'n iawn, ocê? Sdim angen panic!"

O gornel ei llygad, gwelodd silwét denau'n croesi'r stryd. Doedd dim amheuaeth pwy oedd dan y gwallt hir, cyrliog.

"Sam?" gofynnodd yn syn.

Sugnodd Sam ar ei sigarét cyn chwythu rhuban hir o fwg o'i cheg.

"Haia Beth," meddai'n hamddenol. "'Ni 'di bod yn edrych amdanat ti ..."

66

Astudiodd Bethan yr wynebau gwelw o'i blaen. Pam fod pawb yn edrych mor ddiflas?"

"Ffoniodd ffrind ti …" Camodd Sam yn nes. "Pawb yn stresd – ond wedes i byddet ti'n *fine* 'da Liz."

Chwythodd cylch arall o fwg i'r tywyllwch.

Cododd Bethan ei haeliau i gyfeiriad Rhys. Pam fod pawb mewn panic?

"'Ni 'di craco'r stori," esboniodd yn dawel. "Ma' linc pendant rhwng Sid a Garfield …"

Gafaelodd Bethan yn llaw Elin, gan drio'i gorau i orchfygu ei blinder.

"Grêt – ffantastig! A ma' siots grêt 'da fi o Sid yn y Tŷ Coch …"

Sgubodd ton o wendid drosti a chymerodd anadl i adfywio.

"Edrych, Rhys – 'wy'n gwbod bo' chi 'di neud llwyth o waith a 'wy mor ddiolchgar, ond 'wy'n nacyrd ac alla i jyst ddim ei gymryd e fewn. Fyddet ti'n meindio gadael y manylion tan y bore?"

Sugnodd Sam ar ei sigarét.

"Ma' lot o shit yn digwydd yn Abertaf, Beth … Jyst gwranda ar dy ffrindie …"

Ochneidiodd Bethan. Roedd straen y ffilmio cudd, a'r ffrwydrad emosiynol o gusanu Darren wedi'i llethu. Ond er tegwch, dylai wrando. Pwysodd yn erbyn Elin, gan obeithio na fyddai'r esboniad yn mynd 'mlaen trwy'r nos.

"Sori," meddai Rhys. "'Wy'n gwbod bo' ti 'di blino – ond y'n ni newydd ffeindio'r prawf. Mae linc pendant rhwng Garfield a Sid ... a ..." Oedodd, ond trawodd Dai ar ei draws.

"Dwed wrthi'n strêt ..." meddai.

Roedd cwfl Rhys wedi'i dynnu dros ei ben yn erbyn y glaw. Pwysodd i dynnu sgrapyn o bapur o'i boced a chamodd at Bethan.

"Mae e i gyd fan hyn." Estynnodd y papur ati. "Ti'n gwbod bo' fi 'di ffeindio dim yn Nhŷ'r Cwmnïau, ond wedyn, pan wedest ti bod Sid yn *regular* yn y Tŷ Coch, tshecies i'r Gofrestrfa Tir, rhag ofn ..." Estynnodd y papur ati. "A bingo! Mae'r enwe fan hyn!"

Craffodd Bethan ar y print, y geiriau'n nofio o flaen ei llygaid.

"Sori Rhys – alla i ddim ei ddarllen e heb sbectol."

"Ocê," darllenodd Rhys. "*Red Wharf Public House* ... Dyma ni. *Owners, 2003–2010: Garfield John Edwards, Sidney Arthur Jenkins and* ... ti'n gweld?" Pwyntiodd at y print mân, "*Declan Patrick O'Driscoll.*"

Gosododd Dai ei law ar ei braich.

"'Na pam o'n ni'n trio cysylltu," meddai. "O'dd neb yn gwybod faint o't ti wedi'i ddweud wrth Declan ... Tase Sid 'di cael tip-off, fyddet ti wedi bod mewn trwbwl ..."

Teimlodd Bethan ei choesau'n gwegian.

"Ond o'n i'n iawn," mynnodd. "Ddigwyddodd ddim byd ..."

Pwyllodd i asesu'r wybodaeth. Roedd enwau Sid a Garfield yno mewn du a gwyn, a'r dystiolaeth ganddi ar gyfer ei rhaglen. Ond roedd hi wedi trafod y sefyllfa gyda Declan hyd syrffed. Ac roedd e wedi rhoi esboniad llawn am ei ddiddordeb yn y bar newydd. Cododd ei golwg at y criw o'i chwmpas.

"Mae hyn yn grêt," meddai. "'Wy mor ddiolchgar am eich help ..."

Amneidiodd at y ddogfen yn llaw Rhys. "Mae dy holl waith caled di'n meddwl bo' ni wedi hoelio Sid ... ar ben y llunie *mind-*

blowing ohono fe yn y Tŷ Coch ..." Pwyllodd.

"Ond dyw'r sefyllfa gyda Declan ddim wedi newid ... Y'n ni 'di trafod datblygiad Abertaf. Mae'n ystyried prynu'r bar ar ran ei fab a mae 'di esbonio'r sefyllfa i fi ... Dyw e ddim yn elwa o'r peth fel Sid – dyn busnes yw e ..."

Syllodd y bobl ifanc arni'n anghrediniol.

"Gwranda," camodd Dai ati. "'Nath Elin weld Sid yn cario bag i'r Cei pan o'dd hi'n gweithio 'na. Welodd hi'r bag yn swyddfa Declan."

Trodd Elin i wynebu ei mam.

"Odd e jyst yn od," meddai Elin. "O'dd e'n enfawr ac wedi'i stwffo dan y ddesg, so agores i'r sip i gael pip. O'dd e'n llawn arian, Mam ... a do'n i ddim yn siŵr beth o'dd yn mynd 'mlaen – so dynnes i lun ar 'y nghamera."

Roedd gormod o wybodaeth iddi brosesu. Edrychodd Bethan ar Dai, yn ddryslyd.

"Ma'n ffrind i yn Fraud 'di tracio'r arian ..." meddai. "Mae'n dweud bod cysylltiad â nifer o ladradau arfog yn Essex a Hertfordshire ... ni'n sôn am *organised crime* fan hyn ... stwff gwael."

Pwyllodd Bethan am eiliad.

"Ocê ... ond sdim prawf bod Declan yn rhan o'r peth ... Mae Sid wedi cynnal sawl parti yn y bar gwaelod – a mae'n talu cash ..."

Roedd y glaw yn diferu dros y ddogfen. Gollyngodd Elin ei gafael ar law Bethan.

"Ffyc sêc, Mam!" ffrwydrodd. "Ti mor neis, a mae 'di taflu llwch i dy lygaid di ... dwed wrthi Sam!"

Camodd Sam o'i chysgod dan y goeden.

"*Smooth operator, inni*?" meddai'n fflat.

"Mae'n rhwydo menywod fel pysgod – ond bastard hunanol yw e ..."

Ochneidiodd Bethan. Roedd calon Sam yn y lle iawn ond

doedd hi ddim wir yn nabod Declan.

"Ocê," meddai'n araf. "Ma' enw Declan ar *deeds* y Tŷ Coch ... Falle'i fod e wedi rhedeg y lle ar ran Garfield. Ond dyw e ddim fel Sid – yn neud ffafrau i'w ffrindie."

"Mam!" gwaeddodd Elin. "Bastard yw e! Fe wedodd wrth Sid Jenkins bod Sam wedi ffilmio 'da chi ..."

Chwyrlïodd meddwl Bethan. Trodd at Sam, oedd yn chwythu mwg yn araf i'r tywyllwch.

"Fe 'nath graso arna i," meddai'n ddiemosiwn. "Dyn seciwriti Declan o'dd y tosyr 'nath hanner lladd fi wythnos dwetha. Ges i warnin i 'beidio agor 'y ngheg ar bwys y dafarn' ..."

"Beth?"

Syllodd ar y fenyw ifanc, wrth i'w chalon garlamu. Fyddai Declan ddim yn gwneud niwed iddi, na fyddai?

Roedd golwg ddifrifol ar Sam.

"Pan ddechreuodd e weiddi ... y noson o'n ni'n ffilmio, o'n i'n gwbod bo' fi mewn trwbwl ... Mae'n nabod fi ... o'r Tŷ Coch ..."

Gafaelodd Bethan yn dynn ym mraich Elin. "Nabod ti?" Roedd rhedeg tafarn yn un peth, ond ... puteindy? Rhedodd ias drwyddi.

Culhaodd Sam ei llygaid. "Rhedeg y pyb o'dd e ... lawr llawr. *Don't get me wrong* – do'dd e ddim yn pynter, fel Sid, ond o'dd e'n gwbod beth o'dd yn mynd 'mlaen 'na. Deffinitli."

Taflodd weddill y sigarét ar y borfa a'i wasgu dan ei sawdl.

"O'dd e'n cadw'i drwyn mas o bethe – ond mae'n gwbod y sgôr ..."

Sylwodd Bethan ar olion y cleisiau ar foch Sam. Cofiodd y cnawd amrwd dan ei llygad.

"Wel," dechreuodd, ond daeth Kam o'r cysgodion gan weiddi,

"'Nath e grôpio Elin, ffyc sêc!"

Dechreuodd Elin grio. "O'n i ddim eisie dweud wrthot ti," beichiodd. "O'n i yn y Cei a ..."

Ffrwydrodd rhywbeth ym mherfedd Bethan, wrth i'r gronyn o amheuaeth droi'n wenfflam. Pesychodd Darren gan chwarae'n nerfus â'i allweddi. Heb aros i feddwl, tynnodd y bwndel o'i law, a rhedodd at ddrws y fan.

"Mam! Ble ti'n mynd?" gwaeddodd Elin.

"'Wy'n mynd lawr 'na!" Dringodd i sedd y gyrrwr a thaniodd yr injan, gan wasgu ei throed yn galed ar y sbardun.

Yn y cefndir, clywodd Elin yn gweiddi.

"Paid â bod yn stiwpid ... Dere 'nôl!"

Rhedodd ar ôl ei mam a neidiodd i mewn wrth ei hochr.

"'Wy'n dod gyda ti!" meddai, gan anadlu'n drwm.

Trawodd Bethan y gêr er mwyn symud y fan o'r borfa. Clywodd glec wrth i Sam a Darren neidio i'r cefn. Cyn iddyn nhw gael cyfle i eistedd, saethodd o'r pafin gan daro'r rhwystrau cyflymder yn galed.

"Mam! *Slow down!*" Daliodd Elin ei gwregys wrth i Bethan sgrialu rownd y gornel fel dynes o'i cho'.

"Gad lonydd iddi!" meddai Sam yn hamddenol. "Mae'n deall y sgôr ... 'neith hi sortio fe!"

67

Doedd dim lle i barcio tu allan i'r Cei. Gyrrodd Bethan dros y pafin a chiciodd ddrws y fan ar agor cyn rhedeg lawr y stryd at y dafarn.

"Mam!" galwodd Elin arni. "Stop, plis! Dere 'nôl!"

Brasgamodd Bethan dros y pafin, dicter yn pwmpio'r adrenalin drwy ei gwythiennau. Cyrhaeddodd ddrws y dafarn a rhedodd at y bar wrth i'r cwsmeriaid droi'n syfrdan i'w gwylio. Roedd y fflîs ar agor a'r *basque* les a'r syspenders yn amlwg i bawb – ond doedd hi'n becso dim.

Wrth y bar, trodd Declan ati.

"Haia!" meddai, gan osod gwydr ar y cownter. Gwên fawr, serchog ar ei wyneb. Collodd Bethan ei limpyn.

"Y FFWCYN BASTARD!" sgrechodd. "Paid ti â MEIDDIO actio'n ddiniwed ar ôl popeth wyt ti 'di neud!"

"Waw!" Cododd Declan ei law mewn ffug-arswyd.

"Ca dy ben! *SHUT UP!*"

Doedd dim ots ganddi pwy oedd yn gwrando. Heb feddwl, cododd ei dwrn, a gyda'i holl nerth, trawodd Declan yn galed ar ei drwyn.

"Ffyc!" Neidiodd o'r ffordd. Daeth ochenaid uchel o gyfeiriad y dorf wrth i ddafn o waed lifo o'i ffroenau.

"Y bitsh wirion!" gwaeddodd. "Be ffwc ti'n neud?"

Doedd Bethan ddim yn malio taten am y cwsmeriaid o'i chwmpas. Trawodd ei frest â'i bys.

"Paid ti byth â mynd yn agos at 'y merch i eto! Ti'n clywed?"

Roedd y ddwy barmêd yn rhythu arni. Oedden nhw'n bwriadu galw'r heddlu, tybed? Wel, pob lwc iddyn nhw, meddyliodd.

"Pa fath o fochyn wyt ti i boeni Elin fel'na," gwaeddodd, "tra bo' ti'n dal i fynd â fi ar ddêts ac actio fel prins blydi *charming*? Ti'n afiach! Ti'n dweud gymaint o gelwydde, fyse ti'm yn nabod y gwir tase fe'n bwrw ti ar dy ..."

Oedodd wrth i'r gwaed lifo o'i drwyn a thros ei geg.

Gafaelodd Declan mewn napcyn o'r bar a sychodd ei wefus.

"Edrych," meddai'n gymodlon. "Ma' *crossed wires* 'di digwydd ... ma' ishe ni drafod hyn rywle arall ..."

"Ca dy ben!" Wedi'r holl weiddi, roedd Bethan wedi ymlâdd. Cymerodd anadl ddofn.

"Dwi'm yn mynd i unman gyda ti – ac os ei di'n agos at unrhyw aelod o 'nheulu i, 'nai alw'r heddlu ... WYT TI'N DEALL?"

Roedd y dafarn yn gwbl ddistaw. Gostyngodd ei llais.

"'Wy'n gwybod am dy gysylltiad di â Sid," meddai. "A 'wy'n gwbod bo' ti 'di fframio Sam. Y bastard!"

Trawodd ei frest eto gyda'i bys.

"I ti gael gwybod, mae digon o faw gyda ni ar Sid i hala fe lawr – oni bai bo' ti ishe ca'l dy gloi lan gyda fe, cadwa dy ffycin drwyn mas o bethau. Deall?"

"Ffyc sêc ..." Roedd e'n cracio. Grêt.

Clywodd sŵn y tu ôl iddi a throdd i weld Elin yn rhedeg ati. Roedd dyn canol oed yn ei dilyn.

"Gareth?" Suddodd calon Bethan. Beth ddiawl oedd e'n neud yma?

"Maaam – ti'n ocê?"

Rhuthrodd Elin ati i'w chofleidio. Cymerodd Bethan gam yn ôl i gadw ei merch oddi wrth Declan.

"'Wy'n iawn," atebodd yn dawel. "'Wy 'di dweud beth sy' rhaid ..."

Llygadodd Declan yn flin.

"Y crîp! Ti'n defnyddio menywod i gael be ti eisie – ond gelli di ddim twyllo pobl am byth. Ti sy'n mynd i golli mas ... Ti 'di colli dy wraig, ti 'di colli dy blant ..."

Roedd ei wedd yn gwelwi.

"Gobeithio bydd atebion 'da ti pan ddaw'r glas i gnocio ar y drws!" Syllodd Bethan arno'n ffyrnig, cyn troi i fynd. "Sdim ots 'da fi un ffordd neu'r llall – jyst paid dod yn agos ata i byth eto!"

Gafaelodd yn llaw Elin cyn dringo'r grisiau at y ffordd.

Safai Gareth yn y drws â golwg gynddeiriog arno.

"Beth sy'n mynd 'mlaen 'ma?" gofynnodd. "Ffoniodd Elin mewn panic ... Os yw'r dyn yna 'di neud rhywbeth i ti, ladda i e!"

Camodd Bethan heibio iddo ac allan i'r stryd. Roedd hi eisiau dianc. O'r dafarn, o'r stafell fyglyd, o afael y dyn twyllodrus wrth y bar.

"Sori, Gareth – allwn ni drafod tu fas?"

Teimlai'n wan, yr adrenalin yn llifo o'i gwythiennau yn oerfel y nos.

Cerddodd y tri i lawr Stryd y Porth, Bethan law yn llaw ag Elin, a Gareth yn eu dilyn, ei anadl yn creu cymylau rhewllyd yn yr awyr. Codai'r gwynt wrth iddyn nhw groesi'r ffordd, a chlosiodd Gareth ati.

"Gwranda," meddai. "Dwi'm yn gwbod beth ma'r dyn 'na wedi neud, a sdim rhaid i ti ddweud wrtha i ...ond licen i helpu, os alla i ..."

Roedd y consérn yn amlwg ar ei wyneb a theimlodd Bethan ddagrau'n cronni yn ei llygaid. Gafaelodd yn ei law.

"Diolch i ti," meddai. "Diolch o galon – ma' hynny'n lyfli."

Gwasgodd Gareth ei llaw. "Dim dyma'r amser, 'wy'n gwbod ... ond licen i ni fod yn ffrindie ..."

Gwenodd Bethan arno. "A fi hefyd, ond ... 'wy yn gallu sortio 'mhroblemau 'yn hunan."

Ochneidiodd, gan edrych draw at y dŵr.

"Falle bod angen mwy o amser arna i ..."

Cymerodd Gareth gam yn ôl.

"Siŵr," meddai. "Gweld sut eith hi ..."

Gwenodd, ond roedd tristwch yn ei lygaid.

"Ma'r car fan'na ..." Pwyntiodd at y maes parcio. "Os y'ch chi eisie lifft?"

"Dwi'n iawn!" Plannodd Bethan gusan ar ei foch.

"Diolch i ti am ddod i helpu ... Ffonia i ti, ocê?"

"Diolch, Dad!"

Cofleidiodd Elin ei thad ac am eiliad neu ddwy, safodd y tri ynghyd mewn cwlwm tynn, teuluol.

"Iawn," meddai Gareth. "Wela i chi'n fuan ..."

"Siŵr!"

Gafaelodd Elin yn llaw ei mam wrth i'r ddwy wylio Gareth yn cerdded i'r pellter, ei goler i fyny yn erbyn y gwynt.

"Creici, Mam," meddai. "O't ti'n amesing fan'na gyda Declan ... O'dd e'n blydi *terrified*."

"*Tiger mother!*" Gwenodd Bethan arni.

"'Wy'n teimlo mor stiwpid," meddai Elin. "Ddylen i 'di dweud wrthot ti'n gynt."

Gwasgodd Bethan ei llaw.

"Ti ddim yn stiwpid," meddai. "Sdim rhaid i ti rannu popeth gyda fi – ond os wyt ti angen help – dwi yma i ti."

"O, Mam!" Tynhaodd Elin ei gafael. "'Wy yma i ti, hefyd!"

Cerddodd y ddwy i gyfeiriad y bont. Roedd y glaw wedi peidio a chymylau gwynion yn sgubo dros yr afon. Rhoddodd Elin ochenaid ddofn.

"Pam fod bywyd mor gymhleth?" gofynnodd.

"'Wy'm yn siŵr," atebodd Bethan. "Naill ai mae'n uffernol o gymhleth neu'n ofnadwy o syml ..."

Arafodd y ddwy, eu traed yn cyd-daro ar y pafin.

"Ti'n dod 'nôl i dŷ Kam?" cynigiodd Elin.

"Dwi'm yn meddwl ..."

Rhyw ganllath i ffwrdd ar ochr draw'r afon, roedd fan Darren yn sgwâr llwyd yn erbyn yr awyr.

"Dwi ddim yn mynd i ruthro pethau tro 'ma," meddai Bethan yn fyfyriol. "'Wy'n gryfach nag o'n i'n feddwl. Ond ma' Darren mor solet ... 'Wy jyst yn mynd i ddilyn 'y ngreddf ..."

Gwenodd Elin. "'Wy'n credu ddylet ti, Mam," meddai. "Ma'r ddwy ohonon ni'n gwbod gelli di edrych ar ôl dy hunan ..."

Camodd y ddwy oddi ar y Cei i'r bont, gan gerdded law yn llaw at y lan bellaf.